宁夏大学优秀学术著作出版基金
Excellent Book Publication Funds, Ningxia University
宁夏回族自治区十三五重点学科中国语言文学学科建设成果
2015年宁夏回族自治区研究生教育创新计划项目(NXYC201508)"深化学科专业内涵，提升中国古代文学专业研究生综合能力的人才培养模式改革"的建设成果

《文心雕龙》的修辞学研究

梁祖萍 ○ 著

中国社会科学出版社

图书在版编目（CIP）数据

《文心雕龙》的修辞学研究/梁祖萍著 . —北京：中国社会科学出版社，2019.7
　ISBN 978-7-5203-4735-8

Ⅰ.①文⋯　Ⅱ.①梁⋯　Ⅲ.①《文心雕龙》—修辞学—研究　Ⅳ.①I206.2②H15

中国版本图书馆 CIP 数据核字（2019）第 149467 号

出 版 人	赵剑英
责任编辑	郭晓鸿
特约编辑	王顺兰
责任校对	闫　萃
责任印制	戴　宽

出　　版	中国社会科学出版社
社　　址	北京鼓楼西大街甲 158 号
邮　　编	100720
网　　址	http://www.csspw.cn
发 行 部	010-84083685
门 市 部	010-84029450
经　　销	新华书店及其他书店
印　　刷	北京明恒达印务有限公司
装　　订	廊坊市广阳区广增装订厂
版　　次	2019 年 7 月第 1 版
印　　次	2019 年 7 月第 1 次印刷
开　　本	710×1000　1/16
印　　张	17.5
插　　页	2
字　　数	248 千字
定　　价	86.00 元

凡购买中国社会科学出版社图书，如有质量问题请与本社营销中心联系调换
电话：010-84083683
版权所有　侵权必究

序

王 宁

  在章黄之学教学体系的基本功训练中，以《说文》学为核心的文字音韵训诂学是一切训练的前提和基础，而以《昭明文选》李善注和《文心雕龙》为专论的文学训练，也是不可缺少的功课。我读研究生的时候，《昭明文选》李善注的研读和《文心雕龙》的阅读，是最后一门压轴的课。在50年代，语言和文学已经拆成两大块，学这门课，心里不是没有疑惑：文字训诂学归古代汉语教研室管，为什么忽然来了一门文学课？不过，那时读书是凭着对颖明师的信任，老师怎么安排就怎么学，没有问过"为什么"。离开老师回到青海，心里想的还是《说文》和《十三经注疏》，那几本汉魏六朝诗选和《文心雕龙》笔记，早就束之高阁，抛到脑后。70年代，为了躲避学校的混乱环境，我被调到"省文学艺术创作研究室"。开始时要坐班，却并没有什么事可做，看着门口牌子上"文学"两个字，脑子里忽然蹦出研究生时最后的一门课，悄悄找出《文心雕龙》书和笔记来复习。那时前途未卜，为读书而读书，反而心无旁骛，将近半年下来，似乎突然明白，先师们这么关注《文心雕龙》，意义十分深远。

  我们把文字音韵训诂学称作中国传统语言文字学，也称文献语言学，是以古代书面语也就是文言文作为研究对象的。传统语言学以"字"作为研究的最小单位，而以篇章作为最大单位。这一点，汉朝人就有明确的说法："夫经之有篇也，犹有章句；有章句也，犹有文字也。文字有意以立句，句有数以连章，章有体以成篇，篇则章句之大者也。谓篇有所法，是谓章句复有所法也。"（王充《论衡·正说》）这就是说，中国的语言学，不但有词法、句法，也必然有篇章之法。《文心雕龙·章句篇》说得很明白："夫设情有宅，置言有位，宅情曰章，位言曰句。故章者，明也；句者，局也。局言者，联字以分疆；明情者，总义以包体：区畛相异，而衢路交通矣。"所以黄季刚先生才说："凡览篇籍，未有不通章句而能识其义者；故一切文辞学术，皆以章句为始基。"（《文心雕龙札记》），所以，"小学"的训练应当到篇章，才算完整。

中国的文献语言有自己的话语系统，而五经的话语系统（经书与子书的语言）就是它的源头。许慎的《说文解字》以五经话语系统来建构小篆的形义系统，所以它的构形可以上接金甲，下达隶楷；它的本义可以关联雅俗，沟通古今。后汉谶纬之学泛滥，经学流派泛起，魏晋时期，"事出于沉思，义归于翰藻"的纯文学兴盛后，推动了文献语言的大幅度发展。而与此同时，形式主义铺排、靡丽的文风也一度成为时潮，正统与非正统的对峙形成。正统的语言观与非正统的创作要划清界限，《文心雕龙》正是在文章学领域语言运用正统观念的一个宣言式的总结。这部书的前三篇《原道》《征圣》《宗经》摆明了立场——汉语的发展要以五经话语系统为源头，中国的文学语言要以五经与诸子语言为示范。也就是说，"小学"不但管着经史，也管着文学。或者说，中国的正统文学是经学的一种生发，文学的审美传统在经学中已经孕育。章黄"小学"力主语言文字研究的中国化，把寻根求源作为一种追求和境界，把《文心雕龙》列入基本功训练，是很自然的。

基于这种对章黄学术的理解，我深深觉得，由于受语言工具论的影响，产生了语言和文学学科的过细划分，《文心雕龙》的研究或走了文学批评的路子，或走了单纯语用学的路子，对它的精髓都有所割裂。1926年，陈望道先生先在上海民智出版社出版了《美学概论》，提出了美的材料和美的形式；之后，1938年在上海世界书局出版了《修辞学发凡》，提出了"语言为本体论"，和"表达论与理解论相结合说"，以及"修辞以适应题旨境界为第一义"说，把文学的表达、理解、鉴赏和语言的运用结合起来，他的研究是从语言文字出发，达到文学批评的典型思路，可以看到《文心雕龙》对他的研究深刻的内在影响。他把这种思想从文言作品扩大到现代汉语作品，也是对中国传统语言学进行的转型和发展。

虽然我认为《文心雕龙》是"小学"通过经学精神抵达文学的一部根柢深厚的专书，并不赞成把它割裂为语言和文学来学习，但也认为它是可以从不同角度着眼来研究的。这些想法就是梁祖萍来我们学科点攻读博士学位时，我和她共同选定"《文心雕龙》修辞论"为论文主题的出发点。当时的考虑是：她硕士阶段的专业是古典文学，改从语言学的角度来研究，进一步丰富知识结构，应当比纯粹语言学或仅仅文学的研究，更有利于防止割裂，找到《文心雕龙》思想的来源，将传统语言学的研究拓宽，体现章黄之学以"小学"通经史、通文学的方法论原则。

研究《文心雕龙》的修辞论，应从彦和本书起步，用"小学"还原其本意，再去检验今天的研究是否得到彦和的原意。但《文心雕龙》本书50篇，虽有季刚先生的《文心雕龙札记》31篇引导，但《札记》对原书开掘后，提出了更多的问题，并不比原书好懂。"小学"根柢不足，五经未能通读，汉魏六朝文学不熟，要想系统把握是有很大难度的。祖萍确定这个研究题目后，边读书，边补课，下了很大的功夫。她现在的研究成果，虽然难免借助今人的研究成果来反观《文心雕龙》诸篇的内容；但尚能择其要领，优选当代文学与语言学方家的精心之作，体会刘师培、黄季刚等先贤的思路，以认真还原彦和原意为主旨，尽量避免陈词与妄说。对于已经被归纳为"修辞格"的那些论述，她的论文并无很大的创新，但在语言运用的精神上，的确有了较多的领悟。最重要的是，她紧紧把握前三篇的思想，将其贯穿始终，开掘正统文学与经学、诸子的关系。

她以《原道》"天地之心""自然之道"为语言运用的正确原则，赋予声律以"内听""外听"之理，强调音由心生。论及修辞手法时，她每每最为关注这种手法产生的自然或人文原因，不以之为玩弄文字的纯技巧。

她遵循《征圣》提出的"论文必徵于圣，窥圣必徵于经"原则，以

《易经·系辞》"辨物正言,断辞则备",和《尚书·毕命》"辞尚体要,弗惟好异"为标准,明确了辩正内容和规范语言的相互关系。并且把"虽精义曲隐,无伤其正言;微辞婉晦,不害其提要"这个精神,贯穿在每一个修辞手法中。

《文心雕龙·宗经》一篇,明确提出五经是"恒久之至道,不刊之鸿教",并认为汉魏六朝的各种文体都分别源于《易》《书》《诗》《礼》与《春秋》。《宗经》篇提出的"体有六义"——情深而不诡,风清而不杂,事信而不诞,义贞而不回,体约而不芜,文丽而不淫,这就是以五经为楷模的正统文学的文风。祖萍在论及《文心雕龙》文体论、表达论、鉴赏论各篇时,无一不体现这些观点。

至于《原道》《征圣》《宗经》三篇中所主张的"文质兼备"论,祖萍更是积极把握,万分重视。她连续引用了《论语·雍也》:"质胜文则野,文胜质则史。文质彬彬,然后君子。"《礼记·表记》:"情欲信,辞欲巧。"《韩非子·解老》:"夫君子取情而去貌,好质而恶饰。"《墨子·佚文》:"先质而后文"。《孟子·万章》:"不以文害辞,不以辞害志,以意逆志,是谓得之。"董仲舒《春秋繁露·玉杯》:"质文两备"和"宁有质而无文。"王充的《论衡·超奇》"外内表里,自相副称。"等等已经成为格言的表述,突出了内容决定形式、文饰不伤真情的评价标准和审美境界。

祖萍的论文主导思想谨遵章黄之学师承,努力体现"小学"—经史—文学—以贯之的思想,虽然在广度深度上,在自觉意识的形成上,尚有不足,但比之一般只谈语言运用的修辞学,更有了一些新意。

《文心雕龙》既是章黄之学基本功训练的重要内容之一,进一步读懂、读深,挖掘其中的精华是不容忽视的,相信祖萍不会以初次的探究为终点,还会有新的成果。

如今的语文教育受西方影响过甚,一直找不到语言与文学的交集点,或空论感悟,或强说语法,基于传统的正确教学理念要进课堂困难重重。因此,把握《文心雕龙》的思想就更有现实意义。有时我想,中国传统语言学的研究者们，如果对继承与创新有更多的责任感，拓宽研究领域，摆正语言文字与文学的关系，不要忽略《文心雕龙》前三篇的主要精神，以此为进阶，或能开创具有中国特色的汉语文学语言研究的新局面。

王宁

2019年6月20 北师大

摘　　要

　　《文心雕龙》蕴含了丰富的修辞学宝藏，是魏晋南北朝时期修辞学理论的集大成者，刘勰对汉字、汉语独有的特征及现象进行了全方位的把握与分析，建构了中国古代修辞学的理论基础。本书主要是对《文心雕龙》的修辞学内容进行本体论的研究，即以《文心雕龙》中有关修辞学的内容为考察和研究的对象，旨在客观地整理、归纳出《文心雕龙》的修辞学思想、字句章篇修辞论、修辞方式以及鉴赏修辞的内容。其研究范围，主要立足于对《文心雕龙》的修辞学内容进行专书研究，属于中国古代修辞学史研究中的一部分或者说是一个横断面。在材料整理分析的原则上，坚持用历史唯物主义的观点，采取实事求是的态度，首先对《文心雕龙》的修辞学内容进行客观的阐释与描述，尽可能地对其内容加以还原。在客观叙述《文心雕龙》修辞学的内容和成就的同时，注重用现代修辞学的术语与之对应，本着理论、阐释和材料相统一的原则，总结评述其内容、特点与意义。

　　在研究方法上，用辩证唯物主义的方法论来评论刘勰的修辞学理论；采用修辞学研究中普遍认为最重要、最基本的的方法，即归纳法、比较法以及统计法，对《文心雕龙》的修辞学内容进行归纳、比较和阐释，并注重结合《文心雕龙》多学科的特点加以分析论证；另外，分析时采用历时考察与共时平面研究相结合、宏观研究与微观研究相结合的方法加以研究；注重修辞学研究的特点，吸收相关学科的研究方法。

　　本书主体从四个方面分五章对《文心雕龙》的修辞学内容进行研究。第一章探究《文心雕龙》修辞学理论产生的背景与理论渊源，分析论述《文心雕龙》对语言运用的高度重视及语言论的特点；另外，从"宗经"与"文质论"两个方面揭示《文心雕龙》重要的修辞学思想。第二章阐释刘勰的字句篇章修辞论的主要贡献，其一是注意到篇章与字句修辞之间的密切联系，对字句篇章修辞的关系进行了精辟的论述，其二是提出篇章修辞的要求，注重篇章内容的脉络贯通、有条不紊，把篇章看作一个有机的整体。第三、四两章把《文心雕龙》中的修辞方式大致分为偏重形式的修辞和偏重内容的修辞两大类，分别加以分析论述，进而展示出《文心雕龙》修辞方式论的理论价值。第三章包括"练字""声律""丽辞"三节，主要对这三种修辞方式进行了全面的阐释分析。第四章包括"比兴""夸饰""事类""隐秀"，主要解读这几种修辞方式含义及特征。第五章以《文心雕龙·知音》篇为主探讨刘勰的鉴赏修辞论，重点分析了文情难鉴的原因以及鉴赏修辞的方法"六观"说。结语，在上述研究的基础上，力图全面归纳总结《文心雕龙》的修辞学成就以及在汉语修辞学史上的地位。

关键词：《文心雕龙》；修辞学；修辞学思想；修辞方式；鉴赏修辞

Abstract

Wenxin Diaolong contains a wealth of rhetorical treasures, It is a master of rhetoric theory during the Wei, Jin and Southern and Northern Dynasties, Liu Xie has comprehensively grasped and analyzed the unique features and phenomena of Chinese characters and Chinese language, and constructed the ancient Chinese's theoretical basis of rhetoric, This dissertation is about ontological research on the rhetoric of *Wenxin Diaolong*, which aims to clear up and sum up objectively, the rhetorical ideology, the rhetorical theory of word, sentence, paragraph and discourse, the rhetorical methods and the appreciation rhetoric, This research belongs to one part of the history of the ancient Chinese rhetoric because its content mainly focuses on the rhetorical component of *Wenxin Diaolong*. On the basis of material summed up and analyzed, this paper describes and explains objectively the rhetorical contents of *Wenxin Diaolong* in order to accord with the original ideals of the author of the book under the guide of materialism and objectivism, At the same time, it pays much more attention to correspondence between the ancient rhetorical terms and the modern ones and furthermore comments the rhetoric of *Wenxin Diaolong* according to the principle of the unification of theory, materials and explanation.

On research methods, this thesis comments *Liuxie*'s rhetorical theory by the methodology of materialism, concludes, compares and explains the rhetorical contents with inclusion, comparative method and statistics; it pays attention to the analysis and argumentation of the multi-disciplinary characteristics of *Wenxin Diaolong*, And also, this thesis adopts diachronic and synchronic methods, macro-research and micro-research methods and the methods applied in the related subjects.

This dissertation has five chapters consisted of four parts, In the first chapter, the author discusses the inheritance about the fruits of rhetorical theory of *Wenxin Diaolong*, sets forth that Liuxie lays much stress on application of language and complains the important rhetorical ideas of the book, The second chapter talks about the main contributions of *Liuxie*'s explanations about the rhetorical theory of word, sentence, paragraph and discourse, Chapter three and the chapter four divide the rhetorical methods into two types, One is to lay particular stress on the form, while the other is on the content, Furthermore, the theoretical value of the rhetorical point of *Wenxin Diaolong* is displayed, The third chapter includes three chapters of "Learning Words" "Sounds of Law" and "Li Ci", which mainly explain the three rhetorical methods in a comprehensive way, The fourth chapter includes "Bixing" "exaggeration" "things" and "hidden show", mainly to interpret the meaning and characteristics of these rhetorical methods, The fifth chapter discusses Liu Xie's appreciation rhetoric based on the article *Wen xin Diao long. Zhi Yin*, focusing on the reasons for the difficult situation of the literary and the "six views" of the method of appreciating rhetoric, In conclusion, on the basis of the above research, this paper intends to comprehensively summarize the rhetorical achievements of *Wen xin Diao long* and its position in the history of Chinese rhetoric.

Keywords: *Wenxin Diaolong*; Rhetoric; the Rhetorical Ideology; the Rhetorical Methods; Appreciation Rhetoric

目　录

绪　论 …………………………………………………………………… 1

 一　研究的目的和意义 ……………………………………………… 1

 二　材料整理分析的原则与研究方法 ……………………………… 2

 三　关于《文心雕龙》修辞学理论的研究综述 …………………… 6

第一章　《文心雕龙》的修辞学思想 ……………………………… 14

 第一节　《文心雕龙》修辞学理论产生的背景及其对语言

     运用的重视 …………………………………………… 15

  一　《文心雕龙》的修辞学成就是对前人修辞理论成果的

   继承与发展 ……………………………………………… 15

  二　《文心雕龙》产生的时代是修辞学理论全面成长、

   奠定基础的时代 ………………………………………… 20

  三　《文心雕龙》对语言运用的高度重视 ………………… 34

 第二节　《文心雕龙》"宗经"的修辞学思想 …………………… 38

  一　经书乃"文章奥府""群言之祖" ……………………… 39

二　经书是后世各种文体的渊源 …………………………… 43

　　三　文能宗经，体有"六义" …………………………… 45

　　四　"禀经以制式，酌雅以富言"，刘勰主张以经书的
　　　　语言为范式 …………………………………………… 47

第三节　《文心雕龙》修辞学思想的核心——文质论 ………… 52

　　一　"文与质"与"情与采"在《文心雕龙》中作为专门
　　　　术语的主要含义 ……………………………………… 53

　　二　文质彬彬，情采兼备，是贯穿于《文心雕龙》全书的一个
　　　　总的修辞原则 ………………………………………… 55

　　三　修辞立其诚的思想 …………………………………… 65

　　四　崇尚自然的思想 ……………………………………… 68

第二章　《文心雕龙》的字句章篇修辞论 ……………………… 74

第一节　"章句"的含义及字句章篇之关系 …………………… 74

　　一　"章句"的含义 ……………………………………… 75

　　二　字、句、章、篇关系论 ……………………………… 79

第二节　《文心雕龙》关于字词章句修辞的总原则——安章宅句 … 82

　　一　词句的顺序 …………………………………………… 82

　　二　段落的离合 …………………………………………… 84

　　三　句中字数与句末用韵 ………………………………… 86

　　四　虚词的修辞作用 ……………………………………… 89

第三节　篇章结构修辞论 ………………………………………… 90

一　布局谋篇，注意整体 ……………………………………… 91

　　二　脉络贯通，首尾一体 ……………………………………… 92

　　三　围绕中心，以辞附意 ……………………………………… 94

第三章　《文心雕龙》论修辞方式（上） ……………………… 96

第一节　练字 ……………………………………………………… 98

　　一　刘勰对"练字"重要性的诠释 …………………………… 99

　　二　《练字》篇关于文字修辞的主要观点 …………………… 101

第二节　声律 ……………………………………………………… 111

　　一　魏晋南北朝以来对汉语声律和谐的逐渐认识 …………… 112

　　二　《文心雕龙》崇尚自然的音律主张 ……………………… 114

　　三　刘勰调协声律的理论 ……………………………………… 120

第三节　丽辞 ……………………………………………………… 128

　　一　"丽辞"的含义及"骈俪"形成的原因 ………………… 129

　　二　自然成对，迭用奇偶 ……………………………………… 133

第四章　《文心雕龙》论修辞方式（下） ……………………… 140

第一节　比兴 ……………………………………………………… 140

　　一　刘勰对"比兴"的界说 …………………………………… 141

　　二　《文心雕龙》对"兴"的论述 …………………………… 146

　　三　《文心雕龙》对"比"的论述 …………………………… 149

第二节　夸饰 ……………………………………………………… 160

一 "夸饰"的历史来源以及"夸饰"的含义 …………… 161
　　二 "夸饰"的艺术真实性 …………………………… 163
　　三 运用"夸饰"的原则 ……………………………… 164
　　四 "夸饰"的修辞效果 ……………………………… 171
第三节 事类 ……………………………………………… 172
　　一 "事类"的含义与作用 …………………………… 173
　　二 "事类"的方式及用典举隅 ……………………… 177
　　三 运用"事类"的原则 ……………………………… 180
第四节 隐秀 ……………………………………………… 188
　　一 "隐秀"的界说 …………………………………… 188
　　二 "隐""秀"的特点 ………………………………… 190
　　三 "隐秀"的运用 …………………………………… 195

第五章 《文心雕龙》的鉴赏修辞论 ……………………… 202
　第一节 "文情难鉴"原因论析 ………………………… 204
　　一 "知音"的含义 …………………………………… 206
　　二 文学鉴赏之难的原因 …………………………… 207
　第二节 对鉴赏者的具体要求与鉴赏修辞的途径 …… 212
　　一 对鉴赏者的要求 ………………………………… 212
　　二 刘勰论鉴赏修辞的途径 ………………………… 215
　第三节 鉴赏修辞的方法"六观" ………………………… 221
　　一 观位体 …………………………………………… 223

二　观置辞 ·· 225

三　观通变 ·· 227

四　观奇正 ·· 230

五　观事义 ·· 233

六　观宫商 ·· 234

结语 ·· 235

一　对《文心雕龙》修辞学理论研究的总体认知与结论 ········ 236

二　《文心雕龙》的修辞学成就有待于进一步深入研究 ········ 239

三　《文心雕龙》在中国修辞学史上的地位 ···················· 242

参考文献 ·· 250

后　记 ·· 259

绪　　论

一　研究的目的和意义

本书主要是对《文心雕龙》的修辞学内容进行本体论的研究，即以《文心雕龙》中有关修辞学的内容为考察和研究的对象，旨在客观地整理、归纳出《文心雕龙》的修辞学思想、字句章篇修辞论、修辞方式以及鉴赏修辞的内容。这一研究有以下三方面的意义。

第一，"《文心雕龙》为中国最重要的文论巨著，其有关修辞学的理论和方法，不仅为刘勰创作理论中重要之一环，且承前启后，影响深远。"[①]《文心雕龙》的修辞学内容，为中国现代修辞学奠定了理论基础，深入挖掘刘勰《文心雕龙》在修辞理论上的特色和贡献，归纳出在齐梁时期刘勰修辞理论的针对性与独特价值，总结刘勰的修辞学理论在齐梁时期对前代修辞理论的继承、在前人基础上的创新，以及现代修辞学对《文心雕龙》修辞理论和修辞手法的借鉴和阐发，对于古代汉语与现代汉语的修辞及修辞学研究具有参考价值和重要的意义。

第二，对《文心雕龙》修辞学的理论的研究有助于立足于语言的运用探索唐代以前文学作品的鉴赏方法。刘勰的《文心雕龙》论作品修辞的优劣所采用的事例（语料）多半来自南朝齐梁以前的各种体裁的文章（此处

[①]　沈谦：《文心雕龙与现代修辞学》，台北文史哲出版社1992年版，第13页。

"文"指广义的"文",包括儒家的经典著作)。其语言比较典型,大多经过精心锤炼。文学是语言的艺术,语言是文学的第一要素,是构成文学作品的物质材料,文学研究与语言运用的修辞学密切相关。陈望道先生多次重申修辞学是语言和文学的桥梁。通过对《文心雕龙》修辞学思想、字句章篇修辞论、修辞方式以及鉴赏修辞的分析梳理,归纳刘勰对语言运用的认识,对于我们探索立足于语言的运用即修辞的角度研究古代作品极具启发意义,对研究古代文章学和鉴赏中国古代文学作品如何立足于语言的运用提供一个视角和范例。

第三,可补充汉语修辞学史关于骈文文体的研究资料。骈文是中国所独有的文体,骈文"乃禹域所独然,殊方所未有也"[①]。《文心雕龙》这部辉煌巨著全以骈体写就,而且偶对工整、文辞精练,后世无人不认同其为骈文典范。郑奠、谭全基《古汉语修辞学资料汇编》[②],曾对中国古代修辞资料作过较详尽的钩稽与搜罗,但因《文心雕龙》修辞学内容繁多而未收录,另外,郑奠未录骈文资料。通过本课题的研究,为中国古代修辞学史的研究提供一个较为典范的骈文文体修辞学研究资料,补充《古汉语修辞学资料汇编》中《文心雕龙》的修辞理论部分,对于建构具有民族特色的现代修辞学,更进一步开拓汉语修辞学史研究的新领域,具有重要的参考价值和借鉴意义。通过整理《文心雕龙》修辞资料汇编,拟对汉语修辞学史的研究资料作一个必要的补充。

二 材料整理分析的原则与研究方法

(一)材料取舍的范围

关于修辞学史研究的范围,基于多数学者的观点:"多数研究者主张修辞学必须探讨修辞理论、字句篇章修辞、修辞格、语体(相当于古代的

---

① 刘师培:《中国中古文学史讲义》,上海古籍出版社 2000 年版,第 1 页。
② 郑奠、谭全基:《古汉语修辞学资料汇编》,商务印书馆 1980 年版,第 6 页。

'文体')、风格，有的认为应该包括修辞的理解……那么古往今来有关上述几方面的论述，也都应该是修辞学史研究的范围。"① 本书探讨修辞学史的范围，与大多数学者相同，但有所侧重。

本书主要立足于对《文心雕龙》修辞学进行专书的研究，属于中国古代修辞学史研究中的一部分或者说一个横断面，《文心雕龙》博大精深，蕴含着丰富的修辞学的内容，如对修辞学思想的精辟论断，字句篇章关系的科学论述，对修辞方法论、文体风格论以及修辞鉴赏论等的独特见解。本书主要研究刘勰的基本修辞学思想、字句篇章修辞论、主要的修辞方式以及鉴赏修辞。对于《文心雕龙》其他重要的修辞学内容，如文体风格学等修辞学内容，暂不列为研究的范围，在以后的研究中将进一步梳理、总结和完善。

（二）注重对《文心雕龙》修辞学理论的诠释

《文心雕龙》的修辞学理论研究属于专门学术史的研究范畴。对待前人这笔丰厚的宝贵的修辞理论遗产，我们本着用历史唯物主义的观点，采取实事求是的态度，重点对《文心雕龙》的修辞学内容进行客观的阐释与描述，尽可能地还原刘勰的本意。王宁先生在提到关于古代文化的继承问题时指出："过去的提法是'批判的继承'，如果这个命题的意思是对历史的经验加以选择，合适的继承，不足的修改，错误的纠正，无用的抛弃，这当然是正确的。在这个意义上，批判是为了更好、更有效的继承。如果'批判'的内涵发展到'批判＝打倒''批判'和'继承'成了一对完全矛盾的概念，一经批判，还能有继承吗？既然'批判的继承'等于选择的继承，那就必须先将遗产还原——还其本来面貌，要还原，必须先弄懂，要弄懂，必须先学习。"她进一步强调："古代语言学的遗产吸收起来是相当困难的，这不仅是由于年代久远，数量众多，语言古奥，内容精深，还因为它内容的综合性。语言学在古代不是一个独立的科目，除了'小学'

---

① 宗廷虎：《宗廷虎修辞论集》，吉林教育出版社2003年版，第264页。

带有专门的语言文字学性质外,很多语言学的知识和理论并没有存在在贴着语言文字学卷标的典籍中。各朝各代的杂记、笔记、文论、史论中都可能有语言文字学的内容……在大家认为是古代文论的代表作《文心雕龙》里,不但有大量的篇章专门讲修辞学,而且其中的《章句》篇就在讲语法,《知音》篇就在讲文学与语言的关系……所以,读书少了,知之有限,难以继承;即使读到了,没有真懂,也不能吸收。不学习,不钻研,不认真梳理,人云亦云……那是必然出错的。"[①] 本书遵循选择继承遗产的态度,为了客观发掘和理解《文心雕龙》"修辞学"的思想,梳理刘勰《文心雕龙》的修辞方式、鉴赏修辞等内容,防止断章取义,坚持古为今用,力图广泛联系《文心雕龙》全书的相关部分,辗转说明,在客观叙述《文心雕龙》修辞学的内容和成就的同时,注重用现代修辞学的术语与之对应,本着理论、阐释和材料相统一的原则,总结评述其内容、特点与意义。

另外,《文心雕龙》的版本众多,本书选文时主要依据杨明照的《增订文心雕龙校注》(2000 年 8 月版)的版本,杨明照先生是以养素堂本为底本,于《文心雕龙》原文后附有黄叔琳的《文心雕龙辑注》、李详的《文心雕龙补注》并附有自己的校注拾遗。除此之外,主要参考詹锳的《文心雕龙义证》、王利器的《文心雕龙校正》《文心雕龙资料丛书》等进行比对。

(三) 研究方法

1. 用辩证唯物主义的方法论来评论刘勰的修辞理论

辩证法的方法要求我们时时注意修辞活动中各种矛盾和规则之间的相互联系。在研究中注重《文心雕龙》全书修辞思想、修辞手法之间的联系;注重辩证的对立和统一的关系,如诠释刘勰重要的修辞思想文质观时,用辩证的观点来把握文与质的关系。

2. 采用修辞学研究中普遍认为最重要、最基本的方法,即归纳法、比

[①] 王宁:《中国古代语言学遗产的继承与语言学的自主创新》,《语言科学》2006 年第 2 期。

较法以及统计法进行研究。

在具体运用上述研究方法时,根据需要还要使用分析、综合、具体、抽象、说明等方法以及史论结合的方法进行研究。如对《文心雕龙》中修辞学内容进行归纳和比较,从中阐释、总结并加以概括;统计有关的概念和术语在《文心雕龙》中出现的次数和不同的含义。

3. 历时考察与共时平面研究的结合

《文心雕龙》修辞学研究是在共时平面上的研究,但在具体的研究中也要注重刘勰的修辞理论在修辞学史中的地位以及对其之前修辞理论的继承和对后代的启示,需要历时的考察。

4. 宏观研究与微观研究的结合

本书对《文心雕龙》修辞学理论的研究,既有宏观的把握,即对修辞理论的归纳与概括,也有微观的考证,即对某些专门用语的疏证,在对《文心雕龙》某些专门术语进行阐释时,运用训诂文字的知识加以诠解,以期更加接近刘勰《文心雕龙》的原意。

5. 注意吸收相关学科的研究成果

修辞学属于语言学的范畴,是研究语言运用的规律的科学。修辞学的研究应当以语言为本位。但修辞学又是语言学中一个特殊的门类,立足语言学的学者王希杰称修辞学"是语言学面对社会的一个窗口。它同文学、美学、文章学、逻辑学、诗律学等都有着十分密切的关系"[①]。立足文学研究视域的学者詹锳指出:"《文心雕龙》中讨论的问题,可以说涉及当前大学中国语言文学系课程的大部分内容,其中有文艺理论、文学史、文学批评、文体论、写作、修辞学,个别地方甚至还涉及文字、音韵和语法。"[②] 因此,修辞学是一门介于多门学科之间的学科,基于修辞学的这个特点,本书的修辞学研究以语言学为本位进行评述,在具体阐释时亦会运用其他学科的理论来进行说明。

---

① 王希杰:《汉语修辞学》,商务印书馆2004年版,第7页。
② 詹锳:《刘勰与文心雕龙》,中华书局1980年版,第85页。

三 关于《文心雕龙》修辞学理论的研究综述

《文心雕龙》是中国古代的一部文学理论批评巨著，但其中不少篇目细致全面地论述了修辞学理论与修辞方式，为中国修辞学奠定了理论基础。因此，学术界一些研究汉语修辞学史的学者和研究《文心雕龙》的学者对这个问题都有不同程度的论述，以下进行简要说明。

（一）几种主要的汉语修辞学通史对《文心雕龙》的研究

修辞学史（有的学者称为"修辞学学"）的研究，在修辞研究中是很重要的。与《文心雕龙》有关的汉语修辞学史的著作具有代表性的有：周振甫的《中国修辞学史》，袁晖、宗廷虎的《汉语修辞学史》，郑子瑜、宗廷虎主编，陈光磊、王俊衡著《中国修辞学通史》（先秦两汉魏晋南北朝卷），易蒲、李金苓的《汉语修辞学史纲》等。

郑子瑜先生出版《中国修辞学变迁》（1965）之后，开始撰写《中国修辞学史稿》（1984）。《中国修辞学史稿》是中国第一部修辞学通史，总结了我国两千多年修辞学理论的丰硕成果，被誉为汉语修辞学史研究的第一个里程碑。郑子瑜针对我国修辞学和文学批评关系密切的特点，主张修辞学应该从文学批评中独立出来，所以《中国修辞学史稿》的问世，使修辞学成为一门独立的学科，无疑具有重要的意义；本书值得一提的是，全书每篇的"楔子"或"小结"都以简要的文字说明所论的修辞理论得以产生和发展的社会背景、政治文化等因素，这种联系与修辞关系密切的社会诸因素，来探索各种修辞理论产生的起因、发展轨迹及规律的研究方法，被后来的研究修辞学史的学者所借鉴。郑子瑜对《文心雕龙》的修辞学成就进行了高度的评价："谈论修辞比较有分量的著作，当首推梁代刘勰的《文心雕龙》……《文心雕龙》虽是一部包括文章作法、文学批评和修辞学的综合论著，但修辞学所占的比重却不小，而且也很突出。"[①] 郑子瑜在

[①] 郑子瑜：《中国修辞学通史》，上海教育出版社1984年版，第50页。

《中国修辞学史稿》第四篇"魏晋南北朝"部分,对《文心雕龙》的修辞学内容从"一般修辞论""论文体与修辞""论作家的修辞技巧""谈论辞格"几个方面予以归纳和阐释,并在"小结"部分简要总结了魏晋南北朝修辞学独盛的原因以及《文心雕龙》修辞理论的特点,对我们整理《文心雕龙》修辞学的内容具有启发意义。

易蒲、李金苓的《汉语修辞学史纲》(1989),袁晖、宗廷虎的《汉语修辞学史》(1990)也是两部比较有影响的汉语修辞学史专著。这几部学术著作"标志着汉语修辞学史研究的成熟"。[①] 他们作为长期从事汉语修辞学及修辞学史研究的著名学者,其撰写原则,既重视"史",又重视"论",以敏锐的学术眼光,深入挖掘了《文心雕龙》的修辞学成就,称赞"刘勰《文心雕龙》奠定了古代修辞理论的基础"[②]。对《文心雕龙》的修辞原则、修辞手法、篇章修辞、文体风格、鉴赏修辞几个方面作了较为详尽的探讨;在评述刘勰的修辞理论时,注意其修辞理论的继承和发展,并对刘勰修辞理论的不足和局限提出了批评,对全面研究《文心雕龙》修辞学的成就起了很大的推动作用。

郑子瑜、宗廷虎主编,陈光磊、王俊衡撰写的《中国修辞学通史》(先秦两汉魏晋南北朝卷)(1998)是汉语修辞学史著作中对《文心雕龙》的研究最为详尽的著作,被誉为"科学地总结归纳了中国修辞学发展的社会历史条件和民族文化特色"[③] 的学术著作,作者充分肯定了《文心雕龙》在中国修辞学史上的地位,认为《文心雕龙》展示了中古时代修辞学构架;在阐释刘勰的修辞理论时,作者以语言为本位,又注重借鉴其他学科的理论,对《文心雕龙》的修辞学成就进行了较为全面的归纳;在评论刘勰的修辞理论时,注意将《文心雕龙》放在特定的历史时期去考察,论述了《文心雕龙》对前人的继承和其本身的创新,并尝试用现代科学的方法来阐释刘勰的修辞思想。张炼强指出,"运用现代科学的方法来评论修辞

---

① 李运富、林定川:《二十世纪汉语修辞学综观》,香港新世纪出版社1992年版,第424页。
② 易蒲、李金苓:《汉语修辞学史纲》,吉林教育出版社1989年版,第140页。
③ 骆小所、赵云生:《历史学家的眼光 修辞学家的理论》,《修辞学习》1999年第3期。

思想，现在大多还处于尝试阶段，还有待于完善和提高"。① 尽管如此，这种以自身的模式作出的尝试我们认为还是难能可贵的。另外，这种从研究方法上的多方面探索对于我们整理研究《文心雕龙》的修辞学内容很有启示。

周振甫先生是《文心雕龙》研究领域的著名学者，在对《文心雕龙》注释研究的同时，关注到《文心雕龙》的修辞学成就。他撰写的《中国修辞学史》一书，在"中国修辞学成熟和发展期"部分，充分肯定了刘勰的《文心雕龙》在中国修辞学史上的地位，称其为"刘勰全面的修辞说"。他认为，研究刘勰的修辞学理论，应从四个方面入手："一、谈修辞；二、谈风格；三、谈辞格；四、谈篇章结构。"② 并从这四个方面对《文心雕龙》涉及的修辞学内容进行了准确而较为全面的评述，作为《文心雕龙》的研究大家，周振甫先生对《文心雕龙》修辞学成就的挖掘和阐释是客观而准确的，具有很高的学术价值，但周振甫先生关于《文心雕龙》修辞学的研究是对中国修辞学史的一个部分加以论述，令人遗憾的是其对《文心雕龙》修辞学的成就未能展开全面细致的研究。

（二）黄侃先生的《文心雕龙札记》对《文心雕龙》修辞学内容的探讨

黄侃是中国近代有名的国学大师，在小学、经学、文学、史学等学术领域都有极高的成就，在文学研究领域，他对《文心雕龙》有着精深的研究，黄侃的《文心雕龙札记》，被学界誉为"现代科学的《文心雕龙》研究的奠基之作"。③ 黄侃先生28岁时在北京大学讲授《文心雕龙》，刘勰《文心雕龙》50篇，黄侃先生就其中31篇依篇目次序写成札记，其讲义汇集成《文心雕龙札记》一书。他的《文心雕龙札记》是代表文选派的一部

---

① 张炼强：《修辞论稿》，人民教育出版社2000年版，第246页。
② 周振甫：《中国修辞学史》，商务印书馆2004年版，第66页。
③ 张少康、汪春泓、陈允锋、陶礼天：《文心雕龙研究史》，北京大学出版社2001年版，第149页。

文论名著。学界普遍认为：黄侃先生将《文心雕龙》研究作为一门学科在大学讲授，标志着《文心雕龙》研究成为一门独立的学科——"龙学"，而《文心雕龙札记》一书开创的文字校勘、资料笺证和理论阐述三结合的现代研究方式，也被看作现代"龙学"研究的开山之作。《文心雕龙札记》既有理论上的阐发，更有朴学大师重视语言文字的特点，从问世以来一直是《文心雕龙》的研究者必读书目之一。黄侃先生的学生、台湾学者李曰刚《文心雕龙斠诠》云："民国鼎革以前，清代学士大夫多以读经之法读《文心》，大则不外校勘、评解二途，于彦和之文论思想甚少阐发。黄氏《札记》适完稿于人文荟萃之北大，复于中西文化剧烈交绥之时，因此《札记》初出，即震惊文坛，从而令学术界对《文心雕龙》之实用价值，研究角度，均作革命性调整，故季刚不仅是彦和之功臣，尤为我国近代文学批评之前驱。"[①]

明清时期《文心雕龙》研究更多地局限于注释与校勘，黄侃《文心雕龙札记》每篇也有注释与考证，但有对其原意的阐发与文论思想的论述，《文心雕龙札记》堪称《文心雕龙》研究史上的一次巨大的变革。《文心雕龙》有关修辞学的理论和方法，是刘勰创作理论的重要内容之一，《文心雕龙札记》对《文心雕龙》修辞学理论的阐发也具有很高的学术价值。黄侃先生对《文心雕龙》精熟于心，对《文心雕龙》的修辞学思想和修辞方式都有精辟的阐述与论述。

《文心雕龙》的修辞学思想主要体现在两个方面，即"文质论"与"宗经"，对此，黄侃在《原道》《情采》《宗经》及各种文体论《明诗》《书记》等诸篇中，对刘勰文质兼备与宗经的修辞学思想进行了深入的探讨。刘勰修辞学思想的核心就是文质兼备，黄侃先生《文心雕龙札记》在阐释刘勰的《文心雕龙》时，同样体现出文质兼备的修辞学思想，即文辞应该为文意也就是形式应该为内容服务。所以，对齐梁以来盲目追求形式的文弊予以批评，如《文心雕龙札记》"丽辞"篇云："降至齐梁以下，

[①] 李曰刚：《文心雕龙斠诠》，台湾"国立"编译馆中华丛书编审委员会1982年版前言。

始染沈谢之风,致力宫商,研精对偶,文已驰于新巧,义又乖于典则。"对过于追求新巧的对偶称为"骈俪之末流"。①

在《风骨》札记篇中,黄侃对于"风骨"这样一个《文心雕龙》中重要的文学批评专门术语作了如下的阐释:"风骨:二者皆假于物以为喻。文之有意,所以宣达思理,纲维全篇,譬之于物,则犹风也。文之有辞,所以摅写中怀,显明条贯,譬之于物,则犹骨也。必知风即文意,骨即文辞。然后不蹈空虚之弊。或者舍辞意而别求风骨,言之愈高,即之愈渺,彦和本意不在此。……明风缘情显,辞缘骨立也。"②黄侃先生立足于"文意""文辞"对于"风骨"的阐释,无论是从文学批评的角度还是从修辞的角度,都可谓精到之论,大多学者沿用至今。徒有华辞,可谓"丰藻克赡",是仅有形式而无内容的文章。黄侃先生又云:"其云瘠义肥辞,无骨之征,思不环周,无气之征者,明治文气以运思为要,植文骨以修辞为要。"③ 对于文章的"命意"和"修辞"作了极为精辟的阐释,也即修辞学所推崇的文质兼备,形式为内容服务。所以,黄侃对刘勰贯穿《文心雕龙》始终的修辞原则作出了准确的符合刘勰原意的阐释:"大抵舍人论文,皆以循实反本酌中合古为贵,全书用意,必与此符。"

黄侃《文心雕龙札记》一书对《文心雕龙》修辞方法的解读,主要是集中体现在《声律》《章句》《丽辞》《比兴》《夸饰》《事类》《练字》《隐秀》《指暇》等涉及修辞方式的篇目中。这些篇目黄侃先生采取沿波讨源的方法,注重符合刘勰原意的阐发,对关键词句深入剖析,旁征博引,阐释独到,解释精微,对每一种修辞方式产生的原因、修辞特点予以论析,注重各种修辞方式在不同时代的作家作品中的语言运用情况,体现了黄侃精深的小学造诣与扎实的考证功底,客观准确地揭示了六朝以来的文学修辞技巧。

如在《丽辞》篇的札记中,黄侃先生在阐释刘勰所提出的"自然"时

---

① 黄侃:《文心雕龙札记》,上海古籍出版社2000年版,第163页。
② 同上书,第101页。
③ 同上。

说:"文之有骈俪,因于自然,不以一时一人之言遂废。"① 但又很注重"丽辞"在各种文章中的语言运用的差异,他指出,在先秦典籍中,为文偶奇的多少还与作家个人的风格有关:"文言藻饰,用偶必多,质语简淳,用奇必众。"并以"六艺"为例,"此皆举六艺为征,而奇偶无定已若此。"②

黄侃《文心雕龙札记》对《文心雕龙》相关修辞理论的研究有鲜明的特色,注重考证,立足于原文,在注释方面,除了吸收黄叔琳注、纪昀评、李详补注之外,还有一些独到透彻的理解,在内容上加以辨正,在理论上有所超越,是对刘勰修辞学理论精辟的阐释与进一步的申说;另外注重征录作品说明刘勰的理论,并且把《文心雕龙》与六朝其他文论比较,考察相互之间的联系。《文心雕龙札记》所体现的黄侃先生的修辞理论是符合刘勰之本意的,对现代修辞学也有借鉴作用。

(三) 现代汉语及古代汉语修辞学著作对《文心雕龙》修辞学成就的涉猎以及学界对《文心雕龙》修辞学成就的专门研究

一些研究古汉语修辞的学者在梳理汉语修辞学史时,往往涉及对《文心雕龙》的评论,大多数对《文心雕龙》修辞学的内容和在中国修辞学史上的地位给予充分的肯定,在此略举一二。王占福《古代汉语修辞学》在余论篇部分,对中国古代修辞学史进行了简单的梳理,在魏晋南北朝部分,对《文心雕龙》在汉语修辞学史上的地位予以高度评价,称赞"南朝刘勰《文心雕龙》,是我国修辞学上极富创见,集古代修辞研究和修辞批评大成的著作。他以前所未有的深度与广度,几乎对修辞领域的所有问题都进行了探讨"。③ 并探讨了《文心雕龙·情采》篇内容与形式的关系问题以及《文心雕龙》几种重要的修辞方式。

李维琦的《修辞学》作为一部古汉语修辞学的专著,其中第五章"古汉语修辞学简史"部分,充分肯定了《文心雕龙》修辞理论价值,言

---

① 黄侃:《文心雕龙札记》,上海古籍出版社2000年版,第162页。
② 同上书,第163页。
③ 王占福:《古代汉语修辞学》,河北教育出版社2001年版,第461页。

"《文心雕龙》是第一部广泛地讨论修辞的巨著"①，他认为，尽管《文心雕龙》的文体和风格与修辞有关，但它们同时属于文章学、风格学的范围，不在本书讨论的范围，仅对《文心雕龙》的几种修辞手法作了简要而全面的概括。

《文心雕龙》修辞学的专书研究，有台湾学者沈谦的《〈文心雕龙〉与现代修辞学》，②是《文心雕龙》修辞学研究中很重要的专书研究。沈谦《文心雕龙与现代修辞学》一书，首次把《文心雕龙》与现代修辞学结合起来进行精深的研究，"显示了把古今修辞学理论结合起来研究的新成果"③。沈谦先生对《文心雕龙》比兴、夸饰，隐秀等修辞方式进行了精辟的解读，同时通变古今，熔铸中西，注重吸收西方学者亚里士多德及中国学者陈望道等修辞学家的学说，观点独到，辞例丰富，把《文心雕龙》与现代修辞学以及文学批评三者交汇进行了深入透彻的论析，对于开辟《文心雕龙》的研究领域以及对现代修辞学都有新的贡献。但该书对于《文心雕龙》修辞学理论的探讨，重点仅限于比兴、夸饰、隐秀三种修辞方式，尚未作全面系统的整理研究。

除了以上现代、古代汉语修辞学著作之外，詹锳先生的《刘勰与〈文心雕龙〉》一书在第七节"《文心雕龙》的修辞学"中，专列"《声律》篇、《章句》篇、《丽辞》篇、《比兴》篇、《夸饰》篇、《事类》篇、《练字》篇、《指瑕》篇"，④对每一篇修辞方式的分析深入浅出，梳理清晰。

一些专篇论文的研究对于我们研究《文心雕龙》的修辞学极具参考价值。如郑远汉《我国第一部修辞理论著作——〈文心雕龙〉》⑤对《文心雕龙》的修辞学内容进行了全面的评价；沈谦的论文《比兴、夸饰、用典、隐秀》⑥对《文心雕龙》的四种修辞手法予以客观的描述，论述深入而有

---

① 李维琦：《修辞学》，湖南师范大学出版社2012年版，第223页。
② 参见沈谦《文心雕龙与现代修辞学》，台北文史哲出版社1992年版。
③ 袁晖：《二十世纪的汉语修辞学》，书海出版社2000年版，第625页。
④ 詹锳：《刘勰与〈文心雕龙〉》，中华书局1980年版。
⑤ 《修辞学论文集》第一集，福建人民出版社1983年版，第80页。
⑥ 张少康：《文心雕龙研究》，湖北教育出版社2002年版，第586页。

见解。另外，近年来一些硕博学位论文（包括台湾地区）就相关问题也有专门的研究。

综观以上学者的研究，其主要研究成果是修辞学家对《文心雕龙》修辞学理论的研究，研究重点是将《文心雕龙》置于修辞学通史的历史长河中，进行简要的分析和评述，在论述《文心雕龙》在汉语修辞学史上的地位的同时，对《文心雕龙》的修辞理论和修辞方式、文体论风格、赏析修辞进行了简要和概括的总结，对具体文本未作详细的阐释与分析。本书将在众多学者研究的基础上对《文心雕龙》的修辞学理论进行较为全面系统的分析论述。

第一章 《文心雕龙》的修辞学思想

郭绍虞先生在《提倡一些文体分类学》一文中谈道:"以前的骈散之争,实际上都是文言,可以说都属文字型的,只有现代的提倡白话,才创造完成了语言型的文学。"① 郭绍虞先生在这篇文章中从文体分类的角度把文学分为两类:语言型与文字型文学,这种划分是从文学的本体(文学是语言的艺术)上来区别的,文字型文学在中国古代文学中尤其是唐代之前一直占据主流文坛的地位,诗、词、散文、骈文都是文字型文学。因为中国古代文学以文字型文学为主,所以中国古代的文论、诗话在炼字、对仗、声韵、事类等方面点评精到、阐释丰富。骈文在六朝是在正式场合使用的文体,骈文讲求对仗、用典、声韵、藻饰,使用频率是其他文学文体所不可企及的,其本身特点使骈文具有典雅美。优美的骈文展现了汉字、汉语无穷的艺术魅力及中华民族对自身语言高超的驾驭能力。骈文被誉为"文字型文学的最高典范"②。《文心雕龙》这部皇皇巨著全以骈体写就,"《文心雕龙》的骈文写作成就已经可以说达到了登峰造极的地步"③。是学界公认的用艺术的语言写的艺术理论。

明顾起元序"彦和之为此书也,濬发灵心,而以雕龙自命,末篇叙志,垂梦圣人,意益鸿远。前乎此者,有魏文之典,陆机之赋,挚虞之

---

① 郭绍虞:《照隅室古典文学论集》,上海古籍出版社1983年版,第563页。
② 莫道才:《骈文通论》,广西教育出版社1994年版,第139页。
③ 詹锳:《刘勰与文心雕龙》,中华书局1980年版,第18页。

论,并为艺苑县衡。彦和囊举而狱究之,疏瀹词源,博裁意匠,甄叙风雅,扬榷古今,允哉!述作之金科,文章之玉尺也。至其辞条佚丽,蔚乎鸾龙,辨骚有云:'才高者菀其鸿哉,中巧者猎其艳词。'殆是自为赏誉耳!"① 高度赞美了《文心雕龙》不仅是中国古代文论的丰碑,也是六朝文坛之佳作。《文心雕龙》在总结了先秦以至南朝宋齐梁时代文学创作和文学批评的丰富经验的同时,提出了富有建树的修辞学理论,奠定了中国修辞学的基础,同时,作为骈文的典范之作,文字型文学的一种文体,《文心雕龙》语言精美,修辞理论深蕴,是理论和实践结合的典范之作。其"文质论"与"宗经"的修辞学思想的概括,是立足于对前代文学遗产的总结分析与自己丰富的创作实践的。

第一节 《文心雕龙》修辞学理论产生的背景及其对语言运用的重视

西方的修辞学早在古希腊时期就基本形成了成熟的学科体系,古希腊最著名的修辞学家伊索克拉的《修辞术》以及亚里士多德的《修辞学》,注重议事演说及辩论,至今还闪烁着光辉。中国修辞学的发展同样源远流长,自汉字产生以后,就有了有关修辞的论述,大量探索修辞特点的论述夹杂在浩如烟海的典籍中,呈现出零珠碎玉、吉光片羽的特点,最早在甲骨卜辞中就有修辞思想的记载②,表现出注重文辞优美,增强表达效果的特点。《文心雕龙》正是在对前代丰富的修辞学理论继承的基础上,比较系统地论述了修辞理论与方法,奠定了中国古代修辞理论的基础。

一 《文心雕龙》的修辞学成就是对前人修辞理论成果的继承与发展

中国是一个具有讲究修辞悠久传统的民族,在我国汗牛充栋的典籍

---

① 杨明照:《增订文心雕龙校注》,中华书局2000年版,第961页。
② 郑子瑜:《郑子瑜修辞学论文集》,中华书局1988年版,第28页。

中，积累了许多修辞学的见解，这些见解一般都散见于古代文论、诗话、词话及作家的相关著作中，零散而又涉及面极广，内涵不很明晰，可以从哲学、美学、文章学、文学批评逻辑学等角度作多种解释。在刘勰之前，古代学者对修辞的论述往往多从微观进行研究，宋代陈骙《文则》是中国古代第一部修辞学专著，在《文则》之前，刘勰《文心雕龙》被认为是第一部广泛全面的讨论修辞的巨著。

先秦时代一般被称为中国古代修辞学的萌芽时期。但作为萌芽阶段的先秦时期修辞学的内容是很重要的，这个时期，关于修辞的目的、标准，修辞与题旨情境的关系、"文与质"（即形式和内容）的关系等一系列属于中国修辞学理论的重要内容，均已初步形成。

先秦时代关于文与质的关系问题已有很多探讨。诸子百家对"文"与"质"的关系问题各抒己见。儒家主张文质兼备，孔子的修辞思想主要在《论语》一书中得以体现，部分散见于《礼记》《周易》《左传》等典籍中，以《论语》为例，《论语·雍也》："质胜文则野，文胜质则史。文质彬彬，然后君子。"[①] 强调内容与形式须相符；《论语·颜渊》："惜乎，夫子之说君子也！驷不及舌。文犹质也，质犹文也。虎豹之鞟犹犬羊之鞟。"[②] 对文质关系进行了言简意赅的阐释，仍然强调内容和形式同样重要，不仅对一般意义的修辞原则有所论及，也从道德的层面给修辞熔铸了特定的文化内涵。

孟子的修辞思想集中在《孟子》一书中。作为继孔子之后儒家的代表人物，史称"亚圣"的孟子认为，在言语表达上内容第一，没有内容的言辞就是浮言，而且会带来不好的结果。《孟子·离娄下》："言无实不祥。"[③]《孟子·万章》："故说诗者，不以文害辞，不以辞害志；以意逆志，是谓得之。如以辞而已矣。"[④] 强调言语与形式的关系问题是依存

[①] 杨伯峻：《论语译注》，中华书局1980年第2版，第61页。
[②] 同上书，第126页。
[③] （清）焦循：《孟子正义》，中华书局1987年版，第562页。
[④] 同上书，第638页。

关系。

《墨子·修身》："言无务为多而务为智，无务为文而务为察。"① 可见墨子要求为文简、智、明察，要切合实际，不赞成过度文饰。

法家思想的集大成者韩非，崇尚实用，务实功利，其修辞思想也主张尚质重用，《韩非·解老》："礼为情貌者也，文为质饰者也。夫君子取情而去貌，好质而恶饰。夫恃貌而论情者，其情恶也；须饰而论质者，其质衰也。"② 明确提出"好质而恶饰"的主张。

两汉时期是对先秦修辞理论的继承和发展。对于文与质的关系，仍有见解各异的精辟论述。由于汉赋形式主义文风的泛滥，扬雄《法言·吾子》提出"诗人之赋丽以则，辞人之赋丽以淫"③ 的观点，但他承认必要的文饰是不可或缺的，"或曰：'良玉不雕，美言不文，何谓也？'曰：'玉不雕，玙璠不作器；言不文，典谟不作经。'"④（《法言·寡见》）扬雄注重华实相副，"实无华则野，华无实则贾，华实副则礼"⑤（《法言·修身》），其文质兼备、华实相副的观点具有修辞学的意义。

在文与质的关系上，西汉刘安的《淮南子》有重质轻文之见，有"必有其质，乃为之文"⑥（《淮南子·说林训》）的主张，认为质文兼备，以质为主，所谓："巧冶不能铸木，巧工不能斫金者，形性然也。白玉不琢，美珠不文，质有余也。"⑦ 强调质是根本的，以质为本。西汉思想家、经学家董仲舒的《春秋繁露》是一部引申和发挥《春秋》旨意，阐明自己思想的著作，其文质关系的观点继承了先秦儒家的传统而有所发挥："志为质，物为文。文著于质，质不居文，文安施质。质文两备，然后其礼成；文质偏行，不得有我尔之名。俱不能备而偏行之，宁有质而无文。"⑧（《春秋繁

---

① 《诸子集成》卷4《墨子闲诂》，上海书店1986年影印本，第6页。
② 《诸子集成》卷5《韩非子》，上海书店1986年影印本，第97页。
③ 《诸子集成》卷7《扬子法言》，上海书店1986年影印本，第4页。
④ 同上书，第19页。
⑤ 《诸子集成》卷7《扬子法言》，上海书店1986年影印本，第8页。
⑥ 《诸子集成》卷7《淮南子》，上海书店1986年影印本，第123页。
⑦ 《诸子集成》卷7《论衡》，上海书店1986年影印本，第302页。
⑧ （汉）董仲舒：《春秋繁露》，中华书局1975年版，第26页。

露·玉杯》）可见董仲舒主张"质文两备",当文质不能兼顾时,应以内容为主,"宁有质而无文"。东汉王符《潜夫论》用"本"与"末"的观点,对形式主义文风予以抨击,"教训者,以道义为本,以巧辩为末。辞语者,以信顺为本,以诡丽为末。……今学问之士,好语虚无之事,争著雕丽之文,以求见异于世"①(《潜夫论·务本》)。明确提出语言文辞的表达最根本的是真诚的情感和通顺的文理,而不是堆砌华丽的辞藻与刻意雕琢的诡丽之文。

东汉杰出的思想家王充的《论衡》涉及历史与现实、政治与思想及文学等各个方面,其中也有较为丰富的修辞学理论。其文质观是和孔子的文质彬彬一脉相承的,主张内容和形式应该和谐统一,《论衡·超奇》:"名实相副,犹文质相称也"②(《论衡·感类篇》),"外内表里,自相副称"③强调文与质相互依存、相辅相成的辩证关系。此期的学者对于文与质的关系申说,在继承先秦诸子观点的基础上进一步予以阐发,在对形式主义文风的评判与抨击中,促进了两汉文质关系修辞理论的进一步发展。

诸子百家及两汉时期关于文质关系的不同学说对刘勰及后世的"文质"论的发展产生了很大的影响。

先秦两汉开始注重更多的汉语表达技巧。先秦时诸子已经开始论及一些修辞手法,如《孟子·尽心下》:"言尽而旨远者,善言也。守约而施博者,善道也。君子之言也,不下带而道存焉。"④ 也可看作较早的对委婉、含蓄修辞手法的认识。墨子明确地提出了辟(即比喻)的修辞手法:"辟也者,举也物而以明之也"⑤(《墨子·小取》),墨子指出比喻用其他事物来说明事理,使事物更加清楚明白,说明了比喻的特点与比喻的作用。

两汉时期,也更加注意到修辞手法的探讨,并且在先秦的基础上又有所发展,如关于比喻,先秦时期着重论述比喻的概念及效果,汉代则进一

---

① 《诸子集成》卷8《潜夫论》,上海书店1986年版,第7—8页。
② 《诸子集成》卷7《论衡》,上海书店1986年影印本,第183页。
③ 同上书,第136页。
④ (清)焦循《孟子正义》,中华书局1987年版,第1010页。
⑤ 《诸子集成》卷4《墨子闲诂》,上海书店1986年影印本,第251页。

步探讨比喻产生的原因及如何运用比喻等问题，王符的《潜夫论·释难》："夫譬喻也者，生于直告之不明，故假物之然否以彰之。"① 对比喻手法产生的原因及其作用进行进一步的说明。董仲舒《春秋繁露》是根据《公羊传》解释春秋的，在阐述"《春秋》笔法"时，论及了一些修辞手法，如在《春秋繁露·山川颂》谈道："君子取譬"的问题，以水为例，具体分析了如何运用比喻的手法："循溪谷不迷，或奏万里而必至，既似知者；障防山而能清净，既似知命者；不清而入，洁清而出，既似善化者；赴千仞之壑，入而不疑，既似勇者；物皆因于火，而水独胜之，既似武者；咸得之而生，失之而死，既似有德者；孔子在川上曰：'逝者如斯夫，不舍昼夜。'此之谓也。"② 在此，董仲舒用水作了多种比喻，水沿着溪谷流出万里不迷途，好似"知者"，水能泻入千仞之壑而不迟疑，恰似"勇者"，世间万物皆能为火所困，而水独能灭火，似英武之士。这些"似"字，把水的各种形态及独具的特点人格化，是比较贴切的比喻。最后，引用孔子的话作实例，比喻时间像流水一样，一去不复返。这段话是以水为例谈如何比喻。董仲舒在《春秋繁露》中还论及《春秋》用词的谨慎与精确，《春秋繁露·爵国》："万人者曰'英'，千人者曰'俊'，百人者曰'杰'，十人者曰'豪'"③，指出"英""俊""杰""豪"等词的用法都有严格的讲究。

王充的《论衡》也有修辞手法使用的论述，如《论衡·自纪篇》："何以为辩？喻深以浅。何以为智？喻难以易。贤圣铨材之所宜，故文能为浅深之差。"④ 指出了比喻的基本特点和作用。王充在《论衡》中还有专篇论夸饰，在《论衡》中有三篇《语增》《儒增》《艺增》，所谓"增"，就是夸张之意，可以说，王充是第一位专论夸张修辞手法的学者，王充认为，世俗传说中的夸张之语，称之为"语增"，诸子传书中的夸张增饰问

---

① 《诸子集成》卷8《潜夫论》，上海书店1986年影印本，第136页。
② （汉）董仲舒：《春秋繁露》，中华书局1975年版，第537页。
③ 同上书，第290页。
④ 《诸子集成》卷7《论衡》，上海书店1986年影印本，第284页。

题，叫"儒增"，"六经"又称为"六艺"，《艺增》即论经书中的夸张问题。王充认为，"语增"与"儒增"违反了"实诚"的原则，更多的是否定，对于经典圣辞中的夸张，则加以阐释并认为可以理解："方言经艺之增，与传语异也。经增非一，略举较著，令恍惑之人，观览采择，得以开心通意，晓解觉悟。"①（《论衡·艺增》）王充列举古书夸张的事例，对夸张的某些批评，以及为经书夸张所作的具体辩解，尽管有局限性，但客观上说明了夸张增饰的某些特点，对《文心雕龙·夸饰》篇认识夸张的价值和作用具有启迪作用。总之，先秦两汉的修辞理论尽管没有成为完整的系统论述，但从典籍的相关材料中已经能挖掘出相关的修辞学的理论，并且对修辞学研究的基本内容、主要问题都已经论及，可称为中国古代修辞学的发源，对《文心雕龙》的修辞学理论的建立具有借鉴与启迪作用。

二 《文心雕龙》产生的时代是修辞学理论全面成长、奠定基础的时代

魏晋南北朝是中国修辞学史发展的重要时期，开拓了修辞学研究的领域，成为中国古代修辞学发展的一块基石，因此，《文心雕龙》产生的时代是"修辞理论全面成长、奠定基础的时代"②。

（一）魏晋南北朝是汉语修辞学理论初步建立、奠定基础的时期

魏晋南北朝文学是上承先秦秦汉、下启隋唐五代文学的一个重要时期，是先秦秦汉文学的流变，又是唐代文学的基础。这个时期儒学丧失独尊的地位，渐次衰微，佛教、道教广泛流传，玄学兴起并走向兴盛，这些情况对人们的思想和文学观念产生了较大的影响。魏晋南北朝的文学创作不仅逐渐摆脱偏重于大量引经据典的习气，开始重视作家情感的自由抒发，而且在作品的表现形式上有多方面的探索，是文学自觉地在艺术的道

---

① 《诸子集成》卷7《论衡》，上海书店1986年影印本，第83页。
② 易蒲、李金苓：《汉语修辞学史纲》，吉林教育出版社1989年版，第118页。

路上发展的时期。魏晋南北朝是一个"文学自觉的时代"(鲁迅《魏晋风度及文章与药及酒之关系》)。汉魏之际以曹植、王粲为代表的建安文学，兴盛的文人五言诗的语言从质朴的文风趋向华美，同时，文与赋更加注重辞藻的华丽与对偶的工整，以陆机、潘岳为代表的西晋作家，文采更加繁缛，南朝刘宋时期，谢灵运、颜延之等作家，在诗文创作的艺术上注重辞藻的华美、精巧与典故的运用，齐梁永明年间，以沈约、谢朓为代表的诗人更加注重诗歌的声韵之美，提倡严格的声律，而梁陈时期的庾信与徐陵，诗、赋与骈文的创作提倡对偶、用典、声律与辞藻，魏晋南北朝尤其南朝对文学作品的语言艺术的追求日盛，但也导致了文学创作的绮靡的形式主义风气盛行，有悖于中国古代文学"文以载道""文以明道"的传统，引起了当时颇有识见的文学批评家的批评，但总的来说，魏晋南北朝对语言艺术的重视客观上促进了汉语修辞的发展，从而推动了中国修辞学的繁荣、发展。

　　魏晋南北朝时期是汉语修辞学理论初步建立、奠定基础的时期，修辞学进入一个崭新的阶段。汉语修辞学研究的范围和内容，大都已涉及，在文与质或者说内容和形式的关系问题上，作家各抒己见，进行了广泛的探讨，建安七子之一的阮瑀在《文质论》一文中倾向于重质轻文："若乃阳春敷华，遇冲风而陨落，素叶变秋，既究物而定体。丽物苦伪，丑器多牢。华璧易碎，金铁难陶。"[1] 言华丽美观之物往往金玉其表，脆而不坚，朴实无华的粗糙之物反而坚固难陶。明文、质优劣，论质的重要性。同为建安七子的应场则与阮瑀大相径庭，则重文轻质，赞叹"仲尼叹'焕乎'之文，从郁郁之盛也"[2]（应场《文质论》），崇尚周礼丰富广博具有文采，并引经据典反复强调文重于质。陆机的《文赋》对"意""物""文"的关系进行了论析，肯定意由物生、辞由意定的辩证关系，在"理"与"文"的关系上，提出"理扶直以立干，文垂条而结繁"[3] 的观点，这里

---

[1] 吴云主编：《建安七子集校注》，天津古籍出版社2005年版，第472页。
[2] 同上书，第534页。
[3] 张少康集释：《文赋集释》，人民文学出版社2002年版，第60页。

的"理"即指文章的内容,"文"是指形式,内容是主要的,形式是为内容服务的。葛洪、萧统、沈约等人对"文""质"关系都加以关注,对修辞原则进行了多方面的探讨。

　　魏晋南北朝时期作家对多种修辞手法加以切磋,如钟嵘对赋比兴、用事等方式的论述,颜之推的论用事、仿拟等,其范围与深度都是在先秦、两汉时期基础上的进一步思索。钟嵘《诗品序》曰:"故大明、泰始中,文章殆同书抄。"① 对当时滥用典故进行了批评,主张诗歌应该写得自然精彩。陆机的《文赋》首次提出"警策"的手法:"或文繁理富,而意不指适。极无两致,尽不可益,立片言而居要,乃一篇之警策。"② 指出警策是能带动全篇主题之警句。在修辞方式上,尤其值得一提的是这个时期对语音修辞的重视。西晋时期陆机《文赋》就提出了"暨音声之迭代,若五色之相宣"③ 的观点,主张诗文写作要注意平仄交替、抑扬变化,这是较早关于语音修辞的论述,为后来的声律说打下了基础。太康时期的诗文语言趋向于形式美,与讲究声律有着密切的关系。到了南朝,由于王融、谢朓、沈约等人的提倡,声律论才正式形成;沈约《宋书·谢灵运传论》:"夫五色相宣,八音协畅,由乎玄黄律吕,各适物宜。欲使宫羽相变,低昂舛节,若前有浮声,则后须切响。一简之中,声韵尽殊;两句之中,轻重悉异。妙达此旨,始可言文。"④ 文中的"浮声""切响",是指字音的声调不同,沈约主张平声与上去入三声,应该间隔运用,取得声调的富有变化与和谐流美,促进了当时诗文创作追求声律美的发展。沈约除了主张区分四声之外,还提出了"八病"之说,即平头、上尾、蜂腰、鹤膝、大韵、小韵、旁纽、正纽八种诗病,指出在创作中应当避免的八种弊病,这是沈约对于语音修辞的贡献。由汉语的四声进而发现汉语的声律美,运用于作文和修辞,是对汉语修辞的一

---

① 周振甫译注:《诗品译注》,中华书局1998年版,第24页。
② 张少康集释:《文赋集释》,人民文学出版社2002年版,第145页。
③ 同上书,第132页。
④ 《二十五史》卷3《宋书》,上海古籍出版社1986年影印本,第203页。

个很大的贡献。可见，这个时期关于各种修辞方式的探讨，在两汉的基础上，也有了进一步的发展。

魏晋南北朝也是文体论兴起的时期，这个时期，对不同文体的修辞特点，已经有了细致的分析和研究，曹丕的《典论·论文》、陆机的《文赋》、挚虞的《文章流别论》、李充的《翰林论》对不同文体的修辞特点均有独到的见解。曹丕的《典论·论文》"夫文本同而末异。盖奏议宜雅，书论宜理，铭诔尚实，诗赋欲丽"第一次论及不同的文体有不同的写作修辞标准；陆机的《文赋》在曹丕的基础上把文体分成十类，"诗缘情而绮靡。赋体物而浏亮。碑披文以相质。诔缠绵而凄怆。铭博约而温润。箴顿挫而清壮。颂优游以彬蔚。论精微而朗畅。奏平彻以闲雅。说炜烨而谲诳"。[①] 在此，陆机把诗赋、碑诔等文体分为两体，并且指出，不同的文体其风格特点各有不同，对诗赋等文体的修辞标准进行了具体的界定。此外，挚虞的《文章流别论》等对于文体修辞也有不同程度的论述，在此不一一赘述。

魏晋南北朝时期修辞理论的集大成者，当推刘勰的《文心雕龙》，《文心雕龙》在前人的基础上，以前所未有的广度和深度，对修辞学领域的众多问题都进行了探讨，论述了修辞学的基本思想、与修辞有关的文体与风格，尤其集中论述了"比兴""事类"等修辞手法，对后世影响很大，一直被誉为奠定了古代修辞学的基础。《文心雕龙》对中国古代修辞理论的发展产生了深远的影响，刘勰之后，唐代司空图的《二十四品》，宋代陈骙的《文则》，元代王构的《修辞鉴衡》，明代归有光的《文章体制》，清代唐彪的《读书作文谱》、俞樾的《古书疑义举例》，章学诚的《文史通义》，刘熙载的《艺概》以及历代的诗话、词话等都比较集中地论述了修辞问题。

(二) 魏晋南北朝修辞学理论得以发展的原因

魏晋南北朝修辞学十分发达的原因，主要有以下几个方面。

---

① 张少康集释：《文赋集释》，人民文学出版社2002年版，第99页。

一是文学批评、文学创作的繁荣，促进了修辞学理论的探讨。魏晋南北朝，修辞学领域研究的范围，大都已涉及。此期由于文学批评的繁荣，修辞学作为文论的一部分，也相应地发展起来。魏晋南北朝是我国文学和文学理论批评发展史上一个十分重要的阶段，这个时期的文学批评，正如此期的文学创作一样，出现了繁荣的局面。王运熙、杨明的《中国文学批评通史·魏晋南北朝卷》认为其关系最直接的因素有两条："一是前代和当代文学事业的发展；二是当时思想界状况的影响。"[①] 魏晋南北朝时期文学作品的大量积累，是文学批评发展的前提；创作中的新倾向，反映在批评上，便会形成一些新颖的文学观点，修辞理论也应运而生。

从魏晋到齐梁，是中国古代文学在独立自觉的发展过程中，积累了丰富的创作经验，基本走向成熟的阶段，文学从经学的附庸中独立出来，已进入自觉的时代。曹丕《典论·论文》："盖文章，经国之大业，不朽之盛事"，说明魏晋时期对文章功能的认识，已经摆脱了汉代人狭隘的观点，文学事业被充分重视。刘勰《文心雕龙》总结了先秦以至南朝宋齐梁时代文学创作和文学批评的丰富经验，成为一部论述广泛、体系完整的著作。这个时期的作家对于文学作品的艺术特征有了比较清醒的认识，并且开始成为自觉的追求，即作家开始有意识地追求语言形式的华美，如曹植诗文的词采华茂、文采斐然，陆机诗歌的铺采摛文、辞藻华丽，谢灵运的诗歌雕章琢句、讲求对偶，颜延之的诗歌缉事比类，非对不发，谢朓诗歌的精巧工丽，清远新绮，庾信诗歌的悲壮瑰丽、情文并茂。由于魏晋南北朝作家重视作品的辞采、声律、对偶等语言形式之美，在文学创作上，为艺术而艺术、盲目追求语言形式之美的流弊随着时代的发展逐渐暴露，文学创作过于注重对偶工整、文辞华丽、遣词造句之匠心等语言形式，导致文坛的绮靡之风。文学批评所关注的，也是此期

---

① 王运熙、杨明：《中国文学批评通史·魏晋南北朝卷》，上海古籍出版社2001年版，第1页。

的修辞学关注的。为适应当时文学发展的需要,修辞学要对修辞现象作出及时的总结。如郑子瑜先生所言当时的文风:"骈俪四六,侈靡的文风,盛极一时,作家们竞相在辞巧上用功夫,而不惜以文害辞,以辞害意。这些批评都与修辞学有关,也就是修辞理论了。"① 这是魏晋南北朝修辞理论兴盛的很重要的原因。

二是魏晋南北朝时期"清谈"风气对言语修辞的影响。从两汉到魏晋,中国的哲学思想史发生了重大的变化,就是突破了先秦两汉哲学的经验直观,达到了纯粹的思辨。纯粹的理论抽象思辨性,正是玄学的根本特征。魏晋玄学起源于清谈、清谈是由汉末清议演进而来,清议是人物品评和评论政治,曹魏之后,清议转变为清谈,清谈一词最早见于《后汉书》,《后汉书·郑太传》:"孔公绪,清谈高论,嘘枯吹生。"② 清议主要是臧否人物兼及批评政治,清谈则为纯理论的辩谈。从正始年间开始,清谈受士族推崇和向往,标志性的人物是何晏、王弼,玄学发挥老庄义理,何晏及周围之人运用《老子》《庄子》《周易》清谈,故《老子》《庄子》《周易》号称"三玄"。这个时期士大夫清谈时语言技巧高超、观点标新立异,在《世说新语》中多有记载。

《世说新语·文学》:"何晏为吏部尚书,有位望,时谈客盈坐,王弼未弱冠往见之。晏闻弼名,因条向者胜理语弼曰'此理仆以为极,可得复难不?'弼便作难,一坐人便以为屈,于是弼自为客主数番,皆一坐所不及。"③ 何晏与王弼所论义理精微深奥,在坐者均被折服。正始时期士人的清谈,重视其对义理的领悟,也看重人的谈吐辞藻。清谈玄言从正始开始,逐渐成为士族文人安身立命的精神支柱,士大夫清谈不衰,说明当时对清谈之追随。西晋郭象字子玄,《晋书·郭象传》:"少有才理,好《老》《庄》,能清言。太尉王衍每云:'听象语,如悬河泻水,注而不

---

① 郑子瑜:《中国修辞学史稿》,上海教育出版社1984年版,第46页。
② 《二十五史》卷2《后汉书》,上海古籍出版社1986年影印本,第240页。
③ 徐震堮:《世说新语校笺》,中华书局1984年版,第106页。

竭。'"① 足见郭象善于清谈、论辩精彩之特点。当时的清谈家多注重在义理和言辞上下功夫，追求辞藻的华丽与语言的精妙，以博得听者的叹服和咨嗟称快。又如《世说新语·文学》："支道林初从东出，住东安寺中。王长史宿构精理，并撰其才藻，往与支语，不大当对。王叙致作数百语，自谓是名理奇藻。"② 王濛为了在清谈中取胜，事先"宿构"文稿，清谈时其谈吐玄理精深，而且言辞奇美，可见清谈者对文采的重视。另，《世说新语·文学》第36条载支遁与王羲之谈《庄子·逍遥游》，"因论《庄子·逍遥游》，支作数千言，才藻新奇，花烂映发"。③ 王羲之出身魏晋名门琅琊王氏，时任会稽内史，风流隽气，亦是东晋清谈名士，有点轻视东晋高僧支遁，没想到支遁对《逍遥游》独抒己见，言辞才如泉涌，文辞瑰丽，王羲之当场折服，欣赏不已。名士们要想在清谈中妙语连珠，让四座叹服，必须重视在日常生活中语言的表达和锤炼，使义理丰赡，辞藻优美。当时常用"清辞简旨""通雅博畅""言约旨远"等词语形容名士清谈家善用简洁优美的言辞表达精深玄妙的义理。《世说新语·文学》第55条记载：支遁、许询、谢安在王濛家集会，谈《庄子·渔父》，支遁"作七百许语，叙致精丽，才藻奇拔，众咸称善……谢后粗难，因自叙其意，作万余语，才峰秀逸，既自难干，加意气拟托，萧然自得，四坐莫不厌心"。④ 支遁讲了七百余句，义理精妙，言辞新奇清拔，众人无不称赞。谢安洋洋洒洒万余言，才锋超逸，辞藻精美，满座之人心悦诚服。《世说新语·言语》第57条载："顾悦与简文同年，而发蚤白。简文曰：'卿何以先白？'对曰：'蒲柳之姿，望秋而落；松柏之质，经霜弥茂。'"⑤ 顾悦随口而答的语言典雅优美，比喻新颖贴切，对偶整饬精工，实为美文。可见，清谈不仅需要才思敏捷，语言的富赡丰藻也是清谈家所追求的，"韶音令辞"是清谈家必备的修养之一。

---

① 《二十五史》卷2《后汉书》，上海古籍出版社1986年影印本，第162页。
② 徐震堮：《世说新语校笺》，中华书局1984年版，第124页。
③ 同上书，第121页。
④ 同上书，第130页。
⑤ 同上书，第131页。

清谈家这些精美的语言清新华美，精妙动人，清谈这种追求辞藻之风自然对文学语言修辞的发展起着推动作用。

《文心雕龙·论说》："迄至正始，务欲守文；何晏之徒，始盛玄论……太初之《本无》，辅嗣之《两例》，平叔之二论，并师心独见，锋颖精密，盖论之英也。"在此，刘勰提到著名的玄学家何晏等使玄学理论兴盛起来，并且称赞夏侯玄（字太初）的《本无论》、王弼（字辅嗣）的《易略论》、何晏的《道论》《德论》都是师心独具而又笔锋锐利、持论精密之作，足见当时玄学家文笔之精美。《论说》又云："次及宋岱、郭象，锐思于几神之区；夷甫、裴頠，交辨于有无之域；并独步当时，流声后代。"刘勰赞美晋代的玄学家宋岱、郭象敏锐的思辨几乎达到了神妙的境地，王衍（字夷甫）、裴頠互相辩论"崇有"与"贵无"的问题，其论辩之精巧出众，在当时都是独步文坛的，并且声誉都流传到后世。说明一方面刘勰对玄学家语言之精密工致是高度认可的，另一方面《文心雕龙》重视语言技巧也受了玄学思想的影响。

清谈注重言语辞藻和音调的美妙，趋向美文，以及清谈时对文学创作的讨论与创作技巧的切磋，都是对文学作品修辞的重视，说明魏晋南北朝时期语言的表达效果与作用被逐渐认识。当然，修辞作为语言表达的形式，它与思想内容关系密切，因而必然受到特定时代的政治经济乃至文化因素的影响和制约。除清谈之外，魏晋南北朝的社会现实、社会思潮、社会风气，以及佛学的传入、佛经的翻译等诸多的因素均促使人们进一步探讨修辞理论、思考语言技巧。

三是注重修辞是汉民族语言特点集中表现的一个方面。刘勰在《文心雕龙》中对修辞现象比较全面地进行探讨，也是基于汉语本身具有修辞的必要条件。

杨树达先生说："若夫修辞之事，乃欲冀文辞之美，与治文法惟求达者殊科。族姓不同，则其所以求美之术自异。况在华夏，历古以尚文为治，而谓其修辞之术与欧洲为一源，不亦诬乎？昧者顾取彼族之所为一一袭之，其彼之所有，则我必具，彼之所缺，则我不能独有，其贬己媚人，不亦诬乎？"① 汉语的修辞非常注重文辞之美，与西方的修辞术不同。《左传襄公二十五年》："言之无文，行而不远"②，道出了古人很早就认识到了文辞的修饰对于表达内容的重要性。古代典籍浩如烟海，其中有许多传诵千古、脍炙人口的名篇，这些优秀的作品之所以表现出极高的驾驭语言的能力，与修辞表达是息息相关的。就汉语的实际来看，语法是组词造句的规则，修辞则是如何运用词句更好地表现内容的一种方法，汉语注重修辞，主要表现在如下方面。

其一，汉语语言单位的次序颠倒、组合比较自由灵活。汉语这些特点决定研究修辞具有极高的价值，汉语的特点直接决定着语言研究的特点。古代汉语是以单音节词为主，虚词很多也是单音节的；汉语是一种非形态语言，没有词形变化，并且汉语主要靠词序和虚词来构成句子。王宁先生对于汉语的特点有许多精深的见解，她指出："汉语的词没有词形变化，不给结构提供各类语法形式，但是，汉语词的意义容量却非常大。"③ 汉语诸多特点往往使汉语在组合的时候，偏重于语言艺术，也就是说，"从表达效果、修辞效果的角度来考虑的余地特别大"。④

其二，汉语是特别富有音乐性的语言，汉语讲究每个音节的声调，讲究由相同音素构成的音节之间因声调不同而产生的辨义作用，并且具有运用音律手段能提高语言表达效果的特点，这就决定了汉语富于音乐美的民族特色。启功先生指出汉文学语言是一种特别讲究声律的语言，"汉语诗歌特别重视平仄、高矮，高矮相间如同颜色的斑斓，这样拼成的诗句才好听，才优美"。⑤ "声调、声律是汉语尤其是古代汉语中自然具有和形成的。"⑥ 王宁先生在论述启功先生汉语研究的成就时，

---

① 杨树达：《中国修辞学》，上海古籍出版社2012年版，自序。
② （清）阮元校刻：《十三经注疏》下册《春秋左传正义》，中华书局1980年影印本，第283页。
③ 王宁：《汉语现象和汉语语言学》《汉语现象问题讨论论文集》，文物出版社1996年版，第40页。
④ 张志公：《汉语辞章学论集》，人民教育出版社1996年版，第95页。
⑤ 启功：《汉语诗歌的构成和发展》，《文学遗产》2000年第1期，第14页。
⑥ 启功：《汉语现象论从》，中华书局1997年版，第22页。

对汉语的音律特点作了进一步的申说："'音律配合'说就更符合汉语实际了。文言文以单音节为主，组合又是二合法，凡是三音节，大半是二合之后再与一个组合，凡是四音节，大半是两个二合再往一块合。这种两层二合最匀称，也最容易把韵律调得好听……"① 基于汉语这样的特点，运用音节的安排、四声的高低变化、声韵的选择来展示语言的音乐美，达到更好的修辞效果，为其语音修辞提供了依据。由此可见，汉语修辞所具有的民族性和它所凭借的物质材料语言有着密切的关系。

汉字汉语本身易于修辞的特点在魏晋南北朝得到了更多的重视。

魏晋南北朝时期人们开始从美学的角度去认识汉语和汉字。《文心雕龙》有专篇论《练字》，"练字"的修辞手法与人们对字形美观的追求、字义准确的认识以及对前代用字的反省有必然的联系。而"声律"说的提出，与人们注意到声调对表情达意的作用、沈约等人对汉语的平仄的认识以及提出"四声八病"是分不开的。可见，对于修辞的规律以及语言表达效果的认识也是逐渐明晰的，所以，《文心雕龙》有《声律》专门探讨汉语的语音修辞，《章句》篇中有论押韵的部分。《文心雕龙》书名本身就意味着修辞学的含义。

（三）《文心雕龙》书名与修辞之关系

《文心雕龙》的书名就与修辞有关。关于《文心雕龙》书名的含义，刘勰在《文心雕龙·序志》一开始就予以说明，他说："夫文心者，言为文之用心也。昔涓子《琴心》，王孙《巧心》，心哉美矣，故用之焉。古来文章，以雕缛成体，岂取驺奭之群言雕龙也。"纵然刘勰对《文心雕龙》命名原因作了解释，但作为齐梁时期骈文的杰作，今人研读《文心雕龙》书名时仍然难明缘由，关于刘勰以《文心雕龙》命名的含义阐释学界研究颇多，主要集中在对"岂取驺奭之群言'雕龙'也"的理解

---

① 王宁：《汉语现象和汉语语言学》《汉语现象问题讨论论文集》，文物出版社1996年版，第37页。

出现分歧。

关于"为文之用心"的解释,清章学诚《文史通义·文德》在探讨文章写作的用心之意时指出刘勰此观点出自陆机:"古人论文,惟论文辞而已。刘勰氏出,本陆机氏说而昌论文心。"① 杨明照《文心雕龙校注拾遗》(增订本)注把"夫文心者,言为文之用心也"也解释为"《文赋》,余每观才士之所作,窃有以得其用心"。② 指出刘勰之说,出自陆机《文赋》之言,陆机《文赋》所谓"用心",有文章的构思、意图、语言技巧之意,可见,刘勰论为文之"用心",与陆机同。

"为文之用心"一句的"用心"一词,初见于《论语·阳货》:"子曰:'饱食终日,无所用心……'"③ 战国庄周《庄子·天道》称尧曰:"此吾所用心。"④ 此处之"用心"即所谓处事及治国之道,吴林伯《〈文心雕龙〉义疏》与章学诚、杨明照观点相同:"《论语》《庄子》所谓'用心',都指处事而言,而以论文,则始于西晋陆机。"⑤ 因此,刘勰在此言"文心"者,"言为文之用心也",是探讨如何用心写文章,陆机、刘勰把处事治国所言"用心",亦运用到文学创作之中,后世袭之,因此,李唐李延寿《南史·庾肩吾传》有"遣词用心"⑥ 之说。

魏晋南北朝时期重视文学的语言形式之美,因此,引用"雕龙"一词时,都有赞颂的含义。"雕龙"一词语出战国时代的驺奭,在《史记》卷七十四《孟子荀卿列传》裴骃《集解》引刘向《别录》解"雕龙奭"曰:"驺奭修衍之文,饰若雕镂龙纹,故曰'雕龙'。"⑦《汉书·艺文志》:《邹奭子》十二篇原注:"齐人,号曰雕龙奭。"在《文选》所选文及注中,"雕龙"一词即言为文之美,如《文选》卷三十六任昉《宣德皇后令》:

---

① 叶瑛校注:《文史通义校注》,中华书局1985年版,第278页。
② 杨明照:《增订文心雕龙校注》,中华书局2000年版,第613页。
③ (清)刘宝楠:《论语正义》,中华书局1990年版,第705页。
④ 《诸子集成》卷3《庄子》,上海书店出版社1986年影印本,第84页。
⑤ 吴林伯:《文心雕龙义疏》,武汉大学出版社2002年版,第644页。
⑥ 《二十四史》卷8《南史》,中华书局1997年影印本,第330页。
⑦ (汉)司马迁:《史记》,中华书局1959年版,第2348页。

"文擅雕龙。"①李善注:"《七略》曰:邹奭子,齐人。齐为之语曰'雕龙赫赫',言驺奭之术,文饰之若雕镂龙文。"②五臣注:"良曰:言专擅于文,若雕镂之彩饰成也。"

詹锳先生《文心雕龙义证》将《文心雕龙·序志》中这几句话大致译为:"他的书所以取名'雕龙',是因为自古以来的好文章都是经雕饰而成的,像龙文一样雅丽。但这种雕饰是顺乎自然的,哪里像驺奭那样写文章,像雕龙一样费劲,致使群众称他为'雕龙奭'呢!这说明刘勰主张写文章要用心思表现出自然之美,而不要雕琢过分。"③

吴林伯《文心雕龙义疏》表达了与詹锳一致的见解:"说《文心》是讲怎样用心作文的书。从前涓子作了《巧心》,王孙作了《琴心》,'心'字这个名词真正美好,所以人们都运用它。从古以来,文采的形体,显然是修炼而成的,但是作者难道采取驺奭的许多方言词的像雕刻龙文似的作法吗?显然,作文既要用心,就得如雕刻龙文一般,可也不能像驺奭那样过分。这是在隐射形式主义的'雕虫篆刻'。……作文要雕琢而不忘朴,适可而止。"④

在《文心雕龙》的书名辨析文章中,李庆甲《〈文心雕龙〉书名发微》一文是颇具功力的一篇文章,其译文为"从古以来,文章之所以称为文章,是由于它文采纷披,用瑰丽的辞藻写成;分析'文心'必须运用雕刻龙文那样精雕细刻的功夫,所以书名又使用了'雕龙'二字,难道不是前人曾用以称赞过修饰语言如雕刻龙文的驺奭,因而也采用了它吗"⑤,强调"文心"与"雕龙"密切相关,是主从关系。

周勋初《〈文心雕龙〉书名辨》一文考释精详,论述充分,指出"刘勰本来就是分从构思与美文两个方面着眼进行考察的。《文心雕龙》这种标题方式,采取的是骈文的标准格式,根据时人的文学观念,对举成

---

① (梁)《文选》,(唐)李善注:《文选》,中华书局1977年版,第504页。
② (梁)《文选》,(唐)李善注:《文选》,中华书局1977年影印本,第504页。
③ 詹锳:《文心雕龙义证》,上海古籍出版社1989年版,第1902页。
④ 吴林伯:《文心雕龙义疏》,武汉大学出版社2002年版,第645页。
⑤ 李庆甲:《文心识隅集》,上海古籍出版社1989年版,第100页。

文"。① 周勋初先生通过大量文献资料说明，魏晋南北朝时期探讨文学时非常注重从构思与美感两个方面考虑，刘勰为其著作命名，正是当时时代特点的反映。

从以上学者的讨论可以看出，李庆甲、周勋初先生偏重于分析《文心雕龙》书名的文字结构所表示的含义，强调《文心雕龙》书名从构思和美文两方面探讨文章的问题；詹锳、吴林伯先生在分析《文心雕龙》书名的含义时，注重结合《文心雕龙》全书的修辞学理论，即刘勰重视美文的同时，同时强调自然之说。不论哪种观点与见解，《文心雕龙》书名即重视文章修辞是毋庸置疑的。

刘勰取名《文心雕龙》，是经过深思熟虑的。书名一般来说使读者能够一目了然地了解书的内容和特点，应该说，《文心雕龙》的书名本身隐含着的修辞学的理念与全书的修辞理论是一致的，从这个角度来说，本书更赞同詹锳、吴林伯先生的观点。"心生而言立，言立而文明，自然之道也。"（《原道》）在语言运用上，修饰文辞符合自然之美，反对过于雕饰，这是《文心雕龙》全书的一个很重要的修辞思想。黄侃《文心雕龙札记》解释《序志》篇"古来文章以雕缛成体"时评论："此与后章'文绣鞶帨、离本弥甚'之说，似有差违，实则彦和之意，以为文章本贵修饰，特去甚去泰耳。全书皆此旨。"② 与詹锳等先生观点相同，因为刘勰主张"文章本贵修饰"，所以，刘勰在系统广泛地评述了历代的作家作品，分析其作品的成败与得失，总结创作经验时，对于汉魏六朝骈体文学中的许多代表作家作品及其重要修辞手段，都加以肯定。但刘勰受玄学的影响，重视自然之旨，反对浮讹泛滥，故黄侃所云"去甚去泰"。总之，就书名本身提供的信息而言，《文心雕龙》言明文章艺术的构思要选择精美的文辞，这是学界的共识，如果结合《文心雕龙·序志》对其命名含义的进一步说明与《文心雕龙》全书一以贯之的修辞学理论，强调文质兼备，理想的美

---

① 周勋初：《〈文心雕龙〉书名辨》，《文学遗产》2008年第1期，第27页。
② 黄侃：《文心雕龙札记》，上海古籍出版社2000年版，第217页。

文以自然为宗的修辞学理论不言自明。

《文心雕龙》一书从书名到全书都体现出对文章修辞功能的重视，经统计，提到"修辞"这一术语有以下五次。

《宗经》："励德树声，莫不师圣，而建言修辞，鲜克宗经。"周振甫先生说："这里提出'修辞'，修辞要宗经，要正本归末，要纠正流弊。这里讲的修辞，跟正末归本结合，也就是跟命意遣词结合，联系纠正浮靡的文风。换言之，他讲的修辞，包括命意构思，用辞和风格在内。"① 周振甫先生此处对刘勰所言"修辞"的含义解释非常到位。

《祝盟》："修辞立诚，在于无愧。"此处"修辞"指修饰文辞。

《祝盟》："立诚在肃，修辞必甘。"此处"修辞"也指修饰文辞，修饰文辞要美好和甘甜。

《才略》："及乎春秋大夫，则修辞聘会，磊落如琅玕之圃，焜耀似缛锦之肆"，此处的"修辞"，指修饰言辞或辞令。其文藻富有文采用"磊落如琅玕之圃，焜耀似缛锦之肆"来比喻。

《才略》："随会讲晋国之礼法，赵衰以文胜从飨，国侨以修辞扞郑，子太叔美秀而文，公孙挥善于辞令，皆文名之标者也。"郑大夫子产在晋楚争霸之际，内以礼法驭强宗，外以口舌折强国，郑国得以休养生息，孔子赞之为"志有之，言以足志，文以足言"。此处的"修辞"，指郑子产善于修饰言辞或辞令。

刘勰在言及"修辞"这一术语时，同时强调"修辞立诚"。"修辞立其诚"，语出《周易·乾·文言》，是孔子读易解经之语，《易·乾·文言》："君子进德修业，忠信所以进德也，修辞立其诚，所以居业也。"② 汉代以后，文学评论家及学者常在文章中引用修辞立诚一语，如以上刘勰《祝盟》"修辞立诚，在于无愧"等所引，说明立诚是修辞的前提。唐孔颖达疏："修辞立其诚，所以居业者，辞谓文教，诚谓诚实也；外

---

① 周振甫：《中国修辞学史》，商务印书馆2004年版，第66页。
② 周振甫：《周易译注》，中华书局1991年版，第5页。

则修理文教,内则立其诚实,内外相成,则有功业可居,故云居业也。上云进德,下复云进德;上云修业,下复云居业者,以其间有修辞之文,故避其修文而云居业,且功业宜云居也。"①强调在内立其诚的基础上修辞,立诚是针对修辞而言,是对《易·乾·文言》修辞立诚的进一步阐说。修辞立其诚是中国修辞学的一个文化传统,有其特定的文化内涵,表现出中国人对立言的重视和谨言慎言的传统,但同样表现出对语言修饰的重视。

综上所述,在《文心雕龙》中提到的"修辞",主要指修饰文辞言辞。

现代修辞学的学者给修辞下的定义很多,但在修辞是为了提高语言表达效果这一点上达成了共识。如王希杰:"提高语言表达效果的规律规则,就是'修辞',同'语音、词汇、语法'相提并论的'修辞'。"②可见,《文心雕龙》中"修辞"的含义,相当于现代修辞学的含义。

三 《文心雕龙》对语言运用的高度重视

中国古代修辞学是附属于文论的,研究中国传统修辞学离不开中国古代文论。《文心雕龙》不仅是中国古代文学批评的巨著,同时也是我国古代修辞学的奠基之作,在《文心雕龙》全书中,四部典籍,信手拈来,对偶典故,婉转自如,自始至终表现出对语言艺术的高度重视。

刘勰的生平,史料记载较少,主要在《梁书·刘勰传》与《南史·刘勰传》中,《梁书·刘勰传》中有"勰早孤,笃志好学,家贫不婚娶"③的记载,可见早孤的刘勰,具有笃志好学的秉性,所读之书,应该主要是儒家典籍,他的儒家思想及对儒家经典的语言艺术的熟谙程度也从此扎下了根;《梁书·刘勰传》中还有"依沙门僧佑,与之居处积十余年,遂博通经纶,因区别部类,录而序之,今定林寺经藏,勰所定也"。④可知刘勰

---

① (清)阮元校刻:《十三经注疏》上册,中华书局1980年版,第15页。
② 王希杰:《汉语修辞学》,商务印书馆2004年版,第7页。
③ 《二十五史》卷3《梁书》,上海古籍出版社1986年影印本,第79页。
④ 《二十五史》卷3《梁书》,上海古籍出版社1986年影印本,第79页。

在定林寺依托齐梁时期著名高僧僧佑十余年,主要做与佛教有关的工作,即协助僧佑整理佛经典籍、编制目录、抄录群籍等,其整理、鉴别、归类、考订等功夫,无疑在提高了刘勰佛学修养的同时,也大大增强了其思辨能力与语言表达能力。刘勰在投依僧佑的十余年,最重要的业绩,是完成了不朽的著作《文心雕龙》。《文心雕龙·序志》篇赞曰:"文果载心,余心有寄。"从中可知这部著作是刘勰的精神寄托和希望。

《文心雕龙·诸子》"太上立德,其次立言。百姓之群居,苦纷杂而莫显,君子之处世,疾名德之不章。唯英才特达,则炳曜垂文,腾其姓氏,悬诸日月焉"道出了以文章流芳百世之心声,立言而追求不朽,是中国古代知识分子牢不可破的传统观念,扬雄有"欲求文章成名于后世"[①](《汉书·扬雄传》)之宏愿,曹丕把文章称为"不朽之盛事"(《典论·论文》),皆看重以文章名垂青史。刘勰在当时仕进坎坷的情况下,怀着立言不朽的强烈愿望呕心沥血完成著述,以对偶工整、辞藻华丽、比喻巧妙的骈文形式,把抽象的理论表达得非常形象,并且在《文心雕龙》全书中,对文学作品的文辞之美论述最为全面,表现出对语言艺术的高度重视。

《文心雕龙》在《情采》篇中言:"绮丽以艳说,藻饰以辩雕",表现出对作品修辞的赞美。陈光磊、王俊衡《中国修辞学通史》:"《文心雕龙》的理论体系远远超出文学理论批评范畴,它实际上是以语言运用为本的思想理论体系。"[②]从不同的视角道出了刘勰在《文心雕龙》中对于语言运用的重视程度。

语言是文化、思想的载体,是文学艺术的第一要素。马克思说:"观念不能离开语言而存在。"[③]"语言是思想的直接现实……思想通过词的形式具有自己本身的内容。"[④]语言与人的思维有着密切的联系,语言是思维的工具,思维不能脱离语言而存在。

---

① 《二十四史》卷2《汉书》,中华书局1997年影印本,第910页。
② 陈光磊、王俊衡:《中国修辞学通史》(先秦两汉魏晋南北朝卷),吉林教育出版社1998年版,第426页。
③ 《马克思恩格斯全集》第46卷(上),人民出版社1979年版,第109页。
④ 《马克思恩格斯全集》第3卷,人民出版社1960年版,第525页。

吕叔湘认为:"文学作品是用语言作媒介,用语言把它写出来的。……就是讲思想,他的思想也不能赤裸裸地往作品里头搁呀,他还得给它穿上衣服呀,那就是语言了,他得用语言把思想表达出来,总之还是离不开语言的。"①

魏晋南北朝时期作家着力在探索文学作品的语言形式美,利用一切语言技巧使作品更好地传达出对生命的体认,极为重视作品的对偶工整、用典精切、音韵和谐以及辞藻华美。当时的文学评论者也极为重视文学作品的语言技巧。如西晋陆机作为文坛大家,不仅善于驾驭语言,而且《文赋》在许多地方重视语言及其语言的运用,如"夫放言遣辞,良多变矣"②"或辞害而理比,或言顺而义妨"③,又谈到修辞造句,"其为物也多姿,其为体也屡迁;其会意也尚巧,其遣言也贵妍。暨音声之迭代,若五色之相宣"④——事物的形体千姿百态,文章的体裁屡次变迁。表达思想离不开艺术技巧,修辞造句要用优美的语言与和谐的声律。钟嵘论诗也具有重采的审美倾向,其《诗品》在强调作品有充实内容的同时,要具备工美的语言形式,从《诗品序》"故诗有三义焉:一曰兴、二曰比、三曰赋。文已尽而意有余,兴也;因物喻志,比也;直抒其事,寓言写物,赋也。宏斯三义,酌而用之,干之以风力,润之以丹彩"⑤可以看出钟嵘重视文学作品运用赋比兴的修辞手法,主张风骨、文采并重,《诗品》列为上品的曹植、张协、陆机、谢灵运等诗人,其作品皆为辞采华茂、文采富艳之作。刘勰撰写《文心雕龙》,注重吸取与此有关的著述与言论,并加以完善与发展,他对于语言运用的关注,也是在这样的时代与环境下展开的。

任何深刻的思想,只有用准确清晰的语言表达出来,才能成为现实的思想,语言是作者进行思维活动和表情达意的工具,也是一篇文章的外在的物质形式,语言和文章的关系十分密切。刘勰在评论大量的文学作品

---

① 吕叔湘:《文学与语言的关系》《吕叔湘自选集》,上海教育出版社1989年版,第533页。
② 张少康集释:《文赋集释》,人民文学出版社2002年版,第1页。
③ 同上书,第145页。
④ 同上书,第132页。
⑤ 周振甫译注:《诗品译注》,中华书局1998年版,第19页。

中，对语言运用重要性有着许多深刻的认识与阐述。文体论部分十分重视不同文体的语言特点，文术论（创作论）部分有专章如《声律》《丽辞》《事类》《比兴》《夸饰》《隐秀》等诸篇论述语言运用技巧和修辞方面的问题，从字、句、章到篇，刘勰都系统地陈述了对于语言运用及其重要性的见解，下面略举几例以窥其全豹。

《书记》："辞者，舌端之文，通己于人。子产有辞，诸侯所赖，不可已也。"言辞犹如舌吐莲花，把自己的意图告诉别人，郑子产善于修辞，诸侯都依赖他，可见修辞之重要。

《神思》："物沿耳目，而辞令管其枢机。"外物靠耳目来接触，语言主管它的表达机构，作为文学形象，是以语言为工具进行创作的。

《声律》："故言语者，文章关键，神明枢机。"语言是构成文章的关键。

《练字》："心既托声于言，言亦寄形于字。"刘勰指出，语言文字就是表达思想的工具。

《神思》："意授于思，言授于意，密则无际，疏则千里。"思想转化为文思，文思用语言来表达。语言文字表达得好，语言贴切时，就像天衣无缝，和思想完全相符；表达不准确，则与思想相差千里。这就说明为文时准确地使用语言的重要性。达意时少一字则意义不完备，一句话多一字也有妨碍，显得多余，"意少一字则意阙，句长一言则辞妨"（《文心雕龙·书记》），重在精简扼要。

由以上可知，刘勰反复强调语言运用与文辞修饰的重要性，对此，也可借用启功先生的话为刘勰重视修辞功用立言或作进一步解读："无论诗句或骈文句，都不仅止要能表达思想就完了，同时需要具有美的条件，因此它们的语法和修辞的关系是密不可分的。修辞的方法至少有两个：一是字面装饰，二是声调的谐和。"[①] "在古代汉语中尤其是诗歌、骈文中，修辞与语法往往是不可分的。修辞的作用有时比语法的作用更大。甚至在某

---

① 启功：《古代诗歌、骈文的语法问题》《汉语现象论丛》，中华书局1997年版，第13页。

些句、段、篇中的语法即只是修辞。"① 启功先生认为文章离不开修饰，文学作品尤其是诗赋、骈文应该重视语言形式美；王宁先生说："通常所说的'修辞'，本来就寓于语言的正常法则之中去。文学家所说的超越语言的种种现象……其实正是被语言的正常法则在冥冥控制着。"② 言明修辞与语言法则的关系，强调语言运用的重要性，足见当代学者对于汉语文章修辞之必要的重视与肯定。

　　正是因为《文心雕龙》对语言运用的高度重视，刘勰从大量的文学作品中总结出符合汉语特点的诗文语言形式之美，在《文心雕龙》一书中探讨了许多修辞学的内容，可见刘勰对于作为研究语言运用科学的修辞学，在表情达意（或者说在文学）中作用的认识。在《章句》篇探讨了字、句、章、篇的关系以及篇章结构等的安排；《丽辞》篇探讨对偶的修辞方法；《比兴》篇阐释比兴的修辞手法，并深入揭示"比显而兴隐"的艺术本质；《夸饰》篇讨论夸张的修辞等。刘勰是文章高手，修辞内行，在谈论语言的修辞功用时，充分认识到了汉字的形、音、义的特点，把文学作品修辞时运用汉字、汉语的特点臻于极致，对语言的艺术本质及民族特征等问题，进行了寻本探源的分析与总结，并在全书体现了"宗经""文质论"的修辞学思想。以下对《文心雕龙》修辞学的基本思想从理论上加以分析与概括。

第二节　《文心雕龙》"宗经"的修辞学思想

　　《文心雕龙》的修辞学理论是丰富的，刘勰对于修辞学思想的阐述，对于修辞理论和修辞手法的提炼，以及对于鉴赏修辞"披文以入情"方法的总结，是在阅读大量作品以及对前人成果继承的基础上，对纷繁复杂的

---

　　① 同上书，第23页。
　　② 《汉语现象问题讨论论文集》，文物出版社1996年版，第36页。

语言现象加以归纳和分析，来揭示古代文言文书面语言修辞的客观规律的，在汉语修辞学上有开创意义。

在《文心雕龙》中，刘勰认为，针对形式主义文风的方法有两个：一是"征圣""宗经"，即主张"矫讹翻浅，还宗经诰"（《通变》）；二是提倡文质兼备，主张文章应具有自然之美。在此就以上两点分别论之。

"宗经"的修辞学思想在《文心雕龙》的理论体系中占有十分重要的地位，可以说是《文心雕龙》修辞学理论的总纲，刘勰对于文章"征圣""宗经"的理由予以充分的申说，本书从以下四个方面论及在"宗经"思想指导之下《文心雕龙》对文章修辞的见解。

一 经书乃"文章奥府""群言之祖"

《文心雕龙·宗经》赞曰："文章奥府，群言之祖"，称赞经书是写好文章的宝库，是各种言论和文章的宗师，"宗经"是《文心雕龙》修辞学理论的核心思想之一。对于刘勰提倡为文修辞必须"宗经"的原因，詹锳先生从为了纠正齐梁以来的形式主义文风的角度理解言之有理："刘勰的各种理论都是有针对性的，他所提倡的'原道''征圣''宗经'，主要是针对当时的形式主义文风，以及当时社会上流行的靡靡之音，提出了匡时救弊的主张，使作品有内容，使文学能够起到教化的作用。他并不是要效法经书的文辞，所以他宗经而提倡丽辞、声律，即在形式上还是主张骈文。"[①]刘勰为矫正齐梁以来讹滥淫丽的文弊，创作了《原道》《征圣》《宗经》各篇，对于经书推崇备至，对于经书的作用给予高度的评价。

刘勰首先言明，文源于道，《原道》篇是探索文章的"源"，《原道》篇言："故知道沿圣以垂文，圣因文以明道。"纪昀高度评价刘勰的《原道》篇对文章之源的认识："自汉以来，论文者罕能及此。彦和以此发端，所见在六朝文士之上。文以载道，明其当然；文原于道，明其本然，识其

---

① 詹锳：《刘勰与文心雕龙》，中华书局1980年版，第89页。

本乃不逐其末。首揭文体之尊，所以截断众流。"①"道""圣""经"的关系如何呢？《征圣》篇曰："是以论文必征于圣，窥圣必宗于经。"詹锳先生认为，"《原道》篇说：'道言圣以垂文。'揆刘勰之意，'道''圣''经'三者为连锁关系，'道'为'圣'之本，'圣'为'经'之本，而'经'为后世文章之本"。②对"道""圣""经"三者的关系作了极好的诠释，也就是说，作者行文，必须"原道"，"'道'不可见，可见者惟明道之圣，所以欲求见道，必需征圣"。③"圣人"往矣，作者将如何师，师"圣人"的文章"六经"。所以，在《文心雕龙》中，刘勰主张立言修辞应以"六经"即以《易》《诗》《书》《礼》《乐》《春秋》为宗，即《序志》篇所言："本乎道，师乎圣，体乎经。"

刘勰反对"建言修辞，鲜克宗经"（《宗经》），针对南朝宋齐梁以来文士为文"爱奇"、言辞"浮诡"的弊端，认为其原因主要是作文修辞，很少能够效法经书，正如《宗经》篇所言："是以楚艳汉侈，流弊不还，正末归本，不其懿欤？"《楚辞》艳丽，汉赋浮夸铺排，因此，造成浮艳的流弊愈演愈烈，刘勰认为："矫讹翻浅，还宗经诰"（《通变》），正如章太炎先生的评价："故《宗经》一篇实为彦和救弊之言。"④这也是刘勰反复强调要"宗经"，为文写作时要效法经书，要以儒家的经书为标准之具体缘由。

在《文心雕龙》一书中，刘勰主张文章从内容到形式都应该以圣人之文为标准。《征圣》篇中指出，圣人的文章有四种不同的表达方法，即为文的简、繁、显、隐四种。"简言""博文"就是简和繁，"明理""隐义"即指显和隐，六经的文章是繁简显隐四者的楷模。对此，刘勰举出具体的例证加以说明，《征圣》云："夫鉴周日月，妙极机神；文成规矩，思合符契。或简言以达旨，或博文以该情，或明理以立体，或隐义以藏用。故

---

① 黄霖：《文心雕龙汇评》，上海古籍出版社2005年版，第13页。
② 詹锳：《文心雕龙义证》（上），上海古籍出版社1989年版，第32页。
③ 罗根泽：《中国文学批评史》（一），上海古籍出版社1984年版，第215页。
④ 黄霖：《文心雕龙汇评》，上海古籍出版社2005年版，第169页。

《春秋》一字以褒贬，《丧服》举轻以包重，此简言以达旨也。《邠诗》联章以积句，《儒行》缛说以繁辞，此博文以该情也。书契决断以象夬，文章昭晰以象离，此明理以立体也。四象精义以曲隐，五例微辞以婉晦，此隐义以藏用也。故知繁略殊形，隐显异术，抑引随时，变通适会，征之周孔，则文有师矣。"清黄叔琳对刘勰概括出经书的这四种方法给予很高的评价："繁简隐显，皆本乎经，后来文家，偏有所尚，互相排击，殆未寻其源欤。"① 黄叔琳一针见血地指出，后世作家为文各有所好，各自为政，或崇己抑人，互相攻讦，大约皆未寻其源，本乎经，尽管文无定法，而其要义乃"繁简隐显，皆本乎经"。纪昀称赞云："八字精微，所谓文无定格，要归于是。"② 黄侃亦表示了同样的见解，"文术虽多，要不过繁简隐显而已，故彦和徵举圣文，立四者以示例"。③ 所有的文术可概括为"繁简隐显"四种，而此四种，皆源于经，此可谓为文宗经的极为充分的理由之一。

黄侃先生凭着对《文心雕龙》精深的研究，在《宗经》篇的札记中，他揣摩刘勰主张宗经的原因主要有以下四条："夫六艺所载，政教学艺耳，文章之用，隆之至于能载政教学艺而止。挹其流者，必撢其原，揽其末者，必循其柢。此为文之宜宗经一也。经体广大，无所不包，其论政治典章，则后世史籍之所从出也；其论学术名理，则后世九流之所从出也；其言技艺度数，则后世术数方技之所从出也。不睹六艺，则无以见古人之全，而识其离合之理。此为文之宜宗经二矣。杂文之类，名称繁穰，循名责实，则皆可得之于古。彦和此篇所列，无过举其大端。纪氏谓强为分析，非是。若夫九能之见于《毛诗》，六辞之见于《周礼》，尤其渊源明白者是也。此为文之宜宗经三矣。文以字成，则训诂为要；文以义立，则体例居先，此二者又莫备于经，莫精于经。欲得师资，舍经何适？此为文之宜宗经四矣。谨推刘旨，举其四端，至于经训之博厚高明，盖非区区短言

---

① 黄霖：《文心雕龙汇评》，上海古籍出版社2005年版，第17页。
② 同上。
③ 同上书，第13页。

所能扬榷也。"① 黄侃先生指出经书作为经典著作既是后世政治典章、学术名理等的主要渊源，也是后代语言的典范和府库，黄侃先生全面准确地阐发了宗经的理论是刘勰重要的修辞学思想的原因，实际上"宗经"这一思想也贯穿在《文心雕龙》全书的创作之中。

在《宗经》篇中，刘勰对经书的特点和成就褒赞有加，提倡效法经书来作文，他指出经书中的文章"根柢盘深，枝叶峻茂，辞约而旨丰，事近而喻远"，言其经书文辞简约而意义丰富，事例浅近而喻意深远，因此，经书中的文章是值得后世师法的。并进一步阐述了经书巨大而神奇的作用："是以往者虽旧，余味日新。后进追取而非晚，前修久用而未先，可谓太山遍雨，河润千里者也。"说明经书的内容博大精深，舍经书无法言及文章的源起。"义既埏乎性情，辞亦匠于文理"，五经是文章的范本，其内容可以陶冶人的情性，其文辞合乎创作的规律，《文心雕龙》一以贯之地强调经书是各种言论和文章的始祖，《宗经》篇加以总结："性灵熔匠，文章奥府。渊哉铄乎，群言之祖。"

"宗经"之谈，由来已久，如王充《论衡·佚文》言："文人宜遵《五经》六艺为文，诸子传书为文。"② 王逸《楚辞章句序》："夫《离骚》之文，依托五经以立义焉。"③ 刘勰宗经的理念与王充等是一脉相承的，刘勰主张宗经的同时对史传等文学作品同样予以高度的重视。《风骨》篇有："熔铸经典之范，翔集子史之术。"刘勰以经书之文为典范，实际上也并不排斥学习诸子、史传、纬书等，所以，在《文心雕龙》中，有《诸子》《史传》《正纬》等专论之。可见，刘勰言"宗经"，即反对当时浮靡诡巧的文风，并非完全因循守旧，而实有借复古革新文弊之意。

对此，牟世金先生的阐发颇有见地："刘勰也未必真就以五经之文为文学的最高标准。从《文心》全书可以清楚地看到，他理想中的文学作品不可能停留在儒家的经书上。所以，在这点上最足以说明其'征圣''宗

---

① 黄侃：《文心雕龙札记》，上海古籍出版社2000年版，第15页。
② 《诸子集成》卷7《论衡》，上海书店出版社1986年影印本，第201页。
③ （宋）洪兴祖：《楚辞补注》（白化文等点校），中华书局1983年版，第49页。

经'，主要是借重儒家圣人的声望以表述自己的文学主张。"①

二 经书是后世各种文体的渊源

刘勰认为各种文体都出于经书，这是刘勰的一个很重要的修辞学理论。在《文心雕龙》一书中，刘勰在"文体论"部分，从《明诗》篇到《书记》篇，皆以宗经为依据，归纳了各种文体的来源、内容、功用及语言特色。《文心雕龙》的文体论被称为奠定了古代文体论的基础。在现代修辞学中，刘勰的《文心雕龙》中关于文体分类和文体特点的论述大致归属于语体风格的研究范围。

刘勰认为各种文体都来源于经典，因此，研究各种文体的创作特点都要注意修辞，而要着眼于修辞则一定要宗经，否则，如《宗经》所言，会造成"楚艳汉侈，流弊不还"，刘勰强调各种文体写作须"宗经"仍出于救弊的作用。

刘勰在《宗经》篇中具体说明了经书是各种不同文体的来源。《宗经》篇言："故论说辞序，则《易》统其首；诏策章奏，则《书》发其源；赋颂歌赞，则《诗》立其本；铭诔箴祝，则《礼》总其端；记传盟檄，则《春秋》为根：并穷高以树表，极远以启疆，所以百家腾跃，终入环内者也。"论、说、辞、序，诏、策、章、奏，赋、颂、歌、赞，铭、诔、箴、祝，记、传、盟、檄诸多功能不同的文体都来源于不同的经书，甚至诸子百家的创作也未能跳出经书的范围。

稍后于刘勰的北朝文士颜之推与刘勰有相似的观点，认为各种文体来源于经书。《颜氏家训·文章》篇云："夫文章者原本《五经》：诏、命、策、檄，生于《书》者也；序、述、论、议，生于议者也；歌、咏、赋、诵，生于《诗》者也；祭、祀、哀、诔，生于礼者也；书、奏、箴、铭，生于《春秋》者也。"② 颜之推主张文体来源于经，但在探讨文体的具体来

---

① 牟世金：《文心雕龙研究》，人民文学出版社1995年版，第184页。
② 《诸子集成》卷8《颜氏家训》，上海古籍出版社1986年影印本，第19页。

源时，颜之推与刘勰稍有不同，如颜之推认为"檄"生于书，刘勰谓"檄"则春秋为根等，但分歧不是很大。

黄侃先生《文心雕龙札记》从其内容方面阐释了刘勰提出各种文体来源于经书的原因："'论说辞序，则《易》统其首。'谓《系辞》《说卦》《序卦》诸篇为此数体之原也。寻其实质，则此类皆论理之文。'诏策章奏，则《书》发其原。'谓《书》之记言，非上告下，则下告上也。寻其实质，此类皆论事之文也。'赋颂歌赞，则《诗》立其本。'谓《诗》为韵文之总汇。寻其实质，此类皆敷情之文。'铭诔箴祝，则《礼》总其端。'此亦韵文，但以行礼所用，故属《礼》。'记传移檄，则《春秋》为根。'纪传乃纪事之文，移檄亦论事之文耳。"① 黄侃先生言《易》《书》《诗》《春秋》因其功用不同，成为后世论理、敷情、论事等不同功能文体之源，是对刘勰经书是后世各种文体渊源论观点的进一步说明。

孙德谦《太史公书义法》卷上《宗经》篇云："盖言文章体用俱备于经。"② 指出刘勰眼中的经书与文体之关系。刘勰将各种文体分配诸经，是刘勰宗经思想的反映。《钦定四库全书总目提要》卷一九二集部类存目二《六艺类别》："至刘勰作《文心雕龙》，始以各体分配诸经，指为源流所自，其说已涉臆创。"③ 称其为"臆创"，实已隐含了对文体源于经书持有不同的观点。清章学诚《文史通义·诗教》通过具体作品的分析指出汉魏六朝的很多文体来源于战国，也谓一家之言。纪昀则对刘勰文体源于经书论予以抨击："此亦强为分析，似钟嵘之论诗，动曰源出某某。"④ 纪昀认为把各种文体的产生皆归于经书，实属牵强附会，足见刘勰此观点学界有不同看法。但刘勰对各种文体的历史进行寻根溯源的考察，认为各种文体都出于经书，并贯穿于整个文体论中，是刘勰宗经思想的映射，也是对文体源流探讨的一种尝试，对于理清各种文体的发展以及不同文体的特点

---

① 黄侃：《文心雕龙札记》，上海古籍出版社2000年版，第17页。
② 詹锳：《文心雕龙义证》（上），上海古籍出版社1989年版，第32页。
③ 纪昀、陆锡熊等：《钦定四库全书总目》，中华书局1997年版，第2686页。
④ 黄霖：《文心雕龙汇评》，上海古籍出版社2005年版，第20页。

之总结具有重要价值,对后人研究文体以及建立文体理论体系同样具有启迪作用。

三 文能宗经,体有"六义"

刘勰强调,圣人之文,衔华而佩实,所以,文能宗经,可使文章的内容与形式达到的完美的统一。

《文心雕龙》中《征圣》《宗经》被刘勰称为"文之枢纽"(《序志》),可见刘勰以"征圣""宗经"为本,提出作文修辞必须学习儒家经典的主张。在刘勰的心目中,经书的内容包罗万象,《宗经》篇言:"经也者,恒久之至道,不刊之鸿教也。故象天地,效鬼神,参物序,制人纪。"强调经书是制定人间纲纪的典章,并说明经典还有一个十分重要的功用,"洞性灵之奥区,极文章之骨髓者也""义既埏乎性情,辞亦匠于文理,故能开学养正,昭明有融"(《宗经》)。经书是真正能洞察性灵的奥秘,极尽创作诀窍的书籍,毫无疑问,经书是文章的楷模。经书的教育作用是不可低估的,故《序志》篇言:"唯文章之用,实经典枝条……"

"若禀经以制式,酌雅以富言,是即山而铸铜,煮海而为盐也"(《宗经》),在刘勰看来,经书不论是从制定体式还是丰富语言,都如就矿山铸铜,傍海水制盐,乃取之不尽之宝库、用之不竭之奥府。黄侃先生认为以上两句才是刘勰写《宗经》篇的主要目的:"禀经以制式二句,此二句为《宗经》篇正意。"[1] 刘勰宗经,并非仅为宣传儒家思想,其目的在于"制式"与"富言"。如王更生先生所言:刘勰"处处从文学的观点,去透视五经,较之两汉经生以名物训诂说经的方式,自是大有不同。我们如果勘破他这一点,便发现他处处释经,却处处言文"。[2]

刘勰从少年时期到完成《文心雕龙》这样一部巨著,主要跟着僧祐学习并整理经籍埋首书卷,《文心雕龙》的一个很大的贡献,就是在于他从

---

[1] 黄侃:《文心雕龙札记》,上海古籍出版社 2000 年版,第 17 页。
[2] 王更生:《文心雕龙研究》,台北文史哲出版社 1976 年版,第 218 页。

大量的书卷中，发现了文学作品的特点，又有感于当时绮靡有余的文弊，提出了有针对性的观点。他以儒家经典为宗旨，在《原道》《征圣》《宗经》篇重点分析了经书的写作特点，从古代的诗文以及各种应用文体中归纳出文学创作的修辞理论和写作规律，提出了文学创作的法则。在《宗经》篇中，他提出了"六义"说，"六义"是刘勰"征圣""宗经"思想的集中体现。也是刘勰以"征圣""宗经"为指导思想在文章写作与修辞上所立的具体标准。

"六义"：《宗经》篇云："故文能宗经，体有六义：一则情深而不诡，二则风清而不杂，三则事信而不诞，四则义贞而不回，五则体约而不芜，六则文丽而不淫。"《宗经》全篇，重在昭示如何向圣人学习为文的问题，并进一步指出文能宗经会产生六个方面的优点，其中一、三、四是从文章内容的角度来说的，二、五、六是就体裁及语言特点论析的，这是学界的共识。如王运熙先生认为，这六个方面，其中第一、三、四项主要是针对思想内容说的；二、五、六是就语言特点说的。[1] "体有六义"，"体指的是什么？斯波六郎《札记》的观点是"体当指文章的形式和内容浑一之姿"。[2] 是比较确切的解释，此处的"体"，也就是文章的内容和形式的统一之体。

"六义"的具体含义如下：

"一则情深而不诡"：情志深远而不诡异。

"二则风清而不杂"：风格清纯而不繁杂。

"三则事信而不诞"：论事真实而不荒诞。

"四则义贞而不回"：义理雅正而不歪斜。

"五则体约而不芜"：文体简练而不芜杂。

"六则文丽而不淫"：文辞雅丽而不淫滥。

周振甫先生对"六义"在《文心雕龙》中的地位有精到的说明：

---

[1] 王运熙：《文心雕龙探索》增补本，上海古籍出版社2005年版，第181页。
[2] 王元化：《日本研究〈文心雕龙〉论文集》，齐鲁书社1983年版，第89页。

"'六义'实是全书很重要的论文标准。……就文章的内容说,要求情深、事信、义直。不论是记事、论理、抒情,都离不开事信、义直、情深。此外,又提出风清、体约、文丽,从风格到体裁、文采都包括进去了。"①

刘勰认为,文能宗经,可使内容与形式达到完美的统一。因此,黄侃先生认为"六义"中"事信"和"体约"是最主要的:"此乃文能宗经之效。六者之中,尤以事信、体约二者为要。折衷群言,佚解百世,事信之征也;芟夷烦乱,剪截浮辞,体约之故也。"②

《文心雕龙》中文能宗经,体有"六义"的观点,是全书的一贯思想。《征圣》:"然则圣文之雅丽,固衔华而佩实也。"黄侃予以明确的阐释:"衔华佩实,此彦和《征圣》篇之本意。文章本乎圣哲,而后世专尚华辞,则离本浸远,故彦和必以华实兼言。"③ 可见,刘勰始终在强调要"正末归本",回到经书衔华佩实的正确的道路上,华实兼言,体有"六义",才能使文章的内容和形式完美地统一起来。在《文心雕龙》中,刘勰评论作家作品,也是以"六义"为标准。

四 "禀经以制式,酌雅以富言",刘勰主张以经书的语言为范式

刘勰在《文心雕龙》中总结出了以"宗经"为理念和以经书的语言为范式的修辞观。

《宗经》:"并穷高以树表,极远以启疆,所以百家腾跃,终入环内者也。"经书已经建立起了文章最高的标准,既树立了文体之渊源,也开辟了后学之疆域。

刘勰《文心雕龙》衡文的尺度,是以六经为标准的,因为经书的语言是艺术上成熟的最早作品,从经书中汲取语言运用的宝库,是刘勰自始至终所追求的。为文宗经,语言才能华丽而不过分,即"文丽而不淫"(《宗

---

① 周振甫主编:《文心雕龙辞典》,中华书局1996年版,第194页。
② 黄侃:《文心雕龙札记》,上海古籍出版社2000年版,第17页。
③ 同上书,第14页。

经》)。刘勰从经书中归纳出语言运用的特点,作为修辞理念加以提倡,用来指导诗文的写作,并针对刘宋以来文人很少宗经"各竞新丽,多欲练辞,莫肯研术"(《总术》)的时弊,用"还宗经诰"(《通变》)反对当时讹而新的文风。

以经书的语言运用为典范,刘勰主张语言应该简约、雅正,以及反对与经书相乖的语言特点,如繁杂、奇诡等。

《宗经》:"至根柢盘深,枝叶峻茂,辞约而旨丰,事近而喻远。"经书的语言"辞约而旨丰",是刘勰所推崇的。《铭箴》"义典则弘,文约为美"都指出经书具有语言简练而意义丰富的特点,所以,以文约为美,主张辞约旨丰,反对瘠义肥辞、繁杂失统,是《文心雕龙》的重要修辞学思想。

《文心雕龙》往往举出实例说明经书的语言"体约而不芜"之优长,《宗经》篇:"《春秋》辨理,一字见义",《征圣》:"故《春秋》一字以褒贬,《丧服》举轻以包重,此简言以达旨也。"赞扬《春秋》"一字以褒贬"、言简意赅的特点。《史传》:"举得失以表黜陟,徵存亡以标劝诫;褒见一字,贵逾轩冕;贬在片言,诛深斧钺。然睿旨幽隐,经文婉约,丘明同时,实得微言。"对《春秋》简言达旨、语言简练而又意味深长的表达效果给予高度的赞美。

《风骨》:"练于骨者,析辞必精。"文辞精练的作品是风骨必备的条件之一。《物色》:"物色虽繁,而析辞尚简。"物色虽然繁富,文辞贵在简练。《物色》:"诗人丽则而约言,辞人丽淫而繁句。"赞美诗人遣词清丽而简洁,而反对辞赋家用辞繁多而绮靡。

在对具体作家作品的评论中,仍然渗透着文简为美的修辞学思想。《议对》:"及陆机断义,亦有锋颖,而腴辞弗剪,颇累文骨。"认为陆机的文章《晋书限断义》文藻过繁,缺少删削而有损文骨。

《诸子》:"辞约而精,尹文子得其要。"赞美《文子》的语言简练精当。

《檄移》:"陆机之《移百官》,言约而事显,武移之要者也。"赞美陆机《移百官》语言精练、叙事明晰,是军事方面的重要移文。

除了重视经书以简约为美的文章体貌之外，经书"典雅"的语言特点，也是刘勰极为推崇的。《体性》篇云："典雅者熔式经诰，方轨儒门者也。"典雅的语言，是从经书熔化得来，所以文辞庄重。《定势》指出："是以模经为式者，自入典雅之懿"。刘勰认为如果要学作典雅的文章，一定要模仿经典著作。《宗经》："若禀经以制式，酌雅以富言，是即山而铸铜，煮海而为盐也。"强调以经书为典范，依据经书的训诂丰富文学创作语言。

刘勰的《体性》篇把文章风格分成八体，第一种为"典雅"，也从侧面说明刘勰对典雅的语言风格的重视程度。在评论作家时，刘勰褒奖有加的是尊崇经书典雅特点的作家作品。在《风骨》篇中，刘勰以潘勖为例说："潘勖锡魏，思摹经典，群才韬笔，乃其骨髓峻也。"潘勖写《册魏公九锡文》，模仿经典，骨体清峻，温雅与典诰同风，令众多才士就此搁笔，刘勰予以赞扬。《诏策》中，有"潘勖《九锡》，典雅逸群"，称潘勖的《册魏公九锡文》措辞典雅，出类拔萃。《明诗》："至于张衡《怨篇》，清典可味。"赞扬张衡的《怨》诗的清丽典雅。《章表》篇："胡广章奏，天下第一：并当时之杰笔也。观伯始谒陵之章，足见其典文之美焉。"刘勰认为胡广的章奏，之所以为天下第一，得力于其语言的典雅华丽。

在对不同的文体进行评价时，刘勰同样囿于宗经的眼光，追求雅正。《辨骚》论楚辞，有合于经典四事，异乎经书四事。

《颂赞》篇有"原夫颂惟典懿，辞必清铄，敷写似赋，而不入华侈之区；敬慎如铭，而异乎规戒之域"。推究颂赞的写作，内容应求典雅美好，文辞应清丽光彩。

对于史传文学的评价，刘勰在《史传》篇中评史的眼光，标出的作史时树立主旨和选择文辞的准则是经书"是立义选言，宜依经以树则；劝诫与夺，必附圣以居宗。然后诠评昭整，苛滥不作矣"。

在解释"传"这种文体时，也没有超越宗经的窠臼，称"传"为经书的辅助读物。《史传》篇："传者，转也；转受经旨，以授于后，实圣文之羽翮，记籍之冠冕也。"这里的"圣文"，即指经书。

另外，刘勰"宗经"的立场从对司马迁和班固"立义选言"的评价中可见一斑。基于宗经的标准，刘勰对司马迁有不公之评论，《史传》评司马迁的《史记》："尔其实录无隐之旨，博雅宏辩之才，爱奇反经之尤，条例踳落之失，叔皮论之详矣。"《汉书·司马迁赞》曰："然自刘向、扬雄，博极群书，皆称迁有良史之才，不虚美，不隐恶，故谓之实录。"[1] 即刘勰所谓"实录无隐之旨"的说明，刘勰认为："尊贤隐讳，固尼父之圣旨，盖纤瑕不能玷瑾瑜也。"(《史传》) 批评《史记》的"实录无隐""爱奇反经"的特点。实际上，有"实录"精神、"爱奇反经"正是《史记》的长处。而刘勰对司马迁优劣的评价，仍然源于宗经的原则。

班固的《汉书》"宗经矩圣"正是《汉书》的不足，《史传》却赞扬汉书为"宗经矩圣之典，端绪丰赡之功"。赞美汉书具有尊崇经典师法圣贤的风范。

《文心雕龙》在对修辞方式的论析中，仍然渗透着"宗经"的理念。

以夸张为例，《夸饰》篇认为"文辞所披，夸饰恒存"，并肯定艺术语言的夸张手法的可达难显之情，摹难绘之状，但在评论夸饰手法使用的情况时，仍然本着宗经的观点去衡量。《夸饰》："虽《诗》《书》雅言，风俗训世，事必宜广，文亦过焉。"肯定《诗经》《尚书》中夸饰得到较为普遍的使用，夸张合理。《夸饰》："若能酌《诗》《书》之旷旨，翦扬马之甚泰，使夸而有节，饰而不诬，亦可谓之懿也。"主张体会经典《诗经》《尚书》的意旨深远的创作匠心，可避免扬雄、司马相如的过分形容，使夸饰这种修辞手法恰到好处。

对有些夸张以及其他艺术表现手法则是用"宗经"的眼光去要求提出的批评：如《诸子》篇的论述涉及诸子的思想和艺术："然繁辞虽积，而本体易总，述道言治，枝条五经。其纯粹者入矩，踳驳者出规。"因其异于经典，刘勰便颇有微词。《诸子》"若乃汤之问棘，云蚊睫有雷霆之声；惠施对梁王，云蜗角有伏尸之战；《列子》有移山跨海之谈，《淮

---

[1] （汉）班固：《汉书》，中华书局1960年版，第2737页。

南》有倾天折地之说，此踳驳之类也"。把诸子中的神话传说和寓言故事称为"踳驳"即乖舛驳杂之类，而这些神话、寓言正是诸子文学性强的表现。

用典更需要"宗经"，《事类》篇云："经籍深富，辞理遐亘"（《事类·赞》）。用典时，要避免"浅见"和"寡闻"，以求"博学"，需要学习经书和典籍。《事类》篇称赞经典价值："夫经典沉深，载籍浩瀚，实群言之奥区，而才思之神皋也。"《事类》把用典分为引成辞与举人事两种，而所引其来源仍是经籍。《事类》："然则明理引乎成辞，征义举乎人事，乃圣贤之鸿谟，经籍之通矩也。"称"引成辞""举人事"是圣贤的大文章，经籍的一般规范。《事类》："至于崔班张蔡，遂捃摭经史，华实布濩，因书立功，皆后人之范式也。"崔骃、班固、张衡、蔡邕，能够"捃摭经史"，用典使事才成为后人的典范，而他们也因此成为文坛大家。

综上所述，为探讨"为文之用心"，克服齐梁文坛形式主义文风的盛行，刘勰借助在意识形态领域占有统治地位的圣人之言和儒家经典来提出自己的文学主张，并从儒家的经典中汲取了许多有益于为文创作和运用语言的因素，来表现修辞学思想，对来源于经典的作品的进行了高度的赞扬，刘勰主张宗经，对遏制浮靡的文风、矫正文辞的侈艳有积极的作用，但单纯强调宗经，也有刘勰儒家思想之局限的一面。

"宗经"是刘勰修辞学思想的重要理论之一，刘勰主张为文必"宗经"，是有其思想渊源的，《孟子》《荀子》学说中均有尊圣宗经之说，司马迁在《史记》亦有尊圣之言："故圣人作乐以应天，作礼以配地，礼乐明备，天地官矣。天尊地卑，君臣定矣"[1]，足见儒家圣人之至尊的地位，又往往把圣、经、教三位一体，经书便具有了极高的地位。但《文心雕龙》中的"徵圣""宗经"，重点不是要求宗奉儒家思想，主要是借此提出基本的文学主张。

---

[1] （汉）司马迁：《史记》，中华书局1972年版，第1193—1194页。

刘勰"宗经"的修辞学思想对后世产生的影响有必要进一步研究。章太炎先生言："六朝之时，南人文章不能宗经，北人则宗经，如宇文泰使苏绰拟《大诰》，此宗经之证。唐世文章盖出于苏绰，故必佶屈聱牙。至中唐以后，以至于宋，又渐不宗经而学子矣……当梁之时，文学浮靡，达于极点……故斯时刘起于南，苏起于北，皆思以质朴救弊。"① 对刘勰作《宗经》篇缘由剖析深刻，并对宗经思想在后代不同的接受情况进行了分析，其中的论断也可作为我们研究朴学家看待文章宗经新变和文章修辞的一个重要的视角和思路。

第三节 《文心雕龙》修辞学思想的核心——文质论

在《文心雕龙》中，文与质、情与采都是言文章的内容和形式。修辞学家普遍认为内容与形式的关系问题是修辞学的主要任务。陈望道先生提出"修辞研究要把内容决定形式作为研究的纲领"。② 宗廷虎先生也多次重申"内容和形式的关系问题，是修辞学研究的一个至关重要的课题。也是修辞学理论研究中必须首先回答的关键性问题"。③

内容和形式的关系问题，在修辞学中各指什么，宗廷虎在探讨这个问题时引张寿康先生的阐述说："内容指的是写说的语言的题旨和情境，形式是修辞的方法。"并进一步说明"作为语言表达形式的修辞现象，它是否存在，也完全取决于内容。因此，在分析修辞现象时，不能脱离内容。修辞学虽然不必去研究内容本身，但却要研究如何使语言表达形式服从于内容的需要"。④ 从内容和形式的关系看，它们是一个辩证统一的整体。张弓认为："修辞的要件是：内容决定形式，形式内容统一……修辞的内容

---

① 黄霖：《文心雕龙汇评》，上海古籍出版社2005年版，第169页。
② 《陈望道修辞论集》，安徽教育出版社1985年版，第305页。
③ 《宗廷虎修辞论集》，吉林教育出版社2003年版，第71页。
④ 同上书，第56页。

与形式的辩证统一关系,必须很好地掌握"。①

内容与形式即文质论是南朝论文的一个核心问题,王运熙先生指出:"刘勰的《文心雕龙》也是以文质论为中心展开的。""刘勰论文章,最重文质兼备。"② 文质兼备是刘勰《文心雕龙》的一个很重要的修辞学思想,在整个《文心雕龙》中,刘勰反复阐述、辗转证明、自始至终地贯穿着这样一个修辞学理论。在《情采》(第三十一篇)中作了集中的论述,以下分别论之。

一 "文与质"与"情与采"在《文心雕龙》中作为专门术语的主要含义

在阐释刘勰文质论之前,有必要进一步辨析一下"情""采""文""质"在《文心雕龙》作为专门术语的具体含义,以便更好地理解刘勰关于文质论的修辞观。

"质与文""情与采"在《文心雕龙》中,"情""质"相当于文学作品的内容,"采""文"相当于文学作品的形式。

"文"与"质"作为《文心雕龙》的专门术语,其具体含义如下。

"文"作为《文心雕龙》的专门用语,有"文章"之义,如《原道》:"唐虞文章,则焕乎为盛。"《原道》:"文之为德也大矣,与天地并生者何哉?"文有时指"有韵之文",如《风骨》:"唯藻辉而高翔,固文笔之鸣凤也。"《总术》:"今之常言,有文有笔。"有时指"文采""文辞",《时序》:"时运交移,质文代变,古今情理,如可言乎?"《情采》:"昔诗人什篇,为情而造文"等。

"质"在《文心雕龙》中,作为普通义,主要指"质朴",如《情采》:"故知君子常言,未尝质也。"《通变》:"质之至也。"作为《文心雕龙》的专门用语,"质"主要是指文学作品的内容,如《原道》:"文胜其

---

① 张弓:《现代汉语修辞学》,河北教育出版社1993年版,第10页。
② 王运熙:《中古文论要义十讲》,复旦大学出版社2004年版,第126页。

质。"《程器》:"有文无质。"《才略》:"质文相称。"

"文""质"相对时,"文"指"文采""文辞","质"指文学作品的内容。

"情"与"采"作为《文心雕龙》的专门术语,其具体含义如下。

"情"作为《文心雕龙》的专门术语,主要指作家的思想感情,《神思》:"登山则情满于山,观海则意溢于海。"《隐秀》:"夫心术之动远矣,文情之变深矣。""情"有时泛指作品的思想内容,如《定势》:"因利骋节,情采自凝。"《情采》:"故情者,文之经,辞者,理之纬。"《情采》:"辞人赋颂,为文而造情。"等等。

"采"指文采。"采"作为《文心雕龙》的专门术语,一般来说,主要是指文辞、辞藻,刘勰所说的文采,主要是指以对偶、声律、辞藻、典故等为主的语言形式美,重点在修辞技巧方面。刘勰认为理想的文即《附会》篇所言:"必以情志为神明,事义为骨髓,辞采为肌肤,宫商为声气。'采'作为专门术语,'采'有时引申而谓文句上华丽之修饰。"[①] 如:《情采》:"文采所以饰言,而辩丽本于情性。"《丽辞》:"若气无奇类,文乏异采,碌碌丽辞,则昏睡耳。"

"情"和"采"对举时,"采"指"文采""文辞","情"是指文学作品的内容。

在《文心雕龙》中,"华"与"实"亦指文学作品的形式与内容,这里,顺便提及《文心雕龙》中"华"与"实"的含义。"华"指文采形式,如《章表》:"繁约得正,华实相胜",《时序》:"华实所附,斟酌经辞。""实"与"情"义同,《礼记·大学》:"无情者不得尽其辞。"[②] 郑玄注"情,犹实也。"《文心雕龙·才略》:"华实相副。"《征圣》:"衔华佩实。""实"也是《文心雕龙》的专门术语,一般与"华"对举,具体指作品表达的"事""义""志"。其含义和"情采"的"情"同,是指文

---

① 陈兆秀:《文心雕龙术语探析》,台湾文史哲出版社1986年版,第172页。
② 王文锦译解:《礼记译解》,中华书局2001年版,第898页。

章的内容。

在《情采》篇中,"质"与"文""情"与"采""实"与"华"皆异名而同实。

刘勰在《文心雕龙》一书的《情采》篇以下,有《声律》《丽辞》《事类》《比兴》《夸饰》《练字》《隐秀》等专论修辞方式的篇章,足见对语言形式美和表达效果的重视。《征圣》:"精理为文,秀气成采",主张在精理秀气的基础上注重文章的对偶、声律、比兴、夸饰等修辞手法的使用,根据思想感情的需要和体裁的要求确定音律、运用辞藻,创作出情文并茂的文章。

二 文质彬彬,情采兼备,是贯穿于《文心雕龙》全书的一个总的修辞原则

综前所述,文质并重的观点可以追溯到《论语》一书,《论语·雍也》:"质胜文则野,文胜质则史。文质彬彬,然后君子。"之后,诸子百家及扬雄、董仲舒各抒己见,论述精辟。魏晋南北朝时期评论家往往也沿用文质论评论作家,如陆机《文赋》论及碑文体的特点时说:"碑披文以相质。"李善注:"碑以叙德,故文质相半"[1],是说碑文的语言也要注意文质彬彬。《宋书·谢灵运传论》谈到建安文学的创作情况及建安文学特征时说:"至于建安,曹氏基命。二祖陈王,咸蓄盛藻,甫乃以情为文,以文被质。"[2] 这里的"以情为文,以文被质",都是指建安文学既注重情感的真挚,也讲究华美的辞藻文采。刘勰论文章,非常重视文质论,"斟酌乎质文之间"(《通变》),文质兼备,是刘勰对文风的总的要求。

(一)文质相附——内容与语言形式具有相互依存的关系

《文心雕龙·情采》提出"文附质""质待文",文质彬彬,内容和形

---

[1] (唐)李善注《文选》,中华书局1977年影印本,第241页。
[2] 《二十五史》卷3《宋书》,上海古籍出版社1986年影印本,第203页。

式应该有机地统一。

扬雄《法言》曰："女有色，书亦有色，女恶华丹之乱窈窕也，书恶淫辞之淈法度也。"① 扬雄重视文质相副可见一斑。齐梁文士尚辞藻，重声律，文胜质衰，忽视了儒家所提倡的文学教化的使命和诗歌温柔敦厚的讽谏作用。刘勰针对当时"体情之制日疏，逐文之篇愈盛"（《情采》）的文风而作《情采》篇。纪昀称刘勰写《情采》篇的缘由可谓确论："因情以敷采，故曰情采。齐梁文胜而质亡，故彦和痛陈其弊。"② 黄侃进一步阐释刘勰之用心："舍人处齐梁之世，其时文体方趋于缛丽，以藻饰相高，文胜质衰，是以不得无救正之术。此篇恉归，即在挽尔日之颓风，令循其本，故所讥独在采溢于情，而于浅露朴陋之文未惶多责。"③ 黄侃先生指出，本篇主要在于批评齐梁时期的芜辞滥体，意在讥刺为文造情。由此可知，刘勰一贯主张为文应文质并重。

董仲舒在《春秋繁露》中已有"文著于质，质不居文，文安施质；质文两备，然后其礼成"之见④。王充《论衡·感类》："名实相副，犹文质相称也。"⑤ 用名实的相副之关系言文质相称之理。刘勰同样也认为，内容与形式是相辅相成的，在《情采》一文中反复申述，自然界万事万物，也有形式和内容两部分，并且是"文附质""质待文。"《情采》篇云："夫水性虚而沦漪结，木体实而花萼振，文附质也。虎豹无文，则鞹同犬羊；犀兕有皮，而色资丹漆，质待文也。""文"指"沦漪""花萼"；"质"指"水性"和"木体"。刘勰用比喻来强调内容和形式是互相依附不可分离的，形式为内容服务，形式依存于一定的内容才有意义，任何内容不能没有形式；自然界如此，文学作品亦然，"文""质"互相依附。

正因为如此，刘勰对形成文的规律或者说构成文采的基本途径作了

---

① 《诸子集成》卷7《法言》，上海书店出版社1986年影印本，第5页。
② 黄霖：《文心雕龙汇评》，上海古籍出版社2005年版，第108页。
③ 黄侃：《文心雕龙札记》，上海古籍出版社2000年版，第112页。
④ （汉）董仲舒：《春秋繁露》，中华书局1975年版，第26页。
⑤ 《诸子百家》卷7《论衡》，上海书店出版社1986年影印本，第183页。

进一步的论述。《情采》："故立文之道，其理有三：一曰形文，五色是也；二曰声文，五音是也；三曰情文，五性是也。五色杂而成黼黻，五音比而成韶夏，五性发而为辞章，神理之数也。""立文之道"即指形成文的规律，此处的"文"的含义，众说纷纭，冯春田的解释言之有理："'文'，在这里是广义的，凡色彩相和、纹理交错、音声相协、情性外发而在人们的感官（如目视、耳闻）意识上感觉到有文采或美感的，都可称之为'文'。"① 简而言之，这里的"文"即构成文采的基本途径。

刘勰认为，"文"有"形文""声文""情文"三个方面构成，是由"五色"的"杂"、"五音"的"比"、"五性"的"发"而自然形成的。其具体情况是，"一曰形文五色是也"，形文，是由青、黄、赤、白、黑色彩构成的；"二曰声文，五音是也"，声文是由宫商角徵羽音律构成的；"三曰情文，五性是也"，情文是由仁义礼智信性情构成的。"形文""声文"是形式上的，"情文"与内容有关，情文除有"喜怒哀乐怨"之外，也有"仁义礼智信"，情不仅仅有五情，也有五性。只有经书中具备这样丰富内涵的"情"，可见，刘勰"情文"的内涵是很丰富的，"情文"和内容关系密切。

钱钟书先生《谈艺录》的阐释对我们理解刘勰的立文之道很有启发，他认为："人之嗜好，各有所偏，好歌咏者，则论诗当如乐；好雕画者，则论诗当如画；好理趣者，则论诗当见道；好性灵者，则论诗当言志；好于象外得悬解者，则谓诗当如羚羊挂角，香象渡河。而及夫自运谋篇，倘成佳构，无不格调、辞藻、情意、风神、兼具各备；虽轻重多寡，配比之分量不同，而缺一不可焉。"② 言其尽管每个人因其嗜好所偏，为文各自有特点，但有神韵的鸿篇佳作，必须兼有汉字之美的格调、辞藻、情意、风神，不可或缺，正如刘勰所谓形文、声文、情文的立文之道是"神理之数"所言。

---

① 冯春田：《文心雕龙释义》，山东教育出版社1986年版，第196页。
② 钱钟书：《谈艺录》，中华书局1984年版，第42页。

由此可见，刘勰的"立文之道"，也即"形文""声文""情文"本就基于内容和形式二者来言的，"形文""声文"指文章的形式，而"情文"主要偏重于内容。文质兼备，是刘勰《文心雕龙》的一个总的修辞原则，刘勰认为文章的主要特点大致如此。清李重华《贞一斋诗说》认为："诗有三要，曰：发窍于音，征色于象，运神于意。"① 其观点与刘勰有异曲同工之处，可称为深得文理之见。

内容和形式是相辅相成的，但内容决定形式，形式以内容为基础。即修辞为情理服务，刘勰反复在文中加以深刻论述。《情采》："夫铅黛所以饰容，而盼倩生于淑姿；文采所以饰言，而辩丽本于情性。故情者文之经，辞者理之纬；经正而后纬成，理定而后辞畅：此立文之本源也。"梅注本于本句下引杨慎批云："予尝戏云：美人未尝不粉黛，粉黛未必皆美人。奇才未尝不读书，读书未必皆奇才。"② 是对以上刘勰观点的很好的诠解。铅黛可以修饰面容，但顾盼巧笑的姿容在于天生丽质，如西施、貂蝉淡妆浓抹皆不掩倾城倾国之色；文采是修饰语言的工具，但辩说的华美却是本于情性，作品的文采，是用来修饰语言的，但文章的光华美艳，却根源于作者的思想感情，"情性"是根本的决定性因素。"气以实志，志以定言，吐纳英华，莫非情性。"（《体性》）文采修饰，是以情理为主，情理确定才能文辞畅达。情经辞纬，理定辞畅；"辞为肌肤，志实骨髓。"（《体性》）文辞是文章的枝叶，作家的意志才是作品的骨髓。刘勰在此深刻地说明了文章的内容决定形式，形式必须以内容为基础。内容是"立文之本源"的论断，是形成文章的根本。

内容和形式相互依存而内容决定形式的观点，陆机、萧统、钟嵘都发表过类似的真知灼见。陆机的《文赋》："理扶质以立干，文垂条而结繁。信情貌之不差，故每变而在颜。"文章的主旨就像树干，文辞就像枝条上的花果，在情志和文辞之间要一致，文思的变化在文辞上表现出来。梁昭

---

① （清）王夫之等撰：《清诗话》，上海古籍出版社1999年版，第921页。
② 黄霖编著：《文心雕龙汇评》，上海古籍出版社2005年版，第109页。

明太子《答湘东王求文集及诗苑英华书》亦言："夫文典则累野，丽则伤浮，能丽而不浮，典而不野，文质彬彬，有君子之致"，重视文质相宣。钟嵘《诗品序》："干之以风力，润之以丹采，使味之者无极，闻之者动心，是诗之至也。"① 提出风骨与藻彩并重才是诗之极致，所以，评曹植"陈思之于文章也，譬人伦之有周、孔，鳞羽之有龙凤"。② 高度赞美曹植诗歌文采富艳、骨气奇高之特点。刘勰的文质兼备的观点是对陆机等的继承和发展，也是同时期文坛批评的重要论题。

刘勰《征圣》篇论及了文辞与要义之关系："《易》称'辨物正言，断辞则备'。《书》云'辞尚体要，弗惟好异'。故知正言所以立辞，体要所以成辞，辞成无好异之尤，辩立有断辞之义。"说明文辞是为了说明事理，表达一定的内容，文辞的优劣在于是否能清楚地说明事物。

为了更好地论及内容和形式的关系问题，刘勰在《情采》篇中用相当的篇幅结合文学创作的实际进一步解释了"为情造文"与"为文造情"的不同。《情采》："昔诗人什篇，为情而造文；辞人赋颂，为文而造情。……故为情者要约而写真，为文者淫丽而烦滥。而后之作者，采滥忽真，远弃风雅，近师辞赋，故体情之制日疏，逐文之篇愈盛。"在此，刘勰首先列举《诗经》与汉赋作为"为情造文"和"为文造情"的典型创作事例来谈，指出《诗经》有着为情造文的优良传统，感情真实、文辞精练。"盖风雅之兴，志思蓄愤，而吟咏情性，以讽其上"（《情采》），《风》《雅》的作者，心怀忧愤，"情动而辞发"（《知音》），"故为情者要约而写真"，以精练的文辞，表达真实的情感，即为情而造文；辞赋家胸中没有蓄积郁愤，追逐浮华，沽名钓誉，为文缺少真情实感，其特点"为文者淫丽而烦滥"，即为文而造情也。刘勰又以《孝经》《老子》《庄子》《韩非子》为例，说明应该恰当地驾驭文采："研味《孝》《老》，则知文质附乎性情；详览《庄》《韩》，则见华实过乎淫

---

① 周振甫译注：《诗品译注》，中华书局1998年版，第19页。
② 同上书，第37页。

侈。"(《情采》)用心体会《孝经》《老子》的深意，就可知道作品的有文采或质朴分别依附于作家的性情，再详观《庄子》《韩非子》的用心，就明白作品的文辞和命意都不宜过于浮夸。而齐梁以来的一些作者，追随辞赋家，随意虚构，强作抑扬，无幽怨可发，为文造情，或者仅仅是为了博取文名，导致文风日颓。

《情采》："是以联辞结采，将欲明理，采滥辞诡，则心理愈翳。固知翠纶桂饵，反所以失鱼。"组织修饰文辞，目的是表现内容，而文辞诡异淫滥，反而掩蔽了情和理。如同《阙子》①载，鲁人钓鱼，用珍贵的翡翠装饰的钓鱼绳，用肉桂作钓饵一样，反而钓不到鱼，造成适得其反。作文与其理同，应参酌在文质之间。《议对》亦云："若文浮于理，末胜其本，则秦女楚珠，复存于兹矣。"文应为情所发，否则"言隐于荣华"。刘勰始终反对弃本而空事华辞的讹滥文风。指出"然则志足而言文，情信而辞巧，乃含章之玉牒，秉文之金科矣"(《征圣》)。言明文章的内容充实而文辞华丽，情感真挚而措辞巧妙，才是秉笔撰文的金科玉律。

以刘勰美辞观的审美要求，他心目中的文章要有风骨和文采，感情充沛，意气骏爽，文辞精练，辞采光耀，如《风骨》篇言："夫翚翟备色，而翾翥百步，肌丰而力沈也；鹰隼乏采，而翰飞戾天，骨劲而气猛也。文章才力，有似于此。若风骨乏采，则鸷集翰林；采乏风骨，则雉窜文囿；唯藻耀而高翔，固文笔之鸣凤也。"具备风骨和采，写出的作品才是文章中的凤凰。根据内容会通古今，依照文气变化文辞，其文章才能出类拔萃，如《通变》云："凭情以会通，负气以适变，采如宛虹之奋鬐，光若长离之振翼，乃颖脱之文矣。""衔华佩实"(《征圣》)，乃是卓越的作品。

刘勰认为，真实的情感很重要，作品"繁采寡情，味之必厌"(《情采·赞》)，如何写出文质彬彬、情文兼备的作品，刘勰具体指出了行文修

---

① 杨明照：《增订文心雕龙校注》，中华书局2000年版，第422页。

辞的方法："夫能设模以位理，拟地以置心，心定而后结音，理正而后摛藻，使文不灭质，博不溺心，正采耀乎朱蓝，间色屏于红紫，乃可谓雕琢其章，彬彬君子矣。"(《情采》) 首先确立体制安顿文章的情理，考虑用何种文辞来表达思想感情，思想确定了然后安排调声协律，情理端正了再修饰文采。辞采繁盛而不掩盖内容，事例广博而不湮没心灵，才可谓善于修饰文辞。由此可见，因情敷采，文辞为情理服务始终是刘勰所强调的一个很重要的修辞学思想。

在《文心雕龙》的"文体论"中，针对有些文体的特点，刘勰指明了文辞应为内容服务的具体方法。《哀吊》篇，针对吊的文体特点指出，如果吊文只注重华丽的辞藻，就会变成赋；文辞和内容之间的关系是"哀而有正"，如《哀吊》篇所言："夫吊虽古义，而华辞末造；华过韵缓，则化而为赋。固宜正义以绳理，昭德而塞违，剖析褒贬，哀而有正，则无夺伦矣！"吊这种文体应该文辞悲哀但内容必须纯正，避免辞采过分华丽。《论说》指出："凡说之枢要，必使时利而义贞，进有契于成务，退无阻于荣身。自非谲敌，则唯忠与信。披肝胆以献主，飞文敏以济辞，此说之本也。""说"这种文体也应以内容为本，应言为心声，注重忠信和诚实，这样才能用巧妙的文辞使语言有说服力。

唐代杜牧对于情理与文辞关系的理解与刘勰所见略同，其《答庄充书》云："凡为文以意为主，以气为辅，以辞采章句为兵卫。未有主疆盛而辅不飘逸者，兵卫不华赫而庄整者。……是以意全胜者，辞愈朴而文愈高；意不胜者，辞愈华而文愈鄙。是意能遣辞，辞不能成意，大抵为文之旨如此。"杜牧的"意"相当于作品的内容，"辞"即指文辞。"意能遣辞"指"意"决定"辞"。

刘勰在《丽辞》《比兴》《夸饰》《声律》《练字》《隐秀》等篇探讨修辞方式时，也很注意强调应当适应题旨情境之需要，注重情志与形式融为一体，以自然之道为指归。如《夸饰》篇中，使用夸饰应注意"辞已甚其义无害"；在《练字》篇中尽管主张练字时要尽量避免重复，但为了表达情境之需要，不必强求避免重复，"则宁在相犯"。

· 61 ·

以情采兼备为修辞的总原则，刘勰对历代文质彬彬的作家作品都予以肯定，举例如下。

《颂赞》："及三闾《橘颂》，情采芬芳，比类寓意，乃覃及细物矣。"称赞屈原的《橘颂》情意和文辞俱佳。

《谐讔》："是以子长编史，列传滑稽，以其辞虽倾回，意归义正也。但本体不雅，其流易弊。"司马迁《史记》列《滑稽列传》，淳于髡等言辞尽管诡诈，而其意义归于正确。

《史传》："唯陈寿《三志》，文质辨洽，荀张比之于迁固，非妄誉也。"肯定陈寿《三国志》有文有质，荀勖、张华把陈寿比作司马迁、班固，是名副其实的。

《诸子》："研夫孟荀所述，理懿而辞雅。"赞《孟子》《荀子》"理懿而辞雅"。

《才略》："荀况学宗，而象物名赋，文质相称，固巨儒之情也。"荀子之赋文质相副。

《才略》："马融鸿儒，思洽识高，吐纳经范，华实相扶。"赞扬一代鸿儒马融的作品"华实相扶"。

总之，刘勰反复申述的就是文章应该情采融合无间，情理才能充分表达，文采亦由此增辉，但情和采问题的关键，在于要有丰富、真实的思想感情。

（二）驾驭语言、文采斐然的思想

在文质相符、内容决定形式的基础上，刘勰主张"巧辞""文辞"。

精彩艺术的语言能够增强表达效果，传达自己的意图，"言之无文，行而不远"（《左传》）强调精美的语言所达到的积极的修辞效果。诚如黄侃先生所言："盖侈艳诚不可宗，而文采则不宜去。"[①]《文心雕龙》"文体论"二十篇专论文章的体裁，有《练字》《声律》《比兴》《事类》《夸

[①] 黄侃：《文心雕龙札记》，上海古籍出版社2000年版，第112页。

饰》《丽辞》《隐秀》等专篇论修辞方式,说明刘勰是非常重视作品的形式美的。另外,刘勰在《文心雕龙》的其他篇目都论及对文学作品形式美的重视。《才略》:"陆机才欲窥深,辞务索广,故思能入巧,而不制繁。"尽管不提倡陆机作品文辞繁缛的特点,但肯定陆机构思巧妙、语言丰富的特点。《礼记·表记》言:"子曰:情欲信,辞欲巧。"[①] 情以辞显,刘勰始终注重强调文章形式华美的重要作用。《情采》:"虎豹无文,则鞟同犬羊;犀兕有皮,而色资丹漆,质待文也。""犀兕有皮",须涂上丹色的漆,质有待于文,如同文章需要有对偶、声律、辞藻等修辞手法为之增辉。《熔裁》:"善敷者辞殊而义显。"善于为文者写文章总是文辞巧妙意义显明的。

文学作品应该具有美好的形式,富有辞采。《情采》篇:"赞:言以文远,诚哉斯验。心术既形,英华乃赡。"总结出只有立言有文采,才能流传久远。用优美的辞藻表达真情实感,才是真正的好作品。《情采》:"若乃综述性灵,敷写器象,镂心鸟迹之中,织辞鱼网之上,其为彪炳,缛采名矣。"抒写情感,描摹形象,锤炼文字,表现细腻的心曲,文章的光辉灿烂,在于富有文采。"缛采名矣"是说文章光辉灿烂有感染力取决于文采藻饰,主张作品应该有繁盛的文采,修辞本来就是写文章的重要手段。

刘勰进一步指出,古来能文之士,莫不崇尚辞采,擅长声律。《序志》:"古来文章,以雕缛成体。"《情采》:"圣贤书辞,总称文章,非采而何?"一再重申摛翰振藻之必要,文章"质"固然重要,质也因文采的修饰而增辉。

刘勰在《情采》篇以《老子》为例,言文辞精巧之必要。老子称"美言不信,信言不美"[②],但老子的《道德经》文辞精巧,语言铿锵,诚为美辞,说明老子厌恶世俗的虚伪,反对巧言如簧,但老子是重视修辞的,在《情采》云:"老子疾伪,故称'美言不信',而五千精妙,则非

---

① 王文锦:《礼记译解》,中华书局2001年版,第821页。
② 任继愈:《老子新译》,上海古籍出版社1985年第2版,第234页。

弃美矣。"

刘勰对于文学史上成功地驾驭语言、文采斐然的作家大加赞赏。《辨骚》篇对于屈原在语言上的艺术性创造，给予极高的评价："虽取熔《经》意，亦自铸伟辞。"并称赞《楚辞》文采惊人，美艳绝顶，其文辞超越今人，令其他作品难以相提并论，"故能气往轹古，辞来切今，惊采绝艳，难与并能矣"（《辨骚》）。

《才略》："汉室陆贾，首发奇采，赋《孟春》而进《新语》，其辩之富矣。"刘勰注重历代作家在文学开创方面的独特贡献，肯定汉代陆贾在《新语》等文章首先表现出的非凡文采。

刘勰关注到各种应用文体中文采卓异的作家作品，《杂文》："智术之子，博雅之人，藻溢于辞，辩盈乎气。"聪明而有专长的人，学问渊博识见非凡，华美的藻饰充溢于文辞之中，辨析才能充满气势。

《杂文》："班固《宾戏》，含懿采之华"，在论述辞赋中的对问体时，称赞班固的《答宾戏》富有美妙的懿采。

《封禅》："《典引》所叙，雅有懿采。"赞美班固的封禅文《典引》，文采出众。

《章表》："表以致禁，骨采宜耀。"表这种文体是上呈禁庭的，所以文辞要注重骨采，摛藻绘句。《章表》："至如文举之《荐祢衡》，气扬采飞。"赞美孔融《荐祢衡表》，意气昂扬，文采飞扬。

《书记》："观史迁之《报任安》，东方之《谒公孙》，杨恽之《酬会宗》，子云之《答刘歆》，志气盘桓，各含殊采；并杼轴乎尺素，抑扬乎寸心。"认为书信要充分表达自己的情感，要注意文采。司马迁《报仁安书》、东方朔《与公孙弘借车书》、杨恽《报孙会宗书》、扬雄《答刘歆书》，表达内心郁结的情感，各自具有精彩绝艳的文辞。

《明诗》："英华弥缛，万代永耽。"诗歌因为名章秀句逐日繁盛，而被一代一代人所赞美和喜爱。

如果作品缺少文采实乃美中不足，《封禅》："及光武勒碑，则文自张纯。首胤典谟，末同祝辞，引钩谶，叙离乱，计武功，述文德；事核理举，华不足而实有余矣！凡此二家，并岱宗实迹也。"光武帝封泰山的《泰山刻石文》出自东汉初年大司空张纯之手，尽管记载光武帝的武功与文德叙事扼要述理全面，但张纯的文章文采不足亦是缺憾。当然，在强调文采的同时，刘勰贯穿始终的观点仍然是对力求避免为追求云霞满纸而片面堆砌辞藻，如《镕裁》："辞如川流，溢则泛滥。"反对盲目追求辞藻的繁多。

如前所论，刘勰论文，注重自然，而行文顺乎自然，亦须妙笔生花，其重视藻饰可见一斑。

黄侃先生在《情采》篇札记对刘勰注重文章龙章凤函之用意体察得深刻入微："虽然，彦和之言文质之宜，亦甚明憭矣。首推文章之称，缘于采绘，此论文质相待，本于神理，上举经子以证文之未尝质，文质不弃美，其重视文采如此，曷常有偏激之论。"[1] 文质相谐而文采炳焕，是刘勰的审美理想，也是文章的基本要求。

三 修辞立其诚的思想

与文质论有关的是《文心雕龙》关于修辞立其诚的思想。《易·乾·文言》中首先提出"修辞立其诚"说，表明了《周易》关于修辞的基本观点，"修辞立其诚"是中国古代修辞学的一个根本性的原则，并"成为中国修辞学古往今来永放光彩的一个命题"[2]。

《文心雕龙·祝盟》："修辞立诚，在于无愧"，谈到降神的祝词一定要务实，措辞要诚恳，问心无愧，文本对诚信的强调，刘勰在《文心雕龙》中一以贯之。刘勰反复申述"修辞立其诚"的观点，也是有针对性的。晋宋以来，玄学盛行，有的文士一面清谈庄子，以高洁自居，一面奔走在势利场上。如西晋潘岳，一方面趋炎附势，跻身贾谧"二十四友"，追随贾谧，并以卑贱之姿态博取权贵贾谧的欢心；另一方面又作《秋兴赋》表现

---

[1] 黄侃：《文心雕龙札记》，上海古籍出版社2000年版，第112页。
[2] 陈光磊、王俊衡：《中国修辞学通史》（先秦两汉魏晋南北朝卷），吉林教育出版社1998年版，第7页。

自己的隐士风采："逍遥乎山川之际，放旷乎人间之世"，作《闲居赋》写自己高士的生活："有道君不仕，无道吾不愚。"所以，元好问《论诗绝句》："心画心声总失真，文章宁复见为人？高情千古《闲居赋》，争信安仁拜路尘？"① 而这种以文辞欺人的现象六朝较普遍。修辞立诚，要求重视自身道德品质与立言修辞的一致性。

《庄子·渔夫》云："真者，精诚之至也。不精不诚，不能动人。故强哭者虽悲不哀，强怒者虽严不威，强亲者虽笑不和。真悲无声而哀，真怒未发而威，真亲未笑而和。"② 说明不论是"哭""怒"，还是"亲""悲"，只有具有真情实感，才能感人至深，"精诚所至，金石为开"。陆机《文赋》云："言寡情而鲜爱，辞浮漂而不归。"③ 说明真情实感与言之有物的重要性。刘勰认为，如果徒用华丽辞藻而描述夸饰，心口不一，修辞难以立诚。刘勰《情采》篇言："故有志深轩冕，而泛咏皋壤。心缠几务，而虚述人外。真宰弗存，翩其反矣。"提倡"真"，反对"伪"，是刘勰文章修辞的一个很重要的见解。刘勰非常重视作家主观感情的真实，没有真情实感，写出来的和内心想的恰恰相反。有的人本热衷于功名，却故作清高，吟咏山林；有的人被世俗的政务缠身，却空说世外，以隐士自居。他们的作品没有真实的感情，口是心非。为文创作，其本质是人的真实性情的流露，"情动而言形，理发而文现"（《体性》）。文章应言有征信，以述志为本，如《情采》："夫桃李不言而成蹊，有实存也；男子树兰而不芳，无其情也。夫以草木之微，依情待实；况乎文章，述志为本。言与志反，文岂足征？"刘勰以草木"依情待实"作比喻，强调作家情感必须真实，即"修辞立其诚"。修辞立诚是刘勰《文心雕龙》修辞学思想中的一个极为重要的理论。

黄侃《文心雕龙札记》深谙刘勰的为文之道，对刘勰"修辞立其诚"的观点作了深入的阐发："若夫言与志反，刘氏所呵，察此过愆，非昔文

---

① 郝树侯：《元好问诗选》，人民文学出版社1983年版，第10页。
② 《诸子集成》卷3《庄子集解》，上海书店出版社1986年影印本，第208页。
③ 张少康集释：《文赋集释》，人民文学出版社2002年版，第183页。

所独具。夫志深轩冕而泛咏皋壤，心缠几务而虚述人外，此之谬诈。诚可笑噱，还视后贤，岂无其比？博弈饮酒而高言性道，服食炼药而呵骂浮屠，乞丐权门而夸张介操，不窥章句而傅会六经，从政无闻而空言经济，行才中人而力肩道统，此虽其文过于颜、谢、庾、徐百倍，犹谓之采浮华而弃忠信也，焉得谓文胜之世士有夸言，质胜之时人皆笃论哉？"黄侃先生指出，若夫"言与志反"，修辞不能立其诚，是刘勰所鄙弃的，黄侃先生指出言不由衷"采浮华而弃忠信"不可取，质胜于文也非上乘。黄侃先生进一步论述道："盖闻修辞立诚，大《易》之明训，无文不远，古志之嘉谟。称情立言，因理舒藻，亦庶几彬彬君子。孰谓中庸不可能哉？"[1] 黄侃先生指出其中庸之道是值得提倡的，"称情立言，因理舒藻"，以真挚的情感为基础，文质彬彬，情采兼备。

《文心雕龙》一书在对具体的文体进行评论时，也非常重视修辞立诚的原则。《哀吊》篇："至于苏顺、张升，并述哀文，虽发其文华，而未极心实。"苏顺、张升的哀辞虽然文辞华丽，却没有表达出内心的真实感受。《哀吊》："原夫哀辞大体，情主于痛伤，而辞穷乎爱惜。幼未成德，故誉止于察惠；弱不胜务，故悼加乎肤色。隐心而结文则事惬，观文而属心则体奢。奢体为辞，则虽丽不哀；必使情往会悲，文来引泣，乃其贵耳。"言及哀吊的体制，刘勰强调将诚挚的感情融入悲痛里，"情往会悲"，才能"文来引泣"，为情而造文，修辞立诚；倘若"虽丽不哀"，文辞奢华，辞虽华丽却并非哀痛，乃为文而造情也。

《祝盟》："凡群言发华，而降神务实，修辞立诚，在于无愧。"修辞确立在真诚的基础之上。关于《易·乾·文言》的"修辞立其诚"，孔颖达正义："外则修理文教，内则立其诚实。"重视内在之真诚，刘勰强调作品感情真挚与此一致。

《祝盟》："夫盟之大体，必序危机，奖忠孝，共存亡，戮心力，祈幽灵以取鉴，指九天以为正，感激以立诚，切至以敷辞，此其所同也。"言

---

[1] 黄侃：《文心雕龙札记》，上海古籍出版社2000年版，第113页。

及"盟"这种文体,要求感激地确立诚意,恳切周到地写出文辞,"立诚"是根本。

《祝盟》:"赞曰:毖祀钦明,祝史惟谈。立诚在肃,修辞必甘。"立诚必须严肃,修饰文辞则要美好切实。

《书记》:"言既身文,信亦邦瑞,翰林之士,思理实焉。"书记体虽要求语言要有文采,但认为诚信更是国家的祥瑞,文苑中的作者记录时,应该考虑事实的需要。

重视为文创作文质兼备,刘勰注重修辞立诚的作用,主张在信实可靠、精审准确的基础上修饰言辞,为历代学者从不同角度加以接受,如清代章学诚《与朱少白论文》中说:"《易》曰修辞立其约诚,诚立何预于辞,而亦要于修此,明不偏废也。"[①] 认为作文要态度严肃,言之有物,修辞立诚,形式为内容服务。刘勰重视作家文学创作思想感情和观点倾向的诚恳真实,为中国传统修辞学和中国古代文学理论重视修辞立诚奠定了深厚的基础,至今,"修辞立其诚"是修辞活动的一个根本性的原则,也是中国文学批评史上的一个重要命题。

四 崇尚自然的思想

《文心雕龙》在文质兼备的基础上,刘勰吸收了道家关于文章是体现自然之道的观点,所肯定的理想的美文以自然之道为准则,始终强调为文贵乎自然,由道家的"自然之道"形成的"自然"的审美观,是中国传统的审美理想。刘勰的《文心雕龙》是以自然为宗来论述创作的。在《原道》篇中,刘勰指出,"形文""声文""人文"是自然形成的,用"自然之道"来反对晋宋以来作家的文学创作中在语言运用上过于雕琢、片面追求辞藻的绮靡文风。所以,刘勰关于"自然之道"的论述,仍然是就内容和形式的关系而言的,基于这个原因,崇尚自然之美可作为刘勰"文质论"的第四个内容。

[①] 《章学诚遗书》卷29,文物出版社1985年版,第335页。

第一章 《文心雕龙》的修辞学思想

（一）万事万物都按"自然"之性而展示"文采"，是"自然之道"的体现

《文心雕龙·原道》："文之为德也大矣，与天地并生者何哉？夫玄黄色杂，方圆体分，日月迭璧，以垂丽天之象；山川焕绮，以铺理地之形：此盖道之文也。仰观吐曜，俯察含章，高卑定位，故两仪既生矣。惟人参之，性灵所钟，是谓三才。为五行之秀，实天地之心，心生而言立，言立而文明，自然之道也。"《老子》："人法地，地法天，天法道，道法自然。"①"自然"，是道家思想的重要范畴，刘勰引入文学理论体系中，言明文学产生的本因是"自然"论。

黄侃《文心雕龙札记》在"原道"篇的札记中，指出刘勰的本意是说明文章生成盖自然耳："彦和之意，以为文章本由自然生，故篇中数言自然，一则曰：心生而言立，言立而文明也，自然之道也。再则曰：夫岂外饰，盖自然耳。三则曰：谁其尸之，亦神理而已。寻绎其旨，甚为平易。盖人有思心，即有言语，既有言语，即有文章，言语以表思心，文章以代言语，惟圣人为能尽文之妙，所谓道者，如此而已。"②这里从三个视角言及天地皆文，而作为"天地之心""五行之秀气"的人，必然有文，此乃"自然之道"。黄侃又云："庄、韩之言道，犹言万物之所由然。文章之成，亦由自然，故韩子又言圣人得之以成文章。韩子之言，正彦和所祖也。"③"道"是"万物之所然""万物之所稽""万物之所以成"的法则，是客观存在的一般的或总的规律，是万物之"理"的总和，圣人得之以成文章，文章之成，非关外力，自然而然地产生的。刘勰正是继承了道家学说和韩非子等思想家的观点，论述了"人文"必然性。

刘勰认为，文章之成，本乎自然，天地人谓之三才，人是五行之秀，天地之心，心有所感，即有语言，语言组成文章，这是自然的道理。"文"

---

① 任继愈：《老子新译》，上海古籍出版社1985年版，第114页。
② 黄侃：《文心雕龙札记》，上海古籍出版社2000年版，第5页。
③ 同上书，第6页。

与"道"的关系:"文"是文采,"文"是"道"的外现形态;"文"与"德"的关系,"文"是指文章,"德"是文章的功能和作用。"自然之道,是客观事物'自身'的运动变化。也就是事物自身的规律。"①

《原道》篇进一步论述:"傍及万品,动植皆文:龙凤以藻绘呈瑞,虎豹以炳蔚凝姿;云霞雕色,有逾画工之妙;草木贲华,无待锦匠之奇。夫岂外饰,盖自然耳。至于林籁结响,调如竽瑟;泉石激韵,和若球锽:故形立则章成矣,声发则文生矣。夫以无识之物,郁然有采,有心之器,其无文欤?"万事万物都按其"自然"之性而展示"文采",是"自然之道"的体现。自然界的动植万物如龙凤、虎豹、云霞、草木,皆本其自然而又呈现出千姿百态,五彩缤纷;再如风吹林木,犹如吹竽鼓瑟,泉石激荡,和谐好像击磬敲钟。可见,天地万物的"故形立则章成矣,声发则文生矣",乃其自然生成,这也是文章或者"人文"发生的"自然"论。

文原于道与"文以载道"的概念有所不同,在此不一一辨析。《文心雕龙》强调的是文原于道,刘勰将《原道》置于《文心雕龙》篇首,可见"自然之道"在《文心雕龙》中的重要地位,"自然之道",其实质是事物自身如此,本然如此。提倡为"文"应该表现自然之理,文应具备自然美,刘勰的目的是针对当时盛行的绮靡浮艳的文风,正如黄侃先生的阐释:"故知文章之事,以声采为本。彦和之意,盖谓声采由自然生,其雕琢过甚者,则寖失其本,故宜绝之,非有专隆朴质之语。"②

所以,刘勰在《文心雕龙》中反复申述的思想就是"为文贵于自然",是讲事物的发展有其自身的运动变化规律,要顺应自然规律,为文也如此。刘勰是以事物自身的发展规律为哲学依据论述文章写作与文学理论的相关问题,说明文章是道的表现,以"自然"立论论述文学创作的问题的。齐梁时钟嵘在《诗品序》提出"自然英旨"论,对过于讲究典故声律

---

① 冯春田:《文心雕龙释义》,山东教育出版社1986年版,第15页。
② 黄侃:《文心雕龙札记》,上海古籍出版社2000年版,第6页。

的时尚进行批评，认为有伤自然，他指责用典过多为"文章殆同书抄"，批评过分追求声韵是"故使文多拘忌，伤其真美"①。刘勰反对雕琢和造作，但又不像钟嵘那样观点近乎偏激，对不同的问题往往作出全面具体的分析，提出以"自然"论来反对齐梁以来的雕琢和造作，刘勰尚自然，但要求顺应自然规律，强调掌握规律之必要。刘勰在典故和声律问题上的观点也不像钟嵘那么顾此失彼。刘勰主张自然并非为文可随心所欲，而是重在符合自然规律的基础上，文与质能够兼备。

（二）反对过分雕琢、盲目追求形式的文章，而推崇崇尚自然的作品。主张联辞结彩应以自然为宗

刘勰认为，文学创作是作家思想感情的真实自然的流露。《明诗》："人禀七情，应物斯感，感物吟志，莫非自然。"《礼记·礼运》释七情："何为人情？喜、怒、哀、惧、爱、恶、欲，七者弗学而能。"② 这七情，是人的本能，人的七情受到外物的感应而借以表达自己的情感，是自然的道理。

所以，在《文心雕龙》中，"从构思到作品体势的形成，从风格到作品的情与采的关系，从写作中的谋篇布局、材料的取舍到安章宅句，以及对偶、比兴、夸饰等表现手法和修辞手法的运用，自然景物对文学创作的影响等等，也无一不贯穿着刘勰注重自然美的原则"③。《文心雕龙》自然之美的修辞学思想，可以说贯穿始终。《定势》："是以模经为式者，自入典雅之懿；效《骚》命篇者，必归艳逸之华；综意浅切者，类乏酝借；断辞辨约者，率乖繁缛：譬激水不漪，槁木无阴，自然之势也。"作品的语言或典雅，或艳逸，或浅显，或含蓄，或简约，或繁缛，是自然形成的。《明诗》："人禀七情，应物斯感，感物吟志，莫非自然。"在文学创作中，

---

① 周振甫译注：《诗品译注》中华书局1998年版，第27页。
② （清）阮元校刻：《十三经注疏》，中华书局1980年影印本，第1422页。
③ 何懿：《论刘勰的自然美学观》，《论刘勰及其〈文心雕龙〉》，学苑出版社2000年版，第54页。

"物""情""辞"三者之间是自然关系。

另外,在《文心雕龙·丽辞》中,刘勰指出,对偶是自然形成的:"造化赋形,支体必双,神理为用,事不孤立。夫心生文辞,运裁百虑,高下相倾,自然成对。"刘勰举经书《尚书》《周易》来说明骈俪之辞,自然成对,又称《诗经》《左传》《国语》中"奇偶适变,不劳经营",言其对偶之辞,绝非刻意成对,实为"率然对尔"。

《声律》篇中,刘勰认为,"夫音律所始,本于人声者也"。人的声音高低不同是自然形成的,认为文章的"声律"本于人声,也应该是自然的。

《隐秀》:"凡文集胜篇,不盈十一;篇章秀句,裁可百二。并思合而自逢,非研虑之所求也。""故自然会妙,譬卉木之耀英华",论"隐秀",赞自然之美作品可谓不加雕琢妙手天成。

《诔碑》:"其叙事也该而要,其缀采也雅而泽;清词转而不穷,巧义出而卓立;察其为才,自然至矣。"称赞蔡邕的作品,情采相生,自然会妙。

清纪昀在评《文心雕龙·原道》时指出:"齐梁文藻,日竞雕华,标自然以为宗,是彦和吃紧为人处。"[①]刘勰论文本着遵循华实相生、情采兼备的原则,"标自然以为宗",在主张文章应该具有语言形式之美的同时,始终贯穿着自然为宗的修辞学思想,既避免了尚质纯功利的实用文风的束缚,也是对片面追求辞藻的齐梁浮艳文弊的抨击,尽管在言及具体问题时有其理论的局限性,但在一定程度上反映了文学创作自身的规律,对后世产生了深远的影响。如唐代皎然《诗式》称赞谢灵运诗歌自然清新"尝与诸公论康乐为人,真于性情,尚于作用,不顾词彩,而风流自然"[②],源自刘勰所推崇的"自然"论,为文创作,以"自然"为宗,是有必要继承的修辞学思想之一。

---

① 黄霖:《文心雕龙汇评》,上海古籍出版社2005年版,第14页。
② 张伯伟:《全唐五代诗格汇考》,凤凰出版社2002年版,第229页。

第一章 《文心雕龙》的修辞学思想

　　文与质是唐前期一对重要的文学批评范畴，综前所述，唐代前期的文学理论批评及修辞学，经常使用文与质来探讨文学问题，分析作家作品。班彪评论《史记》"辩而不华，质而不俚，文质相称，盖良史之才也"①（《后汉书·班彪传》），亦着眼于《史记》的文质兼备；钟嵘《诗品》主张作诗应该"干之以风力，润之以丹采"②，重视风骨和文采的结合，也是推崇文质彬彬。《文心雕龙》谈文章的作法也可以认为就是以文质论为中心展开的。总的来说，《文心雕龙》中，刘勰关于文章的内容和形式的关系的认识，是比较完整而系统、富有创见并值得我们珍视的。文学作品内容和形式的关系上，内容要依靠一定的语言形式来表现，形式必须有待于内容的确立才有意义，内容和形式互相依存，不可分离。刘勰善于总结历史上诸家学说中的精华加以吸收，根据表达感情的需要，注重使用比兴、用典、对偶、声律以及练字、篇章结构的安排等修辞方法，使内容情志与文采自然而然融为一体，其"文质彬彬"的修辞学理论在修辞学史上有着极其重要的地位。

　　《文心雕龙》具有丰富的修辞学思想，本书就贯穿于全书的修辞学思想作一简要概括，说明《文心雕龙》修辞学思想的主要特点与理论价值。

---

① 《二十五史》卷2《后汉书》，上海古籍出版社1986年影印本，第160页。
② 周振甫译注：《诗品译注》，中华书局1998年版，第19页。

第二章 《文心雕龙》的字句章篇修辞论

修辞的载体是言语作品，修辞所涉及的语言单位是字（古人的字相当于今天的词），所以，确立字句篇章的含义及其分析原则，是一切修辞的基础。《文心雕龙》以宗经为本，必然会从与经学息息相关的"小学"中吸取语言运用与解释的经验，来作为文章分析的重要依据。刘勰的字句章篇修辞论主要集中在《章句》篇中，另外，在《熔裁》《附会》两篇也从不同的侧面加以探讨。现代学者对刘勰《章句》篇在修辞学史上的贡献有过富有见地的评价，认为刘勰的贡献主要有两个方面："一是看到篇章与字句修辞之间的密切联系。如'篇之彪炳，章无疵也；章之明靡，句无玷也；句之清英，字不妄也。'……二是提出篇章修辞的要求。"① 肯定了刘勰对于章句的重要性及篇章修辞要义的阐发。本章拟从字词与章句的关系和章句修辞的原则两个方面，对《文心雕龙》关于字句章篇修辞的理论进行探讨，并简要总结刘勰字句章篇的修辞论对后世及汉语修辞学的影响。

第一节 "章句"的含义及字句章篇之关系

"章句"在不同的时代有不同的含义，刘勰的《章句》篇，是以语言单位的字、句、章、篇为研究范畴的。

---

① 《宗廷虎修辞论集》，吉林教育出版社2003年版，第336—337页。

《文心雕龙·章句》:"夫设情有宅,置言有位;宅情曰章,位言曰句。故章者,明也;句者,局也。局言者,联字以分疆;明情者,总义以包体。区畛相异,而衢路交通矣。""章句"之含义以及字句篇章关系如何,黄侃先生在《文心雕龙札记》"章句"篇有进一步的精辟阐释,以下加以论析。

一 "章句"的含义

"章句"主要有三重含义。

(一)"章句"的最初含义,也即"章句"的第一种含义:作为阅读古书离章断句的符号

释"章":黄侃先生的《文心雕龙札记》"章句"篇在解释"章"之前先释"、",他解释说:《说文》:"、,有所绝止,、而识之也。施于声音,则语有所稽,宜谓之、;施于篇籍,则文有所介,宜谓之、;数言连贯,其辞已究,亦可以谓之、。假借为读,所谓句读之读也,凡一言之停遰者用之。或作句投,或作句豆,或变作句度,其始皆但作、耳。"[1] 黄侃指出"、"是行文中间的停顿,"句读"的"读"是"、"的假借字。

那么,"、"和"章"的关系又是如何呢?黄侃先生解释为"、","从声以变则为章"。[2] 我们可以这样理解黄侃先生的解释,"、"古韵属章纽侯韵,"章"古韵属章纽阳韵,可旁对转。《说文·音部》:"章:乐竟为一章。从音从十。"对于《说文》的解释,黄侃先生认为:"《说文》释为言乐竟者,古但以章为施以于声音之名,而后世则泛以施之篇籍。"[3]

吕思勉先生解释"章"的含义也是据《说文》的释义得出的类似的结论:"引而申之,则凡陈义已终,说事已具者,皆得谓之为章。"[4]

---

[1] 黄侃:《文心雕龙札记》,上海古籍出版社2000年版,第128页。
[2] 同上。
[3] 同上。
[4] 吕思勉:《文字学四种》,上海教育出版社1985年版,第7页。

释"句":《说文·丨部》:"𠃌,钩识也。"《说文·句部》:"句,曲也。"《说文·钩部》"钩,曲也。"足见"句"与"钩"同义。段玉裁注:"凡章句之句,亦取稽留可钩乙之意。"① 这里所谓"钩乙",就是在语言该停顿的地方,勾画一个类似"乙"状的符号,表示句子的停顿,其作用相当于今天的标点符号。正如黄侃先生解释"章句"的"句"为:"句之语原于𠃌,《说文》𠃌,钩识也,从反丨。……是𠃌亦所以为识别,与、同意。……声转为曲。……又转为句。《说文》曰:句,曲也。句之名,秦汉以来众儒为训诂者乃有之,此由讽诵经文,于此小遰,正用钩识之义。"②

关于"句、读、章、言",黄侃先生总结为:"总之,句、读、章、言四名,其初但以目声势,从其终竟称之则为章,从其小有停遰言之则为句、为曲、为读、为言。降后乃以称文之词意完具者为一句,结连数句为一章。或谓句读二者之分,凡语意已完为句,语意未完语气可停者为读,此说无征于古。"③ 明确指出"章""句"的概念古今是发生了变化。所以,吕思勉先生"章句论"称"章句之朔,则今之符号之类耳。"④ 也即此意。

总之,从语言运用的角度看,"章"有终止之义,"句"有停顿之义,两者都是书面语言表达的单位,讲句子间的停顿。从结构上说,"章"是终止、结尾的意思,"句"是打一个钩,表示停顿;从语义上说,"章"有显明义,"句"表示总体中的一个部分,与局、曲同源。

(二)"章句"的第二种含义,作为汉代学者注释体例的章句

"章句"的第二种含义是自汉代学者开始的,是古书分章析句的一种注释体式,因为"章句"扩大到对古籍的研究。

---

① (清)段玉裁:《说文解字注》,上海古籍出版社1981年版,第88页。
② 黄侃:《文心雕龙札记》,上海古籍出版社2000年版,第129页。
③ 同上。
④ 吕思勉:《文字学四种》,上海教育出版社1985年版,第7页。

第二章 《文心雕龙》的字句章篇修辞论

吕思勉先生解释"章句"从其本义成为注释体式的原因是很具有参考价值的："去古渐远，语法渐变；经籍之义，非复仅加符号所能明，乃不得不益之以说。类乎传注之章句，由是而兴。"① 此处"章句"的含义，是指串讲句意，即汉代学者注释古书的新体式。

《后汉书》卷七十四《徐防传》云："《诗》《书》《礼》《乐》，定自孔子，发明章句，始于子夏，其后诸家分析，各有异说。"② 以章句为书名，始于西汉。古人面对流传下来的无句读、无章节的古书，为了便于阅读，句读分章（此处的章，即今天的段落）加以注释，即从解析经文角度所说的"章句"。

黄侃先生在《文心雕龙札记》"章句——辨汉师章句之体"部分分析说："章句本专施于《诗》，其后离析众书文句者，亦有章句，《易》有施孟、梁丘章句，《书》有欧阳、大小夏侯章句。《春秋》则有《公羊》《谷梁》章句，《左氏》尹更始章句，班固、贾逵则作《离骚经》章句。"③ 他批评了末流的章句之体烦琐令人生厌的弊病，推崇经传保存下来章句如《毛传》、赵岐的《孟子章句》、王逸的《楚辞章句》等，他赞赏东汉之章句皆"雅畅简易"，认为西汉今文"有诸师之烦"。汉代章句，有今文经派和古文经派之分，因为师承的不同，都会为各自的学说加以辩说，所以，黄侃先生进一步分析："汉师句读经文，今古文或殊，前后师或殊，所以违异，必加辩说之辞。……故知家法有时而殊，离经彼此不异。"再加上后世的义疏、考证之作亦可谓汗牛充栋，需要加以明辨，因此，黄侃先生从章句的注释体式说明古籍在流传、保存和研究中存在的种种复杂现象，语重心长地告诫后学："今谓掣探古籍，必自分析章句始。"④

陆宗达先生在黄侃先生的基础上对汉代章句作为注释体式解释得更加通俗易懂，他以毛亨的《诗经故训传》、赵岐的《孟子章句》为例，分析

---

① 吕思勉：《文字学四种》，上海教育出版社 1985 年版，第 8 页。
② 《二十五史》卷 2《后汉书》，上海古籍出版社 1986 年影印本，第 175 页。
③ 黄侃：《文心雕龙札记》，上海古籍出版社 2000 年版，第 130 页。
④ 同上书，第 132 页。

了章句作为注释体式的主要特点:"汉代注释家解释古书,往往在解释词义之外,再串讲文章大意,他们把这种解说方法叫'章句',……'章句'的体例就是串讲,串讲的作用是使文章的章节文意更加显明,句读分析更加清楚。"① 陆宗达先生肯定毛亨《诗经诂训传》章句学的体例,并称其是章句学的典范。

作为注释古书的体式,章和句的含义这时已有了明显的区别。以赵岐的《孟子章句》为例,赵岐生于汉代末年,他的《孟子章句》是对两汉的训诂实践的一个总结,《孟子章句》按文意分章,每章有若干句,每章的结尾,都有一个"章旨",概括全章旨意,相当于今天一篇文章的段意。

(三)"章句"的第三种含义:作为语言单位的章句

汉语中的字、句、章、篇是四个语言运用的单位,刘勰的《章句》篇"夫人之立言,因字而生句,积句而成章,积章而成篇"。是以字(词)、句、章、篇为研究范围,此处的"章句",是作为语言单位的章和句。"章句在篇,如茧之抽绪,原始要终,体必鳞次。"(《章句》)突出了"章句"在"篇"中的重要地位。

刘勰在《文心雕龙·章句》篇中"章者,明也"的含义,黄侃先生的解释是"舍人言章者明也,此以声为训,用后起之义傅丽之也"。② 因为章,古韵属章纽阳韵,明古韵属明纽阳韵,此为声训,章、彰、著是同源词,都训为明义,即明显之义,所以,黄侃先生把"章者,明也"解释为声训,也就是说,黄侃先生认为刘勰《文心雕龙·章句》的"章"已经是指语言单位,是后起之义。《文心雕龙·章句》:"句者,局也",如何理解黄侃先生释此句:"舍人曰:句者,局也。此亦以声为训,用后起之义傅丽之也。"③ "局"的本义是什么呢?王宁先生在《训诂与训诂学》中有

---

① 陆宗达:《训诂简论》,北京出版社2002版,第84页。
② 黄侃:《文心雕龙札记》,上海古籍出版社2000年版,第128页。
③ 同上书,第129页。

"谈'局'的本义"①一节，对"局"进行了全面的考释。王宁先生认为"局"的本义是"行棋"。因为棋盘被有规则的用线分割，所以"局"引申有"部分"义。"局"与"曲"都在"屋"韵，常互相通用，"局"有"曲"义，"曲"也有"局"义。在古代文献中"曲""局"互用的情况很多。王宁先生考证出"局"或"曲"由"棋盘""行棋"之义引申而有"法则""规律"之义。"局"字与"句""区"同源。"句"有两读，一读九迂切"jù"，即章句之句；一读古侯切"gōu"，则与"曲"义相通。清代段玉裁《说文解字注》"朐"下云："凡从句之字皆曲物。"②"局"与"曲"声音相转，"区"也有"曲"义，同时"区"又有"区分""区划"义，与"局"义通。"局"引申又有"限制"义，"局限"即此义。而"拘束"的"拘"，也是"局"的派生词，其义与"限制"义近。《文心雕龙·章句》中，"句者，局也"，局有局限的意思，也是指行文中间句子的停顿。这样可以理解黄侃先生认为刘勰释"句者，局也"，是用后起之义附丽的原因，《文心雕龙·章句》的"句"同样是指语言单位。

二 字、句、章、篇关系论

刘勰《文心雕龙·章句》篇在对"章句"的含义加以解释又明确了"章句"之用之后，又云："夫人之立言，因字而生句，积句而为章，积章而成篇"，刘勰认为，字是句的基础，句是章的基础，章是篇的基础。在《章句》篇中，"篇""章"是两个不同的概念，对于"篇"和"章"的区别，黄侃先生在《文心雕龙札记》曾予以明晰的辨析："以一篇所载多章皆同一意，由是谓文义首尾相应为一篇，而后世或即以章为篇，则又违其本义。"他列举了《诗经》《老子》等篇章不相混的例子，如举《诗经》中的例子说："案《诗》三百篇，有一篇但一章者，有一篇累十六章者，此则篇章不容相混也。"③ 其解释使人一目了然，篇、章是不同的语言单

---

① 陆宗达、王宁：《训诂与训诂学》，山西教育出版社1994年版，第170页。
② （清）段玉裁：《说文解字注》，上海古籍出版社1981年版，第174页。
③ 黄侃：《文心雕龙札记》，上海古籍出版社2000年版，第129页。

位。说明了字、句、章、篇作为语言的四级单位以及彼此之间的内在联系，强调了章句在谋篇布局中的关键作用。

字和词是不同的，词是语言本身的建筑材料，而字是记录语言的符号。王宁先生指出："古汉语以单音节为主，绝大多数符合一字一词的原则。所以，前人的训诂材料中所说的'字'，就是今天的词，而'词'则专指虚词，实词则称'名'。"① 据此，在《文心雕龙》中，"字"和"词"是不分的，《章句》篇的字句篇章关系论中，"字"相当于"词"。

两汉时期，在用词、造句方面已有点滴的研究，如董仲舒的《春秋繁露》中能够深入地阐明《春秋》用词设句的道理。王充在《论衡·正说》篇中说："夫经之有篇也，犹章句也；有章句，犹有文字也。文字有意以立句，句有数以连章，章有体以成篇，篇则章句之大者也。谓篇有所法，是谓章句复有所法也。"② 王充从"立篇"的角度，提出字（词）、句、章、篇是"章句"论所研究的范围，又指出"篇则章句之大者也"，表明研究词、句、章问题，最终是为了"成篇"。可见，王充是从"写作"的角度提出"章句"论的。

到了魏晋南北朝，词、句、篇的修辞研究尤其是字词研究兴起，如晋代左思《三都赋》的序批评了西汉辞赋家用词"于辞则易为藻饰，于义则虚而无征"的弊病，北齐颜之推的《颜氏家训》《文章》篇也有类似的观点。

刘勰的《章句》篇受前代的影响，尤其更多的是受了王充的启发，在王充字句章篇论的基础上不仅深化了王充所提出的问题，而且结合语言运用的艺术，提出了新的见解。

宗廷虎先生认为："字句篇章的修辞论，先秦两汉的论述比较宽泛，从梁代刘勰开始，注意字句篇章修辞论的层次性和整体性，刘勰把字句篇章看成一个整体，把它们分为篇、章、句、字四个层次，指出层次之间的

---

① 王宁：《训诂学原理》，中国国际广播出版社1996年版，第35页。
② 《诸子集成》卷7《论衡》，上海书店出版社1986年影印本，第270页。

关系……"① 对刘勰字句章篇论的历史地位作出了比较中肯的评价。袁晖先生认为，《文心雕龙·章句》篇对（字）词、句、篇关系的论述是相当科学的："他的《章句》篇认为，写文章因字生句，积句成章，积章成篇。篇完成得好，因为章无毛病；章写得好，因为造句都不错；句子造得好，因为词用得很对。"② 此论对《文心雕龙》"字句章篇"之间的关系把握准确。刘勰论字句章篇的关系被许多学者作为研究字、句、章、篇修辞的理论依据，成为修辞学上最基本的修辞手段。

对于汉语来说，句子是由词组成的，首先要解释词义，才能讲明句意，章是由大大小小的句子构成，只有明确了词义，才能沟通理解句子之间的关系，顺理成章，"章总一义"（《章句》），"章句"的重要性是显而易见的。清刘大櫆《论文偶记》："积字成句，积句成章，积章成篇，合而读之，音节见矣，歌而咏之，神气出矣。"③ 可谓对刘勰的字句篇章关系论的直接继承，而"章句"在一篇文章中的重要性也就不言而喻了。黄侃先生在《文心雕龙札记》中对章句的重要作用给予充分肯定："凡览篇籍，未有不通章句而能识其义者；故一切文辞学术，皆以章句为始基。"④ 极为肯定地指出章句在写作与阅读及做学问三个方面的重要性。他批评了视章句为烦琐哲学而欲寻找工巧之途的弊病，同时，也说明写文章并非仅仅懂得章句就能代替，但舍弃章句，不具备语言文字的基本知识，更无捷径可走，所以，黄侃先生强调："所恶乎章句之学者，为其烦言碎辞，无当于大体也。若夫文章之事，固非一憭章句而即能工巧，然而舍弃章句，亦更无趋于工巧之途。规矩以驭方员，虽刻瑂众形，未有遁于规矩之外者也；章句以驭事义，虽牢笼万态，未有出于章句之外者也。"⑤ 章句是从事学术研究的基础，也就是说，有关中国古代的一切文化知识、学问，都应该从这里开始。

---

① 《宗廷虎修辞论集》，吉林教育出版社2003年版，第280页。
② 袁晖：《二十世纪的汉语修辞学》，书海出版社2000年版，第8页。
③ 转引自詹锳《文心雕龙义证》，上海古籍出版社1989年版，第1246页。
④ 黄侃：《文心雕龙札记》，上海古籍出版社2000年版，第127页。
⑤ 同上。

第二节 《文心雕龙》关于字词章句修辞的总原则——安章宅句

《章句》说:"夫设情有宅,置言有位,宅情曰章,位言曰句。故章者,明也;句者,局也。局言者,联字以分疆;明情者,总义以包体:区畛相异,而衢路交通矣。""安章宅句"——处理好句中之字与章中之句形式和内容的关系,是《文心雕龙》的总原则,刘勰从以下几个方面体现这个原则。

一 词句的顺序

注重词序与句序,积字成句要有合理的词序,积句成章要有合理的句序。

(1) 词序

《章句》:"位言曰句"是刘勰对句子构成的解释,即缀字有次序的意思。汉语的主要特点之一,是依靠虚词和词序构成句子。句子的构成要强调的是词序,这里,从"位言曰句"的"位"的含义可以明确刘勰对词序重要性的认识。"位":《说文·人部》:"位,列中庭左右谓之位。"(朝廷中群臣的位列)段玉裁注:"引申之凡人所处皆曰位。"[1]《周礼·天官·大宰》:"四曰禄位,……位,爵次也"[2](郑玄注),从中可了解到,"位"有"位置、安排"之义;位的本义有次序义。"位言曰句"的含义,刘师培《左庵外集·国文杂记》释为:"《文心雕龙》云'置言有位''位言有句',所谓位言者,即缀字有次序之谓也。"[3]刘师培解释得非常准确,即缀字有次序的叫作句子,由此可知,刘勰的"位言曰句"已经注意到汉语

---

[1] (清)段玉裁:《说文解字注》,上海古籍出版社1981年版,第371页。
[2] (清)阮元校刻:《十三经注疏》,中华书局1980年影印本,第646页。
[3] 转引自詹锳《文心雕龙义证》,上海古籍出版社1989年版,第1246页。

词序的特点，现代修辞学对句子构成的解释基本上是承袭刘勰而来，王希杰《汉语修辞学》对句子的构成的解释"汉语实词，按照一定的次序排列起来，便能构成短语或句子"。① 词序相对比较固定，是汉语的重要特点，词序是汉语的"一种重要的修辞手段"。② 因为词序和表达效果的关系也是很密切的。

(二) 句序

刘勰《章句》篇把章解释为"宅情曰章"，"积句而成章"是刘勰对于"章"的构成必须强调语序的说明。刘勰在此强调，要把文章的思想内容安顿在合适的处所，所以安排作品的内容的地方称为章。而章是由句子构成的。"积句而成章"的"积"与"秩"同源，而"秩"有次序之本义。"积"：《说文·禾部》："积，聚也。从禾责声。"段玉裁注："禾与粟皆得称积，引申为凡聚之称。"③《说文·禾部》："秩，积也。从禾失声。"段玉裁注："积之必有次序成文理，是曰秩。"④ "积"的本义也是含有次序先后的问题。"积句而成章"即指句子有次序地组织在一起。现代修辞学也强调"语序是表意的重要手段之一"。"语序，指的是语句的顺序，语篇中句子和句子之间的次序……"⑤ 对语序的定义表现出明显的承袭性。

刘勰的《章句》篇中的"宅情曰章""位言曰句"，已经比陆机的《文赋》中"选义按部，考辞就班"⑥ 说得要明确多了。刘勰主张说话或写文章时安排词序、句序应当根据事物之间的逻辑关系，而以求新、求奇而颠倒文句力避平庸是创作的歧途。《文心雕龙·定势》："效奇之法，必颠倒文句，上字而抑下，中辞而出外，回互不常，则新色耳。"刘勰强调写文章重视词序、句序，仍然是针对南朝喜尚诡怪奇巧的文风而言，当时

---

① 王希杰：《汉语修辞学》，商务印书馆2004年版，第226页。
② 同上书，第229页。
③ （清）段玉裁：《说文解字注》，上海古籍出版社1981年版，第325页。
④ 同上。
⑤ 王希杰：《汉语修辞学》，商务印书馆2004年版，第234页。
⑥ 张少康集释：《文赋集释》，人民文学出版社2002年版，第60页。

有的作家为了追求新奇的文风，有意识地违背语言规律，把文章中的句法加以颠倒，把前面的字放在后面，把中间的词置于两端，回环交错，背离常规，将此视为新奇的风采。当时一些文坛大家也不能幸免，如鲍照《石帆铭》："君子彼想"，其实应该是"想彼君子"；江淹《恨赋》："孤臣危泪，孽子坠心。"其实应该为"坠泪""危心"；江淹《恨赋》："意夺神骇，心折骨惊。"本应当为"骨折心惊"。以上几例均属有意颠倒之例，刘勰在《文心雕龙》一书反复申述这种近于趋诡的新奇是不应该提倡的。

刘勰重申安章宅句一定要有顺序："是以搜句忌于颠倒，裁章贵于顺序，斯固情趣之旨归，文笔之同致也。"（《章句》）这就是说句子忌讳文辞颠倒，安排段落贵在讲次序，这是抒情述志的要领，文、笔写作的统一要求。

二　段落的离合

《章句》曰："夫裁文匠笔，篇有大小，离章合句，调有缓急；随变适会，莫见定准。句司数字，待相接以为用；章总一义，须意穷而成体。其控引情理，送迎际会，譬舞容回环，而有缀兆之位；歌声靡曼，而有抗坠之节也。"根据文章内容的需要，确定文章的长短，段落的分合，属于文章学的基本章法，也是文章修辞的基础工作。如纪昀所评"此一段论章法"。[①]

汉语在实际语言的运用中，文章是以篇为单位的，篇的长短依据作者所要表达的思想感情和内容；而章句的安排、语调的缓急问题（"调有缓急"是指句长者调缓，句短者调促），也要根据思想感情和具体内容的不同而定，没有一定的准则。"句司数字，待相接以为用；章总一义，须意穷而成体"（《章句》），这里的"体"是指一个段落。若干个文字按次第排列而成，成为句子发挥其作用；句子按次序相接合成一章，每章总束一义，必须情理完整，而在一篇文章中，"章句"的安排，必须照顾全局。

---

① 黄霖：《文心雕龙汇评》，上海古籍出版社2005年版，第116页。

黄侃《文心雕龙札记》"章句"篇认为,"案此文所言安章之法,要于句必比叙,义必关联。句必比叙,则浮词无所容;义必关联,则杂意不能厕。章者,合句而成,凡句必须成辞,集数字以成辞,字与字必相比叙也,集数句以成章,则句与句亦必相比叙也;字与字比叙,而一句之义明,句与句比叙,而一章之义明,知安章之理无殊乎造句,则章法无紊乱之虑矣"。① 可谓将刘勰注重章句的语序、词序及"章句"安排之法都加以总结、概括。黄侃先生在"章句"篇的札记中对陆机《文赋》在安章宅句方面的成就给予高度的评价:"或仰逼于先条,或俯侵于后章,或辞害而理比,或言顺而义妨,离之则双美,合之则两伤,考殿最于锱铢,定去留于毫芒,苟铨衡之所裁,固应绳其必当。此文所言安章之术虽简,实足包括舍人三篇之言。"② 黄侃先生指出,陆机的"安章之术"虽简,但包含了刘勰《附会》《熔裁》《章句》三篇的内容。陆机在《文赋》篇中指出,安排段落时一定要防止前后矛盾和文辞内容不一致以及逻辑混乱等弊端,一定要剪裁得当,不能有丝毫的马虎。为此,陆机用了两个比喻,"考殿最于锱铢,定去留于毫芒",《文选》五臣注:"济曰:锱铢,称两也,毫,细毛也。皆至微小者也。谓作文之时考练辞句之上下称两,舍之去之,在于细小之间,然后著之于文。"③ 如果经过铨衡,需要裁定,就应当以恰当与否作为准绳。由此也可了解到刘勰在《章句》篇的安章之法与陆机的"安章之术"是一脉相承的。

黄侃先生概括出安排章句的最好方法是:"安章之术,以句比叙,义必关联为归,命意于笔先,所以立其准,删修于成后,所以期其晚,首尾周密,表里一体,盖安章之上选乎。"④ 构思命意在先,义必关联的句子经过打磨,构成首尾照应的一个段落,即为安章之术。

总之,刘勰注意到章句的语序、词序的重要性,认为安章宅句的基本

---

① 黄侃:《文心雕龙札记》,上海古籍出版社2000年版,第144页。
② 同上书,第145页。
③ 张少康集释:《文赋集释》,人民文学出版社2002年版,第149页。
④ 黄侃:《文心雕龙札记》,上海古籍出版社2000年版,第145页。

方法，首先，要按一定的次序来写；其次，每章每句要表达一个有逻辑联系完整的意义。

三　句中字数与句末用韵

句中字数和句末用韵也是分章造句的重要环节，也是我们了解古人语言艺术的一个重要的方面，句子有长有短，长短的选择和表达的情韵以及和不同时代流行的情况密切相关，"情数运周，随时代用矣"（《章句》）。

（一）句中字数

当代有的学者把《文心雕龙》"句中字数"的相关观点归为"句法修辞"，如宗廷虎、李金苓两位先生的《汉语修辞学史纲》对刘勰"句中字数"的探讨已表示关注，称其为"关于句子长短的选择"。[①] 陈光磊、王俊衡《中国修辞学通史》（先秦两汉魏晋南北朝卷）称刘勰关于"句中字数"的相关论述为"长短或变"，[②] 并列入句法修辞进行了简要的论述。

刘勰所生活的六朝时期是骈文最繁盛的时期，骈文由成熟而日臻完美，其句型逐渐归于以四六为主的范式，讲求辞藻、声律、对偶、用典。《文心雕龙》是骈体文，刘勰用骈文来写作不仅仅是受到当时文风的影响，也和汉语的特点和民族习惯有关。在《章句》篇中，刘勰主张四六句式："若夫章句无常，而字有条数：四字密而不促，六字格而非缓，或变之以三五，盖应机之权节也。"在这里，"无常"与"有条"相偶。"密"《说文·山部》："密，山如堂者。"段注："土部曰：堂，殿也。释山曰，山如堂者，密。""……按密主谓山，假借为精密字而本字废矣。""格"：《说文·木部》："格，木长貌。"《说文·木部》："枝，木别生条也。"《说文·木部》："条，小枝也。"庾信《小园赋》："草树混淆，枝格相交。"枝格并列，据此，可推知"格"是指树木的长枝条，"密而不促"与"格而非

[①] 易蒲、李金苓：《汉语修辞学史纲》，吉林教育出版社1989年版，第151页。
[②] 陈光磊、王俊衡：《中国修辞学通史》（先秦两汉魏晋南北朝卷），吉林教育出版社1998年版，第474页。

缓"对仗,"格"在此指的是一般意义的长,与"密"的短促义相对(黄侃先生认为"格为裕之误")①。刘勰强调四字句紧密而不急促,六字句较长但并不松弛,有时可变成三字句或五字句,那是要根据需要权衡采用,骈文又称四六文,此段论述亦成为学者推断梁时文字已多用四六的依据之一。如钱大昕《十驾斋养新录·四六》:"考《文心雕龙·章句篇》有云:'笔句无常,而字有常数。四字密而不促,六字格而非缓。或变之以三五,盖应机之权节也。'则梁时文笔已多用四字六字矣。"②足见刘勰《章句》篇的影响。对于有韵之文,句的字数,刘勰论析了二言、三言、四言、五言、六言、七言和杂言产生的时代和具有代表性的作品,认为诗人的情感随时代的发展而变化,各种字数不同的诗篇也就应运而生。

黄侃先生《文心雕龙札记》"章句"篇认为刘勰关于句中字数的论述,是兼有文笔两种文体,无韵之文,一般没有固定的字数,而刘勰强调四六字,是拘于当时流行的骈文的文体特点。黄侃先生对刻意出新的一些文学现象进行了批评,指出文学史上的有些作家反对"四六句式"以"古文"自居的极端作法并不可取:"自四六体成,反之者变为古文,有意参差其句法,于是句度之长,有古所未有者,此又不足以讥四六也。"并举曾巩《南齐书序》作为无韵之文的例子,欧阳修《祭尹师鲁文》、苏轼《祭欧阳文忠公文》作为有韵之文的例子,说明其句法的奇长不足称赞。黄侃先生认为句法的长短取其"声气":"夫文之句读,随乎语言,或长或短,取其适于声气,拘执四六者固非,有意为长句者亦未足范也。"③ 最后,黄侃先生指出刘勰关于诗文"句中字数"的观点是有依据的,源于《文章流别论》"若夫有韵之文,句中字数,则彦和此篇所说,大要本于挚虞"。④ 对刘勰的论断加以阐释和肯定。

---

① 黄侃:《文心雕龙札记》,上海古籍出版社2000年版,第145页。
② (清)钱大昕:《十驾斋养新录》,江苏古籍出版社2000年版,第362页。
③ 黄侃:《文心雕龙札记》,上海古籍出版社2000年版,第146页。
④ 同上。

（二）句末用韵

句末用韵：韵是诗词格律的基本要素之一，适当的韵脚将使诗歌紧凑和谐、声情并茂。对于诗赋用韵，刘勰《章句》中的观点是：换韵的目的是调节辞气、避免单调，"若改韵从调，所以节文辞气，贾谊、枚乘，两韵辄易；刘歆、桓谭，百句不迁；亦各有其志也"。贾谊、枚乘用了两个韵就转韵，刘歆、桓谭的赋，用了一百句还是不转韵，也是各有各的用意。刘勰主张用韵和转韵应当折中，"然两韵辄易，则声韵微躁，百句不迁，则唇吻告劳"（《章句》），两韵一转，显得急促，百句不转，念起来又会感到疲劳，折中用韵，能够保证自己的作品不出毛病。纪昀在评《文心雕龙辑注》中曾称赞为刘勰此段论押韵精辟。

陆机的《文赋》在研究创作时，已经认识到音韵的美，"暨音声之迭代，若五色之相宣，虽逝止无常，固崎锜而难便。苟达变而识次，犹开流以纳泉"。[①] 若没有掌握用韵规律，写出的文章便会声律不齐、有劳唇吻。在此刘勰提倡"折之中和"，刘勰主张用韵的折之中和究竟以几韵几句为宜，并没有给予说明。范文澜先生在给《文心雕龙·章句》作注时，据《章句》篇中所提到的魏武、陆云论赋的线索和具体作品多方考证，得出结论，推知"彦和所谓折之中和，是四韵乃转也"。[②]

黄侃先生《文心雕龙札记》十分赞成刘勰对于句末用韵的探讨："其云折之中和，庶保无咎者，盖以四句一转则太骤，百句不迁则太繁，因宜适变，随时迁移，使口吻调利，声调均停，斯则至精之论也。"[③] 他进一步指出，韵脚贵在调剂，不能千篇一律。但总的来说，刘勰这些关于音律配合的探索和见解，对于研究汉语的特点和研究作品的语言表达效果有重要作用。

---

① 张少康集释：《文赋集释》，人民文学出版社2002年版，第132页。
② 范文澜：《文心雕龙注》（下），人民文学出版社1958年版，第585页。
③ 黄侃：《文心雕龙札记》，上海古籍出版社2000年版，第147页。

四 虚词的修辞作用

既然汉语主要依靠词序和虚词构成句子，巧妙地运用虚词，可以使句子更加连贯照应，文章的组织更加严密。吴讷《文章辨体》引《诸儒总论作文法》"诗文助辞"对"语助"的重要性和积极作用有着深刻的认识："文有助辞，犹礼之有傧，乐之有相也。礼无傧则不行，乐无相则不谐，文无助则不顺。"① 刘勰当时已经认识到了虚词的重要性："据事似闲，在用实切。巧者回运，弥缝文体，将令数句之外，得一字之助矣。"（《章句》）虚词可以调整音律，弥缝文体，汉语的虚词在连接句子、表达语气方面所起的辅助作用，是实词代替不了的。刘勰强调善于运用虚字，将使数句之外用上一个虚字就会得到助益；如果虚词运用不当，就会造成"一字之失，一句为之蹉跎"。②

刘勰在《章句》篇的最后论述了虚词及其虚词的用法。刘勰首先总结了《诗经》和《楚辞》用"兮"字的特点，是在句中加入"兮"字，作为"语助馀声"，但对于文意没有什么帮助。刘勰从虚词的语法功能和句中位置出发，把虚词分为"发端之首唱""札句之旧体""送末之常科"三类，这是刘勰对虚词研究的巨大贡献。

《文心雕龙·章句》虚词观及对后世虚词研究的发展有启发意义并产生了深远的影响。如唐代刘知几的《史通》基本沿用刘勰的观点，《史通·浮词》："夫人枢机之发，飌飌不穷，必有徐音足句，为其始末。是以'伊''惟''夫''盖'，发语之端也；'焉''哉''矣''兮'，断句之助也。去之则言语不足，加之则章句获全。"③ 马建忠在《马氏文通》中列"虚字"为"介字""连字""助字、叹字"，和《文心雕龙·章句》的分类没有本质的区别，马建忠在给"介字""连字""助字"下定义时，曾一再提到《文心雕龙·章句》，很明显，汲取了刘勰的观点。

---

① （明）吴讷：《文章辨体序说》，人民文学出版社1962年版，第17页。
② （清）刘淇：《助字辨略》，中华书局1954年版，第1页。
③ （唐）刘知几：《史通》，上海世纪出版集团、上海古籍出版社2008年版，第114页。

骈文作为骈四俪六的文章，注重对偶，往往用实词砌成整句，文气易滞，所以，刘勰给予虚词以恰当的评价，强调虚词的妙用，显示出了他的真知灼见。如孙德谦所言《六朝丽指·论虚字》："作骈文而全用排偶，文气易致窒塞。即对句之中，亦当少加虚字，使之动宕"，[①] 孙德谦骈文功力至深，深知巧用虚词对于骈文写作之重要。黄侃先生对刘勰关于虚词的认识给予高度的评价，并较为详细地阐述了他对虚词的认识，他探讨了虚词的来源，批评了"语词"（指虚词）多无本字的观点，"夫言语词无本字，则不知义之所出；言语辞无实义，则不知义之所施"。[②] 所以，他依据《说文》及有关传注之言，并参阅王念孙、王引之及俞樾等之书，对67个虚词进行了考证和诠释，打破了对虚词进行孤立研究的传统方法，不仅看到了不同类虚词的区别，也注意到了虚词之间的联系黄侃先生指出："凡古籍常用之词，类多通假，惟声音转化无定，如得其经脉，则秩序不乱，非夫拘滞于常文者所能悟解也。"[③] 他列举了五条关于文言虚词的研究意见，值得我们在虚词研究和阅读古籍时注意。

　　"外字难谬，况章句欤！"（《章句》）刘勰此处的"外字"即外加的"字"，即虚字。虚词对安章宅句有重要的作用，虚词运用都唯恐错谬，更何况构思章段、安排句序呢！强调章句更需要引起重视。

　　总之，刘勰强调的是在一篇之中，章次有先后，一句之中，字位有次序，就安排言，段落离合有一定的法则，句中字数的多少，句末用韵，也贵在巧妙符合规律，重视虚词的修辞作用，这就是安章宅句的修辞原则。

第三节　篇章结构修辞论

　　文章的段落之间具有互相制约的作用和整体联系，刘勰在《章句》

[①] 转引自詹锳《文心雕龙义证》，上海古籍出版社1989年版，第1287页。
[②] 黄侃：《文心雕龙札记》，上海古籍出版社2000年版，第149页。
[③] 同上书，第150页

《熔裁》《附会》等篇从不同侧重点对篇章组织结构及其修辞原则进行了论述。

一 布局谋篇，注意整体

篇是篇章结构组织的最大单位，在《文心雕龙·章句》中，刘勰提出了篇章结构修辞的要求，刘勰篇章修辞的主要特点是强调全局的观念："篇之彪炳，章无疵也；章之明靡，句无玷也；句之清英，字不妄也。"全篇写得有光彩，由于章节没有毛病；每章写得明白而细致，也由于句子没有毛病；句子写得清新秀美，由于每个字都不乱用。

刘勰认为，篇章修辞要重视全篇文章的整体结构，不要仅仅在斟酌字句上耗费精力。应避免"锐精细巧，必疏体统"。（《附会》）为此，刘勰用了一个很形象的比喻，"夫画者谨发而易貌，射者仪毫而失墙"（《附会》），画家、射手只注重头发、细微之处，而不见人的全貌和堵墙之大，此乃因小失大，是谋篇布局之大忌。所以，在《附会》篇中，刘勰指出了"命篇之经略"的具体方法，为了整体要删削枝节，"故宜诎寸以信尺，枉尺以直寻，弃偏善之巧，学具美之绩，此命篇之经略也"（《附会》），需要舍弃作品中局部得意的部分，追求精美的整体效果，这才是命笔谋篇理应掌握的基本要求。

刘师培《中国中古文学史》言谋篇之术，"盖文章构成，须历命意、谋篇、用笔、选词、炼句五级。必先树意以定篇，始可安章而宅居……故无论研究何家之文，首当探其谋篇之术"。[①] 刘师培言临文构思，须重视谋篇之术。又云："模拟古人之文，能研究其结构、段落、用笔者、始可得其气味；能了解转折之妙者，文气自异凡庸。若徒致力于造句练字之微，多见舍本逐末而已矣。"[②] 刘师培认为，要研究或者模拟古人之文，需要就命意、谋篇、用笔、选词、炼句五项，依次求之，谋篇既定，段落即分，

---

① 刘师培：《中国中古文学史》，上海古籍出版社2000年版，第128页。
② 同上书，第130页。

这样才能了解文章之妙。此言即对刘勰重视谋篇之术极好的说明与进一步的论述。

刘勰论篇章修辞,注重全篇文章的整体结构,指出布局谋篇时应注意文章的自然过渡和前后照应,注意其意义的内在联系,使全篇文章成为一个有机的整体,这个观点,历代都有继承和发展,对后人论篇章修辞也影响至深。

二 脉络贯通,首尾一体

"外文绮交,内义脉注,跗萼相衔,首尾一体。"(《章句》)这是《文心雕龙》对篇章修辞结构的又一个要求。

现代修辞学对于篇章的修辞结构的安排提出的要求是:"要研究篇章的修辞结构,必须研究话语的组合结构,……也就是说,能否取得布局谋篇的修辞效果,是决定于话语的组合是否得当的。"① 话语组合的基本方式,很重要的一点,就是"从下文承接上文的顺、逆看……下文或者是顺着上文的意思承接的,或者是逆着上文的意思承接的"。② 古今中外的优秀学者无一例外,往往都是在借鉴前人成果的基础上进行阐释进而创新的。现代学者的上述论点,我们都能够从刘勰关于篇章结构的论述中找出端倪。

刘勰论篇章修辞,非常注重篇章内容的脉络贯通、有条不紊,即上下文意义上的承接和语言形式上的相互照应。刘勰指出:"寻诗人拟喻,虽断章取义,然章句在篇,如茧之抽绪,原始要终,体必鳞次。启行之辞,逆萌中篇之意;绝笔之言,追媵前句之旨。故能外文绮交,内义脉注,跗萼相衔,首尾一体。"(《章句》) 意为如果仔细体味《诗经》运用比喻的技巧,虽然是断章取义,而章句在篇中的作用至关重要是显而易见的。章句在整篇文章中,就好像蚕茧抽丝一样,从头到尾,就像鱼鳞一样一片接

---

① 张炼强:《修辞》,首都师范大学出版社1995年版,第174页。
② 同上书,第181页。

着一片，即言之有序。说明一篇文章中章句的先后，命意措辞，应妥善安排。开头的话，预先包含着篇中的内容，结尾的话，要响应前面的内容。这样，才能"外文绮交，内义脉注"，不但形式上文辞照应，而且在内容上血脉贯注，使各章之间在意义上能够贯穿，以避免彼此之间支离破碎。"若首唱荣华，而媵句憔悴，则遗势郁湮，余风不畅。"（《附会》）如果文章开头有气势光彩，承接的句子憔悴拙劣，往往文势不畅。其中"跗萼相衔，首尾一体"，是说文章的开头和结尾需要相互照应，彼此渗透。"跗"：《诗经·小雅·常棣》："鄂不韡韡。"孔颖达疏："郑以为，华下有鄂，鄂下有柎……由华以覆鄂，鄂以承华……华鄂相覆而光明，犹兄弟相顺而荣显。"[1] 范文澜《章句》篇注为："柎"字亦作"跗"字，由孔颖达的疏可知刘勰用"跗萼相衔"比喻章、句之间各有次第，自成条理，以达到前后照应，首尾一体的绝佳效果。刘勰认为一篇好的文章在结构上应该综合全篇的条理，贯穿一气，前后照应，在《熔裁》篇与《附会》篇中也反复说明："首尾圆和，条贯统序。"（《熔裁》）"惟首尾相援、则附会之体，固亦无以加于此矣。"（《附会》）可见，照应是构成篇章的重要方法，前文和后文、开头和结尾文脉相连，篇章的各个层面才会和谐统一。如果首尾不能相应，正如钟嵘《诗品》中对谢朓的批评："善自发诗端，而末篇多踬。"[2] 如果文章结尾不能语脉相连，将会大大减弱诗文的艺术魅力。

宋陈善对文章谋篇布局首尾衔接、浑然一体的问题有很形象的说明，钱钟书先生在谈作文首尾呼应时以此为例加以肯定说明，陈善《扪虱新话》卷二云："桓温见八阵图曰：'此常山蛇势也，击其首则尾应；击其尾则首应，击其中则首尾俱应。'予谓此非特兵法，亦文章之法也。文章亦应婉转回复，首尾俱应，乃为尽善。"[3] 起结呼应衔接如圆之周而复始，陈善的见解是在承袭刘勰之意基础上的发挥。

---

[1] 李学勤主编：《十三经注疏·毛诗正义》，北京大学出版社1999年版，第570页。
[2] 周振甫译注：《诗品译注》，中华书局1998年版，第72页。
[3] 钱钟书：《管锥编》第1册，中华书局1986年版，第230页。

三 围绕中心，以辞附意

刘勰强调篇章应该是一个有机的整体，谋篇布局一定要在注重文章中心思想的基础上，围绕中心组织材料。这是现代修辞学中言篇章修辞的一种常见方式。

《文心雕龙》在《章句》篇之后列《附会》篇，论述了谋篇之术，詹锳先生对"附会"给予准确的解释："'附会'就是'附辞会义'的简称。'会义'是把文意会合成一个整体，'附辞'是使文辞密切结合内容来安排。"[①]即说明了为文纵使有千言万语，其文辞也必须围绕主题，为主题服务。

黄侃先生《文心雕龙札记》"附会"篇，在阐释刘勰作《附会》篇的原因时说："附会者，总命意修辞为一贯，而兼草创讨论修饰润色之功绩也。大抵著文裁篇，必有所诠表之一意，约之为一句，引之为一章，长短之形有殊，而所诠表之一意则不异，或以质直为体，或以文饰为貌，文质之形有殊，而必有所诠，所诠必一则不异，造次出辞，精微谈理，高下之等有殊，而皆求一所诠则不异，累字以成句，累句以成章，繁简之状有殊，而累众意以诠一意则不异。"又云："文之所诠，必为一而不能有两出矣。""彼众所诠无一不与此一所诠相系，一也；众所诠之间，又无一不自相系以归于彼一所诠，二也。"[②] 黄侃先生指出"命意修辞"是不可分割的，文章或长或短，文风或丽或质，言辞或高或下，章句或繁或简，但都是为"一意"即围绕主题而加以诠解表达。也就是说，表达思想感情的方式是丰富多样的，但都应围绕其主旨意义，并且章句彼此间在意义上要有紧密的联系。黄侃先生对于篇章修辞的一个基本的问题即围绕主题、意义前后贯穿一致作了精辟的论述。

所以，《文心雕龙·附会》篇开篇即言："何谓附会？谓总文理，统首尾，定与夺，合涯际，弥纶一篇，使杂而不越者也。"指出附会的主要目

---

① 詹锳：《文心雕龙义证》下，上海古籍出版社1989年版，第1589页。
② 黄侃：《文心雕龙札记》，上海古籍出版社2000年版，第205—206页。

第二章 《文心雕龙》的字句章篇修辞论

的是围绕特定的中心把文章全篇组织到一起，使全篇文章成为有机的整体，这也是写文章表达思想感情的最基本要求，并通过"定与夺"，使材料有所取舍。如纪昀所云："附会者，首尾一贯，使通篇相附而会于一，即后来所谓章法也"，[①]文章的主题思想就明确了。"裁则芜秽不生，熔则纲领昭畅"（《熔裁》），注重裁剪和熔炼，才能文辞清爽纲领明确显畅。又《附会》："凡大体文章，类多枝派，整派者依源，理枝者循干。是以附辞会义，务总纲领，驱万涂于同归，贞百虑于一致，使众理虽繁，而无倒置之乖，群言虽多，而无棼丝之乱。扶阳而出条，顺阴而藏迹，首尾周密，表里一体，此附会之术也。"进一步对构成文章的各部分如何为表现主题服务加以申说。一篇文章的各章都是为表达主旨服务的，文章结构的安排，要注重表现题旨的需要，这样的文章才具有艺术生命力，文意虽然有隐有显，但必须"乘一总万，举要治繁"（《总术》）。围绕一个根本的中心问题应付万变，依仗其中纲要整治纷繁，"篇章户牖，左右相瞰"（《熔裁·赞》）。篇章互相配合，篇章结构的安排取决于文章的思想内容，这是文学创作恒定长存的规律。

刘勰的字句章篇关系的修辞理论从作文与构思两个层面探讨了四者之间的关系，对于文章结构进行了深入细致的剖析，是重要的文章学理论，对后世产生了广泛的影响。陈骙《文则》、陈绎曾《文说》关于文章结构布局的观点，深受《文心雕龙》的影响。李渔《闲情偶寄·词曲部·结构第一》："古人作文一篇，定有一篇之主脑。主脑非他，即作者立言之本意也。传奇亦然。"[②]主张文章及传奇"立主脑"应该有一个中心思想，与刘勰的"总文理""整派者依源，理枝者循干"的思想是一致的。

综上所述，刘勰从字、句、章、篇的关系入手，探讨了章句在一篇文章中的重要性及篇章组织结构以及相关的修辞原则，是修辞学史上比较系统的篇章修辞理论。

[①] 黄霖：《文心雕龙汇评》，上海古籍出版社 2005 年版，第 140 页。
[②] （清）李渔：《闲情偶寄》，中华书局 2007 年版，第 15 页。

第三章 《文心雕龙》论修辞方式（上）

修辞方式是修辞学的重要组成部分，修辞方式具有特定的功能和特定的方法。修辞方式或称为辞格，正如刘焕辉先生所言："当语言要素以特殊组合的形式用于言语表达时，便成了独具表达效果的修辞方式即修辞格，简称辞格。"① 有的修辞学家认为修辞学只研究修辞方式，大多数学者则认为修辞方式的研究只是修辞学的一个方面。本书采取多数学者的意见，将修辞方式的研究作为修辞学研究的一个部分。

如前所述，汉语修辞方式研究的历史同样是源远流长的。从先秦两汉开始，修辞方式就已经被不同典籍多次论及，但仅仅是片言只语的探讨与表述。刘勰在《文心雕龙》中涉及的修辞方式已比较广泛，且大多是专篇论之。《文心雕龙》在《丽辞》《比兴》《夸饰》《事类》等篇涉及的修辞方式，相当于现代修辞学的对偶、比喻、夸张、用典等，而《声律》相当于语音或韵律修辞。《文心雕龙》有关修辞学的论述，奠定了现代修辞格研究的基础，并且在修辞学研究领域被广泛引用。刘勰关于修辞方式的总结和阐发是在考察了齐梁以前大量的书面语作品的基础上形成的，从《文心雕龙》中可以看出，刘勰关注了当时的各种文体尤其是重视诗赋等纯文学文体的语言技巧，并结合汉字和汉语的特点，按照不同作品的共同特征加以归纳论析，同时在论析中提出自己的修辞标准。在总结修辞方式时，

---

① 刘焕辉：《修辞学纲要》，百花文艺出版社1997年版，第233页。

刘勰往往能从经典文本中探索形成这种语言现象的原因、本质机制，归纳相同的语言实例，指出其特定的功能，并说明其表达效果。

后代学者对修辞方式的总结是在刘勰修辞格理论基础上的进一步完善，如陈望道先生在《修辞学发凡》的"辞格"部分，共整理出三十八种辞格。① 将辞格分为材料上的辞格，如譬喻、借代、摹状等九种；意境上的辞格，如比拟、讽喻、设问等十种；词语上的辞格，如析字、藏词、省略等十一种；章句上的辞格，如反复、对偶、排比等八种，对刘勰的修辞方式有所借鉴。现代学者在此基础上分类标准虽然有所不同，日趋细化，如黄民裕《辞格汇编》将辞格分为七十八种，② 但在辞格的分类与描述辞格的表达效果方面，仍然对《文心雕龙》有所承袭。

修辞方式有着不可替代的作用，"当'直言其事'不足以传情达意时，就不能不根据自己对全民语言的掌握程度而灵活运用各种与表达需要相适应的修辞格"。③

《文心雕龙·宗经》篇云："《诗》主言志，诂训同《书》，摛风裁兴，藻辞谲喻，温柔在诵，故最附深衷矣。"《诗经》主要是用来表达情志的，其语言艰深难懂如同《尚书》，之所以有来回吟诵，沁人心脾、切合情怀的效果，在于它发扬了民歌的特点，采用了比兴的手法，文辞华丽而比喻委婉。此可谓对修辞方式表达效果的精辟论断。

本书探讨研究《文心雕龙》论及的修辞方式，很难用现代修辞格的分类来作为划分的标准。为了更客观地描述分析，本书保留原篇题目，并且对其在专章中论及的内容，作一个大致的归纳，分为两个部分。

第一部分，大致是关于语言形式的修辞，包括以字为单位的"练字"与"声律"，以句为单位的"丽辞"。

第二部分，大致是偏重内容方面的修辞，包括与增强内容鲜明性有关的"比兴""夸饰"，增强内容丰富性与说服力的"事类"，以及言"文外

---

① 陈望道：《修辞学发凡》，上海教育出版社 2001 年第 3 版，第 72 页。
② 黄民裕：《辞格汇编》，湖南人民出版社 1984 年版，第 5 页。
③ 刘焕辉：《修辞学纲要》，百花文艺出版社 1997 年版，第 234 页。

曲致"的"隐秀"。

这两部分的划分，并不是非常妥当。就形式与内容而言，二者本难分开，作为一部文章学的理论著作，刘勰从古代文章作法的角度总结出的修辞方式，综合性很强，与今天从现代文章出发、针对某一语言单位的角度论述相关问题有很大的不同。因此，这里只是通过大致的区分，以别章节而已，还谈不到对《文心雕龙》所论的修辞手法进行科学的分类。

本章主要论述《文心雕龙》中"练字""声律""丽辞"三种修辞方式。

第一节 练字

清戴震《戴震集尔雅注疏笺补序》："夫今人读书，尚未识字，辄目故训之学不可为，其究也，文字之鲜能通，妄谓通其语言，语言之鲜能通，妄谓通其心志。"言文字之重要。

古人作文，从孔子开始，就非常注重用字，孔子"为《春秋》，笔则笔，削则削，子夏之徒不能赞一辞"。[①]《论语·宪问》载郑国的外交辞令要有四位富有才能的大夫草创润色："裨谌草创之，世叔讨论之，行人子羽修饰之，东里子产润色之。"[②] 道出了郑国的诸侯之事鲜有败事，与对语言文字的推敲有密切关系。中国的古典诗文，更是常常有"一字功夫，足见学力"之说。所以，何九盈先生说的"古典诗文，与其说是语言艺术，不如说是文字艺术。那些炉火纯青的古典诗文，至今还脍炙人口有无穷的魅力……"[③] 正是从这个角度谈的。

的确，中国古代诗文尤其是诗歌语言极其精练，古代诗文注重炼字和

[①] （汉）司马迁：《史记·孔子世家》，中华书局1982年版，第1944页。
[②] （清）刘宝楠：《论语正义》，中华书局1990年版，第561页。
[③] 何九盈：《汉字文化学》，辽宁人民出版社2000年版，第317页。

诗歌创作一样久远，往往在关键处用一个最传神的字，可使全句如游龙飞动，境界全出。齐梁诗人谢朓的诗歌语言清新流畅，擅作警遒秀句，往往有达意传神之字。《之宣城出新林浦向板桥》："天际识归舟，云中辨江树"，通过"识""辨"二字，烘托出诗人极目回眺金陵的专注神情。被誉为诗圣的唐代诗人杜甫，历来被视为锤字炼句的能手，"为人性僻耽佳句，语不惊人死不休"（杜甫《江上值水如海势聊短述》），其诗《奉酬李都督表丈早春作》："红入桃花嫩，青归柳叶新。望乡应未已，四海尚风尘。"方回《瀛奎律髓》评为："'桃花'对'柳叶'，人人能之，惟'红'字着一'入'字，'青'字下着一'归'字，乃是两句字眼是也。"① 表现出诗人杜甫对语言文字高度的驾驭能力。

汉字是记录汉语的书写符号，是构成文章的基础。如何选择适当的字，是文学创作的一个重要问题，因此，汉字的修辞作用也是不能忽视的，张炼强先生指出了汉字的修辞价值："汉字是重要的修辞资源之一，不少修辞现象是以汉字为物质基础的。"② 在一篇优秀的文章里，字字都有分量，可谓百炼成字，千炼成句。刘勰的《练字》对于汉字在文章书写和表情达意中起着举足轻重的地位予以全面的论述。

一 刘勰对"练字"重要性的诠释

"练字"，是据本篇"是以缀字属篇，必须练择"而来。"练择"为同义连用，"练"即选择之意，"练字"就是选择适当的字。枚乘《七发》："练色娱目"，《文选》李善注引《埤苍》："练，择也。"范文澜先生《文心雕龙注》："练训简，训选，训择，用字而出于简择精切，则句自清英矣。"③ 可谓较为准确的解释。

刘勰在《文心雕龙·练字》篇所论，是以诗赋的用字艺术技巧为主，诗赋以一字见工拙，古人"吟安一个字，捻断数茎须"（卢延让《苦

---

① 《中国历代诗话选》，岳麓书社1985年版，第1016页。
② 张炼强：《修辞丛稿》，人民教育出版社2000年版，第365页。
③ 范文澜：《文心雕龙注》下，人民文学出版社1958年版，第626页。

吟》),道尽文学创作时选择至当至隽之字的艰辛。刘勰对练字的必要性和练字之不易多次论及,《文心雕龙·风骨》篇有"锤字坚而难移";《文心雕龙·熔裁》亦云:"善删者字去而意留,善敷者辞殊而意显。"十分重视文字的洗练作用,但为文练字,谈何容易!刘勰《练字》篇指出:"善为文者,富于万篇,贫于一字。"《文心雕龙·附会》:"易字艰于代句。"均指出"练字"之不易。

刘勰《练字》开篇即言文字的重要性,语言、文章皆寄托于文字:"夫文象列而结绳移,鸟迹明而书契作,斯乃言语之体貌,而文章之宅宇也。"语言、文章均由文字组成,文字的重要性不言而喻,所以,《文心雕龙·章句》篇云:"积字而成句","句之清英,字不妄也"。强调句子写得清新秀美,由于每个字都不乱用。黄侃先生在《文心雕龙·练字》篇的札记中深谙刘勰之用心,"文者集字而成,求文之工,必先求字之不妄",①强调选择适当的字对于一篇文章的重要作用。刘师培对文字的重要性进行了全面的阐释:"夫作文之法,因字成句,积句成章,欲侈工文,必先解字。然字各有义,事以验明,用字偶乖,即背正名之旨。观古代鸿儒,铨绎字义,界说谨严,不容稍紊。"②说明了作文必须先解字再工文之特点与古代鸿儒释字用字之谨严,对于我们理解刘勰的"练字"论极有启发。

刘勰在《练字》篇中,说明古人对文字的高度重视。《练字》:"《周礼》保氏,掌教六书。秦灭旧章,以吏为师。及李斯删籀而秦篆兴,程邈造隶而古文废。"刘勰通过追溯汉字的源流和演变,说明尽管随着时代的发展,历代文字也在变化,但重视文字的风气,却始终如一。

刘勰举例说明汉代重视文字的风气,《练字》篇:"汉初草律,明著厥法。太史学童,教试六体。又吏民上书,字谬辄劾。是以马字缺画,而石建惧死,虽云性慎,亦时重文也。"《汉书·艺文志》对汉代重视文字运用也有详细的记载:"汉兴,萧何草(创)律,亦著其法,曰太史试学童能

---

① 黄侃:《文心雕龙札记》,上海古籍出版社2000年版,第190页。
② 刘师培:《刘师培中古文学论集》,中国社会科学出版社1997年版,第190页。

讽书九千字以上，乃得为史。又以六体试之，课最者以为尚书、御史、史书令史。吏民上书，字或不正，辄举劾。"① 所以，刘勰此处所引"石建惧死"之例，是据《汉书·石奋传》记载，石建为郎中令时，写马字时少了一笔时，竟然惧怕得要死，足见当时重视文字的风气。

　　汉字是表意文字，早期的汉字是因义而构形的，每一个汉字都由字形、字义、字音三部分组成，《文心雕龙·声律》注重字音或者说语音形式对表情达意的重要作用，《练字》篇着重论述字形与字义的择练对文章的重要作用。刘勰在《练字》篇的"赞"中对"练字"的归纳也是从形、义两方面来谈的。《文心雕龙》的"赞"是对全篇文章的论述作的一个总结，《文心雕龙·颂赞》云："赞者，明也，助也。"黄侃先生对赞这种体例有很明确的解释："至班孟坚《汉书赞》，亦由纪传意有未明，作此以彰显之，善恶并施。故赞非赞美之意。"② 也就是说，从班固《汉书赞》开始，"赞"这种体例是对全文的总结说明，因而对理解文章主旨与作者为文的目的是至关重要的。《练字》："赞曰：篆隶相熔，苍雅品训"。显然是从字形、字义两个方面谈练字的，而全篇的论述也是围绕这两方面加以展开的，毕竟刘勰所处的时代是对文章的艺术之美进行探索时期，是对汉字、汉语的特点逐步认识时期。现代学者大多着重探讨《练字》篇的字形修辞，对刘勰的重视字义进而主张以义弃奇的见解涉猎甚少。黄侃先生作为《文心雕龙》研究的泰斗和国学大师，其《练字》篇的札记从字义的角度，阐释练字之术，启发我们现代研究者对《文心雕龙·练字》篇重新加以审视。

二　《练字》篇关于文字修辞的主要观点

　　基于对刘勰《练字》篇的研究和认识，拟从字义、字形两个角度探讨刘勰《练字》篇的主要观点。"贯练《雅》《颉》，总阅音义""时并习

---

① 《二十四史》卷2《汉书》，中华书局1997年影印本，第1721页。
② 黄侃：《文心雕龙札记》，上海古籍出版社2000年版，第74页。

易","依义弃奇"是他"练字"最主要的观点,本书从以下三个方面加以归纳总结。

(一) 明训诂,求准确

诗赋是语言的艺术,其语言的精练含蓄、优美需要运用准确贴切的字词来表现,一字千改始心安是众多诗人所追求的。刘勰在《练字》篇中虽然对从字义角度择练文字没有系统的论述,但全篇贯穿着的一个思想就是为文用字,如求画龙点睛之笔,需要"贯练《雅》《颉》,总阅音义",即明文字训诂,才能用字不妄。黄侃对此的解释是:"舍人言练字者,谓委悉精熟于众字之义,而能简择之也。其篇之乱曰:依义弃奇。此又著文之家所宜奉以周旋者也。"① 的确,若不精熟于众字之义,焉能谈择练之功力。黄侃先生还在《文心雕龙札记》中又指出若要精于练字的方法,必须明训诂、懂文字,强调了荀子《正名》中有关思想以及小学专书《说文解字》《尔雅》的重要性:"然自小学衰微,则文章痏削,今欲明于练字之术,以驭文质诸体,上之宜明正名之学,下亦宜略知《说文》《尔雅》之书,然后从古从今,略无蔽固,依人自撰,皆有权衡,厘正文体,不致陷入卤莽,传译外籍,不致失其本来,由此可知练字之功,在文家为首要,非若锻句练字之徒,苟以矜奇炫博为能也。"② 明确阐明了刘勰的正文字之义。

刘勰强调明文字训诂,则用字不妄。文字虽然因时代发展而有所变化,但汉字在形音义方面是有渊源关系的。他指出:"至孝武之世,则相如撰篇。及宣平二帝,征集小学,张敞以正读传业,扬雄以奇字纂训,并贯练《雅》《颉》,总阅音义。鸿笔之徒,莫不洞晓。"(《练字》)古代的那些大手笔,没有一个不精通小学,如西汉的文人学士司马相如、扬雄等创作鸿篇巨制的作家都能通晓文字,熟悉《尔雅》《仓颉》,能够"总阅

---

① 黄侃:《文心雕龙札记》,上海古籍出版社2000年版,第190—191页。
② 同上书,第194页。

音义",即能够全面地考察文字的古音古义,而且司马相如、扬雄、班固皆有小学专著,如扬雄有《训纂篇》等。因为精通文字训诂,所以选词遣字,不妄下一字。《练字》引曹植对扬雄、司马相如的评价云:"故陈思称:'扬马之作,趣幽旨深,读者非师传不能析其辞,非博学不能综其理'。"刘勰又从阅读的角度强调懂得文字训诂,才能弄清每个字的确切意义。

刘师培认为古代的文章家都是通晓文字学的,他对"小学"重要性的认识可作为对刘勰上述言论的最好注释:"观相如作《凡将篇》,子云作《训纂篇》,皆《史篇》之体,小学精梁也。足证古代文章家皆明字学。"①"西汉文人,若扬、马之流,咸能洞明字学,(故相如作《凡将篇》,而子云亦作《方言》。故选词遣字,亦能通其词也。)非浅学所能窥(故必待后儒之训释也)。"②

用字宜明训诂,宜须精通文字训诂之专书。刘勰高度评价了《尔雅》《仓颉》在学习文字训诂时的作用。《练字》:"夫《尔雅》者,孔徒之所纂,而《诗》《书》之襟带也;《仓颉》者,李斯之所辑,而史籀之遗体也。《雅》以渊源诂训,《颉》以苑囿奇文,异体相资,如左右肩股,该旧而知新,亦可以属文。"提出借助《尔雅》研究字义,与汇总字形的《仓颉篇》相互为用,如左右肩股相辅相成,互相配合,了解文字发展的新趋势,因为字义的解释古今有所不同,字义的取舍也随着时代的不同而不同,正如《练字》云:"若夫义训古今,兴废殊用。"

(二)避奇难,求畅达

西汉文人的辞赋,多铺叙宫台楼阁、山川苑囿,喜用奇难僻字,刘勰《练字》篇列举从汉到晋对文字的使用情况说明用字应该明晓字体古今兴废之变,使语言表达更明晰畅达。"前汉小学,率多玮字,非独制异,乃

---

① 刘师培:《刘师培中古文学论集》,中国社会科学出版社1997年版,第228页。
② 同上书,第234页。

共晓难也"(《练字》),刘勰指出汉代司马相如、扬雄等作家的作品里往往有许多奇异的字并非为了标新立异,是因为当时的作家都通晓难字。魏代作文,情况发生了变化,用字有了一定的规范,"及魏代缀藻,则字有常检"(《练字》)。到晋代用字,大都用简易的字,"自晋来用字,率从简易"(《练字》),其原因很简单,即"时并习易,人谁取难"(《练字》)。刘勰指出此期用字时在字形、字义两个方面尽量选取今义今音而避免古义古音、生字僻字难字,否则三个人不识的字,就要被称为"字妖"了。

从事文学创作时有意用奇僻之字,并非真懂得用字之道,也非深黯为文之道。刘勰主张用字应该注意大多数读者的接受水平,《练字》篇强调用字难易取舍的标准是"时并易习",用"世所通晓"之字,废"时所共废"的字。在《练字》的赞中,刘勰重申"字靡易流,文阻难运"的观点,即用字平易则文章易于流传,用字艰深则文章艰涩不流畅。文章的语言之美和作者学识的渊博不在用乖僻之字,遣词用字,以自然瑰丽为佳,被淘汰的字,最好忌用。刘勰的这个观点与沈约的"三易说"接近。颜之推的《颜氏家训·文章篇》引:"沈隐侯曰:文章当从三易:易见事一也,易识字二也,易读事三也。"[①] 从颜之推引沈约文可知,其"易识字"应该指的是在字形上、字义上容易的字,即通用的字,这在文字的运用上是较为进步的观点,也是精熟文理、洞明世情之见解。司马迁《史记》的语言平易简洁而富有艺术表现力,把经籍中佶屈聱牙之文字用汉代书面语所替代,堪称后世文章之楷模,正如范文澜先生高度赞赏的:"太史公撰史,凡用《尚书》之文,必以训诂字代之,诚千古文章之准绳矣。"[②]

刘勰在《练字》篇中又从汉字尤其是从秦篆到汉隶的发展中,笔画的不断省减是为了易写、易识说明作文用奇难之字是不可取的。《练字》篇的"赞"曰:"篆隶相熔",是说汉字从仓颉初造,至史籀之大篆,秦汉李斯书同文的小篆,直到汉以后的今文字隶书,都是彼此相因而又不断演变

---

① 《诸子集成》卷8《颜氏家训》,上海书店出版社1986年影印本,第21页。
② 范文澜:《文心雕龙注》下,人民文学出版社1958年版,第626页。

的结果。所以，刘勰称："及李斯删籀而秦篆兴，程邈造隶而古文废。"（《练字》）许慎言汉字是"或颇省改……以趣约易"（许慎《说文叙》），逐渐完善简化自己的构形体系，刘勰即此意。

另外，刘勰针对从汉字特殊性造成经典在传写过程中的种种错误，批评了文士用字盲目爱奇的弊病。在各个历史阶段的汉字，其数量、形体、字体、读音都在不断地发生变化，《练字》赞称其为："古今殊迹，妍媸异分。"《练字》云："经典隐暧，方册纷纶；简蠹帛裂，三写易字，或以音讹，或以文变。"由于经典著作深奥难懂，简册文字纷乱，再加上年代久远，文字往往由于音近和形近而发生错误。葛洪《抱朴子·遐览》曾举例曰""故谚曰：书三写，'鱼'成'鲁'，'虚'成'虎'"①，指出文献经多次传抄极易导致讹错。刘勰《练字》篇特举"于穆不似""三豕渡河""别风淮雨""列风淫雨"为例，列举音近和形近的错误导致的文士沿讹习奇之弊如下。

音近：《练字》："子思弟子，'於穆不似'，音讹之异也。"子思的弟子将"於穆不已"说成"於穆不似"，是"已"与"似"古音相近而误。《诗经·周颂·维天之命》有"於穆不已"。孔颖达《毛诗正义》引郑谱解释子思的弟子出错的缘由："孟仲子者，子思弟子。"《毛诗正义》："《谱》云'子思论诗："於穆不已。"仲子曰："於穆不似。"'此传虽引仲子之言，而文无不似之义，盖取其说而不从其读。"

形近之一：《练字》云："晋之史记，'三豕渡河'，文变之谬也。"刘勰指出把"己亥渡河"写成"三豕渡河"是由于形近产生的谬误。此例《吕氏春秋·察传》有较详细的记载："子夏之晋，过卫，有读史记者，曰：'晋师三豕涉河。'子夏曰非也，是己亥也。夫己与三相近，豕与亥相似。"②

形近之二：《练字》："《尚书大传》有'别风淮雨'，《帝王世纪》云

---

① 《诸子集成》卷8《抱朴子》，上海书店出版社1986年影印本，第97页。
② 《诸子集成》卷6《吕氏春秋》，上海书店出版社1986年影印本，第295页。

'列风淫雨'。'别''列''淮''淫',字似潜移。'淫''列'义当而不奇,'淮''别'理乖而新异。"《帝王世纪》有"列风淫雨"一词,《尚书大传·周书》:"越裳以三象重九译而献白雉,……其使请曰:'吾受命吾国之黄耇曰:久矣,天之无别风淮雨,意者中国有圣人乎?'"《尚书大传》讹作"别风淮雨","别"和"列","淮"河"淫",因字形相象而导致抄错,应为"列风淫雨","别风淮雨"是传抄错误。《练字》云:"傅毅制诔,已用'淮雨',元长作序,亦用'别风'",刘勰在《练字》中举傅毅和王融为例,说明尽管是音近、形近之误,但文人出于"讹新""诡巧"的心理,往往以讹传讹。刘勰进一步举例说明,《古文苑》载傅毅《靖王兴诔》"白日幽光,淮雨杳冥"。傅毅把"淫雨"写为"淮雨",南朝齐王融,字元长,作《曲水诗序》把"列风"用作"别风",亦为文人爱奇之弊(但刘勰举此例已无从查考)。

所以,刘勰指出文士应当避免爱奇之心,练字必先正文字,使文章力避晦涩,而又能锤字精练。《练字》篇主张"若依义弃奇,则可与正文字矣",这样文章才能有"声画昭精,墨采腾奋"(《练字》)的效果。

(三)重形体,求和谐

《练字》篇也探讨了文字形体在文章中的美学标准。因为汉字作为表意文字,其形体本身可产生视觉美,修辞学因此视为汉字的字形修辞的依据,这也是汉语修辞民族性的一大特点。后代学者对刘勰《练字》篇关于字形的择练问题有不同的诠解,陈望道《修辞学发凡》把"字形修辞"称为"辞的形貌",[①] 就是以《文心雕龙·练字》相关内容为依据加以说明,从而给汉字字形修辞以一席之地。郑子瑜《中国修辞学史稿》将《练字》篇字形修辞四忌诠释为"这是刘勰论消极修辞应注意的四条要件"。[②] 日本学者户田浩晓注意到字形修辞是具有鲜明的中国民族特色的修辞方式之

[①] 陈望道:《修辞学发凡》,上海教育出版社2001年版,第244页。
[②] 郑子瑜:《中国修辞学史稿》,上海教育出版社1984年版,第52页。

一,并对于《文心雕龙·练字》篇关注字形修辞给予高度的评价:"在中国的修辞学中,字形的美的效果对文章来说,从面上成了语(文字)配列的巧拙问题。作为《文心雕龙·练字篇》中心的,实际上就是在这一意义上的字形论,而且,只有这一字形论在文学形式上关系到批评尺度的时候,中国一种独特的客观的批评尺度才有可能建立,《练字》篇就是这种文学批评的尝试。这就是,对文学作品的价值,从文字布置的角度,以看其是否符合修辞学法则来决定,这与复杂多样的汉字因实际需要产生称之为'书'的篆、隶、楷、行、草等书体艺术在中国十分兴盛一样,都是自然的现象,而同时,与以达意为文章的理想,尊崇感情、想象、情绪等内在东西,形式上专门重视音韵的西欧诸国的文学论比较时,便成为中国修辞论显著的特色。"[①] 肯定了《文心雕龙·练字》篇字形修辞的意义。

刘勰在此提出了汉字字形的美学标准,即形体的和谐与匀称。字形构造有简单的和复杂的,所以字形排列起来有美丑之别("字形单复,妍媸异体"《练字》)。"心既托声于言,言亦寄形于字,讽诵则绩在宫商,临文则能归字形矣"(《练字》),作者内心的声音以语言表达,而语言又寄托其形体于字,讽诵之功绩在于文章声韵的平仄清浊,而临文的美观与否在于字形的匀称、和谐。

汉字的形状变化复杂多样。汉字是汉语的书面载体,汉字的三要素是形、音、义,"在汉字三要素中,有两个要素实际上是属于汉语的,唯有形,才属于汉字本体"。[②] 刘勰在《练字》篇中对汉字的字形与行文美观表现出了高度的关注,并主要从字形的角度提出了在使用汉字时"练择"的要求,如《练字》所云:"是以缀字属篇,必须练择:一避诡异,二省联边,三权重出,四调单复。"

一避诡异:《练字》:"一避诡异,字体瑰怪者也。曹摅诗称:'岂不愿斯游,褊心恶呶呶。'两字诡异,大疵美篇。"

---

① [日]户田浩晓:《文心雕龙研究》,上海古籍出版社1992年版,第85—86页。
② 王宁:《汉字汉语基础》,科学出版社1996年版,第8页。

"诡异"的含义：《玉篇·言部》："诡，怪也。"《文选·张衡〈东京赋〉》："瑰异谲诡"，张铣注："瑰、异、谲、诡，并奇也。""诡"为怪异之义。《宗经》篇"情深而不诡"，《声律》篇有"吃文为患，生于好诡"。其中的"诡"也是怪异之义。由此可知，《练字》篇的"诡异"即指稀奇古怪的字。

曹摅，西晋诗人。钟嵘《诗品》列其诗为中品，并称他"有英篇"①。《文心雕龙·才略》："曹摅清靡于长篇"，亦对曹摅的文章给予肯定，《练字》引曹摅诗中的"呦哎"二字，意为喧哗声，但曹摅用此形状怪异二字，将大大有损行文美观，如果此类怪异之字更多，文章将难以卒读，刘勰称为用字一大忌。

求怪异的文士，古今皆有，晋代郭璞《江赋》、南齐张融《海赋》有意使用古僻字，可见，刘勰的批评是针对当时文坛的普遍现象而言的，因此对后世文坛亦有警示作用。

二省联边：《练字》："联边者，半字同文者也。状貌山川，古今咸用，施于常文，则龃龉为瑕，如不获免，可至三接，三接之外，其字林乎！"

"联边"即同偏旁的字，"半字同文者"指偏旁从山从水之类，由于汉字的特点影响到同句之中每字的部首的使用问题。辞赋作者在描绘自然景色时，往往把若干由水作为偏旁的字和若干由山作为偏旁的字连用，汉魏六朝文士，尤喜用联边，以便用字形之重叠炫耀。如司马相如的《上林赋》，拟鸟任风波自纵漂流之状，则曰："泛淫泛滥。"有的辞赋作家，甚至在一句之中，字字同形联边，如张衡《西京赋》连用八个偏旁从鱼的字"鳣鲤鲟鲖，鲔鲵鳄鲨"，这种同形联边的用法，于义并无所取，刘勰提出避免联边，是针对文人创作的这种文风有感而发。刘勰认为，如果描写山川景色，古今都如此，尚可原谅；如果用在普通的诗文里，实乃"龃龉为瑕"，是极不协调的；倘若实在难以避免，最多用三个同旁字可止。我们可在古代作品中找到这样的例子，《诗经》《大雅·四牡》"载骤骎骎"，

---

① 周振甫译注：《诗品译注》，中华书局1998年版，第61页。

马旁之字三字相接，沈约的《和谢宣城》："别羽泛清源"，张景阳的《杂诗》："洪潦浩方割"均水旁之字三字相接。刘勰指出若用三个以上的同偏旁字，便为称为"字林"。如曹植《杂诗》："绮缟何缤纷。"陆机的《日出东南行》："璃珮结瑶璠"，真可谓有"字林"之嫌。刘勰对这种任意堆砌半字同文者以炫耀学问的文章提出了批评。

黄民裕《辞格汇编》把"联边"作为一种辞格收录，认为"运用联边修辞手法，通过形旁表义，往往具有一定的形象性"。① 可谓对刘勰汉字偏旁修辞作用的进一步利用和总结。

三避重出：《练字》："重出者，同字相犯者也。《诗》《骚》适会，而近世忌同，若两字俱要，则宁在相犯。故善为文者，富于万篇，贫于一字，一字非少，相避为难也。"

重出，指同一个字在句中重复使用。用字重复，往往单薄寡味，古人多所避忌。杨树达先生提出为避免重复，一定要变文："古人缀文，最忌复沓。刘勰之论练字也，戒同字相犯，是其事也。欲逃斯病，恒务变文。左氏传于同一篇中称举同一人者，名字号谥，错杂不恒，几于令人迷惑，斯为极变化之能事者矣。"② 杨树达先生又举《史通》避重例："刘知几《史通》卷六'叙事篇'云：魏收代史，吴均齐录，或牢笼一世，或苞举一家。""树达按：魏收著魏书，而称代史者，避魏字之复也。"③ 杨树达先生的解释是对刘勰"避重"极好的说明。

《文心雕龙·镕裁》："同辞重句，文之疣赘也"，反对字词重复使用。但刘勰《练字》篇同时又指出，常常根据文章的需要可适当运用重复的字，所以，在《诗经》《楚辞》中的"重出"，乃修辞技巧之一。

刘勰在《物色》篇中谈到《诗经》《楚辞》用字之重复的原因。《物色》："是以诗人感物，联类不穷。流连万象之际，沉吟视听之区。写气图貌，既随物以宛转；属采附声，亦与心而徘徊。故'灼灼'状桃花之鲜，

---

① 黄民裕：《辞格汇编》，湖南人民出版社1984年版，第131页。
② 杨树达：《中国修辞学》，上海古籍出版社1983年版，第38页。
③ 同上书，第63页。

'依依'尽杨柳之貌,'杲杲'为出日之容,'瀌瀌'拟雨雪之状,'喈喈'逐黄鸟之声,'喓喓'学草虫之韵。"《诗经》的作者,欣赏着变化多姿的景物,醉吟于耳闻目见之声色,并且随着景物的变化婉转地描绘自然的风貌,运用辞藻和摹状万物之声响,也是和他的心情动荡相吻合的。所以,用"灼灼""依依""杲杲""瀌瀌"重叠词来状物;用"喈喈""喓喓"来摹声。《诗经》用字重复之缘由,出于修辞的需要,为增强作品艺术感染力,显示其丰富的内容而必要的重复。

刘勰提出避免"重出",对文学创作中的"富于万篇,贫于一字"有深刻的认识,但并非纯粹教条地反对重出,认为同时代的作者,过于讲求文句的声律、对偶,力忌字的相同,未免偏颇。所以,他提出:"而近世忌同,若两字俱要,则宁在相犯。"(《练字》)纪昀对此观点表示首肯:"复字病小,累句病大,故宁相犯。"[①]

古代一些优秀的作品,不乏"宁在相犯"之例。如《诗经·邶风·静女》:"自牧归荑,洵美且异,匪女之为美,美人之贻。"连用了三个"美"字,是根据行文之需要,不用刻意"避重"之例。《楚辞·九章·惜诵》:"莫之白""莫察……无路""莫吾闻",用字重复,但表现作者悲愤难抑之状,惟此重沓,愈能表现作者之真情,此为内容上确实需要重复之故。潘岳《秋兴赋》:"宵耿介而不寐兮,独展转于华省。悟时岁之遒尽兮,慨俯首而自省。"用了两次"省"字。汉乐府《孤儿行》:"命独当苦""不敢自言苦"两个"苦"字相犯,但此两例行文出于表达感情之需要,故属"两字俱要,则宁在相犯"之列。

四调单复:《练字》"单复者,字形肥瘠者也"。单复是指字形的简单和复杂。"避单复"即调剂"字形肥瘠",刘勰在此是从视觉美的角度谈临文用字的选择,或者说是从写作的角度谈练字。他认为:"瘠字累句,则纤疏而行劣;肥字积文,则黯黕而篇暗。善酌字者,参伍单复,磊落如珠矣。"(《练字》)即写作时瘠字与肥字错杂组句,则如珠子美丽有致也。

[①] 黄霖:《文心雕龙汇评》,上海古籍出版社2005年版,第131页。

《练字》篇所列以上四条强调用字时要注意字形的整齐均衡和谐且富有变化，组织文字，写成文章，一定要在文字方面有所选择。"若值而莫悟，则非精解"（《练字》），如属文遇到类似的情况不悟改正，那就不是真正懂得练字之道的。

　　刘勰在《练字》篇提出的"避诡异""省联边""调单复"，与后代诗话、词话中的炼字不尽相同，刘勰《练字》中的观点是针对当时他所处的时代创作特点而言的，西汉以来，辞赋兴盛，辞赋家往往靠极丽靡之辞，罗列珍奇，堆砌辞藻，借以炫耀自己的文采；他们精通小学，且他们的辞赋名状之辞犹多，大多描写崇楼峻宇、池苑亭台，时常用怪异之字，刘勰为此提出了用字之忌。其中的"避重出"与诗话中的炼字有一定的关系（诗话中的炼字，一般写作"炼字"），后世诗话的炼字，是从字义上着眼，是指要选择锤炼出最能够充分表达作品内容的字，来提高语言的表达效果，有些炼字修辞学家称作"选择使用语言时临时构成的同义手段"[1]，如"春风又绿江南岸，明月何时照我还"（王安石《泊船瓜洲》）中的选择"绿"，"采菊东篱下，悠然见南山"（《饮酒》五）选择"见"，就是同义手段的选择。后世的字眼、诗眼的锻炼是刘勰所讲从意义的角度炼字后的一种必然发展和结果。

第二节　声律

　　《文心雕龙》言声文之重要的篇目是《声律》篇。

　　每个民族的语言，都有自己的声调规律。隋代陆法言《切韵序》："凡有文藻，即须明声韵。"指出文辞若有藻采，必须要懂得声韵的原则及其运用。古人早就注意到利用语音手段能取得较好的表达效果，认识到文学语言的艺术之美，是与语言的声韵之美密切相关的。语言的音乐美即是由

---

[1]　王德春：《修辞学探索》，北京出版社1983年版，第100页。

声韵、节奏等组合而成,作品声韵和谐、抑扬有致,往往朗朗上口、悦耳动听,能收到良好的修辞效果。声律是诗文表达的一个重要的问题,而声律的和谐是语音修辞的美学目标。《文心雕龙》的《声律》篇中"声律"作为一种修辞方式,相当于现代修辞学的"语音修辞"或"韵律修辞"。

一 魏晋南北朝以来对汉语声律和谐的逐渐认识

汉语是单音节词,要求声调、节奏应该和谐而有变化,诗歌和骈文对声律的问题尤其重视。汉魏的五言诗,已经注意到句子的音节和美;陆机的《文赋》,从理论上已经开始明确音律的重要性。黄侃先生认为论声律陆机的《文赋》已很有见解:"为文须论声律,其说始于魏晋之际,而遗文粲然可见也,惟士衡《文赋》数言。"[1] 的确,陆机的《文赋》在研究创作时,已经认识到诗文的音韵之美,提倡音声迭代之论:"暨音声之迭代,若五色之相宣,虽逝止无常,固崎锜而难便。苟达变而识次,犹开流以纳泉。如失机而后会,恒操末以续颠,谬玄黄以秩序,故淟涊而不鲜。"[2] 陆机在研究创作规律时,认识到文章的音节一定要协调,而有音响、有节奏的语辞交替使用,如同五色的交错,才能音韵和谐。语音形式对表情达意起着重要的作用,若没有掌握用韵规律,写出的文章便会声律不齐、有劳唇吻。陆机关于声律说的见解对于文章语音修辞效果的研究有着重要的意义,为沈约的四声说打下了一个良好的基础。沈约撰写了《四声谱》,说明了讲求音韵和四声的方法,把四声和双声叠韵运用到诗歌的创作中,对诗歌调整声韵平仄起到了积极的作用。《梁书·沈约传》:"(约)撰《四声谱》,以为在昔词人,累千载而不寤,而独得胸衿,穷妙其旨,自谓入神之作。"[3]《南齐书·陆厥传》:"汝南周颙善识声韵,约等文皆用宫商,以平上去入为四声,以此制韵,不可增减,世呼为永明

---

[1] 黄侃:《文心雕龙札记》,上海古籍出版社2000年版,第117页。
[2] 张少康:《文赋集释》,人民文学出版社2002年版,第132页。
[3] 《二十五史》卷3《梁书》,上海古籍出版社1986年影印本,第2046页。

体。"① 但沈约等人的"八病"说("八病"是指平头、上尾、蜂腰、鹤膝、大韵、小韵、旁纽、正纽),要求过严,束缚了诗文的意义表达,很快引起诗文作者与评论家的不满。钟嵘也注意到声韵的问题,只是更偏重于声韵的自然和谐,《诗品序》:"余谓文制本须讽颂,不可蹇碍,但令清浊通流,口吻调利,斯为足矣。"②

刘勰的《声律》篇也是齐梁声律理论的一个重要的组成部分。《梁书·刘勰传》:"约便命取读,大重之,谓为深得文理,常陈诸几案。"沈约精通音律,对《文心雕龙》大加称赞,其中也包括对《文心雕龙·声律》篇的理解与欣赏,刘勰在《声律》篇中从理论上进一步总结和阐释了前人的声律理论,其对于作品声韵和谐的论述成为古汉语修辞学探讨语言声韵之美的一个重要的依据。《文心雕龙》对声律在一篇文章中的作用有着充分的认识。刘勰在《情采》《镕裁》之后,再论及"声律",其原因在于"声律"是文学作品的一个很重要的特点,而在当时关于诗歌声律的探讨是文坛的一种新的趋势,作家正是通过文章的声律美使其语言音韵和谐、节奏鲜明、流畅优美,富有音乐美,从而增强语言的表达能力。刘勰《声律》篇:"赞曰:标情务远,比音则近。"提出标情立意一定要深远,调声和韵一定要切合,声律对于一篇文章是必不可缺的,其作用如"声得盐梅,响滑榆槿"(《声律·赞》)。即如果声调得中,抑扬有致,宛若烹调里的盐梅和榆槿,起到调味和润滑的作用。《神思》亦云:"积学以储宝,酌理以富才,研阅以穷照,驯致以怿辞,然后使元解之宰,寻声律而定墨。"提出按照声律安排文辞,足见刘勰对抑扬有致、韵律和谐的高度重视。

清纪昀指出了《文心雕龙》"声律"说在当时文坛的独特的地位:"即沈休文《与陆厥书》而畅之,后世近体,遂从此定制。齐梁文格卑靡,独此学独有千古。"③ 现代学者陈光磊对《文心雕龙·声律》篇在汉语声律

---

① 《二十五史》卷3《南齐书》,上海古籍出版社1986年影印本,第2003页。
② 周振甫译注:《诗品译注》,中华书局1998年版,第28页。
③ 黄霖:《文心雕龙汇评》,上海古籍出版社2005年版,第113页。

理论发展上的重要作用给予很高的评价,称赞其为"中国古代语音修辞理论的卓越篇章"。并且说,"刘勰关于'异音相从谓之和,同声相应谓之韵'的理论,在汉语声律的理论和实践的发展上,具有承前启后的重要意义。这既是对齐梁之前古代诗文声律演进的总结,又是对齐梁之后汉语诗文声律发展的启导"。① 深谙《文心雕龙·声律》之价值。

二 《文心雕龙》崇尚自然的音律主张

在刘勰之前,范晔主张自然音律,其文可见于《宋书·范晔传》:"性别宫商,识清浊,斯自然也。观古今文人多不全了此处,纵有会此者,不必从根本中来。"(范晔《狱中与诸甥侄书·自序》)② 刘勰的声律理论,同样是建立在"自然"说的基础之上的,倡导自然的音律,崇尚自然,是贯穿《文心雕龙》的基本修辞思想之一,《声律》篇也具体体现了这种思想。刘勰在《文心雕龙·声律》篇中,所阐发的是偏重于自然的音律,沈约的四声八病说,主要讲的是人为的音律,二者的角度有所不同,但在探讨诗歌声律的问题上刘勰原则上是支持沈约的声律论的。如前所述,刘勰"声律"说是在李登的《声类》、沈约的四声八病之后,对文章的声律之美进行了较为全面的探讨。

"声律"二字最早见于《史记》《汉书》,《史记·乐书》云:"州异国殊,情习不同,故博采风俗,协比声律。"③《汉书·礼乐志》:"汉兴,乐家有制式,以雅乐声律,世世在大乐官。"④ 其含义应是指音乐之规律,如宫调、律吕等。刘勰的"声律"说即论"盖音乐上的五声六律之节奏,欲以况论文章上声调韵律之要妙耳"。⑤

刘勰崇尚自然音律的主张,主要体现在以下几个方面。

---

① 陈光磊:《修辞论稿》,北京语言文化大学出版社2001年版,第226页。
② 《二十五史》卷3《宋书》,上海古籍出版社1986年影印本,第1836页。
③ (汉)司马迁:《史记》,中华书局1982年版,第1175页。
④ 《二十四史》卷2《汉书》,中华书局1997年影印本,第1043页。
⑤ 黄春贵:《文心雕龙创作论》,台湾文史哲出版社1978年版,第139页。

（一）声音的高低大小是自然形成的，文章的声律是从自然的音节中来的

《声律》："夫音律所始，本于人声者也。声合宫商，肇自血气，先王因之，以制乐歌。故知器写人声，声非学器者也。"

刘勰在此提出的音律的起源问题，本自《礼记·乐记》："凡音之起，由人心生也"[1] 的音乐起源论。刘勰认为"音律所始"，原"本于人声"，人的声音有高低大小之分，乐器有宫商角徵羽之异，人的声音符合五音，所以乐器的音是模仿人的发音的，并非人的发音模仿乐器。依人的声音而制乐，托乐器来写人，乐本效人。

因此，文章有声律，好比音乐之有节奏，语言本身就是自然的宫商，《文心雕龙·练字》篇，有"讽诵则绩在宫商"。《附会》篇有"宫商为声气"。《知音》篇："六观宫商"，皆指文章的声律而言。刘勰明确指出声律对于一篇文章有至关重要的作用："故言语者，文章关键，神明枢机，吐纳律吕，唇吻而已。"（《声律》）范文澜注："言语谓声音，此言声音为文章之关键，又为神明之枢机。"[2] 有人声，就有文章，声音为文章之关键，又是神明之枢机。声音通畅，则是文章文采斐然的因素之一，《原道》："声发则文生。"《礼记·乐记》："凡音者，生人心者也，情动于中，故形于声，声成文，谓之言。"[3] 研究古诗文若不从声音征如，可谓总是在门外徘徊。因为文章与声律关系极为密切，这是自然而然的事情。

对于声律自然和谐的重要性，《声律》云："古之佩玉，左宫右徵，以节其步，声不失序。音以律文，其可忽哉！"《礼记·玉藻》："古之君子必佩玉，右徵、角，左宫、羽，趋以'采齐'，行以'肆夏'。"[4]（采齐、肆夏皆乐名。）古人佩玉，要使左面的玉器撞击时合于宫调，右面的玉石合

---

[1] 王文锦译解：《礼记译解》，中华书局2001年版，第525页。
[2] 范文澜注：《文心雕龙注》，人民文学出版社1958年版，第557页。
[3] 王文锦译解：《礼记译解》，中华书局2001年版，第526页。
[4] 同上书，第423页。

于征调,用来节制步伐,说明端正的趋走,需要按节奏,才能使声音不失掉应有的次序,刘勰用来指文章,强调对于文章来说,音有律文的作用,更是不能忽略的,避免使用讹音,使音律和谐自然具有美感。

钟嵘《诗品》论声律贵自然,认为音调清浊贯通,口吻调利,合于自然,读起来才协调。黄侃先生在称道刘勰强调声律自然论时,亦称赞钟嵘的见解为:"晓音节之理,药声律之拘。""当其时,独持己说,不随波而靡者,惟有钟记室一人。"① 并强调声律应合于自然:"自声律之论兴,拘者则留情于四声八病,矫之者则务欲隳废之,至于佶屈謇吃而后已,斯未皆为中道。"② 所以写作时要运用语言,注重语音的配合,配合得如何,要看是否和人的唇吻协调,无须过于拘泥于声律。

(二)提倡雅音,反对方音

刘勰在声律自然论的基础上进一步指出,宫商和谐,要用雅正之音。《声律》篇云:"若夫宫商大和,譬诸吹钥;翻回取均,颇似调瑟。瑟资移柱,故有时而乖贰;钥含定管,故无往而不壹。陈思、潘岳,吹钥之调也;陆机、左思,瑟柱之和也。概举而推,可以类见。"由此可见,刘勰并不十分赞成沈约的声病说,所以《声律》篇指出,声律的调配仍然要讲究自然,正如纪昀所评:"此又深一层,言宫商虽和,又有自然、勉强之分。"③ 黄侃先生对纪评略有微词:"此谓能自然合节与不能自然合节者之分。曹潘能自然合节者也,陆左不能自然合节者也。纪评未憭。"④ 尽管黄侃对纪昀的评论略加校正,但达成共识的是认为刘勰指出声律的调配要合于自然。字句要流畅,音调要和谐。故写文章要力求语句自然,声调和谐。另外,黄侃先生所谓"自然合节",应该指的是音韵和谐自然,具体地说,是忌文中用韵,须取谐调则不可杂以方言,因为刘勰《声律》篇提

---

① 黄侃:《文心雕龙札记》,上海古籍出版社2000年版,第118页。
② 同上书,第119页。
③ 黄霖:《文心雕龙汇评》,上海古籍出版社2005年版,第114页。
④ 黄侃:《文心雕龙札记》,上海古籍出版社2000年版,第120页。

倡雅音，反对方音；再者魏晋之际，声律之学初步兴起，曹植、陆机尽管知道文章有自然之声律，但并不十分明确调声协律的定术。

由此可知，《声律》篇在谈作家使用音韵"和"与"乖"的不同情况时，举曹植、潘岳、陆机、左思四个作家为例进行说明，对曹植的作品声律调和给予肯定："陈思、潘岳，吹籥之调也；陆机、左思，瑟柱之和也。概举而推，可以类见。"对此，范文澜《文心雕龙注》的解释为："此谓陈思、潘岳吐音雅正，故无往而不和。士衡语杂楚声，须翻回以求正韵，故有时乖貳也。左思，齐人，后乃移家京师，或思文用韵，有杂齐人语者，故彦和云然。"① 范文澜先生认为，刘勰在此以吹籥喻陈思、潘岳之文，称其为"宫商大和"，是说陈思、潘岳用的是正声，故作文如吹籥，宫商调和，合于自然之律；以调瑟譬陆机、左思之作，称其为"翻回取均"，是说陆机、左思因为籍贯问题用的是方音，所以作文要如同调瑟，需要取韵，不能自然合节。在刘勰看来，方言入韵，会导致"失黄钟之正响"（《声律》）。建安诗人并不了解平仄规律，仅仅是曹植的作品具有音律谐调，自然合节的特点，且刘勰在当时提出的原则，标准是比较宽的，与沈约四声八病说的要求及唐人的格律诗都是不同的；如果以沈约的声律说来论曹植的作品，曹植的有些作品是不和律的。南朝文人，一直把洛阳音作为标准音，曹植自幼随父住在洛阳，属中原地区的雅音；潘岳河南中牟人，中牟近洛阳，同样属于中原地区；陆机是吴郡人，左思是齐人，不属于中原地区，可见，刘勰关于语音美的标准，就是要用雅正之音。

在刘勰看来，"凡切韵之动，势若转圜；讹音之作，甚于枘方。免乎枘方，则无大过矣"（《声律》）。"切韵者"，即声调之平仄协调也。黄侃先生云："此言文中用韵，取其谐调，若杂以方音，反成诘屈。"② 此处切韵与讹韵对举，可知切韵是运用正确的韵，讹韵是不正确的音，也即黄侃所说的方音。"免乎枘方，则无大过矣。"避免将方木装入圆孔的错误，用

---

① 范文澜：《文心雕龙注》下，人民文学出版社1958年版，第561页。
② 黄侃：《文心雕龙札记》，上海古籍出版社2000年版，第121页。

韵将无大谬,如纪昀所评"言自然也"。① 文章用韵,用雅正之音,才能使音节和谐,反对使用方言。

刘勰赞赏《诗经》的雅正之音。故《声律》篇又云:"又诗人综韵,率多清切,《楚辞》辞楚,故讹韵实繁。及张华论韵,谓士衡多楚,《文赋》亦称不易,可谓衔灵均之余声,失黄钟之正响也。"刘勰认为,《诗经》用韵,大都清晰准确,用韵是雅音,《楚辞》杂陈方言,其音多楚,不切之韵颇多,失黄钟之正响也,黄钟、大吕之音,古代认为是正声。清顾炎武《日知录》卷五《乐章》:"古之诗大抵出于中原诸国,其人有先王之风,讽诵之教,其心和,其辞不佻,而音节之间,往往合于自然之律。《楚辞》以下,即已不必尽谐。"② 亦持此观点。但有的学者认为,刘勰对《诗经》与《楚辞》的用韵判别并不恰当,如朱星认为,"刘勰误会《楚辞》非正响,又多讹韵,只有《诗经》才是正声雅音。其实《楚辞》用韵与《诗经》全同,清古音学家已证明此事"。③ 学者各执己见,但当时并无标准韵书,故刘勰对《诗经》与《楚辞》用韵能够作出评判亦是十分不易的。

《声律》云:"练才洞鉴,剖字钻响,识疏阔略,随音所遇,若长风之过籁,南郭之吹竽耳。"刘勰认为只有干练的作家能洞察一切,必能剖字,研究其声韵。若不知音而妄成音者,属才疏学浅之类,刘勰用长风过籁、南郭吹竽来比喻这类无术驭声者,提倡作家对于音韵修辞也应该重视并钻研,使文章和谐优美。

总之,刘勰对自然音律的诠释,与沈约更偏重人为的声律说有所不同,与钟嵘"口吻调利"也有异,钟嵘《诗品序》认为过分追逐声律往往容易盲目追求形式,"反使文多拘制,伤其真美",钟嵘偏重于自然之音律,指出诗歌读起来协调则足矣。刘勰本着"擘肌分理,唯务折衷"(《序志》)的原则,既没有盲目尊崇沈约的四声八病,也没有附和对汉语特点

---

① 黄霖:《文心雕龙汇评》,上海古籍出版社2005年版,第115页。
② (清)黄汝成集释:《日知录集释》,浙江古籍出版社2013年版,第290页。
③ 转引自詹锳《文心雕龙义证》,上海古籍出版社1989年版,第1239页。

视而不见的观点,而是以丰富渊博的学识和刻苦探索的精神创作《声律》篇,摸索汉语的声韵规律,表明自己对"声律"的独特见解,《声律》篇赞曰:"吹律胸臆,调钟唇吻。"这里的"调钟"指调和律吕,调和音律验之唇吻,刘勰主张在自然的音律的基础上,应了解调声的法则。

(三)外听易为察,内听难为聪

如前所言,声律没有产生时,最早的歌谣具备自然的音响节奏,如沈约《宋书·谢灵运专论》所言:"音韵天成,皆暗与理合。"[①] 陆机的《文赋》,开始建立了文章的声律,把声律的和谐作为语言艺术美的重要成分,他们的声律论,对提高和运用文学语言的声律起了很大的作用。但如果深入地探讨声律,就会出现许多棘手的问题,即声萌我心,又不易和律,刘勰在此提出"外听""内听"之术语来说明弹琴和作文之异。

《声律》篇:"今操琴不调,必知改张,摘文乖张,而不识所调。响在彼弦,乃得克谐,声萌我心,更失和律,其故何哉?良由外听易为察,内听难为聪也。故外听之易,弦以手定,内听之难,声与心纷;可以数求,难以辞逐。"

"内听"与"外听"的含义有别,从《声律》篇中可知,"外听"是指操琴声,"内听"是指诗文的声律,如果弹琴不合节拍,就改弦更张,可是作文的音调不和谐,却不懂得改字合律,音发自弦上,能够使它和谐,语音根据内心的情思发出,反而失去了和谐,其原因是什么呢?"良由外听易为察,内听难为聪也。"对于文学作品来说,"内听之难,声与心纷;可以数求,难以辞逐"。也就是说,言为心声,文学作品的抑扬顿挫,来自作者的感情,心声同情思的关系复杂,弦声可以按照乐律来衡量,而心声却很难用文辞来考求。黄侃《文心雕龙札记》对此阐释得很清楚:"言声乐不调,可以闻而得之,独于文章声病往往不憭。"[②] 也是因为当时

---

① 《二十五史》卷3《宋书》,上海古籍出版社1986年影印本,第1831页。
② 黄侃:《文心雕龙札记》,上海古籍出版社2000年版,第120页。

文章的声律还在酝酿中,所以更加难以掌握。

王更生先生对《声律》篇所言"内听"有自己的观点,他认为,临文之际,作者感情发自肺腑,神定气静,则文章声律自然和谐,感物动人。他进一步说明:"内听说是刘氏声律论的重要创获,盖言为心声,言语的疾徐高下,一准乎心,文章的抑扬顿挫,一依乎情……静心凝念,不假外求,故曰'内听'。后世辞赋家即傍此推衍,以考文字声韵的音理。"① 王更生先生的观点言明刘勰的"内听"说的含义及特点,对深入研究音律的和谐、探索音理有启迪作用。

《声律》言"内听之难,声与心纷",由于内听与情思密切相关,难以和谐,因此表述胸臆,需要凭借一定的法则,对此,詹锳先生有非常精辟的阐释:"刘勰把听乐的声音来进行调整,叫作'外听',把吟诵时听文章或诗歌的音调叫作'内听'。'外听'的调弦,用手来定弦就行,所以容易。而文学作品的声调之纷乱与心情的纷乱有关,所以不容易调整。正因为文学作品的声调美难以听出来,所以要利用语音之美来制定一些原则。"② 因此,刘勰在《声律》篇中,在强调自然音律的同时,进一步探讨了为文时调和声律的方法,其观点有很多创见。

三 刘勰调协声律的理论

文学作品的声律不易调整,声律的调协,不得不凭借一定的法则,所以刘勰提出了关于声律美的一些原则,以增强语音的修辞效果,使文学作品朗朗上口,情以声显。

在《声律》篇中刘勰条分缕析地提出了调和声律之法:"凡声有飞沉,响有双迭。双声隔字而每舛,叠韵杂句而必睽;沉则响发而断,飞则声飏不还,并辘轳交往,逆鳞相比,迂其际会,则往蹇来连,其为疾病,亦文家之吃也。夫吃文为患,生于好诡,逐新趣异,故喉唇纠纷;将欲解结,

---

① 王更生:《文心雕龙新论》,台湾文史哲出版社1991年版,第117页。
② 詹锳:《文心雕龙义证》,上海古籍出版社1989年版,第1217页。

务在刚断。左碍而寻右，末滞而讨前，则声转于吻，玲玲如振玉；辞靡于耳，累累如贯珠矣。是以声画妍蚩，寄在吟咏，滋味流于下句，气力穷于和韵。异音相从谓之和，同声相应谓之韵。韵气一定，故余声易遣；和体抑扬，故遗响难契。属笔易巧，选和至难，缀文难精，而作韵甚易。虽纤意曲变，非可缕言，然振其大纲，不出兹论。"由此可知刘勰关于调和声律的方法，主要是从声调和押韵两个方面进行探讨，韵的问题容易解决，和的调配就有很大难度，一句之中平仄抑扬要注意调配，句子之间的平仄抑扬也要和谐，但刘勰指出诗文声韵之美的关键在于和与韵上，并提出了具体协调的具体原则，这是刘勰对汉语语音修辞美的重要认识。

（一）协调"飞沉"的法则

《文心雕龙·声律》："凡声有飞沉，……沉则响发而断，飞则声飏不还"，在此，刘勰指出声音有飞扬和下沉两种。

"飞沉"的含义："飞"指平清，"沉"指仄浊，相当于后来的平仄，这在学术界达成了共识。国学大师黄侃与他的老师刘师培先生对此均有十分精到的解释："飞沉"，黄侃先生《文心雕龙札记》的解释是："此即隐侯所云前有浮声，后须切响，两句之中，轻重悉异者也。飞谓平清，沉则仄浊。"[1] 刘师培《中国中古文学史讲义》对"声有飞沉"，"沉则响发而断，飞则声飏不还"的解释与黄侃先生的大致意同："彦和谓'声有飞沉，沉则响发而断，飞则声飏不还'，即沈氏所谓'前有浮声，后须切响'，'两句之中，轻重悉异'，谓一句之内，不得纯用浊声之字，或清声之字也。"[2] 刘师培认为在这个问题上，刘勰与沈约的意见大致一致，所以，有必要了解一下沈约的观点。

沈约《宋书·谢灵运传论》："欲使宫羽相变，低昂互节，若前有浮声，则后须切响；一简之内，音韵尽殊，两句之中，轻重悉异。妙达此

---

[1] 黄侃：《文心雕龙札记》，上海古籍出版社2000年版，第120页。
[2] 刘师培：《中国中古文学史讲义》，上海古籍出版社2000年版，第105页。

旨，始可言文。"① 这里，宫商角徵羽，相当于简谱中的1、2、3、5、6。所谓"宫商响亮，徵羽声下"，（下，低也。）前面用了宫商，后面就用徵羽，宫商的声大而不尖，徵羽的声细而尖。"浮声"指宫商声大而不尖，"切响"指徵羽声细而尖，要理解这个问题，周振甫先生的阐述通俗而又准确："当时还没有平仄的说法，所谓低昂、浮且、轻重、飞沉，把四声一分为二，实际上就是后来的平仄，平指宫商，即声大而浮、昂、轻、飞；仄指角、徵、羽，即声细而沉、低、重、沉。那么所谓'宫商相变'，'前有浮声，后须切响'，'声有飞沉'，就是分平声仄声，前面用了平声字的音节，后面要用仄声字的音节。"② 足见刘勰在当时就试图区分平声字与仄声字的音节，并且希望在语言的运用中应该平仄相谐。

"沉则响发而断，飞则声飏不还"，具体指平仄、清浊应该加以调配使用，诵读时才中听。刘勰在当时，已经注意到平仄的调配问题，但调配的原则，还未明确，仅提出粗略的原则，即都用沉浊的音，音调就低下，就好像断了似的，都用清飞的声调，音调就飞扬而不能转折，提出"飞沉"相配，使声调和谐。

（二）关于双声、叠韵的法则

《声律》云："双声隔字而每舛，叠韵杂句而必睽。"刘勰在此指出双声、叠韵使用的原则是：双声必连两个字，否则，就每每阻碍，叠韵亦必二字相连，若杂于句中，就一定滞涩。

刘勰提出"双声隔字而每舛"，此即沈约"八病"中的旁纽，沈约"八病"的"旁纽"，是指一句中不得用隔字双声。范文澜《文心雕龙注》引《文镜秘府论》五引元氏云："旁纽者，一韵之内有隔字双声也。"并引刘滔云："如曹植诗云：'壮哉帝王居，佳丽殊百城。'即'居、佳''殊、城'是双声之病也。凡安双声，唯不得隔字，若'踟蹰''踯躅''萧瑟''流

---

① 《二十五史》卷3《宋书》，上海古籍出版社1986年版，第1831页。
② 周振甫：《文心雕龙注释》，人民文学出版社1981年版，第371页。

连'之辈,两字一处,与理即通,不在病限。"①《文镜秘府论》从说明双声的含义到举例都是对刘勰"双声隔字而每舛"的极好阐释。

"叠韵杂句而必睽"即"八病"中的小韵病,句中的字(除韵以外)不得同韵。两个叠韵的字隔着字杂在句中,读起来就很别扭。范文澜先生《文心雕龙注》引《文镜秘府论》五引或云:"凡小韵居五字内急,九字内小缓。"又引刘氏云:"五字之内犯者,曹植诗云'皇佐扬天惠',即'皇扬'是也。十字内犯者,陆士衡《拟古歌》云'嘉树生朝阳,凝霜封其条',即'阳霜'是也。是故为叠韵两字一处,于理得通,如飘摇、窈窕、徘徊、周流之等,不是病限,若相隔越,即不得耳。"②范文澜先生所引具体例子同样是对刘勰"叠韵杂句而必睽"通俗易懂的说明与总结。

另外,刘师培先生和黄侃先生对"双声隔字而每舛,叠韵杂句而必睽"的解释也非常清晰而明确,符合刘勰原意的阐释。如刘师培《中国中古文学史》:"彦和谓'响有双叠','双声隔字而每舛,迭韵杂句而必睽'即沈氏所谓'一简之内,音韵尽殊',(故彦和又云'异音相从谓之和,同声相应谓之韵'。)谓一句之内,不得两用同纽之字及同韵之字也。"③黄侃先生《文心雕龙札记》:"双声者二字同纽,叠韵者二字同韵。一句之内,如杂用两同声之字,或用二同韵之字,则读时不便,所谓双声隔字而每舛,叠韵杂句而必睽也。一句纯用仄浊,或一句纯用平清,则读时亦不便,所谓沉则响发而断,飞则声飏不还也。"④一个句子中,同声之字之间不能杂用其他字,同韵之字也要避免隔着其他的字,否则,影响语言的流畅之美。刘勰关于双声、迭韵的理论对于后世双声、叠韵概念界定的完善与运用奠定了良好的基础,双声、叠韵成为古汉语音韵修辞的一个重要的内容,在古代诗文中广泛而普遍地使用。如"竞将明媚色,偷眼艳阳天"(杜甫《数陪李梓州泛江有女乐在诸舫戏为艳曲》),"明媚""艳阳"是双

---

① 范文澜:《文心雕龙注》下,人民文学出版社1958年版,第557—558页。
② 同上书,第558页。
③ 刘师培:《中国中古文学史讲义》,上海古籍出版社2000年版,第105页。
④ 黄侃:《文心雕龙札记》,上海古籍出版社2000年版,第120页。

声,"石麟埋没藏春草,铜雀荒凉对暮云"(温庭筠《过陈琳墓》),其中的"埋没"为双声,"荒凉"为叠韵。

(三)避免"吃文"的补救方法

《声律》篇云:"迕其际会,则往蹇来连,其为疾病,亦文家之吃也。"刘勰认为,"吃"的毛病,在于不循自然,"吃文"指读时比较绕口不够流畅的文辞,补救的方法是"左碍而寻右,末滞而讨前"(《声律》),即左边遇到障碍应从右边寻找解决的办法,句末出现阻滞应在前面设法弥补。

郑子瑜先生在《中国修辞学史稿》中论及《声律》篇时,认为现代修辞学中的"飞白",即《文心雕龙》中的"吃文","《声律》篇谈论'飞白'辞格,没有举例证"。这个观点似乎值得商榷,郑子瑜先生在解释"吃文"现象时说,"吃文",就是用白字,用白字有两种情形:"一是口吃,……另一种是明知其误却故意仿效,如《声律》篇所说的。"① 显然,郑子瑜此处的"飞白"辞格与刘勰《声律》篇的"吃文"的含义是有一些不同的。

刘勰认为,音韵不调,如人的口吃,吃文的毛病与飞沉和双迭有关,"并辘轳交往,逆鳞相比,迕其际会,则往蹇来连,其为疾病,亦文家之吃也"(《声律》)。如两者配合,就会像井上辘轳配合那样上下圆转,运用自如,像鱼鳞那样紧密排列,若配合不适,读起来就拗口,如同一个说话口吃的作家。陆机《文赋》曰:"或仰逼于先条,或俯侵于后章,或辞害而理比,或言顺而义妨;离之则双美,合之则两伤,考殿最于锱铢,定去留于毫芒,苟铨衡之所裁,固应绳之必当。"陆机《文赋》所论是刘勰命意的依据,声律调和则字字珠圆玉润,自然能达到"则声转于吻,玲玲如振玉;辞靡于耳,累累如贯珠矣"(《声律》)的修辞效果。

刘勰提出的"左碍寻右","末滞讨前",是指当诗文的声律诘屈不流畅时,不要局限于本句,左边滞碍,就考虑右面的情况,后面有了滞障要

---

① 郑子瑜:《中国修辞学史稿》,上海教育出版社1984年版,第77页。

从前面去调整，简而言之，当声律不调时，应该同时考虑左右前后的调整，找出滞碍之因，使文章声律朗朗上口，圆转流美。这个方法成为唐宋诗人拗救之法所本。

（四）"选和"与"作韵"的标准

汉语的一大特点是元音占优势，乐音较多，语音响亮，又有声调的区别，声韵的同异使汉语十分注重语音修辞。在古诗文中，平仄的配合目的在于避免重复，造成错落之美，使文章的声律变化曲折。刘勰在《声律》篇中将其分为"选和""作韵"两类，"和"与"韵"各指什么，《声律》篇云："异音相从谓之和，同声相应谓之韵。"刘勰进一步说明："是以声画妍蚩，寄在吟咏，滋味流于下句，气力穷于和韵。"（《声律》）"妍"指声调和谐，"蚩"指不注意调节求和的方法，文章声韵的好坏，寄托在吟咏上，而文章的情韵体现在遣词造句中，作家的精力应该用在声调的和谐与押韵上。

"和"的含义：所谓"和"，是指一句之中，平仄的相间相反。"和"在句中，如沈约《宋书·谢灵运传论》："夫五色相宣，……始可言文。"沈约在此也是特别强调"殊异"的作用。"异音相从谓之和"，具体是指句中双声叠韵以及平仄的调和，正如黄侃《文心雕龙札记·声律》的解释："一句之内，声病悉祛，抑扬高下，合于唇吻，即谓之和矣。沈约云：十字之文，颠倒相配。正谓此耳。"[①]

"韵"的含义："韵"，在此指句末用同一韵的字。"同声相应谓之韵"是指句末的押韵，韵部一经选定，其余的韵脚遣字就容易了，如首用"钟"韵，其余句末可用松、容、锋等字，尽管当时并无韵书，但口吻易调是基本的原则。

简言之，"和"和"韵"的含义如罗根泽先生所言："刘勰所谓韵，

[①] 黄侃：《文心雕龙札记》，上海古籍出版社2000年版，第120页。

就是韵文的韵脚，所谓和，就是文章的声调。"①

《声律》："韵气一定，则余声易遣；和体抑扬，故遗响难契。"韵部选定，韵脚的字容易安排，声调的和谐要注意抑扬，或者说平仄可以有抑有扬，会导致用字很难恰当，这里，"遗响"和"余声"对文。

"异音相从谓之和，同声相应谓之韵"是刘勰对平仄和韵脚运用规律的探索总结。《声律》云："属笔易巧，选和至难，缀文难精，而作韵甚易。""选和"，即使一句或一篇诗文中的平仄清浊的安排必须顺当，合乎唇吻。刘勰在《声律》篇中始终认为，选和至难，作韵甚易。加之对于文学创作来说，往往是先义而后声，这也是"选和"至难一个很重要的因素。但刘勰毕竟探索出一些规律，所以他说，尽管细微曲折的变化难以一一明确，但其要点大纲基本如此，"虽纤意曲变，非可缕言，然振其大纲，不出兹论"（《声律》）。

纪昀肯定了刘勰关于"选和"与"作韵"的难易见解："句末韵脚，有谱可凭。句内声病，涉笔易犯。非精究音学者不知。故往往阅之斐然，而诵之拗格。"②句末韵脚，尤其后世有了韵书，更非难事，而句内声病，需精通音学者才能驾驭。刘师培也表达了同样的见解：《文说·和声第三》"……故宣之于口，或音涉钩轴，若绳之以文，则体乖排偶。此则彦和所谓'作韵甚易'，'选和之难'者也"③，说明"选和之难"实为文家之共识。

尤其南朝以前，作文平仄不调，比比皆是，故刘勰称其为"选和至难"。以下举两例来说明。刘永济《文心雕龙校释》举例："……例如古诗'同心而离居，忧伤以终老。'同心五字皆平也。《子虚赋》：'岑崟参差，日月蔽亏，罢池陂陀，下属江河。''岑崟参差''罢池陂陀'八字皆平也。其平仄不协者，尤不胜枚举。"④言汉魏时期，平仄不协的作品不知凡

---

① 罗根泽：《中国文学批评史》（一），上海古籍出版社1984年版，第233页。
② 黄霖：《文心雕龙汇评》，上海古籍出版社2005年版，第114页。
③ 陈引驰编校：《刘师培中古文学论集》，中国社会科学出版社1997年版，第200页。
④ 刘永济：《文心雕龙校释》，中华书局2007年版，第114页。

几,的确如此,《古诗十九首》第六首:"同心而离居"五字皆平声;第十首:"脉脉不得语",五字皆仄声,均为平仄不协之典型诗句。到齐梁时期,四声发现,而韵书未定,作者仍然难于平仄协调。

刘勰关于"和体抑扬"的理论,是对汉字特点的把握与对汉语声律本质的深入探索,经过齐梁时期对声律说的提倡,直到唐初,格律诗才酝酿成熟,格律诗主要包括平仄、押韵、对偶三个方面,其中对偶、押韵在齐梁时期经过广泛的探讨,已经基本明晰,而格律诗主要解决了平仄的调配问题,刘勰的声律说有助于唐代的格律诗的形成。

(五) 避免单调的转韵方法

刘勰在《声律》篇之后,紧接着在《章句》篇对于文章的用韵进行了进一步的探讨,因为用韵与声律密切相关,在此主要结合《章句》篇的观点加以说明。刘勰认为:文章押韵,转韵太急或久不换韵,皆非好韵,他的观点是折中之论,"曷若折之中和,庶保无咎"(《章句》)。

《章句》篇:"若乃改韵从调,所以节文辞气。贾谊、枚乘,两韵辄易;刘歆、桓谭,百句不迁;亦各有其志也。昔魏武论赋,嫌于积韵,而善于资代。陆云亦称四言转句,以四句为佳。观彼制韵,志同枚、贾。然两韵辄易,则声韵微躁;百句不迁,则唇吻告劳。妙才激扬,虽触思利贞,曷若折之中和,庶保无咎。"贾谊的《吊屈原赋》《鹏鸟赋》两句转韵,如其《鹏鸟赋》:"小智自私兮,贱彼贵我,达人大观兮,物无不可。贪夫殉财兮,烈士殉名;夸者死权兮,品庶每生。"两韵一换,由歌韵换成耕韵字,"我"(古韵疑纽歌韵)、"可"(古溪纽歌韵)韵;"名"(古韵明纽耕韵)、"生"(古韵山纽耕韵)韵。其他如枚乘两句一转韵的赋未见。刘歆、桓谭百句不转韵的赋已不可考。刘勰又举魏武论诗,赞成换韵,陆云也赞成四句一转韵的例子,曹操论赋,嫌于积韵,已不可考。陆云《与兄平原书》:"四言转句,以四句为佳。"赞美四句一转韵。

用韵和转韵也和情韵密切相关,刘勰主张用韵和转韵应当折中,可见刘勰当时对诗文用韵转韵的特点及灵活换韵已经有了理论上的总结，这些关于音韵规律的探索，对于文章的修辞和表达效果的研究有重要作用，成为语音修辞的有机组成部分。

汉语的特点使汉语富于音乐美，刘勰生活在齐梁时代，当时文人学士对于声律的竞相讨论，对他的《声律》篇的写作有很大的影响。刘勰为了能清楚、明白地将他的声律之说表述出来，指导创作实践，创造并采用了一些新术语，如"内听""外听""吃文""飞沉"等，来阐明如何使诗文的声律谐适等相关问题，既有对前人声律论的继承总结，也有自己深入的思考探索与独到系统的见解，对唐代格律诗的形成，起了较大的推动作用，对唐代以后的诗话、文论也产生了深远的影响。双声、叠韵、平仄等语言的音乐美所产生的修辞效果成为文士论文的一个重要方面。明代谢榛《四溟诗话》卷一："凡作近体，诵要好，听要好，观要好，讲要好。诵之行云流水，听之金声玉振，观之明霞散绮，讲之独茧抽丝。此诗家四关。使一关未过，则非佳句矣。"①

唐代以后诗歌声律说日臻完善，并产生了格律诗，说明刘勰的声律说符合汉语诗歌语言的审美要求，具有极强的生命力，甚至对现代格律诗的创作，也有一定的启发意义。

第三节　丽辞

《丽辞》指骈俪之辞，作为修辞方式，相当于现代修辞学中的对偶。在现代修辞学中，关于对偶的定义大多是从结构形式和意义上的联系入手，"对偶，是用语法结构基本相同或者近似、音节数目完全相等的一对句子，来表达一个相对立或者相对称的意思"。② 陈望道先生很注重这种对

---

① 丁福保辑：《历代诗话续编》，中华书局1983年版，第1138页。
② 王希杰：《汉语修辞学》，商务印书馆2004年版，第252页。

称:"对偶所以成立,在形式上实在是普通美学上的对称。"① 而刘勰的《丽辞》篇中的对偶修辞手法的探讨对现代修辞学影响很大。

一 "丽辞"的含义及"骈俪"形成的原因

刘勰《文心雕龙·丽辞》论述了丽辞的形成、表现形式、难易优劣以及构成对偶时应该避免的弊病,诚如刘永济先生所言:"首段明丽辞之源流……次段论丽辞之法式……末端论丽辞之疵病。"从全篇的论述中我们可领略到刘勰美文的标准。六朝时期的文章注重对偶,所以,丽辞也是当时文坛关注的问题。刘勰在《文心雕龙·章句》"赞"中有"理资配主,辞忌失朋",强调辞语的选择切忌失去对应,而《丽辞》篇专论骈俪。

汉魏六朝时期,是骈体文学发展并逐渐在文坛占统治地位的时期,骈文的主要特征有对偶、用典、声律、藻饰,这些表现手法在骈文中非常讲究,刘勰对对偶、用典、声律、藻饰兼有骈体文学语言形式之美的修辞方式,是基本肯定的,他的《文心雕龙》五十篇就是骈文的典范之作。讲求骈偶对仗,是骈文的最大特点,被称为"是骈体文学的基本因素",② 也是《文心雕龙·丽辞》篇的专论。

(一)"丽辞"的含义

"丽"字,繁体写作"麗"。《说文·鹿部》:"麗,旅行也。"古文作"丽",象两两相比之形。鹿之旅行谓结伴旅行,有骈行之意。《小尔雅·广言》:"丽,两也。"《周礼·夏官·序官》:"驽马丽一人。"郑玄注:"丽,偶也。"《荀子·乐论》:"鼓大丽。"王先谦集解引《方言》郭璞注"偶物为丽。""俪":《左传·成公十一年》"鸟兽犹不失俪",杜预注:"俪,耦也。"段玉裁《说文解字注·鹿部》"俪即丽之俗"。可知丽同俪,可训为两、偶、耦。丽的本义是偶对之意,《丽辞》之丽取其本义。刘勰

---

① 陈望道:《修辞学发凡》,上海教育出版社2001年版,第206页。
② 王运熙:《文心雕龙探索》增补本,上海古籍出版社2005年版,第214页。

本篇题为《丽辞》，也即偶词，即论文章的骈偶属对。

（二）"骈俪"的形成

骈：《说文·马部》："骈，驾二马也。从马并声。"段玉裁《说文解字注·马部》："骈之引申，凡二物并曰骈"。所以，"骈"的主要特点是两物并列，由两物并列比喻引申骈文两两相对的文句是十分恰当的；骈文的特点主要是用两两相对的文句来写。对偶是骈文的第一要素。

骈文又称四六文，最早有关四六的说法见于《文心雕龙·章句》，其中谈到有关骈文的句法："若夫笔句无常，而字有条数：四字密而不促，六字格而非缓，或变之以三五，盖应机之权节也。"中唐柳宗元《乞巧文》用"骈四俪六，锦心绣口"来概括骈文的特征，"四六"指骈文的用意已经很明显；晚唐李商隐等人把骈文的集子取名"四六"（李商隐有《樊南四六》甲乙集二十卷），从此，骈文的别名"四六"或"四六文"即正式使用。骈文之名始于清，刘开在《与王子卿太守论骈体书》："夫骚人情深，犹能有资于散体，岂芳草性僻，不欲助美于骈文。"（《刘孟涂集·骈体文》）① 此处"骈文"是作为和"散文"相对的概念使用的。同时清代出现了以骈文命名的集子，如孙星衍的《问字堂骈文》、李详的《学制斋骈文》等，之后骈文的名称大体沿用至今。

骈文作为一种文体，在中国文学史上出现并非偶然。尽管刘勰在《丽辞》中没有阐述汉字、汉语的特点与骈文的关系，但他的骈文佳作《文心雕龙》以其均齐的对偶、精深的典故、和谐的韵律以及华美的辞藻，可谓深谙汉字、汉语的特点而又具有极高驾驭语言的技巧。

骈俪的形成首先和汉语的特点密切相关。从汉语的特点看，首先，古代汉语的词，大多是单音节的，如刘麟生《中国骈文史》的观点："单音文字所给予骈文之便利。"② 古代汉语是以单音节词为主的，用单音节词写

---

① 转引自莫道才《骈文通论》，广西教育出版社1994年版，第8页。
② 刘麟生：《中国骈文史》，商务印书馆1998年版，第3页。

整齐对称的骈文，甚至包括唐代的律诗，是非常便利的，"我国文字，单体单音，故可偶合"。① 因为古汉语的单音词易于构成音节相等、抑扬交替、意义对称的对偶；甚至在现代汉语中，现代汉语以双音词为主，而双音词的语素以古汉语的单音词为主，尽管它们已失去独立活动的能力，但在构词和组合词组时，作为有意义的语言成分，仍然有相对的独立性，仍然适宜于构成音节匀称、对仗工整的骈偶。再从汉语词汇的发展来看，单音词的比重日趋减少，双音词的比重逐渐增多，最终取得绝对的优势，直到现在，大量的单音词失去了独立性，变成了双音词的语素，其原因在汉语词汇学史上有诸多深入的探讨，但毫无疑问，与汉民族自古以来说话作文擅长两个音节为一拍，成双作对的使用词语密切相关。

刘师培被誉为十九、二十世纪之交的学术奇才，他根据中国文学的特点，指出单音节的汉字使汉语语句易于属对且音节整齐的特点，"准声署字，修短揆均，字必单音，所施斯适"。"乃禹域所独然，殊方所未有也。"② 认为只有骈文才是中国所独有的文体。

其次，与英语不同的是，汉语是非形态语言，把词组织成句子不靠形态变化，即词形变化，也没有词性变化的约束，再加上古汉语的单音节词占优势，语言单位的次序颠倒、组合比较自由、灵活，非常容易组合成音节数目相同而句式结构上平行的语句，即对偶句。

所以，我们也可以这样说，骈俪的句子，是结合汉语的特点摸索和总结出来的，是汉语语言艺术表达的一种很重要的方式。实际上属于文学上的修辞技巧，灵活使用骈体所要求的表现技巧，而又不拘泥于死板的四六格式，是能够创作出情文并茂的骈体佳作的，这也正是刘勰所推崇的。

最后，从汉民族的审美心理来看，中华民族以骈俪对称为美的观念比其他民族有着更加强烈的崇尚和追求，如中国古代建筑，整体安排和平面布局大多讲究整齐、对称，古代的常用器皿无论造型还是图纹，一般也是

---

① 刘永济：《文心雕龙校释》，中华书局2007年版，第124页。
② 刘师培：《中国中古文学史讲义》，上海古籍出版社2000年版，第1页。

对称和规整的，民俗中以成双成对为美的现象也是十分普遍的，如送礼成双，双日为吉日，逢年过节贴对联，对联要有上联、下联等。汉民族的审美观念使人们说话作文善用骈偶的语言形式。

在《文心雕龙·丽辞》中，刘勰极为简洁地概括了对偶的形成，但包含上述丰富的民族文化的意蕴："造化赋形，支体必双，神理为用，事不孤立。夫心生文辞，运裁百虑，高下相倾，自然成对。"人的形体中肢体是成双的，这是造化赋予的，说明没有孤立的事物，创作文辞，高下相配、自然成对同样是天经地义的。《丽辞》篇的"赞"又曰："体植必两，辞动有配。""《周易·系辞》有'一阴一阳谓之道'的名言表现了朴素的辩证思想，揭示了宇宙万物存在着既对立又统一的普遍规律，自然偶对，这也是汉民族的思维方式。语言是文化、思想的载体，汉民族的辩证思维和审美观念使其语言习惯讲求骈偶，或者说擅长运用骈偶的语言形式表达思想感情，所以刘勰认为，对偶是自然形成的。"正如《老子》所言："故有无相生，难易相成，高下相倾，音声相和，前后相随。"[1] 皆本自然成对之理，黄侃先生在《文心雕龙札记》"丽辞"表达了相同的见解："文之有骈俪，因于自然，不以一时一人之言而遂废。"[2] 骈俪对于文章而言，是自然而然的，非一人一时所能左右的。

范文澜先生在《文心雕龙注》"丽辞"篇[3]从几个方面分析了骈偶产生的原因和骈偶的作用，他认为，第一，崇尚骈俪对称的民族文化"基因"使作者在进行创作时自然地联想起骈偶之辞，即"既思云从龙，类及凤从虎，此正对也。既想西伯幽而演《易》，类及周旦显而制《礼》，此反对也"。第二，他认为古人传学，多口耳相传，为了便于记忆讽诵，经典之文多丽语。出于极为现实的需要，使骈偶之体的出现成为可能，第三，他提出文章在阐明观点时，骈俪之辞既可避免孤证，又不至于烦琐，"二句相扶，数折其中。"第四，范文澜先生认为，汉民族的语言习惯是口语

---

[1] 任继愈译注：《老子新译》，上海古籍出版社1985年版，第64页。
[2] 黄侃：《文心雕龙札记》，上海古籍出版社2000年版，第162页。
[3] 范文澜：《文心雕龙注》（下），人民文学出版社1958年版，第590页。

"好趋均平","短长悬殊,不便唇吻",求之于文,骈俪之辞,足以起到齐整文章字句的作用。所以,"知耦对出于自然,不必废也不能废"。可谓较为全面、充分地申述了对偶形成和存在的理由,成为今人研究丽辞之起的基石,也是对刘勰论骈俪形成原因的进一步申说。

基于以上原因,我们可以说,骈俪是汉语语言艺术表达的一种方式,追求对称之美是汉民族审美心理的反映,刘勰注重对偶并用骈文写作,是基于源远流长的民族文化的背景之下的。

二 自然成对,迭用奇偶

《文心雕龙·丽辞》篇基于汉字汉语的特点,总结了"丽辞"的几个特点。

汉语中客观存在易于构成韵偶的因素,所以,骈文乃我国所独有的文体,但顾此失彼,亦非中道之言,清阮元针对清代桐城派独尊古文为文章正统把六朝文学排斥在外的局限,强调文学作品必须珍视汉语的特点,提出只有骈文是中国文学的正宗,应将散文逐出文苑;刘师培承接阮元推崇美文、重视翰藻的学脉,对骈文极为偏爱"俾学者顾名思义,非偶词俪句,弗足言文"。[①] 在《文章源始》一文中,又提出"则骈文一体,实为文体之正宗"。[②] 其学术见解对研究六朝文学的特征和公正看待这个时期文学演进的特点大有裨益,但独宗骈文未免属偏颇之辞。其实,刘勰的《丽辞》篇的初衷并非极端之论,所钟情的亦为率然对尔、奇偶适变之对偶,这也是他推崇骈文的语言形式之美而反对形式主义文风的一大原因,他的创作理论与实践并无矛盾,在《丽辞》篇论及对偶运用的基本要求中可见一斑。

(一)骈俪之辞,贵乎自然

刘勰在《丽辞》中说:"唐虞之时,辞未极文,而皋陶赞云:'罪疑惟

---

① 刘师培:《中国中古文学史讲义》,上海古籍出版社2000年版,第2页。
② 刘师培:《刘师培中古文学论集》,中国社会科学出版社1997年版,第215页。

轻，功疑惟重。'益陈谟云：'满招损，谦受益。'岂营丽辞，率然对尔。"刘勰举《尚书·大禹谟》中的句子，说明其骈俪之辞非有意造作，而是自然成对。又举《周易》的《文言》和《系辞》的例子，说明尽管对偶形式上有"字字相俪""句句相衔""隔行悬合"，但其意义上构成对偶是一致的。以刘勰所举的《周易·乾文言》中的原句为例："'元'者善之长也，'亨'者嘉之会也，'利'者义之和也，'贞'者事之干也。君子体仁足以长人，嘉会足以合礼，利物足以和义，贞固足以干事。君子行此四德者，故曰：'乾，元，亨，利，贞。'"[1] 都是极佳的偶句韵语，刘勰称之为"句句相衔"。又《周易·乾文言》："子曰'同声相应，同气相求。水流湿，火就燥，云从龙，风从虎，圣人作而万物睹。本乎天者亲上，本乎地者亲下，则各从其类也。'"[2] 刘勰称之为字字都是相对相俪，并对以上偶句称赞有加，当然，除了刘勰所举例之外，《周易》中的《彖》《爻》《象》中的丽辞也比比皆是，圣人的这些精思妙作，都是自然形成的对句，并非刻意经营的偶辞。

如何看待《诗经》《左传》《国语》中的对偶，刘勰认为："诗人偶章，大夫联辞，奇偶适变，不劳经营"（《丽辞》），即《诗经》中所使用的诗句，《左传》《国语》所记列国大夫朝聘应对所采用骈俪之辞，非着意经营。在此，我们看到，刘勰没有丝毫扬偶抑奇的极端评论，主要是赞赏自然成对之作。

对偶作为汉语独有的一种语言艺术，由来已久。启功《汉语现象论丛》："用文言文写的诗中有'对偶'，是历史事实，无论后人对它们有多么大的反对意见，但它们的存在，却几乎从有汉字文献起就曾出现。"[3]

中国古代作品中的语言形式美，主要的表现形式之一就是对偶。除刘勰《丽辞》篇所举例子之外，在先秦的典籍中常常能够见到对偶形式的俗语谣谚：如黄帝时的《弹歌》："断竹，续竹，飞土，逐肉。"《礼记·郊

---

[1] 周振甫译注：《周易译注》，中华书局1991年版，第4页。
[2] 同上书，第5页。
[3] 启功：《汉语现象论丛》，中华书局1997年版，第29页。

特性》记载的《伊耆氏蜡辞》："土反其宅，水归其壑，昆虫毋作，草木归其泽。"① 在先秦的典籍中，我们也能见到一些对偶句式。《尚书》骈俪之辞较多，如《大禹谟》中"任贤毋贰，去邪毋疑"。《尚书·周书·武城》："归马于华山之阳，放牛于桃林之野，示天下弗服。"都是对仗自然、工美的骈句。《诗经》作为最早的一部诗歌总集，对偶较工的语句更易信手拈来，如《小雅·采薇》："昔我往矣，杨柳依矣；今我来思，雨雪霏霏"；《豳风·七月》"四月秀葽，五月鸣蜩"等。在先秦史传《左传》《国语》《战国策》亦不乏骈俪，如《左传·宣公二年》："贼民之生，不忠；弃君之命，不信。"至于诸子之文，如《孟子·公孙丑下》："得道者多助，失道者寡助。"《老子》："道可道非常道，名可名非常名，无名天地之始，有名万物之母。"《论语·为政》："君子坦荡荡，小人长戚戚。"《论语·述而》："学而不思则罔，思而不学则殆。"这些丽辞骈句的精湛对后世产生了广泛的影响。这些对偶句在行文中，尽管有些对偶不是十分严整，但言简意赅，率然成对，非有意为之者也。

（二）丽辞之体，分类各殊

刘勰把对偶分为四类，并加以比较。《丽辞》篇云："故丽辞之体，凡有四对：言对为易，事对为难，反对为优，正对为劣。言对者，双比空辞者也；事对者，并举人验者也；反对者，理殊趣合者也；正对者，事异义同者也。""言对"与"事对"是依据外在形式的标准而言，"正对"与"反对"是根据内容方面的分类。并举司马相如《上林赋》、宋玉《神女赋》、仲宣《登楼赋》、孟阳《七哀诗》作为例子，比较其难易优劣，提出了具体要求。

言对：司马相如《上林赋》云："修容乎礼园，翱翔乎书圃。"

事对：宋玉《神女赋》云："毛嫱鄣袂，不足程序；西施掩面，比之无色。"

反对：王粲《登楼赋》云："钟仪幽而楚奏，庄舄显而越吟。"

---

① 王文锦译解：《礼记译解》，中华书局 2001 年版，第 347 页。

正对：张协《七哀诗》云："汉祖想枌榆，光武思白水。"

《丽辞》："凡偶辞胸臆，言对所以为易也；征人资学，事对所以为难也；幽显同志，反对所以为优也；并贵共心，正对所以为劣也。"刘勰认为，言对容易，仅仅是两句并列，而不用事例；事对较难，因为用事举例要考验一个人的学问；反对为优，从相反的角度表达同一个用意；正对为劣，从相同的方面言相同的含义。另外，刘勰也认识到，对偶的这四种分类，有互相交叉的地方，事对也有正对、反对的区别，要根据不同的情况加以考求，更好地使用对偶。在《丽辞》篇中，刘勰的"正对为劣"现在看来并非绝对，古代诗文中类似李商隐《无题》："春蚕到死丝方尽，蜡炬成灰泪始干"，王维《山居秋暝》："明月松间照，清泉石上流"，王勃的《滕王阁序》"落霞与孤鹜齐飞，秋水共长天一色"等正对名句也颇多，刘勰在此就一般意义言之，指出"反对"因为"理殊趣合者"，语曲而义丰，能够避免重复，表达更易明确，如宋陆游的名句《秋夜读书》："白发无情侵老境，青灯有味似儿时。"但在当时刘勰能作出这样的概括，已属难能可贵。所以，王力先生肯定了刘勰的见解，"反对为优，正对为劣。这倒是一条很宝贵的艺术经验"[①]。另外，关于对偶的运用原则，刘勰提出了"言对为美，贵在精巧；事对为先，务在允当"（《丽辞》）的标准。

刘勰在对偶的分类上具有首创、开拓之功，现代修辞学在对偶的修辞方式的研究上，正是吸取了刘勰正对、反对的分类法，并在此基础上进行进一步的分析探讨。

（三）骈俪之忌，庸碌孤杂

在对偶句的修辞效果方面，刘勰本着形式与内容的完美统一的修辞学思想，提出了丽辞的使用应该避免的几个弊病。

重出：《丽辞》篇云："张华诗称：'游雁比翼翔，归鸿知接翮。'刘琨诗言：'宣尼悲获麟，西狩泣孔丘。'若斯重出，即对句之骈枝也。"刘

[①] 《龙虫并雕斋文集》第一册，中华书局 1980 年版，第 457 页。

勰针对张华的《杂诗》"游雁比翼翔，归鸿知接翮"和刘琨《重赠卢谌》"宣尼悲获麟，西狩泣孔丘"意义的重复而造成的"对句之骈枝"，刘勰指出要尽量避免；对句上下两联语意重复之弊，现代修辞学上称之为"合掌"，此对偶一忌。

优劣不均：《丽辞》："若两事相配，而优劣不均，是骥在左骖，驽为右服也。"相对的两件事不相称，好比千里马在左边，驽马在右侧，一优一劣不相配，也是不妥的对偶。

莫与相偶：《丽辞》："若夫事或孤立，莫与相偶，是夔之一足，趻踔而行也。"如，"《文镜秘府论·论对偶》若云'日月阳光，庆云烂色'……语既非论，事便不可"。① 所言即刘勰此意，事物孤立，没有对立面，如同一只脚的夔，蹦跳着行走，无法形成偶意。

碌碌丽辞：《丽辞》"气无奇类，文乏异采，碌碌丽辞，则昏睡耳目"。如果是一串串乏味、堆砌的对偶句，平庸乏味，缺少文采，只能使人昏昏欲睡，这种一味地勉强拼凑之辞，亦不足取。

在《丽辞》篇中，可以看到，刘勰尽管偏爱俪偶，但对平庸、乏味缺少骨采的对偶同样不赞成，注重骈句的内容的凝练和丰富以及语言的新颖和文采。

（四）"迭用奇偶，节以杂佩"

骈俪之辞，贵在变化和谐。《丽辞》"必使理圆事密，联璧其章。迭用奇偶，节以杂佩，乃其贵耳。类此而思，理斯见也"。刘勰提出，事理圆通周密、对仗工稳、迭用奇偶、骈散相间，才真正可贵。

对比寄情，自然形成，正如世间有阴而有阳，有天而有地，有方而有圆，有奇而有偶。为文有奇有偶，奇偶不能相离，刘勰提出了"迭用奇偶"的观点，不要专门用偶句，而要将偶句、奇句交错运用，奇句比较流畅，偶句偏于凝重，这样才能于整齐中见参差、变化，和谐一致。刘勰

---

① 转引自詹锳《文心雕龙义证》，上海古籍出版社 1989 年版，第 1320 页。

《文心雕龙》五十篇，均为骈文，亦时而奇偶互用，惟取其适，实际上提倡骈文中夹杂着散句，他的创作实践也是他的审美追求。

　　自两汉以来，铺彩摛文的辞赋盛行，文人刻意经营文章，崇尚整饬之文风，骈俪之作此起彼伏，刘勰在《丽辞》篇中说，从两汉开始，西汉的扬雄、司马相如，东汉的张衡、蔡邕，开始崇尚丽辞，写作时用心的程度"如宋画吴冶，刻形镂法"（《丽辞》）。刘勰在此用画图和冶炼的功夫来比喻为文的精雕细琢，导致他们的创作"丽句与深采并流，偶意共逸韵俱发"（《丽辞》）。虽然刘勰在此并没有刻意褒贬"扬马张蔡"之文，但显然，指出骈俪之作已经从"率然对尔"走向"刻形镂法"；"至魏晋群才，析句弥密，联字合趣，剖毫析厘"（《丽辞》），魏晋的才士，竞尚绮丽之辞；从建安开始，诗赋、散文都开始重视文采，曹植以旷世逸才，创作骈俪之作，文采斐然，邺下七子，追随唱和，如《宋书·谢灵运传论》所论："至于建安，曹氏基命，二祖陈王，咸蓄盛藻，甫乃以情为文，以文被质"[①]，西晋陆机潘岳，骈偶、华靡之风更盛，南渡之后，文风更加绮艳。《丽辞》篇对骈文早期的发展进行了论述，表达出刘勰赞赏自然成对辞藻合于情意之作，而反对勉强拼凑枉用丽辞者之用心，所以他说"然契机者入巧，浮假者无功"（《丽辞》），体现了刘勰迭用奇偶，骈散兼行的一贯主张。刘师培在言及魏晋文学之变迁时，肯定了刘勰对魏晋各体文章发展演变研核之精，赞曰："彦和论文，多所依据，亦评论文学之专书。"[②]

　　黄侃先生十分赞赏刘勰对于典籍中对偶使用的公允看法，对文辞的奇偶配合之见解与刘勰相和，他在《丽辞》篇的札记中说："终日迭用奇偶，节以杂佩。明缀文之士，于用奇用偶，勿师成心，或舍偶用奇，或专崇俪对，皆非为文之正规也。""奇偶之用，变化无方，文质之宜，所施各别。"[③] 为文奇偶相间，错落有致，才是凤采鸾章的美文。

　　《丽辞》"赞曰：体植必两，辞动有配。左提右挈，精味兼载。炳烁联

[①]　《二十五史》卷3《宋书》，上海古籍出版社1986年影印本，第1831页。
[②]　刘师培：《中国中古文学史讲义》上海古籍出版社2000年版，第71页。
[③]　黄侃：《文心雕龙札记》，上海古籍出版社2000年版，第162页。

华，镜静含态。玉润双流，如彼珩佩。"肢体自然生长成双，文辞运用也对应成偶。刘勰进一步申说了骈俪之辞自然成对的观点和自己理想的丽辞所产生的表达效果。

纵观中国文学史，并非仅仅骈文堪称美文，作为现代学者，黄侃先生十分客观地指出，尽管对偶之文自然成对，非人力矫揉而成，在先秦典籍中，为文偶奇的多少还与作家个人的风格有关："文言藻饰，用偶必多，质语简淳，用奇必众。"他先以"六艺"为例，"此皆举六艺为征，而奇偶无定已若此"，他举例说："《尚书》《春秋》同为国史，而一则丽辞盈卷，一则丽语无闻"；《尚书》丽辞比比皆是，而又不以辞害义，《春秋》尚简，遣词用字简要谨严，"《春秋》一字以褒贬"；举"《周礼》《礼经》，同出周公，而一则列数陈文，一则简辞述事"等例子来说明奇偶无定。又举子史之作说明，如以著名的史书《左传》与《史记》对比，《左传》"捶词多偶"而《史记》"叙语皆奇"，指出"子史之文用奇用偶绝无定准矣。"黄侃先生总结说，"总之，偏于文者好用偶，偏于质者善用奇，文质无恒，则偶奇亦无定，……"[①] 因人而异，刘勰所生活的时代偏重于语言形式的骈俪之美，自然会钟情于丽辞。

刘勰在《丽辞》篇专论对偶，尽管还不够细致与完善，作为对一种修辞方式的探讨与总结，提出了对偶的类型、修辞原则与美学标准，以及运用对偶应该避免的纰缪，在汉语修辞学史上有开创意义。唐宋以后论对偶者甚多，如（日）遍照金刚《文镜秘府论》论对属："凡为文章，皆须对属，诚以事不孤立，必有配定而成。至若上与下，尊与卑，有与无、同与异、去与来、虚与实、出与入、是与非、贤与愚、悲与乐、明与暗、浊与清、存与亡、进与退。如此等状，名为反对者也"[②]。谈到对偶的构成及反对，可以看到深受刘勰影响并进一步具体说明加以补充，后世论对偶尽管日趋细致完善，但其中许多论述在基本理论方面都以《文心雕龙·丽辞》为基础。

---

① 黄侃：《文心雕龙札记》，上海古籍出版社2000年版，第163页。
② 卢盛江校考：《文镜秘府论汇校汇考》，中华书局2006年版，第1675页。

第四章　《文心雕龙》论修辞方式（下）

　　本章探讨的是刘勰《文心雕龙》中比兴、夸饰、事类、隐秀四种修辞方式。第三章在谈到章节划分时曾经说过，这一部分，大致是偏重内容方面的修辞——包括与增强内容鲜明性有关的"比兴""夸饰"、增强内容丰富性与说服力的"事类"，以及探讨"文外曲致"的"隐秀"。有的分类将"比兴""夸饰"和"丽辞"划为一类，因为这三种修辞方式与句子密切相关，可以归之为句子型辞格[①]。但由于刘勰所处的齐梁时期是从古代文章作法的角度总结出的修辞方式，加之古代的修辞综合性更强一些，不可能明确区分修辞手法所针对的语言单位，所以从本书论及的全局出发，没有采用按语言单位分类的方法，而采用了偏重形式或偏重内容的方法。如前一章所述，本章第三、四两节的划分，并非完全妥当科学，就形式与内容而言，二者本难分开，这里只是大致区分以别章节。

　　下面分别阐释《文心雕龙》对这四种修辞方式的论述。

第一节　比兴

　　《文心雕龙·比兴》篇中的比兴即比喻和起兴，是古代诗文极为常见的两种修辞手法，"比"相当于现代修辞学中的比喻。"比喻的作用是把作

---

　　① 　参见王占福《古代汉语修辞学》，河北教育出版社2001年版。

者的主观感受具体可感地表达出来。"① 辩证唯物主义认为事物与事物之间本来就存在联系，比喻是利用两个本质不同的事物的类似点，将一种事物与另一种事物相比，从而获得独特而新颖的表达效果。比喻是用得最普遍的一种修辞方式。"《诗经》三百零五篇中，采用比喻的地方竟有二百八十多处。"② "兴"，朱熹《诗集传》："兴者，先言他物以引起所咏之辞也。"③ 刘勰的《比兴》篇专论比喻和起兴两种修辞方式，这两种修辞手法尽管各有特色，但本同而末异。

一 刘勰对"比兴"的界说

比兴之名取自《诗经》的六义。《诗大序》云："故诗有六义焉：一曰风、二曰赋、三曰比、四曰兴、五曰雅、六曰颂。"孔颖达正义："然则风、雅、颂者，诗篇之异体；赋、比、兴者，诗文之异词耳。"④ 风雅颂属于诗的体裁，赋比兴是诗的表现手法。刘勰《文心雕龙》将"比兴"作为修辞方式加以论述，《文心雕龙·神思》："物以貌求，心以理应。刻镂声律，萌芽比兴。"作家在为文创作时，情因景生，在修辞技巧上，首先要注意推求文辞的声律，其次运用比兴的手法。可见，刘勰是非常重视文章的比兴手法的。

（一）"比兴"的继承性

自然界的万事万物存在千丝万缕的联系，而比兴之产生，基于这种联系所产生的相类似的联想，《辨骚》有："虬龙以喻君子，云蜺以譬谗邪，比兴之义也。"刘知几《史通·叙事》："昔文章既作，比兴由生，鸟兽以媲贤愚，草木以方男女，诗人骚客，言之备矣。"⑤ 肯定了比兴是中国古代诗文创作的一个很重要的传统。

---

① 刘焕辉：《修辞学纲要》（修订本），百花洲文艺出版社1997年版，第234页。
② 姜宗伦：《古典文学辞格概要》，云南人民出版社1984年版，第15页。
③ （宋）朱熹：《诗经集传》，中国书店1994年版，第2页。
④ 李学勤主编：《十三经注疏·毛诗正义》，北京大学出版社1999年版，第13页。
⑤ （唐）刘知己：《史通》，上海古籍出版社2008年版，第129页。

对于比兴的理解，历来都存在分歧。具有代表性的如下。

《周礼·春宫》大师："教六诗：曰风、曰赋、曰比、曰兴、曰雅、曰颂。"郑玄注："赋之言铺，直铺陈今之政教善恶。比，见今之失，不敢斥言，取比类以言之。兴，见今之美，嫌于媚谀，取善事以喻劝之。……郑司农（众）云：'比者，比方于物也；兴者，托事于物。'"① 郑司农注意到比兴与具体事物的联系，对比兴的特征有了明确的认识。

《周礼·春宫》大司乐："以乐于教国子：兴、道、讽、诵、言、语。"郑玄注："兴者以善物喻善事。"② 郑玄把比兴和政治教化加以联系。

《文心雕龙·比兴》篇云："《诗》文宏奥，包韫六义；毛公述《传》，独标'兴体'，岂不以'风'通而'赋'同，'比'显而'兴'隐哉？故比者，附也；兴者，起也。附理者切类以指事，起情者依微以拟议。""比则蓄愤以斥言，兴则环譬以托讽。"在前人基础上，对比兴的特点加以说明。

黄侃先生认为郑司农对于"比兴"的解释比较确切，《文心雕龙札记》："后郑以善恶分比兴，不如先郑注谊之确。"这里的先郑，即郑司农，后郑，即郑玄。同时，他认为刘勰对比兴的区分辨析也是很明确的："彦和辨比兴之分，最为明晰。一曰起情与附理，二曰斥言与环譬，介画憭然，妙得先郑之意矣。"③ 黄侃认为刘勰对比兴的阐述主要是继承郑司农的传统，的确，从《文心雕龙·比兴》篇来看，刘勰是对汉代学者比兴解说加以总结，受郑司农的影响较大，且又有明显的发展，刘勰论比兴是在总结汉代学者的基础上又提出了自己的看法。刘勰言："比则蓄愤以斥言，兴则环譬以托讽"，是把比兴的修辞方式和思想内容的表达密切结合起来，学界也普遍认为这是刘勰比兴论对汉人比兴说的重要发展。

汉魏以来，对比兴方法的研究逐渐增多。如同时代的挚虞《文章流别论》言比兴："比者，喻类之言也。兴者，有感之辞也。"钟嵘《诗品

---

① （清）阮元校刻：《十三经注疏》，中华书局1980年影印本，第796页。
② 同上书，第787页。
③ 黄侃：《文心雕龙札记》，上海古籍出版社2000年版，第174页。

序》:"文已尽而意有余,兴也;因物喻志,比也。"① 但对比兴进行专题研究,刘勰的《比兴》篇尚属首见。齐梁之后,后世学者对比兴的阐发,是随着创作经验的逐渐丰富而有所发展,刘勰《比兴》篇所论"比则蓄愤以斥言,兴则环譬以托讽"已经注意到比兴这种修辞方式与思想内容相互关联的特点,成为唐代陈子昂提倡"兴寄"白居易主张"讽喻"之本源,唐代作家更加重视比兴的社会作用。

(二)"比""兴"的概念

《文心雕龙·比兴》:"故比者,附也;兴者,起也。附理者切类以指事,起情者依微以拟议。起情故兴体以立,附理故比例以生。"

比:比是比附,即就以近似者相比也。如《毛诗正义》卷一孔颖达正义:所言"比者,比方于物,诸言'如'者,皆此辞也"。《比兴》篇"附理者切类以指事"。"切类",主要指切取类似;"切类以指事"就是说,要把某种事理说清楚,需要用类似的例子作比附,其比喻一定要与需说明的事理密切相关。如《诗经·有女同车》:"有女同行,颜如舜英。"言其女的容颜像木槿花一样,女子的容貌和木槿花不是同类,但相似之处是美丽。《诗经·卫风·硕人》:"手如柔荑,肤如凝脂,领如蝤蛴,齿如瓠犀。"其中"肤如凝脂"皮肤的洁白与凝冻的脂肪相似之处是洁白。"比则蓄愤以斥言","斥言"直接说出所要说的话,直言不讳地比附事理。

《比兴》又曰:"且何谓为比?盖写物以附意,飏言以切事者也。""飏言"的含义:飏言:扬言。《书·益稷》:"皋陶拜手稽首扬言。"②《传》:"大言而疾曰扬","扬言"与"斥言"意同,都是用来指"比"的形式明显的特点。如曹植《赠白马王彪》:"鸱枭鸣衡轭,豺狼当路衢。"借鸱枭豺狼,来比喻离间他们兄弟的小人,加以严厉的诅咒,即为"比则

---

① 周振甫译注:《诗品译注》,中华书局1998年版,第19页。
② 江灏:《今古文尚书全译》,贵州人民出版社1990年版,第67页。

蓄愤以斥言"的例子。

兴：兴者，起也。"起情者依微以拟议。"在这里，刘勰指出："比"和"兴"都有"譬"意。《毛诗正义》卷一孔颖达正义："兴者，托事于物，则兴者，起也。取譬引类，起发己心。《诗》文诸举草木鸟兽以见意者，皆兴辞也。"孔颖达更具体地指出了兴的特点。

"兴"的特点："起情者依微以拟议"，由微小的事物引起的情感触动来寄托情意。即"触物以起情，节取以托意"，① 刘勰认为比兴关系是从内容到形式的两个方面。郭绍虞、王文生《论比兴》对兴的说明既与刘勰的原意相吻合，但又作了进一步的阐释："兴，既通过接触事物来激发感情，又选取事物的某一方面作突出的描写来寄托思想。刘勰认为比兴关系到内容到形式的两个方面，它是贯穿艺术创作的思维方法，也是一种表现方法。"②

（三）"比"与"兴"的区别

在刘勰看来，比兴作为两种修辞方式，是各有其特色的，同中有异。总体来说是比直而兴婉，比显而兴隐。"比"，"比方于物"，即"甲"（喻体）喻"乙"（本体），如《诗经·柏舟》："我心匪石，不可转也；我心匪席，不可卷也。""兴则环譬以托讽"（《文心雕龙·比兴》），"环"本指"环绕"，这里则指委婉之意，"环譬"则指不直言。"兴"是"环譬"，即委婉、不直言，是"婉而成章"（《比兴》）。

《文心雕龙·比兴》云："毛公述《传》，独标'兴体'，岂不以'风'通而'赋'同，'比'显而'兴'隐哉？"刘勰在《比兴》篇中，指出毛亨作《毛诗故训传》三十卷，只标明哪里是"兴"，原因就是比显而兴隐。在文献中明确指出比显而兴隐之特点，首见《毛诗故训传》。所以，《诗大序》孔颖达正义强调了比显而兴隐的特点以及《毛诗》特标明"兴"的

---

① 黄侃：《文心雕龙札记》，上海古籍出版社 2000 年版，第 172 页。
② 转引自詹锳《文心雕龙义证》，上海古籍出版社 1989 年版，第 1340 页。

原因:"比之于兴,虽同是附讬外物,比显而兴隐,当先显后隐,故比居兴先也。《毛诗》特言兴也,为其理隐故也。"清陈奂亦有相同看法:《诗毛诗传疏卷一》"关雎"篇"关关雎鸠,在河之洲,窈窕淑女,君子好逑"。疏:"……赋显而兴隐,比直而兴曲,传言兴,凡百十有六篇,赋比不之及,赋比易识耳。"

比显而兴隐,后世学者持相同观点的尚多,举例如下。

清陈启源《毛诗稽古编》卷二十五:"毛公独标兴体,朱子兼明比赋;然朱子所判为比者,多是兴耳。比兴虽皆讬喻,但兴隐而比显、兴婉而比直、兴广而比狭。……兴比皆喻而体不同:兴者兴之所至,非即非离,言在此,意在彼;其词微,其旨远。比者,一正一喻,两相譬况;其词决,其旨显;且与赋交错而成文,不若兴语之用以发端,多在首章也。"①

刘熙载《艺概·诗概》:"毛传特言兴也,为其理隐故也。"②

另外,刘师培在前人的基础上作了更通俗的诠释,其《论文杂记》二十一:"毛传释独标兴体,则以兴体难知,非解不明,若比赋二体,读诗者皆可知之,无俟赘述也。若朱传则兼标三体,且误以兴为比。"又云:"比之为体,一正一喻,两相譬况,词决旨显,体物写志,而或美或刺,皆见于比中。故比、兴二体,皆构造虚词,特兴隐而比显,兴婉而比直耳。"③不但说明了毛传为何独标兴体,并且明确总结出了比兴各自的特点。

刘永济《文心雕龙校释》对比显兴隐的原因如此说明:"舍人此篇以比显兴隐立说,义界最精。盖二者同以事物况譬,特有隐显之别,而无善恶之分。'比'者,作者先有此情,亟思倾洩,或嫌于径直,乃索物比方言之。'兴者',作者虽先有此情,但蕴而未发,偶触于事物,与本情相符,因而兴起本情。前者属有意,后者出无心;有意者比附分明故显,无

---

① 转引自詹锳《文心雕龙义证》,上海古籍出版社1989年版,第1337页。
② (清)刘熙载:《艺概》,上海古籍出版社1978年版,第50页。
③ 刘师培:《刘师培中古文学论集》,中国社会科学出版社1997年版,第255页。

心者无端流露故隐。"① 刘永济认为比属于有意，兴属于无心，先有情的比显，而蕴而未发的兴似无心故隐，言之有理。

可见，《文心雕龙·比兴》篇关于"比""兴"的区别及特点在后世得到认同。刘勰进一步论述了"比""兴"的用法。

二 《文心雕龙》对"兴"的论述

刘勰的《比兴》篇，侧重论述比，对于兴的用法，涉及较少，具体见解如下所述。

（一）"兴"的用法

《比兴》："观夫兴之托谕，婉而成章，称名也小，取类也大"。言兴的表达方法，措辞委婉而成篇章，用极小的事，说明较大的问题。又用"明而未融，故发注而后见也"（《比兴》），用来解释"兴"隐的含义。兴的目的在于烘托主题或正义，不加训释，难以明晓。

黄侃先生在刘勰的基础上进一步解释"兴"的用法，并举《诗经·柏舟》等六首诗的起兴来说明，言"有物同而感异者，亦有事异而情同者"②之区别，可帮助我们加深对刘勰所言兴的用法的理解，并进一步申述兴的特点与作用："盖以兴义罕用，故难得而繁称。原夫兴之为用，触物以起情，节取以托意，故有物同而感异者，亦有事异而情同者，循省六诗，可榷举也。"③

《比兴》云："称名也小，取类也大。"出自《易经·系辞下》"其称名也小，其取类也大。"韩注："托象以明义，因小而喻大。"孔疏："'其称名也小'者，言《易》辞所称物名多细小，若见豕负涂噬腊肉之属，是其辞碎小也。'其取类也大'者，言虽是小物，而比喻大事，是所取义类而广大

---

① 刘永济：《文心雕龙校释》，中华书局2007年版，第127页。
② 黄侃：《文心雕龙札记》，上海古籍出版社2000年版，第172页。
③ 同上。

也。"① 显而易见,刘勰是用《易经·系词下》来说明兴的表现手法,刘勰紧接着从《诗经》中摘取两个例子,加以印证,用"关雎有别,故后妃方德;鸤鸠贞一,故夫人象义"的例子来进行说明,具体阐释如下.

《诗经·周南·关雎》:"关关雎鸠,在河之洲;窈窕淑女,君子好逑。"《诗小序》:"关雎,后妃之德也。风之始也。"刘勰指出"关雎有别,故后妃方德",用雎鸠严守雌雄的界限,用来比后妃有男女分别的美德。

《诗经·召南·鹊巢》:"维鹊有巢,维鸠居之;之子于归,百两御之。"《诗小序》:"鹊巢,夫人之德也。国君积行累功以致爵位,夫人起家居而有之,德如鸤,而后可配国君。"刘勰指出:"鸤鸠贞一,故夫人象义","故夫人象义"是指象征夫人之义。鸤鸠居在鹊巢里用心专一,所以用来象征夫人们的坚贞专一。"称名也小"是指"关雎有别,鸤鸠贞一";"取类也大"是指"故后妃方德""故夫人象义"。

《比兴》篇云:"义取其贞,无疑于夷禽;德贵其别,不嫌于鸷鸟。"刘勰指出,在用意上只取"鸤鸠"鸟的专一,而并不在意它是常禽(常禽:谓"尸鸠"),"关雎"起兴,取其雌雄有别,在德行上只看重它配偶有别,而不会因为它是猛禽而而嫌忌。因此,兴曲譬委婉,含义深远,需要借助于前贤传笺,才可通晓。用了两个典型的诗句说明"兴"在典籍中的作用。

(二)刘勰对"比"盛"兴"亡原因的论析

刘勰认为,诗道式微,兴义难明,汉代辞赋之作兴盛,织综比义,则兴衰微。《比兴》篇云:"楚襄信谗,而三闾忠烈,依《诗》制《骚》,讽兼'比''兴'。"楚顷襄王听信谗言,屈原忠烈而遭到流放,屈原因继承《诗经》来创作《离骚》,其中的讽喻兼用"比""兴"。"《离骚》诸言草木,比物托事,二者兼而有之。故曰,讽兼比兴也。"② 可见,《离骚》继

---

① 转引自詹锳《文心雕龙义证》,上海古籍出版社1989年版,第1345页。
② 黄侃:《文心雕龙札记》,上海古籍出版社2000年版,第175页。

承了《诗经》"比兴"的手法。"炎汉虽盛,而辞人夸毗"(《比兴》),言汉代的创作虽然兴盛,但作家阿谀谄媚,抛弃了讽刺的原则,所以兴的方法也就中断了。"于是赋颂先鸣,故比体云构,纷纭杂沓,倍旧章矣。"(《比兴》)这时赋颂首先得到发展,所以比喻的手法像风起云涌,繁多而复杂,背离了过去比兴并用的法则了,这是刘勰对"比"盛而"兴"亡原因的分析论述。

《比兴》:"若斯之类,辞赋所先,日用乎比,月忘乎兴,习小而弃大,所以文谢于周人也。"汉代辞赋家,虽然"大抵所归,祖述楚辞"(《时序》),但辞藻繁缛,情感淡薄,已经从《楚辞》的"艳"变为"侈",在刘勰看来,日用乎比,月忘乎兴,大都习惯于用次要的比,而抛弃了重要的兴,导致汉代辞赋不及周代诗歌。刘勰非常重视比兴兼用,所以肯定"讽兼比兴"的《离骚》,而指斥用比忘兴的辞赋,这与刘勰主张为情造文的修辞理论仍然是一脉相承的,因为兴托于物,必然要与全篇的感情和意义相应,即托象以明义,因小以见大。

黄侃先生《文心雕龙札记》论及比兴,对"兴"这种修辞方式的消亡表示惋惜,认为这是"诗道下衰"的表现。他说:"自汉以来,词人鲜用兴义,固缘诗道下衰,亦由文辞之作,趣以喻人,苟览者恍惚难明,则感动之功不显。用比忘兴,势使之然,虽相如、子云,未如之何也……当其览古,知兴义之难明,及其自为,亦遂疏兴义而希用,此兴之所以浸微浸灭也。"[①] 黄侃先生指出兴的手法因其"依微以拟议",隐而不显,须当"发注而后见",无论"览古",还是"自为",浅学难明,遂使汉代辞赋作者避难就易,重比弃兴,即使当时名家如司马相如、扬雄等人亦未能超越,对刘勰的观点阐释明确。另外,汉代辞赋家多用比体,与赋这种文体有关系,"汉魏辞赋,兴义转亡,体实限制也"[②]。刘永济先生从赋的文体特点与"兴"之用法有不相符之处,说明汉赋兴义之消亡原因,是对刘勰

---

① 黄侃:《文心雕龙札记》,上海古籍出版社2000年版,第173页。
② 刘永济:《文心雕龙校释》,中华书局2007年版,第128页。

观点的补充。

在文学创作实际中,《诗经》《离骚》赋比兴的手法都使用,在汉赋中,只有赋和比,而没有兴。尽管兴在赋体中逐渐消亡,但在五言诗中,还是被较为广泛地使用着。两汉文人诗,比兴的使用较少见,但比兴的运用在建安作家曹植诗歌中却是十分突出的,曹植借鉴了汉乐府民歌的手法,大量地运用比兴,如《野田黄雀行》就是一首巧用比兴手法,抒发自己不能解救朋友悲怨的佳作;曹植后期的另一些名篇如《吁嗟篇》通篇以比喻抒情,用转蓬这一植物离根飘荡的特点,比喻自己骨肉分离的孤独和无依;被叶燮《原诗》喻为"汉魏压卷"之作的《美女篇》以美女的盛年未嫁,喻才士的难遇时机而抱负不得施展,比兴兼用;《杂诗》六首也皆用比兴的手法。另外,《古诗十九首》首二句"青青陵上柏,磊磊涧中石",即是起兴。刘勰所论主要针对赋的创作而言的。

"兴"之为体,触景生情,言在此而意在彼,用之妙极。齐梁以后,诗中用"兴"比较少见,对此,王季思先生在《说比兴》一文中谈道:"诗中用比兴,在汉魏乐府,还时常可以见到。齐梁以下,便少见了。"王季思先生对后人作诗用兴较少的原因从多角度进行了分析,对于我们理解和探索作家为文很少用"兴"很有启示。他的观点是:其一,后人作诗,往往先有主题,再加思索,所以用心苦吟者多,得之自然触发者少;其二,齐梁以后,声律之说渐行,绳墨之束愈严,自然之趣愈少;其三,齐梁以后人论诗,每喜摘一二句来批评,作者也往往有了中间或末尾的句子,再凑成全篇的。……即使初成之句,实系触兴而得,而因为不在篇首,读者自然也不把它当作兴了。如谢灵运"池塘生春草,园柳变名禽"、杜甫"无边落木萧萧下,不尽长江滚滚来"便是篇中之兴,李长吉的"昨夜菖蒲花,今朝枫树老"便是篇末之兴。[①] 其分析全面透彻。

三 《文心雕龙》对"比"的论述

《文心雕龙·比兴》篇对"比"的修辞手法从以下几个方面进行了说明。

---

① 转引自《文心雕龙义证》,上海古籍出版社1989年版,第1358—1359页。

(一)"比"的分类——比义、比类

尽管刘勰《比兴》篇批评汉代辞赋"诗刺道丧,故兴义销亡",但汉以来诗赋创作的实际情况是"比体云构",针对当时的文坛现状,刘勰的《比兴》篇对"比"进行了更为具体、详尽的论述。黄侃《文心雕龙札记》:"题云比兴,实侧注论比。"①

《比兴》:"且何谓为比?盖写物以附意,飏言以切事者也。故金锡以喻明德,珪璋以譬秀民,螟蛉以类教诲,蜩螗以写号呼,浣衣以拟心忧,席卷以方志固:凡斯切象,皆比义也。至如'麻衣如雪','两骖如舞',若斯之类,皆比类者也。"

从以上所论可知,刘勰在《比兴》篇中,把比分为两类,比义与比类,是对比喻比较早的分类。"刘勰《文心雕龙·比兴》篇中从被比事物的具体和抽象的角度把比喻分为比义(比喻义理)和比类(比喻外貌)两类,这是目前发现的对比喻最早的分类。"② 到宋代陈骙的《文则》总结出十种,他称"取喻之法,大概有十",③ 并总结出:一曰直喻,二曰隐喻,三曰类喻,四曰诘喻,五曰对喻,六曰博喻,七曰简喻,八曰详喻,九曰引喻,十曰虚喻。前修未密,后出转精,之后,比喻的分类日趋细化,古代汉语与现代汉语的分类也不尽相同。

关于比义,刘勰《比兴》举了六个语出《诗经》的例证如下。

"故金锡以喻明德":《诗·卫风·淇奥》:"有匪君子,如金如锡,如圭如璧。"朱熹《诗集传》:"金,锡,言其锻炼之精纯,圭,璧,言其生质之温润。"④ 用金锡、圭璧的特点来比君子的美德。连用了四个比喻,周振甫先生称其为博喻。⑤

"珪璋以譬秀民":《诗经·大雅·卷阿》:"颙颙卬卬,如珪如璋,令

---

① 黄侃:《文心雕龙札记》,上海古籍出版社2000年版,第172页。
② 李索:《古汉语修辞学》,天津人民出版社2000年版,第102页。
③ 陈骙:《文则注译》,书目文献出版社1988年版,第40页。
④ (宋)朱熹注:《诗经集传》中国书店1994年版,第38页。
⑤ 周振甫:《文心雕龙注释》,人民文学出版社1981年版,第400页。

闻令望，岂弟君子，四方为纲。"用珪璋的配合来比君子，黎锦熙先生的解释很值得参考："君子的仪容，温温和和的而又昂昂然，这只有古代贵族们双手捧着的这种尊贵的瑞玉好作比喻了。"①

"螟蛉以类教诲"：《诗经·小雅·小宛》："螟蛉有子，蜾蠃负之，教诲尔子，式谷似之。"螟蛉：桑上小青虫。蜾蠃：细腰蜂。用蜾蠃抱养螟蛉来比方士大夫教养百姓。"螟蛉"即用为养子的称呼，成为当时常用的隐语。

"蜩螗以写号呼"：《诗经·大雅·荡》："如蜩如螗，如沸如羹。"笺云："饮酒呼号之声，如蜩螗之鸣。"比喻当时的政象和混乱的社会情状。一般在文言中，常以此作比。

"浣衣以拟心忧"：《诗经·邶风·柏舟》："心之忧矣，如匪瀚衣。"用衣服没洗来比内心的烦忧。

"席卷以方志固"：《诗经·邶风·柏舟》："我心匪席，不可卷也。"郑笺："言心志坚平，过于石席。"用心之不像席那样可卷来比心志的坚牢。凡斯切象，皆比义也，皆取物寓意者也。

以上这些切合的形容，都是从意义上来进行比喻。吴林伯先生把以上比喻均称为明喻，并认为《诗经》中明喻甚多。②

关于"比类"，刘勰《比兴》篇举了两个语出《诗经》的例证。

《比兴》云："'麻衣如雪'，'两骖如舞'，若斯之类，皆比类者也。"

"麻衣如雪"《诗经·曹风·蜉蝣》："蜉蝣掘阅，麻衣如雪"意思为麻布衣像雪那样鲜洁。

"两骖如舞"《诗经·郑风·大叔于田》："叔于田，乘乘马，执辔如组，两骖如舞。"黎锦熙解释为："四匹马中央加辕的叫两服；在旁边的叫两骖。四马一起向前跑，两骖更起劲，像和着音乐跳舞似的。"③ 指两旁的骖伴着音乐跳舞似的。

---

① 转引自詹锳《文心雕龙义证》，上海古籍出版社1989年版，第1352页。
② 吴林伯：《文心雕龙义疏》，武汉大学出版社2002年版，第434页。
③ 转引自《文心雕龙义证》，上海古籍出版社1989年版，第1355页。

"麻衣如雪"和"两骖如舞"是明喻。

根据刘勰所举的例子，我们大致可归纳一下刘勰的比义和比类的具体概念："比义"乃"皆取物寓意者也"，是指用具体的物象来比抽象的义理；"比类"，则是取具体外物相类似的某一点来形容。

(二)"比"的运用方法

王符《潜夫论·释难篇》曰："夫譬喻也者，生于直告之不明，故假物之然否以彰之。"① 对比喻的运用有了初步的认识，并对刘勰"比"的论述产生了直接的影响。

刘勰《比兴》："夫比之为义，取类不常：或喻于声，或方于貌，或拟于心，或譬于事。"刘勰将比归为四类，刘勰的这种分类似乎是按照表达对象分类的，刘勰指出比的含义就是模拟，方法是多种多样的：有的用声音来比喻，有的用形貌来比方，有的用内心来比拟，有的用事物来比喻。由于这种归类往往存在界限难以划清的问题，所以后人一般将古汉语比喻的分类按表达特点区分，分为明喻、暗喻（隐喻）、借喻。

《比兴》篇进一步说明何谓比声、比貌、以物比理、以声比心、以响比辩、以容比物："宋玉《高唐》云：'纤条悲鸣，声似竽籁'，此比声之类也；枚乘《菟园》云：'焱焱纷纷，若尘埃之间白云'，此则比貌之类也；贾生《鵩赋》云：'祸之与福，何异纠缠'，此以物比理者也；王褒《洞箫》云：'优柔温润，如慈父之畜子也'，此以声比心者也；马融《长笛》云：'繁缛络绎，范蔡之说也'，此以响比辩者也；张衡《南都》云：'起郑舞，茧曳绪'，此以容比物者也。"

沈谦先生在分析《比兴》篇时认为，"此四者之中，喻声与方貌，乃拟其形容，属于比类；拟心与譬事，乃附意指事，属于比义"。②

刘勰举《高唐赋》《梁王菟园赋》《鵩鸟赋》《洞箫赋》等汉赋的例证

---

① 《诸子集成》卷8《潜夫论》，上海书店出版社1986年影印本，第137页。
② 张少康：《文心雕龙研究》，湖北教育出版社2002年版，第589页。

来说明比的六种表现方式：

比声之类：用声音来比喻（听觉）。刘勰举例宋玉《高唐赋》云："纤条悲鸣，声似竽籁，清浊相和，五变四会。"五臣吕向注："纤，细也，风吹细条，似竽籁之声。"另外，唐代诗人白居易《琵琶行》"大弦嘈嘈如急雨，小弦切切如私语，嘈嘈切切错杂弹，大珠小珠落玉盘"，即刘勰所谓"比声之类"。

比貌之类：用形貌来比方（视觉）。刘勰举例枚乘《梁王菟园赋》云，"往来霞水，离散而没合，猋猋纷纷，若尘埃之间白云。"（"猋"据杨明照先生《文心雕龙校注拾遗》："从三'火'之'猋'与从三'犬'之'猋'音义俱别。枚乘此段写鸟，合是'猋'字。"）用来比喻众鸟在霞水间飞翔闪烁、变化多端，似白云中夹杂着点点尘埃。除此之外，曹植《洛神赋》："其形也，翩若惊鸿，婉若游龙。荣曜秋菊，华茂春松。仿佛兮若轻云之蔽月，飘摇兮若流风之回雪。"即刘勰所谓"比貌之类"。

以物比理者：用事物比拟抽象道理。贾谊《鵩鸟赋》："夫祸之与福兮，何异纠缠。"（《比兴》）《文选》李善注："《字林》：'纠，两合绳；缠，三合绳。'"[1] 祸和福互相依附，和两股纠合的绳没有什么分别，即用事物比道理。

以声比心者：用声音来比拟内心。王褒《洞箫赋》"并包吐含，若慈父之畜子也。……优柔温润，又似君子"（《比兴》）。用箫声的柔婉润泽，来比喻慈父抚养儿子的和善。

以响比辩者：以声音来比辩论。马融《长笛赋》云："繁缛络绎，范蔡之说也。"（《比兴》）据《史记·范雎蔡泽列传》，范雎、蔡泽皆战国辩士，范雎凭游说相秦昭王，蔡泽凭游说代范雎为相。笛声繁多连绵不断，就好像范雎蔡泽的游说之辞。黎锦熙先生称此为隐喻法。

以容比物者：以事物比喻舞姿。张衡《南都赋》："坐南歌兮起郑舞，

---

[1] （唐）李善注：《文选》，中华书局1977年版，第199页。

白鹤飞兮曳曳绪。"(《比兴》)范文澜先生注:"此云以容比物,似当作以物比容也。"①

唐代杜牧《樊川文集》"李贺诗集序"将比体分为九类,比刘勰又详细了许多。

(三)"比"的运用原则

《比兴》:"赞曰:诗人比兴,触物圆览。物虽胡越,合则肝胆。拟容取心,断辞必敢。攒杂咏歌,如川之澹。"对于"比兴"运用的相关问题概括力极强。在这里,通过《比兴·赞》及《文心雕龙》的相关论述对刘勰运用比兴的原则作一个总结和阐释。

1. 比类虽繁,切至为贵——在观察细密的基础上,达到物、辞、意三者的贴切。

古人作文,擅长用比,以彼物比此物,触类旁通,使语言生动,事理明了。但运用比喻,仅取形似是远远不够的。诗文尚形似,是南朝元嘉年间时尚,刘勰反对近代(指南朝刘宋)以来"文贵形似"的形式主义倾向,《文心雕龙·物色》言当时作家如谢灵运等在刻画和描绘景物的形似上用心之深:"自近代以来,文贵形似,窥情风景之上,钻貌草木之中。"南朝刘宋作家如谢灵运、鲍照等注重对客观景物的审美感受与艺术表达,把握了自然山水的一般特征,描写细致、逼真,说明诗歌艺术在体物造形方面达到了比较成熟的艺术境界。如谢灵运的千古名句"池塘生春草,园柳变鸣禽"(《登池上楼》)。形象表现了随着冬去春来的更易自然景色的细微变化,谢灵运《登江中孤屿》"云日相辉映,空水共澄鲜",鲍照的《登庐山》"洞涧窥地脉,耸树隐天经"等,对山清水秀、重峦叠嶂的自然景色描写细腻切状,用词精练准确,形成了富艳工美的诗风。但以谢灵运为代表的南朝作家以自然景色为客观描写的对象,而不是主观情感的载体,没有把主体情感融入景色之中,力求形似

---

① 范文澜校注:《文心雕龙注》,人民文学出版社1958年版,第606页。

逼真，导致情景割裂，难以统一。在刘勰看来，《诗经》《楚辞》的传统，是体物写情，描写景物以情志为本，但后世作家未能继承。清代纪昀赞同刘勰之见，并对当时"文贵形似"的文学现象加以指责："刻画之病，六朝多有。"[1] 刘勰主张"情以物迁，辞以情发""既随物以宛转""亦与心而徘徊"（《物色》），在贴切地描绘景物的同时，也要表达出作者对景物的感情。并且强调"刻镂声律，萌芽比兴"（《神思》）的前提是"物以貌求，心以理应"（《神思》）。《诠赋》："铺采摛文，体物写志。"刘勰主张对山川景物的描写，作家的思想感情是起决定作用的。刘勰强调"吟咏所发，志惟深远"（《物色》）的同时要"体物为妙，功在密符"（《物色》）。吟诗作文，情志一定要寄托深远，情感与景物融为一体，才能描摹神妙，得言外意。

因此，刘勰提出对比喻最重要的要求，即"以切至为贵"，"故比类虽繁，以切至为贵，若刻鹄类鹜，则无所取焉"（《比兴》）。"切至"是指物、辞、意三者结合的贴切，仅仅理解为贴切是不够全面的。

在《文心雕龙》中共有四处用到"切至"，其他三处的"切至"都与文中具体的语境密切相关。

《祝盟》："感激以立诚，切至以敷辞"，此处指言辞的恳切深至。如詹锳先生亦解释为"'切至'即形容言辞的恳切周到"。[2]

《奏启》："理既切至，辞亦通辨。"理义阐发得切实而得当，文辞叙述亦能够通达而顺畅。"切至"詹锳先生解释为"切实得当"。[3]《文镜秘府论·论体》"舒陈哀愤，献纳约戒，言唯折中，情必曲尽，切至之功也"。[4] "切至"此处指说理的切实得当。

《乐府》："奇辞切至，则拊髀雀跃。"此处指言辞的准确动人。

《比兴》篇的"比类虽繁，以切至为贵"，"切至"，比体的准确贴切，

---

[1] 黄霖：《文心雕龙汇评》，上海古籍出版社2005年版，第151页。
[2] 同上书，第385页。
[3] 同上书，第865页。
[4] 卢盛江校考：《文镜秘府论汇校汇考》，中华书局2006年版，第1450页。

对此，詹锳先生有精辟的论述："刘勰主张比要恰如其分地说明事物，使物、辞、意三者贴切。"①刘勰视比喻以物、辞、意三者贴切为要，直接被后人视作比喻的基本要求，袁枚《随园诗话》卷一"贴切此人此事，丝毫不用假借，方是题目佳境"。②所以，刘勰明确指出，如果比喻失当，好像雕刻天鹅却类似野鸭子，则一无所取。

纪昀认为"以切至为贵"，但太切则词必滞，这似乎没有理解刘勰的原意。对此，黄侃先生提出了批评，"纪评谓太切转成滞相，按此乃措辞不工，非体物太切也"。黄侃先生一针见血地指出，刘勰在此的"切至"乃指贵在"体物"，而非"措辞"。③"体物为妙，功在密符"（《物色》），不能徒然文贵形似，而偏离以情志为本。应该物、辞、意三者贴切，否则，天鹅和野鸭子尽管有形似之处，而其神、气韵是完全不同的。宋胡仔《苕溪渔隐丛话前集》："古人形似之语，如镜取形，灯取影也。"④足见形似之语难以企及"切至"的要求。刘勰《书记》举"喻切以至"的例子，也可作为对"切至为贵"含义的补充和说明。《书记》："刘廙谢恩，喻切以至。"刘勰赞刘廙向曹操的谢恩，比喻贴切极了。刘廙因感谢曹操赦免其弟罪过，作《上疏谢徙署丞相仓曹属》，对曹操表示感恩戴德，谢曹操不诛灭宗族之恩德如同"起烟于寒灰之上，生华于已枯之木"，其比喻可谓是物、辞、意之统一。

要做到这一点，必须"触物圆览"（《比兴》），也就是对所接触的事物要进行全面的观察和分析，才能加深对事物的理解，这是使用比兴手法的基础。"圆览"，言精密观察。此处的"圆"指"周密"。古代学者喜用"圆"来比事物，如《淮南子·主术训》"智圆"。"圆"在《文心雕龙》中成为文学批评的一个专门术语，《丽辞》"理圆事密"，《风骨》："骨采未圆"，《明诗》："思无定位，鲜能圆通。"唐白居易《暮江吟》："可怜九

---

① 詹锳：《文心雕龙义证》，上海古籍出版社1989年版，第1369页。
② 转引自詹锳《文心雕龙义证》，上海古籍出版社1989年版，第1369页。
③ 黄侃：《文心雕龙札记》，上海古籍出版社2000年版，第176页。
④ 廖德明校注：《苕溪渔隐丛话》，人民文学出版社1962年版，第54页。

月初三夜,露似真珠月似弓。"比喻贴切,其美景与作者远离朝廷的喜悦之情融为一体,符合物、辞、意统一的要求。

2. 物虽胡越,合则肝胆——被比事物与作比事物要异中见同。

《比兴·赞》是结合比兴的特点谈运用比兴的标准。在《比兴》篇中,"比""兴"二者都含有"譬"的内容,所以,比的"写物"与兴的"取类"密切相关。刘勰《比兴》篇言"比","夫比之为义,取类不常",言"兴""观夫兴之托谕,婉而成章,称名也小,取类也大"。因此,比兴都存在"取类"是否恰当的问题。"物虽胡越,合则肝胆","物"异"理"合,是讲诗人使用比兴的手法时,对物象的描写虽然与本体差别较大或者毫不相干,但所揭示的事理或借以表达的思想却有着密切的联系,如肝胆相和。《淮南子·俶真》篇曰:"是故自其异者视之,肝胆胡越。"高注:"肝胆,喻近;胡越,喻远。"刘勰即取此意。《附会》亦云:"故善附者异旨如肝胆,拙会者同音如胡越。"虽然是北胡南越毫不相干的事情,却能相合相联如肝胆,也就是准确地捕捉到事物的特点,找出其内在的联系。

如果用现代修辞学的术语去解释刘勰的"物虽胡越,合则肝胆",刘勰是从比喻的构成和表达效果两方面揭示比喻的特点,即喻体和本体虽然象北胡和南越那样遥远,其客观基础却是两个本质不同事物之间的某种相似性,结合在一起就构成比喻,像肝胆一样密切。如唐代诗人岑参《白雪歌送武判官归京》:"忽如一夜春风来,千树万树梨花开。"用盛开的"梨花"比喻"雪花",用白作为相似点,体现出二者之间的联系。

3. 拟容取心,断辞必敢——不只要外观的一致,更要重视内在义理的相通。

《比兴》篇中,"拟容"指描绘事物的形貌,"取心"指摄取与该事物相关的"义理"或作者的内在精神。"拟容取心",通过拟诸其形貌,来表现事物的内在意义,因为作者之心是通过物象的含义展示出来的。"所咏之辞"应该与摄取事物的义理统一并能表达作者的情志,刘勰的"拟容取心"说也是针对汉赋比体连篇和齐梁文风只追求形似而缺少实际内蕴的比兴而言的,刘勰强调要抓住所比拟的外物的精神实质和特征,来表现深远的旨意。所以,《神思》篇有"物以貌求,心以理应""断辞必敢",指措辞必须果断。

《易经·系辞上》:"圣人有以见于天下之赜,而拟诸其形容,象其物宜,是故谓之象。"① 刘勰借鉴了《易经·系辞上》的理论作为对比兴手法运用的说明,对此,冯春田先生的解释言之有理:"刘勰借鉴《易传》'拟诸其形容,象其物宜'之说而加以变通改造,提出了运用'比兴'手法的'拟容取心'说。作为运用'比兴'手法的要求,它指描写、模拟事物的形容声貌,要摄取其义理情趣,借以表达作者的情志或思想。"② 《诠赋》篇:"触兴致情,因变取会,拟诸形容,则言务纤密;象其物宜,则理贵侧附。"也是类似的含义。

朱自清《诗言志辨·比兴论诗》:"论诗,从唐以来,'比兴'一直是最重要的观念之一。后世所谓'比兴'虽与毛、郑不尽相同,可是论诗的人所重的不是'比''兴'本身,而是诗的作用……论诗尊比兴,所尊的并不全在'比''兴'本身的价值,而是在'诗以言志',诗以明道的作用上了。"③ 说明后世在运用"比兴"手法时,对"取心"的重视程度。"拟容取心"成为具有普遍意义的创作原则,足见刘勰的"拟容取心"说对后代"比兴"观的影响。

(四)"比"的艺术效果

关于"比"的艺术效果,刘勰通过具体作家成功运用"比"使语言生动形象的例子加以说明,在《比兴》篇中,本着实事求是的批评立场,在感慨兴亡的同时,对曹植等作家善用比而能够使作品流光四溢使艺术感染力增强予以认可。《比兴》云:"至于扬班之伦,曹刘以下,图状山川,影

---

① 周振甫译注:《周易译注》,中华书局1991年版,第236页。
② 冯春田:《文心雕龙释义》,山东教育出版社1986年版,第240页。
③ 朱自清:《诗言志辨》,古籍出版社1956年版,第89页。

写云物，莫不织综比义，以敷其华，惊听回视，资此效绩。"至于扬雄、班固这班人，曹植、刘桢以下的作家，他们描绘高山大川，刻画云霞风物，没有不参错运用比拟来铺张文采的，（他们的作品）常常使人惊心动魄，流连顾盼，就是依靠比取得的效果。

刘勰《比兴》篇列举一些具体篇目进一步说明"比"的艺术效果："又安仁《萤赋》云'流金在沙'，季鹰《杂诗》云'青条若总翠'，皆其义者也。"潘岳（字，安仁）《萤火赋》："飘飘颎颎，若流金之在沙。"萤火闪烁，好像沙中的金粒似的；张翰（字，季鹰）《杂诗》："青条若总翠，黄华如散金。"青青的枝条，好似聚集着翠鸟的羽毛，遍地的菜花犹如散金，刘勰称赞潘岳与张翰比喻巧妙。唐李白《金陵送张十一再游东吴》："张翰黄花句，风流五百年。"即赞美张翰此诗，足见其比喻之妙。刘勰在《檄移》篇中还赞美了司马相如善于运用比喻："相如之《难蜀老》，文晓而喻博，有移檄之骨焉。"说明新奇贴切的比喻足以传神。又《论说》："至于邹阳之说吴梁，喻巧而理至，故虽危而无咎矣。"西汉作家邹阳以文辨著称，为人有智谋，慷慨不苟合，曾撰《上吴王书》谏说吴王刘濞不要谋反，吴王不听，转事梁孝王刘武，遭谗言入狱，又呈《狱中上梁王书》，得释。邹阳的《狱中上梁王书》借古人事迹比喻自己信而见疑、忠而被谤之遭遇，比喻巧妙，述理充分，邹阳因此成为梁孝王之上宾。刘勰用此例再论比喻的艺术效果及在文章议论说理中的重要作用。

最后，刘勰在赞中对比兴的作用进行了总结，认为其"攒杂咏歌，如川之澹"，即将比兴聚集在诗赋中，作品才能像一江春水滔滔流动般生动新鲜。在现代修辞学中，认为比喻的作用是为了使所描绘的事物更加生动、形象，使抽象的道理通俗易懂，使文章更富有表现力。"攒杂咏歌，如川之澹"反映了刘勰在当时就认识到了比兴手法的使用对一篇文章所起的至关重要的作用。

"比"的手法在历代文人的作品中得到了广泛的运用，他们无论是描写自然山川的雄伟磅礴，还是表达含蓄蕴藉的情思，或者是将抽象、深奥的道理形象具体地展示，可谓极尽形容比喻之能事。唐杜牧《晚情赋》、韩愈《听颖师弹琴》全篇大量使用比喻，后世的诗词、曲赋、小说等将此修辞方式运用得更为纯熟。

刘勰《比兴》篇，比兴是并称的，现代学者对比兴有各自不同的理解。陈望道先生的《修辞学发凡》未把"兴"看成辞格，大多数的现代修辞学著作论修辞方式也不列"兴"。沈谦先生认为："如果从修辞学的角度来看比兴的表达方法。则'比'相当于'比喻'，'兴'相当于'象征'。"[1]周振甫先生《中国修辞学史》"刘勰全面的修辞学"称"在《比兴》里刘勰实际上讲了现代修辞学的三个修辞格，即比的比喻格，兴的比拟格，比兴的借代格"。[2] 学者们各自的理解可供我们研究《比兴》篇时参考。

第二节　夸饰

《文心雕龙·夸饰》篇论及的"夸饰"，相当于现代修辞学夸张的修辞手法，也可称为"饰词""增语"等。夸张主要是通过有意夸大来突出客观事物的某些特点，以增强语言表达效果的一种修辞方式。夸张有助于增强语言的生动性和感染力，其心理基础是想象。"夸张虽然不符合说写对象的客观实际，却符合主观感受的实际，能获得强调突出，引人共鸣的感染效果。"[3]

王充的《论衡》有《艺增篇》《儒增篇》《语增篇》，"增"即指夸张。他本着"疾虚妄"的态度，反对当时风行的虚增之语的"增过其实"，对夸张的现象进行了探索，但王充对夸张与失实分辨不清，对夸张的认识比较片面。应该说，第一个系统专论夸张的是刘勰的《夸饰》篇。

---

[1] 沈谦：《文心雕龙与现代修辞学》，台湾文史哲出版社1992年版，第19页。
[2] 周振甫：《中国修辞学史》，商务印书馆2004年版，第78页。
[3] 刘焕辉：《修辞学纲要》，百花洲文艺出版社1997年版，第322页。

一 "夸饰"的历史来源以及"夸饰"的含义

作为一种艺术表现手法,"夸饰"的使用可谓由来已久,先秦典籍如《诗经》、史传文学、诸子散文中已多有记载。《文心雕龙·夸饰》篇曰:"故自天地以降,豫入声貌,文辞所被,夸饰恒存。虽《诗》《书》雅言,风俗训世,事必宜广,文亦过焉。是以言峻则嵩高极天,论狭则河不容舠,说多则子孙千亿,称少则民靡孑遗;襄陵举滔天之目,倒戈立漂杵之论。"刘勰开篇以儒家经典《诗经》《尚书》为例,说明语言文辞中的夸张现象自古以来便存在。

这里,着重提到《诗经》与《尚书》,是因为刘勰在《文心雕龙》中自始至终贯穿着的思想是宗经,即以儒家经典为写文章的范式和楷模。在《夸饰》篇中重申,儒家经典《诗经》《尚书》都是雅正的语言,用来教化世俗、训导世人,因为所论及的事情比较广泛,欲以有限之文辞,来表达无穷的丰富的感受,亦多用夸饰之辞。并举《诗经》《尚书》中夸饰之例说明夸饰与语言文辞同在,《文心雕龙·夸饰》篇列举具体文句如下。

《诗经·大雅·崧高》:"崧高维岳,骏极于天。"汪中《述学·释三九》:"'崧高维岳,骏极于天'此言乎其高也。此辞之形容者也。……辞不过其意则不鬯,是以用形容焉。"[①] 用夸张的手法极言山之高峻。

《诗经·卫风·河广》:"谁谓河广,曾不容刀。"《经典释文》:"刀,字书作舠。""河不容刀"喻河的狭窄。宋襄公的母亲在娘家卫国,想念儿子而不能回国,为了强调到宋的距离近,所以夸张地说:"谁谓河广,曾不容刀。"

《诗经·大雅·假乐》:"千禄百福,子孙千亿。穆穆皇皇,宜君宜王。"形容子孙之多。王充《论衡·艺增》云:"夫子孙虽众,不能千亿。诗人颂美,增益其实",[②] 言实为夸张。

---

① 转引自詹锳《文心雕龙义证》,上海古籍出版社1989年版,第1380页。
② 《诸子集成》卷7《论衡》,上海书店1986年影印本,第83页。

《诗经·大雅·云汉》:"周余黎民,靡有孑遗。"陈奂《诗毛诗传疏》"靡有孑遗,是无遗民之义。民因饥馑,饿死无存,此是极尽之词耳"。王充《论衡·艺增》"是为周宣王之时,遭大旱之灾,……夫旱甚则有之矣,言无孑遗一人,增之也。……而言靡有孑遗,增益其文,欲言旱甚也"。① 指出其夸饰之特点。

《尚书·尧典》:"汤汤洪水方割,荡荡怀山襄陵,浩浩滔天。"形容洪水浩浩盛大若漫天。

《尚书·武成》云:"罔有敌于我师,前徒倒戈,攻于后以北,血流漂杵。"言殷师败退牧野,则有"血流漂杵"之说。《孟子·尽心下》:"尽信《书》,不如无《书》,吾于《武成》,取二三策而已矣。仁人无敌于天下,以至仁伐至不仁,而何其血之流杵也?"② 孟子把《尚书》中这段话曾误作事实,加以批评。孙德谦《六朝丽指·形容之法》指出了《孟子》不明夸张的误解:"《文心雕龙·夸饰》篇'言高则峻极于天,言小则河不容刀',尝引《诗》以明夸饰之义,吾谓夸饰者,即是形容也。……孟子岂欲人之不必尽信哉!特以《书》言'血流漂杵',当知此为形容语,不可遽信其真也。"③ 孙德谦说明夸饰即为一种形容之法,而孟子在此拘泥地当作事实加以评论。杨树达《中国修辞学·夸饰》中对此评为:"刘氏以为夸饰者得之,孟子似误认以为实事矣。"④ 足见刘勰对文学作品夸饰手法的理解高于孟子。

刘勰在《夸饰》篇通过以上经典中的诸例,说明夸饰的使用源远流长,恰当地运用这种表现手法,对突出所描写对象的实质,具有积极的艺术效果。

黄侃在《文心雕龙·夸饰》篇的札记中,在刘勰所举诸例之外,列举了《孟子》《尚书》《庄子》《列子》《淮南子》等更多文献中的例证来说

---

① 《诸子集成》卷7《论衡》,上海书店1986年影印本,第84页。
② (清)焦循撰、沈文倬点校:《孟子正义》,中华书局1987年版,第959页。
③ (清)孙德谦:《六朝丽指》兴云山房主人制(1923年四益宦刊本),第8429页。
④ 杨树达:《中国修辞学》,上海世纪出版集团2012年版,第118页。

明经传著作、诸子百家皆善用夸饰,指出夸饰在文章中的必要性,证明"世俗恒言有所虚托者,皆饰词也。此皆古之人已知之矣"。① 是对刘勰的夸饰论所举事例的补充,足以说明夸饰的使用历史悠久。

"夸饰"的含义:"夸"《说文》:"奢也。从大于声。"范文澜先生解释为"夸从大于会意,有太过惊人之义。彦和所谓'验理则理无可验,穷饰则饰犹未穷'者也"。②"夸"是夸张,"饰"是修饰。《玉篇》:"饰,修饰也。"夸饰有夸张和增饰两方面的意义,或者说是相当于夸张性的修饰,即刘勰《夸饰》篇夸饰之含义。

夸饰手法在作品中的使用由来已久,但王充是最早评论夸张的学者。《论衡·艺增》云:"俗人好奇,不奇言不用也。故誉人不增其美,则闻者不快其意;毁人不益其恶,则听者不惬于心,闻一增以为十,见百益以为千。"③ 可见王充并不十分赞赏"增过其实",但对夸饰产生的缘由和基本特点还是有一定的认识,袁晖、宗廷虎称王充为"反艺增,主实证的修辞观"④,黄侃先生不赞同王充对夸饰的看法,但客观地指出了王充夸张论的得失:"如仲任言,意在检正文辞,一切如实,然后使人不迷,其辨别妖异禨祥之言,驳正帝王感生天地感变诸说,诚足以开蒙蔽矣,至谓文词由此当废增饰,则谬也。"⑤ "如实"之词诚然可贵,但由此废"增饰",可谓谬论。

《文心雕龙·夸饰》篇在王充的基础上,对夸饰在表达意义描写事物上的突出作用予以充分的肯定并加以全面论述。

二 "夸饰"的艺术真实性

夸张这种修辞方式是"喻真",还是"失真",是一个颇有争论的理论问题。刘勰旗帜鲜明地表达了自己的观点,"形器易写,壮辞可得喻

---

① 黄侃:《文心雕龙札记》,上海古籍出版社2000年版,第179页。
② 范文澜校注:《文心雕龙注》下,人民文学出版社1958年版,第610页。
③ 《诸子集成》卷7《论衡》,上海书店1986年影印本,第83页。
④ 袁晖、宗廷虎:《汉语修辞学史》,安徽教育出版社1990年版,第47页。
⑤ 黄侃:《文心雕龙札记》,上海古籍出版社2000年版,第179页。

其真"(《夸饰》),认为具体事物尽管比较容易描写,但使用夸张的手法能更准确地表现。因此,运用夸张主要是为了更充分地表达内容,而非为文造情。

《夸饰》:"夫形而上者谓之道,形而下者谓之器。神道难摹,精言不能追其极;形器易写,壮辞可得喻其真;才非短长,理自难易耳。""形而上者谓之道",道是无形而抽象的,是法则或规律;精美的语言也难以描绘出神道的幽隐精妙。"形而下者谓之器","器"是具象的、有形的,因此称为"形器","形器易写,壮辞可得喻其真",这里的"壮辞"实际上就是指带有主观感情和丰富想象力的夸张了的言辞,夸饰的文辞可以更好地表现事物的真相,用夸张的手法说明道理或其形,能够出人意料,达到加深印象的目的。因此,刘勰认为,夸饰或形容的对象主要是"形器"或与形容有关的对象。通过对事物形象特征的夸大,可以将其本质更加真实地加以表现,因此,夸张虽然不符合描写对象的客观实际,却符合主观感受到的实际,从而获得强烈的艺术感染力。刘勰强调的是通过对形器的夸饰,来表达抽象的道理。刘勰已初步认识到,对于文学作品来说,其特点是通过形象和艺术的夸张来表达情感,传难写之意,展示生活的真实。

三 运用"夸饰"的原则

夸饰能突出描写对象,增强语言的生动性,给人一种震撼美,但运用夸饰,要立足于客观事物固有的本质、特征,这是必须要注意的。刘勰从两个方面论述了夸饰的基本原则。

(一)辞虽已甚,与义无害——不以辞害义

《夸饰》篇云:"辞虽已甚,其义无害也",通过对事物形象特征的夸大,可以将其本质更加真实地加以表现。刘勰在《夸饰》篇举《诗经》《尚书》中的例子,说明虽用夸饰显得言过其实,但不仅不会影响意义的表达,反而会突出事物的意义和特征。

《夸饰》:"大圣所录,以垂宪章,孟轲所云'说诗者不以文害辞,不

以辞害意'也。"《孟子·万章上》云："故说《诗》者，不以文害辞，不以辞害志，以意逆志，是为得之。"赵歧注："文，《诗》之文章，所引以兴事也；辞，诗人所歌咏之辞；志，诗人志所欲之事；意，学者之心意也。"[1] 孟子的主张，是言解说《诗经》的人不要因为表面的文采修饰而妨碍对整个辞句的理解，也不要拘泥某些辞句而损害作者的用意。刘勰论述夸饰的基本原则，强调不以辞害意，正是在继承借用孟子学说的基础上又有所发展。

《夸饰》："且夫鸮音之丑，岂有泮林而变好？荼味之苦，宁以周原而成饴：并意深褒赞，故义成矫饰。大圣所录，以垂宪章。"刘勰所举《诗经》中的两例如下。

《诗经·鲁颂·泮水》："翩彼飞鸮，集于泮林。食我桑葚，怀我好音。"郑笺云："言鸮恒恶鸣，今来止于泮水之上，食其桑葚，为此之故，故改其鸣，归就我以善音，喻人感于恩则化也。"[2]

《诗经·大雅·绵》："周原膴膴，堇荼如饴。"郑笺云："周之原地，在岐山之南，膴膴然肥美，其所生菜，虽有性苦者，皆甘如饴也。"[3]

《诗经》中的这两例，作者的用意在于强有力地褒赞学宫的感化作用和周朝的德政，所以，刘勰指出，在表情达意上成为夸饰，这些经典夸饰的例子可谓范式，尽管辞过其意，而与义无害。黄侃先生的《文心雕龙札记》举《庄子》中的例子对刘勰的观点加以补充："《庄子·秋水》篇曰至德者火弗能热，水弗能溺，寒暑弗能害，禽兽弗能贼，非谓其博之也。由此推之，传记所为寓言，皆饰词也。"[4] 黄侃引用《庄子·秋水》篇语，言道德高尚者烈焰不能灼伤，洪水不能沉溺，寒暑不能侵扰，禽兽不能伤害，对有道德修养的人能"察乎安危，宁于祸福"[5] 的这类语言都属于夸张赞美，但不以辞害意。在修辞学中，这类夸张一般被称为放大的夸饰。

---

[1] （清）焦循撰，沈文倬点校：《孟子正义》，中华书局1987年版，第638页。
[2] 李学勤主编：《十三经注疏·毛诗正义》，北京大学出版社1999年版，第1405页。
[3] 同上书，第985页。
[4] 黄侃：《文心雕龙札记》，上海古籍出版社2000年版，第178页。
[5] 《诸子集成》卷7《论衡》，上海书店1986年影印本，第105页。

抓住事物的本质是夸饰运用的基本保证，刘勰在《文心雕龙》的创作实践中立足于此把夸饰手法运用到炉火纯青的程度，其《神思》篇言作家的文思之缓，也是极尽夸张之能事"相如含笔而腐毫，扬雄辍翰而惊梦，桓谭疾感于苦思，王充气竭于思虑，张衡研京以十年，左思练都以一纪。虽有巨文，亦思之缓也"。

（二）夸而有节，饰而不诬——防止浮伪荒诞

针对汉赋存在的夸饰过甚的文弊以及六朝文风之绮靡，刘勰提出了运用夸饰的另一原则，即夸而有节，饰而不诬。诚如刘永济先生分析："六朝文人承两汉辞赋体大行之后，各体文章，多以敷布之法为之，故夸饰之用为最盛。夸饰逾量，则真采匿而浮伪成。舍人论文，抑浮伪而崇真采，故斥相如为'诡滥'，病子云、平子为'虚用滥形'，"① 深得刘勰《夸饰》篇之用心。《夸饰》篇所言："若能酌《诗》《书》之旷旨，翦扬马之甚泰，使夸而有节，饰而不诬，亦可谓之懿也。""夸饰"应以"有节"和"不诬"作为准绳，即应该有节制并且合乎情理。

刘勰的"酌《诗》《书》之旷旨"即吸取《诗经》《尚书》运用"夸饰"的创作经验。《广雅·释诂》："旷，远也。"此处的"旷旨"指夸张所表现出来的深广的意旨。"翦扬马之甚泰"，"甚泰"，《玉篇》"泰，侈也"，有过甚义，意为要摒弃扬雄、司马相如那种过分的夸饰；刘勰认为《诗》《书》的"夸饰"是根据内容表达的需要，并非"诡滥"和"夸诞"。这里，一方面体现出刘勰认为应该根据内容的表达运用夸饰手法的观点，去"甚泰"、求适度，同时又表现出一贯的"徵圣""宗经"的主张。"使'夸而有节，饰而不诬'或'旷而不溢，奢而不玷'，是刘勰提出的运用'夸饰'的标准。"②

在此，刘勰仍然本着"中和"的原则，主张"夸而有节""饰而不

---

① 刘永济：《文心雕龙校释》，中华书局2007年版，第129页。
② 冯春田：《文心雕龙释义》，山东教育出版社1986年版，第248页。

诬"。如纪昀所评:"文质相扶,点染在所不免,若字字摭实,有同史笔,实有难于措笔之时。彦和不废夸饰,但欲去泰去甚,持平之论也。"①

《夸饰》云:"自宋玉、景差,夸饰始盛;相如凭风,诡滥愈甚。故上林之馆,奔星与宛虹入轩;从禽之盛,飞廉与鹪明俱获。及扬雄《甘泉》,酌其余波。语瑰奇则假珍于玉树;言峻极则颠坠于鬼神。至《西都》之比目,《西京》之海若,验理则理无可验,穷饰则饰犹未穷矣。又子云《羽猎》,鞭宓妃以饟屈原;张衡《羽猎》,困玄冥于朔野,娈彼洛神,既非魍魉,惟此水师,亦非魑魅;而虚用滥形,不其疏乎?此欲夸其威而饰其事,义睽刺也。"刘勰在《夸饰》篇列举了自宋玉、景差以来文坛夸饰盛行的情况,分析了夸饰的手法在两汉从"始盛"到"诡滥"再到"虚用滥形"不同阶段的运用情况,批评了夸饰手法在辞赋中出现逐渐流于浮靡的倾向,要求重视文章的内容。《文心雕龙》论作文修辞的一贯主张,皆本着这样一个原则,即修辞要能使文章主旨更明确,否则,便会流于浮伪荒诞,反而有损文意。

夸饰之风始盛之辞赋,在宋玉的作品中开始大量出现。范文澜先生引扬雄《法言·吾子篇》:"或问'景差唐勒宋玉枚乘之赋也益乎?'曰'必也淫'。'淫则奈何?'曰'诗人之赋丽以则,辞人之赋丽以淫。'"② 所言极是,屈原,诗人之赋,尚存比兴之义,宋玉以下,辞人之赋,以铺陈为能事,崇尚靡丽,则夸饰愈甚。晋皇甫谧《三都赋序》也曾批评宋玉等文士过于丽靡、言过其实的文风:"是以孙卿屈原之属,遗文炳然,辞义可观,存其所观,咸有古诗之意。皆因文以寄心,托理以全其制,赋之首也。及宋玉之徒,淫文放发,言过其实,夸竞之兴,体失之渐,风雅之则,于是乎乖。"可见,在刘勰之前,有识之士已对夸饰始盛的现象有所批评。

当然,宋玉也有夸饰运用备受赞誉的例子,如《登徒子好色赋》:"天

---

① 黄霖:《文心雕龙汇评》,上海古籍出版社2005年版,第125页。
② 范文澜:《文心雕龙注》下,人民文学出版社1958年版,第611页。

下佳人，莫若楚国，楚国之丽者，莫若臣里。臣里之美者，莫若臣东家之子。东家之子增之一分则太长，减之一分则太短，著粉则太白，施珠则太赤，眉如翠羽，肌如白雪，腰若束素，齿如含贝。嫣然一笑，惑阳城，迷下蔡。然此女登墙窥臣三年，至今未许也。登徒子则不然。其妻蓬头挛耳，龋唇历齿，旁行踽偻，又疥且痔。登徒子悦之，使有五子。王熟察之，孰有好色者矣。"宋玉夸饰东家之子和登徒子妻子的美丑，为其说理服务，是夸饰始盛时期夸张的手法运用得较好的范例，只是刘勰《夸饰》着眼于宋玉辞赋文风靡丽的一面，对此类赋作未加关注而已。

　　辞赋"诡滥愈甚"时期，刘勰指出此文风始于司马相如。司马相如凭借着夸饰的文风，偏于侈靡、言过其实，如《文心雕龙·体性》篇所言"长卿傲诞，故理侈而辞溢"；司马相如《上林赋》"于是离宫别馆，弥山跨谷……奔星更于闺闼，宛虹拖于楯轩"，写得诡滥绮靡；而扬雄《甘泉赋》参酌取司马相如的流风余韵，曰"翠玉树之青葱兮"，又"鬼魅不能自逮兮，半长途而下颠"，语句瑰奇；班固《西都赋》：（"西都"，元作"东都"）"揄文竿，出比目"；张衡《西京赋》："海若游于玄渚"，这些夸张刘勰称为"验理则理无可验，穷饰则饰犹未穷矣"（《夸饰》），即从道理上来说是讲不通的，与义虚而无徵，从夸饰上来说也未极尽夸饰之能事。刘勰身处齐梁时期，正值其文风日趋衰颓趋靡之际，文胜质衰，刘勰力矫其弊，主要是针对齐梁文弊而发的议论，反复强调夸饰的目的只是对文章起修饰作用，而为文的目的不是夸饰。

　　刘勰认为，辞赋"虚用滥形""义睽刺也"（《夸饰》）的阶段，始于扬雄。扬雄的《羽猎赋》云"鞭洛水之宓妃，饟屈原与彭胥"。美丽的洛神宓妃在人们心目中的形象是美好的，曹植的《洛神赋》曾采用了一系列优美动人的比喻，描绘洛神的丰神体态："其形也，翩若惊鸿，婉若游龙，荣曜秋菊，华茂春松。仿佛兮若轻云之蔽月，飘摇兮若流风之回雪。远而望之，皎若太阳升朝霞；迫而察之，灼若芙蓉出绿波。……"洛神的轻盈婉转、婀娜多姿呼之欲出。扬雄的《羽猎赋》却言鞭打美丽的洛神宓妃，让他给屈原送饭，这种滥用夸张的做法与人们心中传统的宓妃形象格格不入。张衡《羽猎赋》已残缺,看不到"困玄冥于朔野"的句子,刘勰认为这种夸饰既粗疏而又凭空浮夸,毫无根据,欲用夸饰增加声势却违背了事理,此为确论。诚如周振甫先生所言:"《羽猎赋》里写的就有刘勰所指责的缺点,这样的批评,是恰当的。"[①]

《夸饰》的"赞"总结说"夸饰在用,文岂循检",谈到夸饰的准则,夸饰之应用在于是否适当,但写作时无须拘泥于一定的法式,并且作品的夸张要有气势,即"言必鹏运,气靡鸿渐"(《夸饰》),气势犹如大鹏展翅,鸿雁高渐。

周振甫《文心雕龙注释》"夸饰"篇的分析部分认为刘勰对司马相如等辞赋家的赋评价为"诡滥愈甚"是欠妥的,他认为以上诸例就夸张的手法来说,大多是应该认可的。[②] 如果就刘勰《夸饰》篇的夸饰手法而言,周振甫先生的观点言之有理。如果仔细加以辨析,了解刘勰为文的出发点,就会注意到,刘勰评论司马相如、扬雄等作家的夸饰为"验理则理无可验,穷饰则饰犹未穷矣",本身也并没有持完全否定的态度,这与具体评论扬雄《羽猎赋》等辞赋为"义睽剌也"的结论也是完全不同的。黄侃《文心雕龙札记》对刘勰此用心的阐释可便于我们理解以上问题,"古文有饰,拟议形容,所以求简,非以求繁,降及后世,夸张之文,连篇积卷,非以求简,只以增繁,仲任所讥,彦和所诮,固宜在此而不在彼也"。[③] 黄侃先生指出,写文章需要运用夸饰的手法,但夸饰的目的之一是起到言简意赅的作用,而极尽夸张铺陈之能事的汉赋,其繁缛之风是不可取的,这就是刘勰批评司马相如辞赋"诡滥愈甚"的原因,从《文心雕龙》全文来看,主张"文约为美"也是贯穿《文心雕龙》的一个很重要的修辞思想。

"夸而有节",主张夸饰要有一个"度"的限制,刘勰强调运用夸饰的这个原则是针对辞赋来谈的,有必要再结合《情采》篇来看刘勰对辞赋创作的要求以及对辞赋的看法。《情采》:"昔诗人什篇,为情而造文;辞人

---

① 周振甫:《文心雕龙注释》,人民文学出版社1981年版,第409页。
② 参见周振甫《文心雕龙注释》,人民文学出版社1981年版,第408页。
③ 黄侃:《文心雕龙札记》,上海古籍出版社2000年版,第180页。

赋颂，为文而造情。何以明其然？盖风雅之兴，志思蓄愤，而吟咏情性，以讽其上，此为情而造文也；诸子之徒，心非郁陶，苟驰夸饰，鬻声钓世，此为文而造情也。故为情者要约而写真，为文者淫丽而烦滥。而后之作者，采滥忽真，远弃风雅，近师辞赋，故体情之制日疏，逐文之篇愈盛。"在此，刘勰指出，《诗经》的作者，心怀幽愤，表达情志，是为了抒发感情而进行创作，如司马迁《报任安书》所言："《诗》三百篇，大抵圣贤发愤之所为也。"辞赋家内心没有郁结的感情，便采用夸张的文辞，沽名钓誉，辞赋家为文，是为了写作而虚构感情，所谓"诸子之徒，心非郁陶，苟驰夸饰，鬻声钓世，此为文而造情也"。按杨明照先生所言"诸子之徒"是指辞赋家："按上文以'诗人''辞人'分言，则此处之'诸子'承'辞人'，非谓九流十家。"①，可见，诸子之徒，就是指的是辞赋家的创作。刘勰指出：为了抒发情感而进行创作，语言精练、感情真实，为了写作而虚构感情，文辞流于浮靡。近世辞赋家大多"为文者淫丽而烦滥"，随意铺陈虚造，修辞不能立其诚，文章必然会淫丽泛滥。挚虞《文章流别论》讥讽夸饰过盛之辞："夫假象过大，则与类相违；逸辞过壮，则与事相违；辨言过理，则与义相失；丽靡过美，则与情相悖。此四过者，所以背大体而害政教。"也是对夸饰无度的批评。

所以，如果我们结合刘勰贯穿《文心雕龙》全书的"宗经"和"为情造文"修辞学思想来考察，刘勰对夸饰原则的要求和提出是以"夸而有节，饰而不诬"为前提的，借此作品中所表现的，是客观事物与作者主观感受相融合的产物，如陆机《文赋》所言："信情貌之不差，故每变而在颜。思涉乐其必笑，方言哀而已叹。"② 葛洪《抱朴子》外篇《嘉遁》所见也与此同，"言欢则木梗怡颜如巧笑，语戚则偶像嚬𪖨而滂沱"。③

《夸饰》："然饰穷其要，则心声锋起；夸过其理，则名实两乖。"

---

① 杨明照校注：《增订文心雕龙校注》上，中华书局2000年版，第421页。
② 张少康：《文赋集释》，人民文学出版社2002年版，第60页。
③ 杨明照校笺：《抱朴子外编校笺》，中华书局1991年版，第7页。

"心声"，扬雄《法言·问神》："言，心声也；书，心画也。"①这里的"心声"指的是文辞，刘勰强调不能"夸过其理"，此处的"理"即"验理则理无可验"之"理"，也就是常理。

刘勰鼓励作家要以倾山倒海之势探取珠宝，"倒海探珠，倾昆取琰"（《夸饰》），使夸张更好地表达内容。"夸而有节，饰而不诬"（《夸饰》），刘勰的"夸饰"论指出夸饰需要建立在客观真实的基础之上，夸饰不要违背事物的本质，应"旷而不溢，奢而无玷"（《夸饰·赞》）。后人的诗话在谈到"夸饰"的准则时基本与刘勰的观点相一致，如谢榛《四溟诗话》卷一："太白曰：'燕山雪花大如席，片片吹落轩辕台。'景虚而有味。"②皆言及要重视构成夸张的事实基础。

四 "夸饰"的修辞效果

夸饰过甚，则有诡滥浮华之失，然夸饰运用适宜，便能更有效地表达思想感情，增强作品的艺术感染力。

刘勰充分肯定了夸饰的积极修辞的效果。在描摹形状方面，巧妙运用夸饰，可以把某一景物的特征描写得更加突出，能给人震撼美。《夸饰》："至如气貌山海，体势宫殿，嵯峨揭业，熠耀焜煌之状，光采炜炜而欲然，声貌岌岌其将动矣。莫不因夸以成状，沿饰而得奇也。"描写山海的突兀高耸、宫殿的金碧辉煌，皆因夸张的手法将其形状描写得惊心动魄，因增饰而获得奇伟的效果。

在表达主观感情、抒情达意方面，通过夸饰，作者的喜怒哀乐、审美情思与客观现象融为一体，通过艺术的夸张，使蕴藏在内心的情感意志能得到淋漓尽致的抒发，即《诗序》所谓的"情动于中而形于言"。《夸饰》篇云："谈欢则字与笑并，论戚则声共泣偕""信可以发蕴而飞滞，披瞽而骇聋矣"。作家情感鲜明、作品笔墨飞腾，才能打动读者，达到振聋发聩

---

① 《诸子集成》卷7《法言》，上海书店1986年影印本，第14页。
② 丁福保辑：《历代诗话续编》，中华书局1983年版，第1149页。

的艺术效果。

"辞入炜烨,春藻不能程其艳;言在萎绝,寒谷未足成其凋"(《夸饰》),通过夸饰手法的使用,语言文辞写到华丽灿烂处,春天鲜艳的花朵难与其媲美,语言渲染出的荒凉枯寂之处,寒谷的萧条也比不上其冷落、凋零。

夸张在古代诗文中的运用非常普遍,突出体现了刘勰所描述的艺术效果。"寄蜉蝣于天地,渺沧海之一粟"(苏轼《前赤壁赋》),苏轼极写人生之短暂与渺小;"蜀道之难难于上青天,侧身西望长咨嗟"(李白《蜀道难》),李白用"难于上青天"夸大蜀道的艰险;"独下千行泪,开君万里书"(庾信《寄王琳》),庾信用千行泪、万里书夸饰自己与王琳的深情厚谊、相距之远等,都能使读者在丰富的想象中感悟到夸张的艺术魅力。

黄侃《文心雕龙札记》对夸饰的作用全面地进行了总结,"总而言之,文有饰词,可以传难言之意;文有饰词,可以省不急之文;文有饰词,可以摹难传之状;文有饰词,可以得言外之情。"[①] 这也是出于对刘勰《夸饰》篇修辞效果的精到解读。

刘勰的《夸饰》篇是在继承前人如庄子、孟子及王充等人的基础上全面总结完善了运用夸饰的基本原则及夸饰的表达效果等相关问题,论述了夸饰在文学创作中的重要性,其系统的夸饰论,奠定了夸张成为文学作品的艺术表现手法的基础,对后人关于夸饰理论的建构起到了重要的作用。

第三节 事类

《文心雕龙》的"事类"相当于现代修辞学中的"引用"或者"用典""典故"等:征引古人的事迹、言论即为用典,刘勰称之为"事类"。《文心雕龙》一书所论及的"事类"比现代修辞学中的典故的范围要大。

---

① 黄侃:《文心雕龙札记》,上海古籍出版社2000年版,第180页。

用典是中国文学具有民族特色的创作手法，是古诗文创作常用的一种修辞方式，通过援引前人的言辞、事迹或成语，阐述题意，或为佐证来抒发情感、增强语言表达效果的修辞方式。巧妙用典，可使文学作品言简意赅、典雅富赡、含蓄蕴藉、寓意深刻。早在先秦时期，用典的修辞方式就大量出现，被引用的文字主要出自《诗经》《尚书》《周易》等儒家经典，故这种修辞方式也被称为引经。秦汉时期，一些子书中常常引用经典证明自己的观点，也是为了增强说服力，尤其是两汉时期，使事用典已经成为文章常用的修辞方式。南北朝时期，用事成风，文士竞相堆砌典故。随着诗文创作中典故的使用日益丰富，在刘勰之前，有关典故的论述也被评论家所关注。韩非子曾强调取资经典的重要性，《韩非子·显学》："无参验而必之者，愚也"[1]；东汉王充《论衡·别通》指出要博览古今："人不博览者，不闻古今；不见事类，不知然否"[2]；晋代挚虞在《文章流别论》中的说明更为具体："古诗之赋，以情义为主，以事类为佐，今之赋，以事形为本，以义正为助。"[3] 以上诸家均肯定事类在文章中的重要性，王充、挚虞所言事类的含义，近似于《文心雕龙》事类所论。到了齐梁时期，伴随着骈体文的盛行，隶事作为骈体文语言形式美的重要因素之一，蔚然成风，更加引起了评论家的关注，刘勰《事类》篇是表明自己对用事的见解。郑子瑜先生《中国修辞学史稿》充分肯定了刘勰的《事类》篇专论事类的首创之功，"《事类》篇是古今第一篇专论'引用'辞格的文章，全篇没有一个字不是谈论引用辞格的"。[4] 刘勰认为，用事是自古以来重要的修辞手段，被历代文士所看重，但堆砌典故，是为文之忌，并对"事类"的含义及作用、基本原则等问题进行了全面的论述。

一 "事类"的含义与作用

"事"在《文心雕龙》中作为专门术语，主要指文章用的典故、事例

---

[1] 《诸子集成》卷5《韩非子》，上海书店1986年影印本，第351页。
[2] 《诸子集成》卷7《论衡》，上海书店1986年影印本，第131页。
[3] 转引自詹锳《文心雕龙义证》，上海古籍出版社1989年版，第1404页。
[4] 郑子瑜《中国修辞学史稿》，上海教育出版社1984年版，第80页。

等，举例如下：

《铭箴》："其取事也，必核以辨，其摘文也，必简而深，此其大要也。"

《宗经》："三则事信而不诞。"

《事类》："学贫者迍邅以事义。"

《事类》："木美而定于斧斤，事美而制于刀笔。"

从《事类》篇全文来看，刘勰"事类"的含义，应是指文章征引成辞古事来比照抽象的义理，说明意义的方法。

齐梁间文人学士，以为文用典为能事，这与文人的学者化有密切关系。魏晋以来，世族普遍重视其家门声誉及家族的社会地位，以增进学问与文采富艳的文学作品为维持家学门风和立身的重要手段。《颜氏家训·勉学》："明六经之指，涉百家之书，纵不能增益德行，敦厉风俗，犹为一艺，得以自资。"[①] 可见博物洽闻、通达古今用隶事显示博学是众多文士的追求。因此，《诗品》评任昉诗云："昉既博物，动辄用事，是以诗不得奇"。[②] 言任昉写诗以数典为工之特点；《南史·王僧孺传》："其文逸丽，多用新事，人所未见者，时重其富博"[③]，言当时文人很看重用典的富博。萧子显《南齐书·文学传》云："辑事比类，非对不发，博物可嘉，职成拘制。或全借古语，用申今情，崎岖牵引，直为偶说。"[④] 指出饱学才馁，堆砌典故的文坛现状。当时的上层贵族文人，博闻强记，以用典富博自矜，借以表现自己的高贵风雅，或者显示博学。甚至文人相聚时，数典用事也往往是炫耀才能的重要方式，如《南史·王摛传》："尚书令王俭尝集才学之士，总校虚实，类物隶之，谓之隶事，自此始也。俭尝使宾客隶事多者赏之，事皆穷，唯庐江何宪为胜，乃赏以五花簟、白团扇。坐簟执扇，容气甚自得。摛后至，俭以所隶示之，曰：'卿能夺之乎？'摛操笔便成，文章既奥，辞亦华美，举坐击赏。摛乃命左右抽宪簟，手自掣取扇，

[①]《诸子集成》卷8《颜氏家训》，上海书店1986年影印本，第12页。
[②] 周振甫译注：《诗品译注》，中华书局1998年版，第75页。
[③]（唐）李延寿撰：《南史·王僧孺传》，中华书局1975年版，第1462页.。
[④]（梁）萧子显撰：《南齐书》，中华书局1972年版，第908页。

登车而去。"① 展示了当时文人云集比赛隶事的场面，其中王摛因博学多才成为隶事高手。伴随着这种数典隶事的风气愈演愈烈，当时的文学批评家对用典的利弊得失进行了深刻的分析和评论，如钟嵘《诗品序》："夫属辞比事，乃为通谈。若乃经国文符，应资博古；撰德驳奏，宜穷往烈。至于吟咏情性，亦何贵于用事……故大明、泰始中，文章殆同书抄。"② 钟嵘批评了南朝刘宋文坛用典成风的弊病，从不同文章的功能强调，"经国文符""撰德驳奏"有必要引经据典，而"吟咏情性"无须以用事为贵。钟嵘在此提到的"用事"一词，等同于刘勰所言"事类"。

黄侃在《文心雕龙》"事类"篇的札记中，对齐梁文人用典之甚与刘勰"事类"篇之用心进行了精辟的阐释："爰至齐梁，而后声律之文大兴，用事采言，尤关能事。其甚者，捃拾细事，争疏僻典，以一事不知为耻，以字有来历为高，文胜而质渐以漓，学富而才为之累，此则末流之弊，故宜去甚去奢，以节止之也者。"③ 黄侃所言可谓道尽当时文坛隶事之甚之弊，并主张应加以纠偏，这是对刘勰撰《事类》之用意的深刻体察。

针对文坛之弊，刘勰首先明确了用典这一修辞方式的含义和作用，并依次深入分析用典之道。《事类》篇云："事类者，盖文章之外，据事以类义，援古以证今者也。""盖文章之外"其意为"'事类'非自己出，故曰'外'"。④ 此处的"文章"指"文辞"，即除了自己组织的文辞之外，可以"据事以类义，援古以证今者也"，援引古事古语来比类或说明要讲明的义理，证明今义。为了把一己之情志表达得更加充分，使文章富有说服力，借助于事类的方法可使文章言之有物，避免空言，使古人言行能增益文章表达之需要。对此，李曰刚先生在《文心雕龙斠诠》作了详尽通俗而客观的解释："'事类'词，原谓隶事以类相从也……彦和用之，盖论文章之征引古事成辞，以类推事理，所谓'据事以类义，援

---

① （唐）李延寿撰：《南史·从叔摛》，中华书局1975年版，第1213页。
② 周振甫译注：《诗品译注》，中华书局1998年版，第24页。
③ 黄侃：《文心雕龙札记》，上海古籍出版社2000年版，第188页。
④ 杨明照：《增订文心雕龙校注》，中华书局2000年版，第476页。

古以证今'，亦修辞之一法，即常言'用典'（或曰'引用'）是也。用典其所以必证之于史实先例，或诉之于权威舆论者，乃利用世人对史实先例之尊重，及对权威舆论之崇奉心理，以加强自己言论之说服力耳。"[1] 刘勰除了在《文心雕龙》中专门列一篇《事类》以明己之用典之道，强调用典的重要性之外，在《文心雕龙》其他篇目中也反复强调，如谈到文学创作与文学鉴赏，其《知音》篇有"是以将阅文情，先标六观：一观位体，二观置辞，三观通变，四观奇正，五观事义，六观宫商。斯术既行，则优劣见矣"。此处的"事义"即"事类"，将"事类"列为鉴赏文章的"六观"之一；刘勰在谈到文章的谋篇运思的方法时也谈到事义在文章中的重要性"以事义为骨鲠"（《文心雕龙·附会》）；足见刘勰本人是非常重视"事类"的。宋代诗人黄庭坚在《黄山谷集答洪驹父书》中对典故的妙用总结得极为精彩："古之能为文章者，真能陶冶万物，虽取古人之陈言，入于翰墨，如灵丹一粒，点铁成金也。"[2] 可谓后世文人对刘勰事类理论的接受。

《易经·大畜》的象辞曰："君子以多识前言往行"[3]，刘勰在《事类》篇中加以引用，并且强调，前言往行既包括以蓄其德，也包括文章写作，多识前言往行，积累古代圣贤的嘉言懿行及写作经验，取资于事类，在文章写作中加以借鉴引用，是十分有益的。刘勰进一步对事类在文章中的积极作用进行了具体的说明：《事类》"然则明理引乎成辞，征义举乎人事，乃圣贤之鸿谟，经籍之通矩也"。刘勰指出"明理引乎成辞，征义举乎人事"是圣贤的伟大举措，是经书通用的规矩准绳，强调了事类的作用与用典的必要性。

黄侃《文心雕龙札记》指出事类的作用主要能更好地表达自己的思想感情，使文章可信而富有说服力："引言引事，凡以达吾之思而已。

---

[1] 李曰刚：《文心雕龙斠诠》，台湾"国立"编译馆中华丛书编审委员会1982年版，第1692页。
[2] 张文治：《古书修辞例》，中华书局1996年版，第120页。
[3] 周振甫译注：《周易译注》，中华书局1991年版，第92页。

若夫文之以喻人也，徵于旧则易为信，举彼所知则易为从。"是对刘勰重视用典作用的阐释，并进一步申说，《左传》《史记》及《周易》《孝经》等经籍及百家、词人，莫不徵言徵事，采用前言往行，充实己文，可避免空虚、孤陋之讥，增强文章的表达效果："故帝舜观古象，太甲称先民，盘庚念古后之闻，箕子本在昔之谊，周公告商而陈册典，穆王祥刑而求古训，此则徵言徵事，已存于《左》《史》之文。凡若此者，皆所以为信也。尚考经传之文，引成事述故言者，不一而足。即以宣尼大圣，亲制《易传》《孝经》之辞，亦多甄采前言，旁徵行事。降及百家，其风弥盛。词人有作，援古尤多。夫《沧浪》之歌，一见于《孟子》，素餐之咏，远本于诗人。彦和以为屈、宋莫取旧辞，斯亦未为诚论也。逮及汉魏以下，文士撰述，必本旧言，始则资于训诂，继而引录成言，汉代之文几无一篇不采录成语者，观二《汉书》可见。终则综辑故事。"① 黄侃先生旁征博引，全面阐释了古代典籍引经据典之例及用事之特点，极言文章用典之必要。

二 "事类"的方式及用典举隅

事类的方式：刘勰在《文心雕龙·事类》篇中将其概括为"举人事"和"引成辞"两种，这是从引用的内容上来划分的。并略举数例，对前人用典范式的形成予以梳理。关于用典的方式，刘永济的解释清楚明了："文家用典，亦修辞之一法。用典之要，不出以少字明多意，其大别有二：一用古事，二用成辞。用古事者，援古以证今情也；用成辞者，引彼语以明此义也。"②

（一）"事类"的方式

刘勰通过具体事例分别说明"举人事"与"引成辞"的基本类别。

---

① 黄侃：《文心雕龙札记》，上海古籍出版社2000年版，第187页。
② 刘永济：《文心雕龙校释》，中华书局2007年版，第131页。

1. 举人事——用事典

《事类》："昔文王繇《易》，剖判爻位。《既济》九三，远引高宗之伐，《明夷》六五，近书箕子之贞：斯略举人事，以徵义者也。"引《易经》中的两个略举人事的例子，来证明其意义。

其一，引用殷高宗伐鬼方的事。《易经·既济》："九三：高宗伐鬼方，三年克之。"① 周振甫先生称："《易经·既济》引'高宗伐鬼方'为不说明出处的'暗引'。"②

其二，引用箕子忠贞的事。《易经·明夷》："六五：箕子之明夷，利贞。"③ 此相当于现代学者所称的引事，引事的修辞方式在诗赋、骈文中用得非常普遍。

刘勰所总结的"举人事"，笼统地说，古汉语修辞学中一般称之为"引事"，是运用非常普遍的一种修辞方式。除刘勰所举例之外，司马迁《报任安书》："古者富贵而名摩灭，不可胜记，唯倜傥非常之人称焉。盖文王拘而演《周易》；仲尼厄而作《春秋》；屈原放逐，乃赋《离骚》；左丘失明，厥有《国语》；孙子膑脚，《兵法》修列；不韦迁蜀，世传《吕览》；韩非囚秦，《说难》《孤愤》。《诗》三百篇，大抵圣贤发愤之所为作也。"④ 援引了八个古事说明只有"倜傥非常"之人能经受磨难，建立不朽之声名，即"引事"。

2. 引成辞——用语典

《事类》："至若胤征羲和，陈《政典》之训；盘庚诰民，叙迟任之言：此全引成辞以明理者也。"刘勰此处举两例"成辞"。

其一，《尚书·胤征》征伐羲和引用了《政典》的话："先时者杀无赦，不及时者杀无赦。"⑤

其二，《尚书·盘庚》记载盘庚迁都诰谕臣民引用了迟任之言："迟任

---

① 周振甫译注：《周易译注》，中华书局1991年版，第223页。
② 周振甫注释：《文心雕龙注释》，人民文学出版社1981年版，第418页。
③ 周振甫译注：《周易译注》，中华书局1991年版，第127页。
④ （汉）班固《汉书》，中华书局1960年版，第2735页。
⑤ （清）阮元校刻：《十三经注疏》，中华书局1980年影印本，第158页。

有言曰：'人惟求旧，器非求旧，惟新'"。①

这是"全引成辞以明理"，相当于现代修辞学"引用"中的"明引"。

古汉语修辞学关于引用方式的分类多从刘勰《事类》篇引申分类，如王占福《古汉语修辞学》"按引用的内容来分，引用可以分为引言、引事、引文三种"。②应该说是现代修辞学者对用事方式分类的进一步细化和完善。

刘勰从"举人事""引成辞"这两个方面援引经书《尚书》与《易经》中的例子来加以说明，足见其贯穿始终的宗经立场。

（二）用典范式的形成

文章用典，自古圣先哲，已好用之，逐渐蔚为成风。以战国诸子为例，据统计，"论语引诗两次，引书两次。孟子引诗二十六次，引书两次。荀子引诗七十次，引书十二次，引易三次，又引传二十次。墨子虽不属儒家，亦引诗若干次"③，到汉魏以后，用典之风更甚，各书的互相引用，不计其数。

《文心雕龙》在探讨用典方式的同时，列举文坛大家屈原、宋玉、贾谊、司马相如、扬雄等作家用典由少到多的发展过程及各自引用的特点。

《事类》"虽引古事，而莫取旧辞"。刘勰认为，屈原《离骚》虽引古事，而未取原文（旧辞）。在《辨骚》篇亦云："固知《楚辞》者……虽取镕经意，亦自铸伟辞。"言《楚辞》的创作有化用《诗经》等典籍的成分，但并未直接引用"成辞"，这是《楚辞》用典的特点。

对于贾谊和司马相如的用典，《事类》篇云："唯贾谊《鵩赋》，始用鹖冠之说；相如《上林》，撮引李斯之书，此万分之一会也。"刘勰言贾谊的《鵩鸟赋》，开始采用《鹖冠子》的说法，《文选·鵩鸟赋》李善注亦谈到贾谊此赋取《鹖冠子》语甚多，司马相如《上林赋》，摘引了李斯的

---

① （清）阮元校刻：《十三经注疏》，中华书局1980年影印本，第169页。
② 王占福：《古代汉语修辞学》，河北教育出版社2001年版，第200页。
③ 张严：《文心雕龙文术论诠》，台湾商务印书馆1973年版，第112页。

《谏逐客书》，但贾谊、司马相如在文章中引用前人言辞，在当时还是极个别的现象。

刘勰认为，到了扬雄、刘歆、班固、张衡广泛采摘经史，引书助文的时候，用典卓有成效，成为后人用典之范式。《事类》："及扬雄《百官箴》，颇酌于《诗》《书》；刘歆《遂初赋》，历叙于纪传；渐渐综采矣。至于崔班张蔡，遂捃摭经史，华实布濩，因书立功，皆后人之范式也。"扬雄作《百官箴》，便开始斟酌采用《诗经》《尚书》中的辞句，刘歆《遂初赋》引用了古代纪传史集里的事例，因此，逐渐形成了文章用典综合采用各书的作法。至于崔骃、班固、张衡、蔡邕等作家，则更是广泛采摘经史中的材料，犹善用典故，使文章"华实布濩"，犹如花朵和果实布满枝头一样，这些作家凭借博采典籍而获得成功，实为后代用典修辞之范式。《才略》篇亦有相同的观点，"然自卿、渊已前，多役才而不课学；雄向以后，颇引书以助文，此取与之大际，其分不可乱者也"，指出扬雄、刘向之后，作家开始注重用典助文，这是其分水岭。

三　运用"事类"的原则

刘勰在《事类》篇中总结了用典的基本原则，阐明了博学博见、增长才学之道及用典的基本要领。

（一）综学在博，才学兼备

刘勰认为，博学博见，才学兼备，是用事必须具备的学养和基础，也是用事的前提。

1. 博学、博见

关于博学，《事类》："《大畜》之象，'君子以多识前言往行'，亦有包于文矣。"刘勰指出多记前言往行积累学识是为文能够善于运用事类的基础。多记"前言"临文写作才能"引成辞"，多记"往行"写作时才能"举人事"，广泛地涉猎积累，才能方便写作时引用。唐代诗人杜甫所谓"读书破万卷，下笔如有神"（《奉赠韦左丞丈二十二韵》），与此意同。

刘勰列举扬雄、班固在文坛取资经典创作的成功进一步论述博学的必要性，《事类》："夫经典沉深，载籍浩瀚，实群言之奥区，而才思之神皋也。扬班以下，莫不取资，任力耕耨，纵意渔猎，操刀能割，必裂膏腴。"刘勰主张从儒家经典及诸子百家等典籍中汲取营养，它们是积累学养、充实见闻之宝库，如能坚持不懈、日积月累，博闻强记，行文用典可无虑矣，扬雄、班固等作家在文坛纵横驰骋，莫不成就于此。《文心雕龙·神思》"积学以储宝"，仍言积累学问之必要。

在《事类》篇的"赞"中，刘勰进一步总结道："经籍深富，辞理遐亘。皓如江海，郁若崑邓。文梓共采，琼珠交赠。"又论及经传典籍渊深丰富、文辞优美，其浩瀚如长江大海，其繁茂若崑山邓林，其有无穷的良梓琼珠可供择取，此乃博学之源泉。为文、用典皆应以博学为基础。清方东树《昭昧詹言》仍持此观点，强调博学："能多读书，隶事有所迎拒，方能去陈出新入妙。否则，虽亦典切，而拘拘本事，无意外之奇，望而知为中不足而求助于外，非熟则僻，多不当行。姬传先生云：'阮亭四法，一"典"字中，有古体之典，有近体绝句之典，近体绝句之典，必不可入古诗。其"远""谐""则"三字亦然。'可知非博必不能典。"[①] 唯有博览群书、博闻洽见，才是用典之前提。

黄侃先生在"事类"篇的札记中提到了博古通今的具体方法："故凡为文用事，贵于能用其所尝研讨之书，用一事必求之根据，观一书必得其绩效，期之岁月，浏览益多，下笔为文，何忧贫窭。"[②] 可谓深谙刘勰用事之基础。

博见同样重要，刘勰对学识肤浅、见闻不广进行批评。《事类》篇云："故魏武称张子之文为拙，以学问肤浅，所见不博，专拾掇崔杜小文，所作不可悉难，难便不知所出。斯则寡闻之病也。"而断章取义、囫囵吞枣，如张子为文，学问浅薄，靠摘取崔骃、杜笃短篇杂文中的言辞来写作，见

---

① （清）方东树：《昭昧詹言》，人民文学出版社1961年版，第18页。
② 黄侃：《文心雕龙札记》，上海古籍出版社2000年版，第188页。

识短浅，拾人牙慧，只能贻笑大方。因此，丰富才力，须广闻博见，"是以将赡才力，务在博见，狐腋非一皮能温，鸡跖庶必数千而饱矣"（《事类》），刘勰用狐腋成裘非一张皮能保温取暖，食用鸡掌需数千只方能过瘾形象地比喻广博之重要。

2. 才为盟主，学为辅佐

才禀天资，非人力所能为，刘勰在强调博学、博见的同时，非常重视才学兼备。

《事类》："夫姜桂因地，辛在本性；文章由学，能在天资。才自内发，学以外成，有学饱而才馁，有才富而学贫。学贫者迍邅于事义，才馁者劬劳于辞情，此内外之殊分也。是以属意立文，心与笔谋，才为盟主，学为辅佐；主佐合德，文采必霸，才学褊狭，虽美少功。夫以子云之才，而自奏不学，及观书石室，乃成鸿采。表里相资，古今一也。"刘勰认为，写作文章是通过学习才能实现的，而作文的内在素质却是天赋，才内自发，学以外成，刘勰把天资看作内在的禀赋，而把后天的学习看作外在的因素，才情是写作的主宰，学识是只起辅助作用；扬雄才华横溢，但直到在汉代皇家藏书的书室石渠阁刻苦读书，才成为一代大儒。这里的"表里"指"学与才"，《事类》篇屡以学、才对言，《神思》亦云："难易虽殊，并资博练。若学浅而空迟，才疏而徒速，以斯成器，未之前闻。"学浅才疏，难以成器，先天的才力与后天之学养二者相辅相成，才可成为如扬雄般的鸿才。正如黄侃先生对刘勰才学相资的解读："且夫，文章之事，才学相资，才故为学之主，而学亦能使才增益。故彦和云：'将赡才力，务在博见'。"[①]

清代王士禛在《师友诗传录》用了一个形象的比喻来说明才学兼备的重要性："非才无以广学，非学无以运才，两者均不可废。有才而无学，是绝代佳人唱《莲花落》也；有学而无才，是长安乞儿著宫锦袍也。"[②] 其才学的关系的见解与刘勰观点相同。

---

① 黄侃：《文心雕龙札记》，上海古籍出版社2000年版，第188页。
② （清）王夫之等撰：《清诗话》，上海古籍出版社1999年版，第125页。

（二）理得义要

刘勰对事类的运用原则提出了具体的要求，即理得义要。《事类》："是以综学在博，取事贵约，校练务精，捃理须核，众美辐辏，表里发挥。"如纪昀所评："此一段言择欲精。"[1] 其具体含义分别为"取事贵约"，用事贵在简要，否则流于堆砌之弊，使文章晦涩难懂；"校练务精"，考校提炼须精审，符合表情达意之需要；"捃理须核"，选用的事理要核实，以避乖谬，表里互为补益发挥。这样的用事，才可谓合理而抓住了要点。"用事如斯，可称理得而义要矣"（《事类》），即可达到引理得当取义切要了。

刘勰在《事类》篇举了一个用事意义精当的例子："刘劭《赵都赋》云：'公子之客，叱劲楚令歃盟；管库隶臣，呵强秦使鼓缶。'用事如斯可称理得而义要矣。"三国时刘劭作《赵都赋》征用《史记·平原君列传》载平原君门客毛遂迫使楚王定盟一事，引用了《史记·蔺相如列传》载蔺相如呵强秦国君，使其为赵王鼓缶一事，刘勰把刘劭这两个引用的例子推崇为用事合理意义切要之典范。针对刘勰的观点黄侃《文心雕龙札记》提出了"以达意切情为宗"的用典的原则，"故前人之引言用事，以达意切情为宗，后有继作，则转以去故就新为主"。[2]

刘勰反复申述用事精要切合要旨，对全篇文章能起到重要的影响。《事类》："故事得其要，虽小成绩，譬寸辖制轮，尺枢运关也。"如果用事扼要，即使一两句话也能很有效果，否则将精妙的言论和美好的事义置于无关紧要之地，是非常可惜的。刘勰用了一个很形象的比喻，来说明这个道理，《事类》："或微言美事，置于闲散，是缀金翠于足胫，靓粉黛于胸臆也。"用典失其所施，如同把金饰翡翠点缀于脚踝之处，把脂粉铅黛涂抹在胸部之上，如杨慎《丹铅续录》卷六《杂诗》所评："'翠足粉胸'

---

[1] 黄霖：《文心雕龙汇评》，上海古籍出版社2005年版，第127页。
[2] 黄侃：《文心雕龙札记》，上海古籍出版社2000年版，第188页。

条'刘勰云：缀金翠于足胫，靓粉黛于胸臆。以喻失其所施也。'"①

(三) 精选核实

刘勰强调"校练务精，捃理须核"（《事类》），说明用事需要有精选核实的功力。在《事类》篇中进一步阐述其原因，即使是像曹植那样的博学宏才，像陆机那样的深沉细密之人，也未能避免用事之误，所以，文人学士，征用故实，须核实典故，方能不贻误后人，并举文坛名家曹植、陆机用事之误的例子予以证明，纪昀评之为："以曹陆为鉴，言用事宜审。"②

《事类》评论曹植："陈思，群才之英也，《报孔璋书》云：'葛天氏之乐，千人唱，万人和，听者因以蔑韶夏矣。'此引事之实谬也。按葛天之歌，唱和三人而已。相如《上林》云：'奏陶唐之舞，听葛天之歌，千人唱，万人和。'唱和千万人，乃相如推之。然而滥侈葛天，推三成万者，信赋妄书，致斯谬也。"

据范文澜《文心雕龙注》，刘勰此处提到的曹植的《报孔璋书》已佚，"陈思报孔璋书佚"，③曹植是有才能的作家，他在《报孔璋书》里说，"葛天氏之乐，千人唱，万人和，"听的人因此蔑视舜的韶乐和禹的夏乐了，刘勰认为曹植用典失误，并且指出是相信了司马相如《上林赋》的说法。关于对司马相如的批评，很多学者有异议，纪昀就加以批评："千人万人，自指汉时之歌舞者，不过借陶唐、葛天点缀其事，非即指上二事也。子建固误，彦和亦未详考也。"④即司马相如的意思是讲后世宫廷奏歌有千万人唱和，并不是指原来葛天氏歌的体制。由此可见，"引事""捃理须核"之重要，稍不注意辨析，即"虽千载而为瑕"（《事类》），就会成为历经千载而难以消除的瑕疵。

"引事为谬""改事失真"之例，刘勰举陆机的《园葵诗》进行说明，

---

① 转引自詹锳《文心雕龙义证》，上海古籍出版社1989年版，第1432页。
② 黄霖：《文心雕龙汇评》，上海古籍出版社2005年版，第127页。
③ 范文澜注：《文心雕龙注》，上海古籍出版社1958年版，第622页。
④ 黄霖：《文心雕龙汇评》，上海古籍出版社2005年版，第127页。

第四章 《文心雕龙》论修辞方式（下）

《事类》云"陆机《园葵诗》云：'庇足同一智，生理合异端。'夫葵能卫足，事讥鲍庄；葛藟庇根，辞自乐豫。若譬葛为葵，则引事为谬；若谓庇胜卫，则改事失真：斯又不精之患。"

陆机《园葵诗》有两首，《文选》载其一，刘勰所引本篇载于《文选》："庇足同一智，生理合异（各万）端。"① 刘勰举出陆机《园葵诗》的两处错误如下：

其一："改事失真"之误，《左传》成公十七年载："（齐灵公）刖鲍牵而逐高无咎。……仲尼曰：'鲍庄子之知，不如葵，葵犹能卫其足。'"杜注："葵倾叶向日，以蔽其根，言鲍牵居乱，不能危行言孙。"② 孔子本谓"葵能卫足"，非谓"葵能庇足"。陆机改"卫"为"庇"，失去事件的真实，是"改事失真"之误。

其二："引事为谬"之误，《左传》文公七年载："（宋）昭公将去群公子，乐豫曰：'不可，公族，公室之枝叶也，若去之，则本根无所庇荫矣。葛藟犹能庇其本根，故君子以为庇，况国君乎！'"③《左传》本为"葛能庇根"，非谓"葵"。陆机把"葛藟"比作"葵"，是引事的错误。

所以，陆机《园葵诗》本是咏葵诗，应当用"卫足"，却用了"庇足"。而在此用"庇足"，应当是咏葛藟。此乃用事不精细导致两处的错误。

以上两例，言自古以来，博学宏才亦用事有误，因此，刘勰一再强调，用事需要审慎。《事类》："夫山木为良匠所度，经书为文士所择，木美而定于斧斤，事美而制于刀笔，研思之士，无惭匠石矣。"古代典籍，卷帙繁多，用事如何能够得宜恰当，全在于研思之士的刀笔了。

---

① 转引自范文澜《文心雕龙注》："《文选》作：'庇足同一智，生理各万端。''合异'为'各万'之误"，人民文学出版社1958年版，第622页。
② （清）阮元校刻：《十三经注疏》，中华书局1980年影印本，第1921页。
③ 同上书，第1845页。

(四) 典贵自然

用典是文章委婉、含蓄、精练、典雅的重要修辞手法，但用典并非越多越好，用事多也是文弊，如明代谢榛也认为《四溟诗话》（卷一）所言"用事多则流于议论"。① 刘勰始终主张用事贵自然。

《事类》赞曰："用人若己，古来无懵。"与"凡用旧合机，不啻自其口出"（《事类》）意同，都是强调用典自然，恰到好处，《尚书·仲虺之诰》有"用人惟己"，言用人之言，若自己出，与刘勰"用人若己"同理。综学在博，才可知所抉择，尚能在引用别人的故事和成语时融会贯通，推陈出新，若出己之手笔。

杨慎《升菴诗话·杜诗夺胎之妙》谈用典："陈僧慧标咏水诗：'舟如空里泛，人似镜中行。'沈佺期《钓竿行》：'人如天上坐，鱼在镜中悬。'杜诗：'春水船如天上坐，老年花似雾中看。'虽用二子之句，而壮丽倍之，可谓得夺胎之妙矣。"② 杨慎所引是唐代诗人杜甫《小寒食舟中作》一诗是对刘勰"用人若己"用事要求的极好的例子。

在《文心雕龙》其他篇目中，刘勰也表达出用典贵在运化无迹的见解，《议对》："故其大体所资，必枢纽经典，采故实于前代，观通变于当今。理不谬摇其枝，字不妄舒其藻。"此处的"故实"，也即典故史实。刘勰提出对"议"的写作要求，采用前代的事例（典故），观察当今的继承变化，使说理时没有枝节上的谬误，在遣词用字上不乱用辞藻；实际上在谈"议"这种文体用事时要求融会贯通，与《事类》篇用典的观点一致。

《文心雕龙·通变》："枚乘《七发》云：'通望兮东海，虹洞兮苍天。'相如《上林》云：'视之无端，察之无涯，日出东沼，入乎西陂。'马融《广成》云：'天地虹洞，固无端涯，大明出东，入乎西陂'。扬雄《校猎》云：'出入日月，天与地沓'。张衡《西京》云：'日月于是乎出

---

① 丁福保辑：《历代诗话续编》（下），中华书局1983年版，第1139页。
② 丁福保辑《历代诗话续编》（中），中华书局1983年版，第731页。

入,象扶桑于蒙汜。'此并广寓极状,而五家如一。诸如此类,莫不相循,参伍因革,通变之数也。"在此刘勰举枚乘《七发》、司马相如《上林赋》、马融《广成颂》、扬雄《羽猎赋》、张衡《西京赋》夸张声貌的例子言通变,指出用典时融会贯通、推陈出新、匠心独运之法则。

用事能够贵在运化无迹,虽取古人之陈词,而如己翰墨。颜之推曾有与刘勰见解相同的言论,《颜氏家训·文章》曰:"邢才子常曰:'沈侯文章用事,不使人觉,若胸臆语也。'深以此服之。祖孝征亦尝谓吾曰:'沈诗云:崖倾护石髓。此岂似用事耶?'……"① 颜之推认为,凡此用典之佳者,率皆知所抉择,故得事理精切,用人若己,可见颜之推深谙用典之妙,在于自然之道。《颜氏家训·文章》又云:"沈隐侯曰:文章当从三易:易见事,一也;易识字,二也;易诵读,三也。"② 其中,"易识字",是指用典当力避晦涩,妥帖自然。用典不妥的情况有时即使名家也不能避免,庾信身为辞赋大家,但有时也有隐晦生僻之弊,庾信《哀江南赋序》"钓台移柳,非玉关之可望。"注家认为未详,这是用事生僻的原因,使人难以解读。

钱钟书《管锥编·全后周文卷八·〈小园赋〉》:"非夏日而可畏,异秋天而可悲","虽有门而长闭,实无水而恒沉",认为此等句"用事不使人觉",③ 即刘勰所谓用事"不啻自其口出"之意。

齐梁文人绮靡之风极盛时期,文士下笔即骈俪,遣词必用事,以数典为工,而刘勰《事类》则竭力主张用典除贵约、得要之外,还需要"合机",即合适之意,"不啻自其口出",无异于出自一己之创作,也出于对当时齐梁文风的矫正。

刘勰提出用事"不啻自其口出",一些现代修辞学的学者归纳为"化用"。④

---

① 《诸子集成》卷8《颜氏家训》,上海书店1986年版,第21页。
② 《诸子集成》卷8《颜氏家训》,上海书店出版社1986年版,第21页。
③ 钱钟书:《管锥编》第四册,中华书局1979年版,第1518页。
④ 参见李索《古汉语修辞学》,天津人民出版社2000年版,第148页;李维琦《修辞学》,湖南人民出版社1986年版,第200页。

刘勰的《事类》篇为后人用事和探讨事义的特点及作用等奠定了基础，为用典这种修辞方法搭起了基本的理论框架。刘勰在《文心雕龙·事类》篇中，对于用典的理论进行了超越前人与同时代人的全面的分析和评判，系统全面地论述了用典之道，肯定用典对于文章的重要意义，阐明了用典的方法以及需要注意和避免的问题。刘勰本人也擅长用典，《文心雕龙》每一篇几乎有很多句子妙用典故，他的创作实践亦有助于他的理论探讨。宋代陈骙的《文则》，是我国第一部较系统的修辞学著作。其中谈到"引用"的修辞方式，主要对《左传》《国语》等史籍的引用加以说明，而不似刘勰对"事类"加以系统地论述。

第四节 隐秀

《文心雕龙·隐秀》，自最早能见到的刻本元至正本就有缺文，对于"补文"的真伪问题，学者争议颇多。前辈学者纪昀、黄侃均提出有力的证据，加以详细考证，指出"补文"是伪作，稍后的学者范文澜、杨明照、王利器均断定"补文"为伪作。詹锳认为《隐秀》篇是根据宋本传抄刻的，非伪作。本书不作真伪辨析，遵从纪昀、黄侃等学者的考证，仅就刘勰《隐秀》篇的残文来进行论析。

一 "隐秀"的界说

刘勰认为，含不尽之意见于言外，是为文创作较难驾驭的一种写作技巧，是文学作品重要的创作原则，所以，《隐秀》篇专门探讨如何表达"文外曲致"。

黄侃论及"隐秀"的重要性时说："夫隐秀之义，诠明极艰，彦和既立专篇，可知于文苑为最要。"[①] 语言本来是传情达意的工具，但有些复杂

---

① 黄侃：《文心雕龙札记》，上海古籍出版社2000年版，第195页。

第四章 《文心雕龙》论修辞方式（下）

微妙的思想感情，曲折难传。文学作品不但力求以言传情，并且把"言不尽意""言难尽意"的语言表达的缺憾，化作一种高超的语言表达技巧，使无限丰富之情意尽在不言中，或者以含蓄蕴藉的手法委婉展示，意在言外，这种含蓄蕴藉之致，也就是刘勰所说的"隐"。

《说文·阜部》："隐，蔽也。"隐蔽而不显。《史记·司马相如列传》："《春秋》推见之隐，《易》本隐之以显。"司马贞索隐："李奇曰'隐犹微也'"，此处的"隐"有精深、委婉之意。《文心雕龙·隐秀》篇"隐也者，文外之重旨者也"，这里的"隐"指具有精深而又含蓄不尽的特征，其隐蔽于形象之中，需要读者体会，似在言外，是对诗歌艺术的一种要求。

《隐秀》："秀也者，篇中之独拔者也。隐以复意为工，秀以卓绝为巧。斯乃旧章之懿绩，才情之嘉会也。"秀：《说文·禾部》：徐锴曰："禾，实也。有实之象，下垂也。"《尔雅·释草》："木谓之华，草谓之荣，不荣而实者谓之秀，荣而不实者谓之英。""秀"的本义是秀穗，《广雅·释诂一》："秀，出也。"引申为特异而不平凡，《文选·殷仲文〈南州桓公九井作〉》："岁寒无早秀"，李善注引《尔雅》："不荣而实者谓之秀。"李康《运命论》："故木秀于林"，李善注引《广雅》曰："秀，出也。"《国语·齐语》："秀民之能为士者，必足赖也。"韦昭注："秀民，民之秀出者也"。据此，《隐秀》篇的"秀"是指篇中"秀出""特出"之句。

在刘勰的《隐秀》篇中，"隐"主要指篇，"秀"主要指"句"。但隐秀不可分离，詹锳用一句形象的比喻言"隐"和"秀"之关系，"从'隐篇'和'秀句'的关系来看：'秀句'可以说是'隐篇'的眼睛和窗户，通过秀句打开'隐篇'的内容"[①]。可说是对"隐秀"关系的一种独到的理解。

修辞学家认为"隐"相当于现代修辞学中的"委婉"，"秀"相当于现代修辞学中的"警策"。如宗廷虎、李金苓言："刘勰所论'隐'，与现

---

① 詹锳：《刘勰与〈文心雕龙〉》，中华书局1980年版，第65页。

代修辞学中的委婉含蓄格相近。……刘勰所论的'秀',与现代修辞学中的'警策'格有密切的联系。"① 沈谦先生认为"隐"相当于现代修辞学的"婉曲"。"秀"相当于现代修辞学中的"警策"。②

"隐秀"不仅仅是修辞方式,也涉及艺术创作的重要特征,"隐秀"是中国古代文学艺术理论的一个重大问题。后来许多诗话、词话及文学评论家所强调"意在言外""文已尽而意有余",都是在"隐秀"这种特点上发展起来的。

二 "隐""秀"的特点

在《文心雕龙·隐秀》篇中,刘勰对"隐"与"秀"的特点分别加以概括。

(一)"隐"的特点

刘勰言:"隐也者,文外之重旨者也。""隐以复意为工"(《隐秀》),隐的特点即辞约而义丰,含蓄蕴藉,韵味无穷,这里的"重旨"与"复意"是指一个概念,除表面的意思外,还有言外之意,把情意寄寓在表面的文辞之外,即含不尽之意,见于言外。如陆机《文赋》:"石韫玉而山辉,水怀珠而川媚",唐刘知几《史通·叙事》所言:"事溢于句外……虽发语已殚,而含意未尽。"③《神思》篇的"思表纤旨,文外曲致,言所不追,笔固知止",皆是指隐。

一篇文章能打动读者,引起共鸣,耐人寻味,需要有"文外之重旨",否则,文意浅陋,不耐思索,则味同嚼蜡。

《隐秀》:"夫隐之为体,义生文外,秘响旁通,伏采潜发,譬爻象之变互体,川渎之韫珠玉也。故互体变爻,而化成四象;珠玉潜水,而澜表方圆。"

---

① 易蒲、李金苓:《汉语修辞学史纲》,吉林教育出版社1989年版,第162页。
② 沈谦:《文心雕龙与现代修辞学》,台湾文史哲出版社1992年版,第299页。
③ (唐)刘知己:《史通》,上海世纪出版集团、上海古籍出版社2008年版,第126页。

隐以寄寓文外之辞为重，也能据文意相关的义理，揣摩出秘而不宣之心声，深藏的文采，通过委婉曲折的言辞让读者领会其意，即"此时无声胜有声"。"爻象之变互体"，指《易经》中的爻象可以变为互体；"川渎之韫珠玉"，《荀子·劝学》："玉在山而草木润，渊生珠而崖不枯。"而"隐"的手法即可使文章如玉、珠在草木和悬崖中般韵味无穷，富有勃勃生气；陆机《文赋》："石韫玉而山辉，水怀珠而川媚"（意思为：美的文辞象石中藏着美玉使山峦生色，水中含着明珠使得江河秀丽），皆用比喻来说明含蓄的文辞也能呈现之情意。刘勰《隐秀》篇把"隐"比作"珠玉潜水，而澜表方圆"，即珠玉隐藏在水中，而波纹或方或圆会有变化；黄侃《文心雕龙札记》"隐秀"补文对刘勰此意作了极好的诠释总结："赞：意存言表，婉而成章；川含珠玉，澜显方圆。"① 强调"隐"委婉蕴藉之特点。《淮南子·地形训》："水圆折者有珠，方折者有玉。"② 用珠玉藏于水中，波澜产生或圆或方的形状，来喻文章的深蔚含蓄如玉隐珠匿，作者的胸臆通过深曲之笔加以展示。

在《隐秀》篇中，刘勰提出的"重旨""复意""秘响""伏采"皆指言外之意，可用"隐"字来概括。

优秀作品往往耐人寻味，余味无穷，能打动读者的心灵。"日本晁卿辞帝都，征帆一片绕蓬壶。明月不归沉碧海，白云愁色满苍梧"（李白《哭晁卿衡》），表达李白误以为晁衡遇难的悲伤，用"明月"喻晁衡，"白云"暗指李白自己，婉而达情，含意深邃；"花间一壶酒，独酌无相亲，举杯邀明月，对影成三人"（李白《月下独酌》其一），诗人用浪漫的想象，表现了诗人与自己影子、明月交欢畅饮的情景，蕴藏着诗人无尽的孤独凄凉与政治上失意的悲愤。即刘勰《定势》所谓"辞已尽而势有余"，《物色》"物色尽而情有余"，皆言"隐"的特点。

古代诗论家一向重视文章的言外之意、弦外之音，是对刘勰"隐"之

---

① 黄侃：《文心雕龙札记》，上海古籍出版社2000年版，第197页。
② 陈广忠注译：《淮南子译注》，吉林文史出版社1990年版，第192页。

理论的继承与发展。唐代皎然《诗式·重意诗例》："两重意已上，皆文外之旨也。若遇高手如康乐公，览而察之，但见性情，不睹文字，盖诗道之极也。"① 皎然把有两重意以上的文外之旨誉之为"诗道之极"。晚唐司空图论文重视"隐"的特点，特别强调"象外之象""味外之旨"，并说明，要达到这种境界并非易事。"象外之象，景外之景，岂容易可谈哉?"② 司空图《二十四诗品》解释含蓄"不著一字，尽得风流；语不涉己，若不堪忧"，③ 贵文外之旨；宋司马光《迂叟诗话》："古人为诗，贵于意在言外，使人思而得之。近世诗人惟杜子美最得诗人之体，如《春望》：'国破山河在，城春草木深。感时花溅泪，恨别鸟惊心。''山河在'，明无余物矣。'草木深'，明无人矣。花鸟，平时可娱之物，见之而泣，闻之而恐，则时可知矣。他皆类此，不可遍举。"④ 言杜甫的《春望》贵在意在言外。明陆时雍《诗镜·总论》："少陵七言律，蕴藉最深，有余地，有余情，情中有景，景外含情，一咏三叹，味之不尽。"⑤ 对杜甫诗歌含蓄蕴藉之技巧大加赞赏。

如果文学作品一览无余，便过于直白，无法取得味之无厌、玩之无穷的艺术效果。张戒《岁寒堂诗话》言："元微之云：'道得人心中事。'此固白乐天长处，然情意失之太详，景物失之太露，遂成浅近，略无余蕴，此其所短处。"⑥ 批评白居易的诗主要是讽喻诗反映现实比较深刻，思想意义较高，但其作品缺少"余蕴"。张戒举《国风》《古诗》李白《古风》中的例子，来说明这些作品在表现人的深厚的感情时"含不尽之意见于言外"的特点。"《国风》云：'爱而不见，搔首踟蹰。''瞻望弗及，伫立以泣'。其词婉，其意微，不迫不露，此其所以可贵也。《古诗》云：'馨香盈怀袖，路远莫致之。'李太白云：'皓齿终不发，芳心空自持。'皆无愧

---

① 张伯伟编：《全唐五代诗格汇考》，凤凰出版社2002年版，第233页。
② 郭绍虞集解：《诗品集解》，人民文学出版社1963年版，第52页。
③ （清）何文焕：《历代诗话》，中华书局1981年版，第40页。
④ 转引自詹锳《文心雕龙义证》，上海古籍出版社1989年版，第1487页。
⑤ 丁福保辑：《历代诗话续编》中华书局1983年版，第1416页。
⑥ 同上书，第457页。

于《国风》矣。"① 这些关于文学作品委婉含蓄、意在言外的论述，都是对刘勰"隐"之特点的进一步阐释与发展。

(二) "秀"的特点

关于"秀"的特点，《隐秀》篇云："秀也者，篇中之独拔者也"，"秀以卓绝为巧"。黄叔琳评曰："陆平原云'一篇之警策'，其秀之谓乎？"② 的确如此，刘勰所谓的"秀"，是指一篇文章中不平凡的语句，以"文辞"的卓绝为妙。刘勰释"秀"为"篇中之独拔者"，继承了陆机《文赋》"一篇之警策"的说法而来，其含义是大体相同的。

南朝谢灵运诗歌中的"秀句"较多，如"春晚绿野秀，岩高白云屯。"（《入彭蠡湖口》）"明月照积雪，朔风劲且哀。"（《岁暮》）"白云抱幽石，绿筱媚清涟。"（《过始宁墅》）等，善于抓住景物特征，语言富丽精工，钟嵘《诗品》评谢灵运诗歌为"名章迥句，处处间起……譬犹青松之拔灌木，白玉之映尘沙"，③ 此处的"迥句"，即为刘勰所言"秀句"。

刘师培在"汉魏六朝专家文研究"一文中，评价任昉的文章时对秀的解释实际上是对刘勰隐秀含义的进一步说明与认同："任文能于极淡处传神，故有生气。犹之远眺山景，可望而不可即，实即刘彦和之所谓秀也（每篇有特出之处谓之秀，有含蕴不发者谓之隐）。"④ 他非常形象地说明了秀的特点："凡文章有劲气，能贯穿，有警策而文采杰出（即《文心雕龙·隐秀篇》之所谓'秀'）者乃能生动。否则为死。……陆士衡文则每篇皆有数句警策，将精神提起，使一篇之板者皆活。如围棋然，方其布子，全局若滞，而一著得气，通盘皆活。……刚者以风格劲气为上，柔以隐秀为胜。凡偏于刚而无劲气风格，偏于柔而不能隐秀者皆死也。"⑤ 刘师培指出，故文之有警策，则可提起全篇之神，而词义自显，音节自高。刘师培

---

① 丁福保辑：《历代诗话续编》，中华书局1983年版，第454页。
② 黄霖：《文心雕龙汇评》，上海古籍出版社2005年版，第132页。
③ 周振甫译注：《诗品译注》，中华书局1998年版，第49页。
④ 刘师培：《中国中古文学史讲义》，上海古籍出版社2000年版，第137页。
⑤ 刘师培：《中国中古文学史讲义》，上海古籍出版社2000年版，第137—138页。

对"秀"的提振全文的警策作用给予形象说明并充分肯定,是符合刘勰本意与更进一步的阐释。

《隐秀》篇举例:"'朔风动秋草,边马有归心',气寒而事伤,此羁旅之怨曲也。"此例语出晋王讃《杂诗》。王讃博学而有俊才,《文选》录其《杂诗》,通过寒冷感伤的景物描写,表达羁留在外之游子不能回乡的悲怨,此乃典型的秀句。

唐人秀句凝练、优美,家喻户晓。杜甫《江上值水如海势聊短述》:"为人性僻耽佳句,语不惊人死不休",《望岳》:"会当凌绝顶,一览众山小。"杜甫诗歌佳句颇多,不胜枚举。另外,脍炙人口的诗句如杜牧《山行》:"停车坐爱枫林晚,霜叶红于二月花";王之涣的《登鹳雀楼》:"欲穷千里目,更上一层楼";李商隐的《登乐游原》:"夕阳无限好,只是近黄昏"等等,都是具有警策作用而又余味无穷流芳百世的秀句。唐代元兢编选了《古今诗人秀句》,以秀句为重点欣赏文学作品,也可见刘勰"隐秀"理论的影响。

刘永济《文心雕龙校释》:"文家言外之旨,往往即在文中警策处。读者逆志,亦即从此处而入。盖隐处即秀处也。"[①] 所以,读者采用"以意逆志"的方法,了解作者的言外之意,往往要通过"秀句"体会作者的意图,言秀句之重要。

与刘勰时而分论"隐""秀"不同的是,黄侃《文心雕龙》"隐秀"篇的札记,往往把"隐""秀"并列而论来说明"隐""秀"的含义和特点。黄侃首先对隐秀的产生加以精辟的论述:"然隐秀之原,存乎神思,意有所寄,言所不追,理具文中,神余象表,则隐生焉;意有所重,明以单辞,超越常音,独标苕颖,则秀生焉。"[②] 又从不同角度阐述了隐秀的含义及特点:"盖言不尽意,必含余意以成巧,意不称物,宜资要言以助明。言含余意,则谓之隐,意资要言,则谓之秀。隐者,语具于此,而义存乎

---

① 刘永济:《文心雕龙校释》,中华书局 2007 年版,第 141 页。
② 黄侃:《文心雕龙札记》,上海古籍出版社 2000 年版,第 196 页。

彼，秀者，理有所致，而辞效其功，若义有阙略，词有省减，或迂其言说，或晦其训故，无当于隐也。若故作才语，弄其笔端，以纤巧为能，以刻饰为务，非所云秀也。然则隐以复意为工，而纤旨存乎文外，秀以卓绝为巧，而精语峙乎篇中。故曰：情在辞外曰隐，状溢目前曰秀。大则成篇，小则片语，皆可为隐，或状物色，或附情理，皆可为秀。目送归鸿易，手挥五弦难，隐之喻也；玉在山而草木润，渊生珠而岸不枯，秀之喻也。"① 针对齐梁时期"有句无篇"的文风，指出意义不完整、迂其言说非隐也，以纤巧为能、过度雕饰不是秀，可谓对隐秀特点鞭辟入里的分析。

后世诗论对隐秀的诠释大都渊源于刘勰的《隐秀》篇。如清冯班《钝吟杂录》卷五："诗有活句，隐秀之词也。直叙事理，或有词无意，死句也。隐者，兴在象外，言尽而意不尽者也；秀者，章中迫出之词，意象生动者也。"② 强调隐秀使文章生动形象和含蓄委婉之作用。刘熙载《艺概·词曲概》："词以炼章法为隐，炼字句为秀。秀而不隐，是犹百琲明珠，而无一线穿也。"③ 说明作词时隐与秀在谋篇布局及句子构成中是缺一不可的。

三 "隐秀"的运用

善用"隐秀"，"斯乃旧章之懿绩，才情之嘉会也"（《隐秀》），是前代文辞的成绩卓越的地方，是作家才与情结合的表现。

古代经典，莫不崇尚含蓄委婉，前代文辞如《易经》堪称艰深之代表，但重视旨远辞文、意境深远，《易经·系辞下》云："其旨远，其辞文，其言曲而中，其事肆而隐。"④《孟子·尽心下》："言尽指远者，善言也，守约而施博者，善道也。"⑤ 重视为文言有尽而意无穷之效果。刘勰在《文心雕龙》其他篇目中反复申述经典作品中对隐秀表现手法的重视，《征

---

① 黄侃：《文心雕龙札记》，上海古籍出版社2000年版，第195—196页。
② 转引自詹锳《文心雕龙义证》，上海古籍出版社1989年版，第1482页。
③ （清）刘熙载：《艺概》，上海古籍出版社1978年版，第115页。
④ 周振甫译注：《周易译注》，中华书局1991年版，第266页。
⑤ （清）焦循：《孟子正义》中华书局1987年版，第1010页。

圣》篇称《易经》"四象精义以曲隐"。《征圣》称《春秋》"五例微词以婉晦，此隐义以藏用也"。言象《春秋》《左传》等作品，施人以褒贬，常用隐的手法，这里的"五例"，是指杜预《春秋左氏传序》讲到隐的五种条例："一曰微而显，二曰志而晦，三曰婉而成章，四曰尽而不污，五曰惩恶而劝善。"《春秋》用事实表达作者的用意，而不直言作者目的，即是经典中用含蓄的意义来暗含文章的作用具有代表性的作品。

黄侃《文心雕龙札记》举诸多例子说明经典中隐秀的运用是普遍的情况，对刘勰的观点进行了具体的补充说明："然《易传》有言中事隐之文，《左氏》明微显志晦之例，《礼》有举轻以包重，《诗》有陈古以刺今，是则文外重旨，唯经独多。……则隐秀之在六经，如琅玕之盈玉府，更仆难数，钻仰焉穷者矣。"①

在此，刘勰还谈到了隐秀运用的基础是以情志深挚为本展示文章的美妙。《隐秀》："夫心术之动远矣，文情之变深矣，源奥而派生，根盛而颖峻，是以文之英蕤，有秀有隐。"这里的"文情"指的是文辞和情志。"源奥而派生"，意为情志深奥而后文辞茂美，《情采》云："心术既形，英华乃赡。"将思想感情或者内心的想法表达出来，文章的辞藻才会丰富。《宗经》："至根底盘深，枝叶峻茂，辞约而旨丰，事近而喻远。"意与此同。《宗经》篇的"根"指草木的根，喻指"五经'的文章。"《隐秀》篇"根盛而颖峻"之"根"，也指草木的根，喻指情志，"根盛而颖峻"根柢盘曲枝叶才能高大，感情充沛真挚文辞才能美妙，"颖"喻文辞，"为情而造文"，"理定而辞畅"（《情采》）。由此可知，刘勰对"隐""秀"这两种修辞方式的探讨，与贯穿《文心雕龙》全篇的文质兼备的修辞学思想是一致的。傅庚生《文学鉴赏论丛》："要紧的是'秀'本有'根'，'隐'亦有'源'，抛弃了思想感情的根本，便成了无源之水，无根之木。"② 可见，是对刘勰"隐秀"论重视真挚情感的继承，情感真诚也是文学作品使用

---

① 黄侃：《文心雕龙札记》，上海古籍出版社2000年版，第196页。
② 转引自詹锳《文心雕龙义证》，上海古籍出版社1989年版，第1486页。

"隐秀"的基本元素与前提。

为了更好地驾驭运用"隐秀",其基本条件是才学兼备,即须注意自身才学的积累,所谓"思合而自逢、非研虑之所求"(《隐秀》),如果才学不备,修养不足,仅苦苦索求,是无法得到的。《隐秀》云:"凡文集胜篇,不盈十一,篇章秀句,裁可百二。并思合而自逢,非研虑之所求也。或有晦塞为深,虽奥非隐,雕削取巧,虽美非秀矣。故自然会妙,譬卉木之耀英华;润色取美,譬缯帛之染朱绿。朱绿染缯,深而繁鲜;英华曜树,浅而炜烨。隐篇所以照文苑,秀句所以侈翰林,盖以此也。"刘勰指出,历代文集中作品如林,但脍炙人口的佳作不满十分之一,篇章中的秀句,也仅仅百分之二,文集中的优秀篇章是作家的学养、思索与外物的偶合而成的,而非仅仅苦思冥想所能求得的。作者饱读经史,在思想感情上又有所蓄积,受到外物的感发,真诚但自然而然地创作出耐人咀嚼、情在词外的作品,要达到这种极致也是基于具有天赋的创作才能以极好的学养为基础的,才与学兼备,若胸无点墨而率然成文,文章平淡而缺少含蓄美。从《神思》《体性》《事类》等篇中可知,刘勰对才学是很重视的。

如《神思》篇云:"积学以储宝,酌理以富才,研阅以穷照,驯致以怿辞,然后使元解之宰,寻声律而定墨;独照之匠,窥意象而运斤:此盖驭文之首术,谋篇之大端。"对"积学"与"富才"表示了高度的重视。《体性》:"故辞理庸俊,莫能翻其才","事义浅深,未闻乖其学";《事类》篇:"才为盟主,学为辅佐;主佐合德,文采必霸"。皆言情文并茂的美文直接来自作者的才学。

《征圣》:"夫鉴周日月,妙极机神;文成规矩,思合符契。或简言以达旨,或博文以该情,或明理以立体,或隐义以藏用。"刘勰在此谈到圣人"文成规矩"的四种体式,如黄侃先生《文心雕龙札记》所言:"文术虽多,要不过繁简隐显而已,故彦和征举圣文,立四者以示例。"在刘勰看来,圣人为文或者说五经文字主要有繁简隐显四种表达方法,是值得后人认真学习的。可见,在刘勰的《文心雕龙》中,"隐"的手法,即用含蓄的意义来包蕴丰富的文意,是圣人为文的一个很重要的方式,所以,有《隐秀》篇专门探讨这个问题,《征圣》篇的"思合符契"指为文运思和客观事物相合。《隐秀》篇的"思合而自逢",大约是指创作时要表现情感的思索与外物的不期而遇,学问、思索与灵感的契合。谢灵运为饱学之士,被贬永嘉,久病初愈创作《登池上楼》,有名句"池塘生春草,园柳变鸣禽",自称为神助之语,此可称为"思合而自逢"之语,似佛家所言妙悟,而非贾岛"两句三年得,一吟双泪流"之苦吟得来。

黄侃《文心雕龙札记》言:"缀文之士,亦唯先求学识,次练体裁,摹雅致以定习,课精思以驭篇,然后穷幽洞微,因宜适变,……"① 指出学识的重要。

范文澜先生《文心雕龙注》"隐秀"对其师学说作进一步的诠解:"隐秀之于文,犹岚翠之于山,秀句自然得之,不可强而至,隐句亦自然得之,不可摇曳而成。此本文章之妙境,学问至,自然偶遇,非可假力于做作。前人谓,'谢灵运诗如初日芙蓉,自然可爱。可知秀由自然也。所谓文章本天成,妙手偶得之'。'尽日觅不得,有时还自来。'"② 作者为文,非苦思力索,刻意追求所得,过于雕琢,会失于自然而斧斫痕迹明显,"晦塞为深,虽奥非隐",纪昀评为"精微之论"。③ 范文澜在此言隐秀乃自然天成,不可力强而致,又指出:"学问至,自然偶遇,非可假力于做作。"可谓对刘勰重视才学、妙和自然真实含义的最好诠释。

隐秀贵在含蓄,《隐秀》"或有晦塞为深,虽奥非隐,雕削取巧,虽美非秀矣"。"隐",是指蕴藉幽远,内容丰富、曲尽其妙,不是晦涩;深奥非隐,佶屈聱牙,易晦难懂;直白有余,则又浅露乏味。文似看山不喜平,把深厚的情意用精练含蓄的语言暗示出来,即隐的意思。如吴曾祺《涵芬楼文谈》论含蓄:"文有不肯一说而尽,而讪然辄止,使人自得其意于语言之外者,则以含蓄为妙。然语尽于此而意见于彼,凡使人思索而不

---

① 黄侃:《文心雕龙札记》,上海古籍出版社2000年版,第197页。
② 范文澜注:《文心雕龙注》,人民文学出版社1958年版,第633页。
③ 黄霖:《文心雕龙汇评》,上海古籍出版社2005年版,第134页。

得者非善含蓄也。"刘熙载《艺概》卷一从刘勰针对当时的文坛可以雕削的文弊的角度称赞刘勰的"隐秀"论之精辟:"《文心雕龙》以'隐秀'二字论文,推阐甚精。'其云晦塞非隐,雕刻非秀',更为善防流弊。"①

刘勰认为:"雕削取巧,虽美非秀矣。""秀"要俊逸而警策,为文所称的画龙点睛之笔,一篇文章的机枢,或者类似后世诗话中一首诗的"诗眼",如陶渊明《饮酒》:"采菊东篱下,悠然见南山",欧阳修的《醉翁亭记》:"醉翁之意不在酒,在乎山水之间也",范仲淹《岳阳楼记》:"先天下之忧而忧,后天下之乐而乐",皆为妙夺天工、千古流传的警句,非错彩镂金,刻意雕琢之作。如游离于整篇文意之外的奇句,贾岛诚有警句,视其全篇,意思殊馁,大抵附于寒涩。并且过分矫饰,故作惊人之句,便成文弊,如《明诗》篇所批评的刘宋诗坛追求过于新奇的文风"俪采百字之偶,争价一句之奇,情必极貌以写物,辞必穷力而追新,此近世之所竞也"。

有了自身的才学与情思的积累,才能"自然会妙",达到"润色取美",这是刘勰《文心雕龙》的一贯思想,刘勰对隐秀主张以自然为基本原则,但同时提出润色使文章秀美的一大原因。

刘勰在此用了两个比喻:"故自然会妙,譬卉木之耀英华;润色取美,譬缯帛之染朱绿。朱绿染缯,深而繁鲜;英华曜树,浅而炜烨。"(《隐秀》)说明文苑、翰林隐秀俯拾即是,是自然会妙与润色取美的结果。

宋姜夔《白石道人诗说》谈到"隐秀"的运用,隐含着重视才学的观点与自然为文的独到的见解:"若句中无余字,篇中无长语,非善之善者也。句中有余味,篇中有余意,善之善者也。"②强调句中有余味、篇中有余意,才是一唱三叹之美文。

钱钟书《谈艺录》举具体事例说明"隐秀"的运用之法:"《沧浪》不云乎:'言有尽而意无穷';其意若曰:短诗未必好,而好诗必短。意境悠然而长,则篇幅相形见短矣。古人论文,有曰'含不尽之意,见于言

---

① (清)刘熙载:《艺概》,上海古籍出版社1978年版,第46页。
② (清)何文焕:《历代诗话》,中华书局1981年版,第681页。

外.'……又'意境有余而篇幅见短'。'按此意在吾国首发于《文心雕龙·隐秀》篇,所谓'情在词外曰隐,状溢目前曰秀。'又谓'余味曲包。'少陵《寄高适岑参三十韵》有云:'意惬关飞动,篇终接混茫。''终'而曰'接',即《八哀诗·张九龄》之'诗罢地有余',正即沧浪谓'有尽无穷'之旨。"①

《隐秀》篇:"赞曰:文隐深蔚,余味曲包。"总结"隐"特点与作用,深刻的文情意蕴丰富,幽旨委婉,悠长的余味曲折隐藏。我们可用叶燮《原诗·内篇下》所论来说明:"诗之至处,妙在含蓄无垠,思致微渺,其寄托在可言与不可言之间,其指归在可解与不可解之会。"② 也就是诗论家所说的"韵外之致""味外之旨"。

刘勰在《隐秀·赞》最后强调了秀出之句具有惊心动魄的作用,《隐秀·赞》曰:"言之秀矣,万虑一交。"文章言有尽而意无穷,一篇文章的含蕴不尽之意,正是千虑万虑的思想感情与外物的偶然相交。"动心惊耳,逸响笙匏",秀句能动人心弦,其不同凡响,譬如乐器中的匏和笙的吹奏。如沈谦所评:"语言卓异而句秀者,作家万种才情与自然音籁偶一交汇,此种契合天听之心声,足以惊心动听矣,此隐秀之佳境也。"③

《文心雕龙札记》"夫文以致曲为贵,故一义可以包余,辞以得当为先,故片言可以居要"。④ 黄侃先生言简意赅的解释是对刘勰"隐""秀"的含义准确阐释与总结。"隐秀"除了作为修辞手法沿用至今,《文心雕龙》的"隐秀"说的理论作为文学创作的重要范畴,是意境理论的滥觞,对唐代以后"意境"说的成熟奠定了基础。

《文心雕龙·序志》云:"夫'文心'者,言为文之用心也。"可见,《文心雕龙》原是一部讨论如何用心写好文章的著作,王运熙先生认为,结合《序志》及《文心雕龙》全书,《文心雕龙》书名用现代汉语可译为

---

① 钱钟书:《谈艺录》,生活·读书·新知三联书店1984年版,第199、309页。
② (清)王夫之等撰:《清诗话》,上海古籍出版社1999年版,第854页。
③ 张少康:《文心雕龙研究》,湖北教育出版社2002年版,第606页。
④ 黄侃:《文心雕龙札记》,上海古籍出版社2000年版,第195页。

《文章作法精义》，但《文心雕龙》在谈写作时广泛地评述了历代作家作品的优劣，同时总结了前代文学的理论，并且在此基础上提出了重要的文学理论问题，所以成为古代文论的巨著①，纵观《文心雕龙》全书的论述，王运熙先生的观点言之有理。既然言文章写作之书，要做好文章，离不开修辞。更何况，在古代，文学批评与修辞学是交叉的，大量的文评诗话往往夹杂着有关修辞的点评，《文心雕龙》尽管也有这个特点，但有相对独立的修辞学理论体系，其修辞理论是极为丰富的。《文心雕龙》重视语言形式之美，反映了文学自觉时期特别是南朝骈文兴盛以来对文辞华美的高度重视，其《声律》《丽辞》《比兴》《夸饰》《练字》等论述语言技巧的篇目，都是属于修辞方式的探讨，刘勰作了细致深入的论述。刘勰在谈论这些修辞方式时，非常重视题旨情境的适合与需要，擅长总结概括先秦以来的儒家经典、诸子百家以及齐梁之前的各体文章的修辞现象，并予以归纳和理论提升。这些被后世称为"积极的修辞"②的修辞手法，尽管在魏晋南北朝时期还有其时代与认识水平的局限，但刘勰第一次列专篇进行论述，首开全面研究修辞方式的先河。

---

① 参见王运熙《文心雕龙探索》，上海古籍出版社2005年版，第1、5页。
② 陈望道：《修辞学发凡》，上海教育出版社2001年版，第72页。

第五章 《文心雕龙》的鉴赏修辞论

我国诗文鉴赏的历史源远流长，前人进行了多方面的尝试和探讨。庄子、孟子对文学鉴赏的态度和方法已有不同角度的论述，班固、王逸、王充、曹丕、沈约等皆有文学鉴赏评论之作，但在刘勰之前，最有价值的应是曹丕《典论·论文》与曹植《与杨德祖书》中有关的鉴赏论。刘勰的《知音》篇的鉴赏理论是对前人鉴赏理论的继承和总结，《知音》篇对文学鉴赏作了系统研究和分析，归纳了符合汉语文章特点的鉴赏理论，尽管散见在《文心雕龙》的其他篇目中也有有关鉴赏的论述，但《知音》是我国文学史上第一篇文学鉴赏的专论。本章主要从《知音》篇探讨刘勰的"鉴赏修辞"论。

汉魏以来伴随着文学的自觉文学创作出现了空前的繁荣，到了刘勰所生活的南朝，世族子弟通过文学创作可获得社会声誉，对文学的再度兴盛起了很大的推动作用，豪门世族王导家族"人人有集"，而谢灵运一族、萧子显一族"一门多文"，文学创作的繁荣和对文学特点的认识，必然会带来文学批评的繁荣，然而众多作品质量参差不齐，当时文坛达官贵人信口雌黄、随意评论文章，钟嵘曾对当时文坛现象进行了批评，《诗品序》曰："观王公缙绅之徒，每博论之余，何尝不以诗为口实，随其嗜欲，商榷不同，淄渑并泛，朱紫相夺，喧议竞起，准的无依。"[①] 另外，当时对文

---

① 周振甫译注：《诗品译注》，中华书局1998年版，第22页。

学发展的规律认识逐步深入，文学作品注重声律、对偶、用事等语言艺术，但片面刻意地追求语言技巧，使文坛产生不良的倾向。客观形式需要建立正确的鉴赏理论，遂使刘勰产生探求"平理若衡，照辞如镜"的文艺鉴赏和文学批评的必要；并且为摒除文坛的各种偏见，刘勰论述了"文情难鉴"的原因，提出了文学鉴赏的途径"披文以入情"和文学鉴赏的方法"六观"说。

"诗文评点"是中国文学鉴赏和文学批评具有民族特点的传统方式之一，刘勰的文学鉴赏理论被曾国藩称为"评点之学"的起始："梁世刘勰、钟嵘之徒，品藻诗文，褒贬前哲，其后或以丹黄识别高下，于是有评点之学。"① 刘师培在提出"论各家文章之得失应以当时人之批评为准"时谈道："历代文章得失，后人评论每不及同时人评论之确切，……钟嵘《诗品》、刘勰《文心雕龙》，所见汉魏两晋之书就《隋志》存目覆按，实较后人为多，其所评论迥异后代管窥蠡测之谈，自属允当可信。""故据唐宋人之言以评论汉魏，每不及六朝人所见为的。据近人之言以评论六朝，亦不如唐宋人所见较确。盖去古愈近，所览之文愈多，其所评论亦当愈可信也。"② 其见解颇为精到，的确如此，时代的变迁，语言的演变，书籍在传抄过程中的散佚和讹误，都给后代读者研究者造成了重重障碍。因此，在文学鉴赏时，我们有必要重视并探讨"论文专家"③ 刘勰的《知音》篇对文学鉴赏的见解及鉴赏修辞的理论。刘勰《知音》篇是对齐代之前文学鉴赏的探讨，对于我们尽可能地接近作品原意、较为客观准确地从事文学鉴赏尤其是评论齐代以前的古代文学作品，具有重要的参考价值。

刘勰《知音》篇作为文学鉴赏论，就要对文学作品进行欣赏、认识和鉴别；归根结底，文学作品尤其文言文书面语言的艺术感染力主要在于语言的魅力，或者说艺术的语言是构成文学作品的重要材料，是作家用来表达情志的艺术手段；文学鉴赏离不开语言文字的运用正是修辞学所要着眼

---

① 张伯伟：《中国古代文学批评方法研究》，中华书局2002年版，第543页。
② 刘师培：《中国中古文学史讲义》，上海古籍出版社2000年版，第155—156页。
③ 罗根泽：《中国文学批评史》，上海古籍出版社1984年版，第209页。

的。近些年，汉语修辞学史的学者已经注意到修辞与文学鉴赏的关系，一些有代表性的修辞学史专著都就刘勰的《文心雕龙·知音》从鉴赏修辞的角度提出了论析，见解独特，表现了勇于探索的独特眼光。陈光磊、王俊衡著的《中国修辞学通史》及宗廷虎、李金苓《汉语修辞学史纲》都把《知音》篇作为鉴赏修辞进行了探讨，宗廷虎、李金苓《汉语修辞学史纲》称"刘勰《知音》篇是论鉴赏修辞的第一个专篇"。① 陈光磊等学者的《中国修辞学通史》表示赞同宗廷虎、李金苓之观点，说"在《知音》篇里，刘勰强调赏析修辞以语言运用为本，全篇的重点乃在于赏析文辞形式"。② 这种立论应该是成立的，因为文学作品是用语言写成的，而读者的鉴赏也是通过语言开始的，修辞学本身是研究语言运用的科学，文学鉴赏立足于修辞的鉴赏应该是文学鉴赏的一个很重要的方面。因此，本章在上述学者的基础上通过对《知音》篇的分析对刘勰的鉴赏修辞论作进一步的申说，以期探讨如何立足于语言的运用赏析文学作品的方法。主要通过对《文心雕龙·知音》篇的全面分析，探讨刘勰鉴赏修辞的核心——"六观"说的含义及提出的背景和理论依据，进一步总结《文心雕龙》鉴赏修辞的理论。

第一节 "文情难鉴"原因论析

文学鉴赏主要是对文学作品进行欣赏、理解和鉴别，是读者通过作品感受作品的内在意蕴及寄寓的作者思想情感。中国古代文论中的文学鉴赏理论，往往以具体的作家作品为基础，通过对作家作品的评论总结出鉴赏的角度和方法。《论语》总结出"小子何莫学夫诗？诗可以兴，可以观，可以群，可以怨。迩之事父，远之事君，多识鸟兽草木之名"（《阳货》）。

---

① 易蒲、李金苓：《汉语修辞学史纲》，吉林教育出版社1989年版，第173页。
② 陈光磊、王俊衡：《中国修辞学通史》（先秦两汉魏晋南北朝卷），吉林教育出版社1998年版，第477页。

第五章 《文心雕龙》的鉴赏修辞论

"《诗三百》，一言以蔽之，曰，思无邪"（《为政》），是孔子对《诗经》的鉴赏观，这得力于孔子对《诗经》的博览精研，曹丕、陆机、挚虞提出的与文学鉴赏有关的精湛理论，也是从对具体作家作品进行分析研究中总结出来的，所以杨明照先生说："西方文论，多用演绎法，从抽象到具体，由上而下地推论阐述……而中国的文论家则多从具体的审美鉴赏经验出发。可见由具体到抽象，史论评相结合的方法，的确是中国古代文论的一大民族特色。"①

刘勰少年时代就笃志好学，阅读了大量的儒家典籍，后来"依沙门僧祐，与之居处积十余年，遂博通经纶……"，② 跟着僧佑学习整理经卷书籍，通过对大量的作品的整理和阅读，再加上刘勰《文心雕龙》本身的创作实践，他深知为文之艰辛，在评论历代作家的创作和总结文学创作经验时，他更对知文之难有切实的体会，刘勰通过对具体作家作品的研读，对南朝齐代以前文学创作实践经验系统地加以探讨，对齐代之前的诗文的优劣进行了广泛的评点，从浩如烟海的古代典籍中总结出文学鉴赏的视角，从而对古代作品提出了自己的鉴赏经验和理论，其中凝聚了刘勰对文情难鉴的深刻体会和思索。鉴赏修辞论的提出凝聚了刘勰对文学鉴赏的思考和文情难鉴的诸多心血。刘勰《文心雕龙》中的"文学"是"文章学"，"文"是广义的文。刘勰尽管论述了颂、祝、赞、铭箴、祝盟、诔碑、哀吊、杂文、史传等文体，但把诗、乐府、赋放在了前三位，可见对这三种文体的重视，这三种文体，都属于我们今天所说的"文学"。

文学批评是以鉴赏为基础，鉴赏论，离不开对语言运用优劣的修辞的鉴赏。一切文学作品都是由语言构成的，文学作品是用语言构筑的心灵世界，作家通过语言运用传情达意，常常借助运用各种修辞手法表达独特的情感体验，展示个性化的文风，为文学鉴赏立足于鉴赏修辞提供了前提。

"文情难鉴"尽管不是仅仅从语言运用的角度而提出的，但可作为刘

---

① 郭绍虞：《中国古代文论研究方法论集》，齐鲁书社出版1987年版，第39页。
② 杨明照：《增订本〈文心雕龙校注〉》，中华书局2000年版，第9页。

勰提出鉴赏修辞"六观"说潜在的理论依据。为了更好地分析"文情难鉴"之原因，有必要梳理一下"知音"的含义。

一 "知音"的含义

《知音》是《文心雕龙》的第四十八篇。"音"：《说文·音部》："声也，生于心，有节于外，谓之音。宫商角徵羽，声也；丝竹金石匏土革木，音也。""音"即"八音"。《正字通·音部》"音即乐也。""音"泛指音乐、音律。《礼记·乐记》："是故不知声者不可与言音，不知音者不可与言乐，知乐则几于礼矣"。[①] "知音"一词，是指通晓音律。

《列子·汤问》载："伯牙善鼓琴，钟子期善听。伯牙鼓琴，志在登高山。钟子期曰：'善哉！峨峨兮若泰山。'志在流水，钟子期曰：'善哉！洋洋兮若江河！'伯牙所念，钟子期必得之。……曲每奏，钟子期辄穷其趣。伯牙乃舍琴而叹曰，善哉善哉。子之听夫志，想象犹吾心也。吾于何逃声哉。"[②] 伯牙的琴声或为霖雨之操，或为崩山之音，其志随琴声而出，钟子期闻其声而见其心，即其声而识其志。伯牙深感钟子期之心皆能与己暗合，因此，子期死，伯牙破琴绝弦，终身不再鼓琴，认为世无赏音。此处"知音"的含义从懂得音乐或者音乐鉴赏，即从善于听出音乐中表达出来演奏者的思想感情的人，已含有为欣赏、知己之意。

高山流水，遇者知音，伯牙、子期的契遇，千载难逢，然世上可谓抱琴者众多，知音者甚少，因此历代士人知音难觅导致悲哀感慨的文辞比比皆是，如《古诗十九首·西北有高楼》"不惜歌者苦，但伤知音稀"，才士感慨难遇知音而委予重任、步入仕途；曹丕《与吴质书》云："昔伯牙绝弦于钟期，仲尼覆醢于子路，痛知音之难遇，伤门人之莫逮"，曹丕用钟子期死后，伯牙因无知音破琴绝弦不再弹奏，圣人孔子伤门人子路的两个典故，表达对王粲、徐干、刘桢等知己挚友相继逝去的极度惋惜；杜甫

[①] 王文锦译解：《礼记译解》，中华书局2001年版，第528页。
[②] 《诸子集成》卷3《列子》，上海书店1986年影印本，第61页。

《南征》:"百年歌自苦,未见有知音",杜甫有"致君尧舜"、拯救黎民之志,然漂泊潦倒终生,未遇知音"圣主"受命,其情怀悲苦落寞;茫茫人海难遇知己,这里几处,"知音"一词,仍是欣赏、知己之意。

魏晋南北朝时期声律之学兴盛,使音乐和文学的关系更加密切,刘勰借"知音"一词来比喻文学鉴赏中作者与读者之间的心领神会,来探讨文学鉴赏的问题,其"知音"一词是欣赏的意思。刘勰用"知音"来探讨文学鉴赏的诸多问题,根据中国传统文论的特点和以上所论,在此把《文心雕龙·知音》篇界定为文学鉴赏论。优秀的诗文是人类精神探索道路上的结晶,"文章千古事,得失寸心知"(杜甫《偶题》)。作者在文章中用心极为曲折,读者在鉴赏时要加以细致入微的体察,从有形之文字索解无形抽象之情愫,往往存在很大的难度,文学鉴赏之难乃古今公论,刘勰感慨知文之难时常甚于为文之难,所以,《序志》云:"怊怅于知音。"《知音》开篇刘勰就感慨知音难逢:"知音其难哉!音实难知,知实难逢,逢其知音,千载其一乎!"对此,纪昀一针见血地评为:"难字一篇之骨。"[1]

二 文学鉴赏之难的原因

刘勰认为文学鉴赏要做到公允和恰当是不容易的,《知音》篇从"知实难逢"和"音实难知"来分析原因。

(一)知实难逢

刘勰举出秦汉以来的许多实例,说明鉴赏主体或者说鉴赏者出于各种心理和原因,常囿于成见,妄加评论者多,客观评论者少。知音千载难逢,《汉书·扬雄传赞》载扬雄撰《太玄经》,刘歆曾劝:"空自苦!今学者有禄利,然尚不能明《易》,又如《玄》何?吾恐后人用覆酱瓿也。"扬雄学识渊博,精通小学,在潜心著述《太玄经》时,刘歆作了以上的规劝,刘勰《知音》篇感叹"酱瓿之议,岂多叹哉!"认为刘歆

---

[1] 黄霖:《文心雕龙汇评》,上海古籍出版社2005年版,第157页。

担心扬雄之作后人用来盖酱坛子之虑并非多余。刘勰用此例说明当时文士学者追逐名利、不潜心著述钻研的风气,使文学鉴赏难遇知音,也说明建立良好的鉴赏风气的必要。

刘勰对"知实难逢"主要分解为三个方面加以论述。

1. 贱同思古,高古下今

杜甫的《戏为六绝句》"不薄今人爱古人",被清代黄叔琳赞为有"度越百家"① 之胸襟。杜甫的诗高出千古,但对"初唐四杰"犹褒扬爱惜,钱大昕赞曰:"王、杨、卢、骆之体,子美能为而不屑为;然犹护惜之,不欲人訾议。"并把杜甫誉为"鲲鹏",把妄自称诩者讥为"蚍蜉"。② 但常人往往在文学鉴赏时存在重古轻今的心理,重所闻,轻所见,非一朝之偏见,眼前纵然有超群之人,也不及竹帛之所载也。真可谓:"今山不及古山之高,今海不及古海之广,今日不及古日之热,今月不及古月之朗……"③

陆贾《新语·术事》篇云:"世俗以为自古而传之者为重,以今之作者为轻,淡于所见,甘于所闻。"④ 刘安《淮南子·修务训》云:"世俗之人,多尊古而贱今。"⑤ 王充《论衡·齐世》云:"述事者好高古而下今,贵所闻而贱所见。"⑥ 曹丕《典论·论文》云:"常人贵远贱今,向声背时。"⑦ 陆贾、刘安、王充和曹丕等对尘世之人贵古贱今的思想已经予以抨击,刘勰《知音》篇引《鬼谷子·内楗》"日进前而不御,遥闻声而相思"两句说明常人往往有崇慕古人看轻同代人的心理,并以秦皇、汉武对韩非、司马相如的态度说明此"二主"尽管身为"鉴照洞明"之君主,也未能避免"贵古贱今"之俗。秦王见韩非子《孤愤》《五蠹》等篇,而憾

---

① 黄霖:《文心雕龙汇评》,上海古籍出版社2005年版,第157页。
② (清)钱大昕:《十驾斋养新录》,江苏古籍出版社2000年版,第394页。
③ 杨明照校笺:《抱朴子外篇校笺》下,中华书局1997年版,第120页。
④ 《诸子集成》卷7《新语》,上海书店1986年影印本,第4页。
⑤ 《诸子集成》卷7《淮南子》,上海书店1986年影印本,第242页。
⑥ 《诸子集成》卷7《论衡》,上海书店1986年影印本,第187页。
⑦ 郭绍虞:《中国历代文论选》,上海古籍出版社1979年版,第60页。

不能与韩非同游，汉武帝读司马相如《子虚赋》，而恨不与相如同时，及既得之，则韩非子被囚禁，而司马相如被轻视，可为明显轻视同时人之明证！当然，封建帝王也不会真正成为作家的知音，作家不过为统治者点缀升平、装点门面而已，刘勰仅仅是从"贱同而思古"的角度来举例，并未触及与此有关的实质问题。

2. 崇己抑人，文人相轻

曹丕《典论·论文》指出："文人相轻，自古而然。傅毅之于班固，伯仲之间耳，而固小之"，对文人"闇于自见，谓己为贤"（《典论·论文》）和文人相轻之陋习提出批评。刘勰在《知音》篇举具体事例说明班固、曹植实为文坛"才实鸿懿"（《知音》）之大家，具有不朽之文名，却才高抑人，班固与傅毅文相伯仲，而班固嗤笑傅毅"下笔不能自休"，曹植为文坛之鸿才，却对陈琳不擅辞赋大加讥刺，刘勰由此感慨文人相轻，绝非虚谈。这种"崇己抑人"的做法，一言以蔽之，实为保全自己的地位而已。《奏启》篇亦谈到这种败坏之风气："是以世人为文，竞于抵诃……多失折衷。"刘勰称以上两种为不良的鉴赏风气。

3. 信伪迷真，妄为评论

《知音》对"学不逮文"的楼护加以讥刺："至如君卿唇舌，而谬欲论文，乃称'史迁著书，谘东方朔'，于是桓谭之徒，相顾嗤笑。彼实博徒，轻言负诮，况乎文士，可妄谈哉！"

据《汉书·游侠传》载：楼护能言精辩，往往使听之者皆竦，所以，刘勰《论说》言："楼护唇舌。"但楼护自身文学修养欠缺、学问不及，实乃庄子所言"夏虫不可语冰"之类，却妄为评论，信伪迷真，最终招致讥笑。此乃鉴赏能力之不足也。

尽管知音难逢之谈不胜枚举，但刘勰举出历史上不同身份、才情迥异的典型事例，言文学鉴赏要遇知音，难于上青天。没有博学、博见之功而妄加评论，只能贻笑大方。

(二) 音实难知

刘勰从主客观（即从鉴赏主体和鉴赏客体）两个方面来分析"音实难知"的原因。

1. 主观原因

文学作品的不同的语言风格与鉴赏者的本人嗜好是否契合是"音实难逢"的主观原因。

《知音》篇云："夫篇章杂沓，质文交加，知多偏好，人莫圆该。"刘勰指出鉴赏者个人的主观爱好和感情色彩对文学鉴赏有很大的影响。

鉴赏者或审美主体的见识、修养、性格、世界观等差异，以及审美目的、审美期待的不同，便形成了文学鉴赏中的个性特点，造成符合自己口味的就加以赞赏，不合自己爱好的就鄙弃。如葛洪《抱朴子·辞义》所言："近人之情，爱同憎异。贵乎合己，贱乎殊途，夫文章之体，尤难详赏。"① 曹植在《与杨德祖书》加以形象地说明："人各有好尚。兰茝荪蕙之芳，众人之所好，而海畔有逐臭之夫，《咸池》《六茎》之发，众人所共乐，而墨翟有非之之论。"② 言凡人品评文章，爱好皆不同也，言如同或喜兰、茝、荪、蕙香草之芬芳，或悦海畔自居之臭夫，《咸池》《六茎》皆脍炙人口之名曲，而墨子有《非乐论》，却否定音乐美妙的作用。

因此，在文学欣赏中，"夸目者尚奢，惬意者贵当"③ 的情况是极为普遍的现象，《知音》篇云："慷慨者逆声而击节，酝藉者见密而高蹈；浮慧者观绮而跃心，爱奇者闻诡而惊听。会己则嗟讽，异我则沮弃，各执一隅之解，欲拟万端之变，所谓东向而望，不见西墙也。"赞同鄙异，各持己见，使文学鉴赏易流于片面，纪昀赞此观点为"千古症结，数言洞见"。④ 诗人元好问生活在金末元初国破家亡之际，更赞赏刚健雄壮、激昂慷慨之

---

① 杨明照校笺：《抱朴子外篇校笺》下，中华书局1997年版，第395页。
② 赵幼文：《曹植集校注》，人民文学出版社1984年版，第154页。
③ 张怀瑾：《文赋译注》，北京出版社1984年版，第29页。
④ 黄霖：《文心雕龙汇评》，上海古籍出版社2005年版，第158页。

音，肯定诗风清刚的西晋诗人刘琨的诗具有建安风力，而对创作刻苦锤炼、诗风寒涩的诗人孟郊，则讥刺为"东野穷愁死不休，高天厚地一诗囚"（元好问《论诗三十首》），即"观听殊好，爱憎难同"（葛洪《抱朴子·广譬》）之例证，因此，文学鉴赏中"仁者见仁，智者见智"的现象，也容易导致文学批评的有失公允。在文学鉴赏中，尽可能避免减少鉴赏者的主观偏见，正是刘勰《知音》篇所倡导的。

2. 客观原因

历代作品卷帙浩繁，质量参差，体裁多样，风格各异，往往存在"言在此而意在彼"的复杂现象，可谓"笔区云谲，文苑波诡"（《文心雕龙·体性》），审美客体（即文学作品）的复杂性，必然给人们的鉴赏、鉴别造成相当的困难。知音难，本在情理之中。吴氏《林下偶谈》"'知文难'条：柳子厚云'夫为文之难，知之愈难耳。'是知文之难甚于为文之难也。盖世有能为文者，其识见犹倚于一偏，况不能为文者乎！"[1] 对文学鉴赏之难体会犹深。

刘勰在《知音》篇中，以形体显著之物难免错识，强调抽象之文情识鉴的难度。《知音》篇云："鲁臣以麟为麇，楚人以雉为凤，魏民以夜光为怪石，宋客以燕砾为宝珠"，说明"麟凤与麇雉悬绝，珠玉与砾石超殊"，却难以辨识，屡出谬误，非行家高手难以定夺，比喻形器特征明显易辨，普通人难免良莠不分，须行家指点迷津，"形器易征，谬乃若是"，有形的器物直接诉诸人的视觉感官，容易辨别，尚且发生错误，"文情难鉴，谁曰易分"，刘勰再次指出，文章微妙，文情复杂，作为披露作家心灵情志的表现形式的文学作品，鉴赏尤难。

《南齐书·文学传论》："文章者，盖情性之风标，神明之律吕也。蕴思含毫，游心内运，放言落纸，气韵天成，莫不禀以生灵，迁乎爱嗜，机见殊门，赏悟纷杂。"[2] 亦言文学鉴赏品评之难实乃主客观两个方面的原因。

---

[1] 詹锳：《文心雕龙义证》，上海古籍出版社1989年版，第1836页。
[2] （南朝梁）萧子显：《南齐书》，中华书局1972年版，第907页。

第二节　对鉴赏者的具体要求与鉴赏修辞的途径

优秀的文学作品往往浓缩和凝聚了作家情感人生的诸多体验，展示了作家极为高超的驾驭语言的能力。而鉴赏时读者的思想、艺术修养、治学态度、师承等往往给鉴赏作品相应的影响。刘勰深谙此道，在《知音》篇中，提出了鉴赏修辞的必备的素质和基础。

一　对鉴赏者的要求

刘勰认为，鉴赏者本人必须有极高的才能和广博的知识，具备客观公正的态度。

（一）鉴赏者本人必须才学兼备并且富有实际创作的经验

曹植《与杨德祖书》曾用形象比喻谈到文学鉴赏之能力："盖有南威之容，乃可以论于淑媛，有龙渊之利，乃可以议于断割"，[①] 曹植认为只有南威的天生丽质才有资格评论美女，有龙泉剑的锋利才能论及其他剑的锋利程度。曹植之论固然纵有恃才傲物之嫌，但在其偏激的言辞中我们也触摸到了被谢灵运誉为独占"八斗之才"的曹植对鉴赏资格的独具慧眼之处。

葛洪《抱朴子·尚博》篇云："夫应龙徐举，顾昐凌云；汗血缓步，呼吸千里。而蝼蚁怪其无阶而高致，驽蹇患其过己之不渐也。"[②] 有翼的龙飞入云霄，汗血马一日千里，岂非蝼蚁、驽蹇之流所能知晓的，葛洪借此讥讽了浅薄者的妄肆批评："若夫驰骤于诗论之中，周旋于传记之间，而以常情览巨异，以褊量测无涯，以至粗求至精，以甚浅揣甚深，虽始自髫

[①] 赵幼文：《曹植集校注》，人民文学出版社 1984 年版，第 154 页。
[②] 杨明照校笺：《抱朴子外篇校笺》下，中华书局 1997 年版，第 116 页。

第五章 《文心雕龙》的鉴赏修辞论

龀,讫于振素,犹不得也。"① 对鉴赏者的才学、学术视野以及鉴赏能力提出了极高的要求。

音不通千曲以上,不足以为知音。《知音》云:"凡操千曲而后晓声,观千剑而后识器。故圆照之象,务先博观。"刘勰对鉴赏主体的要求可以说是在曹植与葛洪基础上的完善。在《知音》篇中,首先强调的是在博观的基础上才能具备鉴赏能力。其次,刘勰在此隐含着对鉴赏资格或者说鉴赏者自身才能的很高的要求,并指出真正懂得鉴赏的人应该有创作经验并且懂得创作者的甘苦,对"为文之用心"有深切的体会,要广泛地学习、鉴别、实践,应将自身的体会融入鉴赏和批评之中。在《文心雕龙·议对》篇中:"郊祀必洞于礼,戎事必练于兵,佃谷先晓于农,断讼务精于律。"强调了博学与实际经验的重要性,表达了与刘勰与《知音》篇相同的思想。

在《文心雕龙》中,刘勰对作家才能重视的论述比比皆是。在《辨骚》中,他认为《离骚》继诗三百篇之后之所以能"奇文郁起",其原因是"岂去圣之未远,而楚人之多才乎!"他称赞屈原的才华出众为"虽非明哲,可谓妙才"(《辨骚》)。刘勰认为"宇宙绵邈,黎献纷杂,拔萃出类,智术而已"(《序志》),在历史的长河中,出类拔萃者必然有着过人的智慧。刘勰在《体性》《神思》《才略》《程器》《事类》等篇中,对作家的艺术才能有相当深刻的论述。刘勰明确指出文学创作者应该具备创作才能,刘勰认为,作家的"才"是由天资决定的,才分的大小乃是因为天赋各不相同。《附会》"才分不同,思绪各异"。《事类》"文章由学,能在天资。才自内发,学以外成"。在《神思》篇,称赞曹植的构思敏捷谓之神速,"子建援牍如口诵,仲宣举笔似宿构"。在《体性》中说:"然才有庸俊,气有刚柔,学有深浅,习有雅郑,并情性所铄,陶染所凝,是以笔区云谲,文苑波诡者矣。"才气是天赋和情性决定的,而学问是文化教育和环境影响所形成的,刘勰每论及才、学,皆以才学对文。

---

① 杨明照校笺:《抱朴子外篇校笺》下,中华书局1997年版,第117页。

文学鉴赏作为接受主体的鉴赏者要具备鉴赏文学艺术美的能力。《知音》"圆照之象，务先博观"，"圆照"是对鉴赏者的要求，要在对作品尽可能进行全面周密的分析研究的基础上，品评质量的优劣。"博观"是鉴赏修辞的基础。这是刘勰《知音》篇的一个很重要的观点和贡献。刘勰"故圆照之象，务先博观"的观点，纪昀认为"扼要之论，探出知音之本"，① 即认为广泛的学习、观察、鉴别是全面地鉴赏、评论作品的基础，"阅乔岳以形培塿，酌沧波以喻畎浍"（《知音》），目睹了高山大岳才察觉土堆之小，酌取过沧海之波才知晓田间沟渠之浅，"将赡才力，务在博见"（《文心雕龙·事类》），鉴赏者诵习经典，博览群书，并通过比较分析，才能见多识广、视野开阔，才能具备极高的艺术修养，进而提高文学鉴赏的能力。

后世诗话作者对刘勰的"博观"进一步加以阐释，如袁枚《随园诗话》卷八："文尊韩，诗尊杜，犹登山者必上泰山，泛水者必朝东海也。然使空抱东海、泰山，而此外不知有天台、武夷之奇，潇湘、镜湖之胜，则亦泰山上之一樵夫，海船上之一舵工而已矣。学者当以博览为工。"② 强调只有博观可避免井蛙之见，鉴赏者的孤陋寡闻是无法提高鉴赏能力的。

居不可以不广，学不可以不博；"四子书如户牖，九经如厅堂，十七史如正寝，杂史如东西两厢，类书如橱柜，说部如疱湢井匽，诸子百家诗文词如书舍花园，皆不可偏废。"③ "博观"是我们培养和提高审美鉴赏能力的直接有效途径。

（二）鉴赏者必须持有客观公正的态度

刘勰认为鉴赏主体对文学作品公正客观的评论是非常重要的，"无私于轻重，不偏于憎爱"（《知音》），既不要贵古贱今，也不要崇己抑人，需要以良知和勇气，力图"去私"，克服一己之偏嗜，不偏不倚，方能

---

① 黄霖：《文心雕龙汇评》，上海古籍出版社2005年版，第158页。
② （清）袁枚：《随园诗话》，人民文学出版社1960年版，第266页。
③ 钱钟书：《谈艺录》，中华书局1984年版，第253页。

"平理若衡,照辞如镜矣"(《知音》)。贾谊《新书·道术篇》言:"镜仪而居,无执不臧,美恶毕至,各得其当。衡虚无私,平静而处,轻重毕悬,各得其所。……如鑑之应,如衡之称。"① 言"衡""镜"之客观。所以,刘勰明确指出,文学鉴赏要尽量像天平一样来衡量文理,像用镜子一样观察文辞的美丑。而文辞的美恶与否,刘勰在《章句》《丽辞》《练字》《事类》《比兴》等专篇及《文心雕龙》全书反复加以讨论。

文情之难鉴,千古恒一,《文心雕龙·知音》用大半的篇幅述鉴赏之难,然"志在山水,琴表其情,况形之笔端,理将焉匿"(《知音》),因此,文情难鉴而又可鉴,《知音》篇对鉴赏修辞的更为重要的贡献在于提出了鉴赏修辞的可行性与诗文鉴赏的视角与方法。

二 刘勰论鉴赏修辞的途径

汉语言简意赅,古代作品又有语言的隔阂,要切实地从事文学欣赏并非易事,对前人的作品如何理解,如何体察作者的情志,两千多年前的孟子的观点是"说诗者不以文害辞,不以辞害志,以意逆志,是为得之"。② 以读者之心揣摩作者之志,其途径乃须通过文字、词的语言手段了解诗文的内容(志),并与作者的意沟通。"三百篇美刺箴怨皆无迹,当以心会心。"③ 文须字字作,亦要字字读,读者需要通过字词咀嚼其文意,而达到以心会心、与作者之苦心沟通的目的。"以意逆志"是避免曲解诗歌本意、了解刺探作者情感的一种非常好的方法。但孟子的"以意逆志"论还没有涉及对文学鉴赏的途径和具体方法的探讨,而刘勰在《文心雕龙》的《定势》《通变》《情采》《丽辞》等篇中都对文学欣赏有独到的见解,《文心雕龙·知音》篇是集中探讨文学鉴赏的专篇,刘勰从中概括出了"文情可鉴"的具体方法。

---

① 杨明照:《增订本〈文心雕龙校注〉》上,中华书局2000年版,第597页。
② (清)焦循:《孟子正义》,中华书局1987年版,第638页。
③ (清)何文焕:《历代诗话》下,中华书局1981年版,第681页。

（一）"披文以入情"——文情难鉴又可鉴

"披文以入情"是鉴赏中国古代文学作品的途径。刘勰在《文心雕龙·知音》篇中感慨"知音难逢""音实难知"，"文情难鉴"，千古恒一。但刘勰同时也指出，文情难鉴又可鉴，要做到正确深入地评价作品，需要通过"披文以入情"的途径（《文心雕龙·知音》），对作品的文辞进行具体的剖析，这里的"文"的含义是"文辞"，也就是说通过对语言文字的分析去体察作者的心志，较为客观地理解评价作品是完全可行的。此意尽管与孟子的"以意逆志"说、陆机的"为文用心"其理相同，但显然，刘勰的论析更加明晰具体，指出了领会作者的情志、鉴赏文学作品的具体途径和视角。

文学创作是作者把形之于心的情志形之于手，通过文辞的形式表达出来，而文学鉴赏恰恰相反，是通过文辞形式考察作品中所表达的内容。刘勰正是根据这一原理建立了他的鉴赏修辞论："缀文者情动而辞发，观文者披文以入情"（《文心雕龙·知音》）。刘勰认为，作家的创作是一个由情到辞的过程，"情以物迁，辞以情发"（《文心雕龙·物色》），外界的景物引起作家的感触，由此产生感情，发为文辞，酝酿构思成熟，用语言文辞表达出来。"情动而言形，理发而文见，盖沿隐以至显，因内而符外者也。"（《文心雕龙·体性》）作者把感情抒发出来，把道理讲述出来，情理由隐藏到显露，是用语言文辞得以昭示，是由隐至显、由内到外的过程："研阅以穷照，驯致以怿辞，然后使元解之宰，寻声律而定墨"（《文心雕龙·神思》），创作时作者顺着思路放言遣词，按照声律安排文辞。而鉴赏者恰恰相反，却是"披文以入情"，从语言文辞出发去了解作家的情感，是由显去探隐，由外而入内的过程，"圣人之情，见乎文辞矣"（《文心雕龙·徵圣》）。其中"隐"是指作家的思想感情，"显"指语言文字，因为作家主观感情和对现实人生的认识是通过语言文字来表达的。如葛洪《抱朴子·钧世》所云："情见乎辞，指归可得"，[①] 读者通过研磨作品的

---

① 杨明照校笺：《抱朴子外编校笺》下，中华书局1997年版，第66页。

文辞深刻领会作者的思想感情和作品的思想内容。

"披文以入情",是文学鉴赏的一个行之有效的途径,是刘勰鉴赏修辞论的一个突出的贡献,刘勰强调了文学鉴赏首先应该重视文本,钻研作品,这样才能避免文学鉴赏者的主观随意性和片面化,从而探求作品的意蕴和作者的创作用心,如何通过"披文"而达到"入情"的目的,《知音》篇用了一个比喻:"沿波讨源,虽幽必显。"这里,"波""显"是指语言文字,"源""幽"是指作者的思想感情,文学作品是在字里行间隐现着作者的创作意图、心志情怀等。

在《文心雕龙》其他篇章中,刘勰亦反复加以论述"沿波讨源"的观点。《文心雕龙·神思》"意授于思,言授于意"。《文心雕龙·练字》:"心既托声于言,言亦寄形于字。"说明语言文字是表情达意的工具,文学作品不同于造型艺术,如绘画可用线条色彩来展示作者的意图,舞蹈可通过动作姿态、节奏和人物的表情来塑造形象、表现主题。文学作品之所以被称为"语言的艺术",只能使用语言文字加以描摹。在此刘勰再次强调语言文字是表达思想感情的符号,语言是思想的直接显现。"沿波讨源,虽幽必显"是文学鉴赏入门的方法,如同沿着水流寻找水源头,鉴赏文学作品也必须从对语言文字的理解、分析去感受作品的意象、作者的情感,从而领会作品的思想意义,即使文意隐微含蓄也会明白,这样才能真正了解作家隐藏在内心的情志。

刘勰为了进一步说明"披文以入情"的可行性,在《知音》篇中,以鉴赏古代作品为例指出"世远莫见其面,觇文辄见其心","觇文"即观察钻研的意思。作家通过作品抒发情感,陈述观点,只有对前人的作品的语言文字认真钻研,才能领略到寄寓于作品中的作者心意。"岂成篇之足深?患识照之浅耳"(《文心雕龙·知音》),否则,只能因自己鉴别能力过低,而抱怨作品过于深奥。刘勰《知音》提出:"夫志在山水,琴表其情,况形之笔端,理将焉匿?故心之照理,譬目之照形,目瞭则形无不分,心敏则理无不达。"只有"心敏"才能"理无不达"。作家的思想情感是灵动而深隐的,只有通过对语言文字的理解用敏捷的思维感知、发掘、把握,又具有敏捷的思维能力，观照作品的情志、事理，才能无不通达；文章的情理表达于文字之中，作者的用心是完全可以体察的。只有披文，才能入情，并用"以意逆志"的方法，和作者的感情产生共鸣。

刘勰所论，尽管是针对秦汉到南朝之间的文学作品而言，但到了齐梁以后，伴随着文学的发展和艺术技巧的丰富和完善，如运用寄托、象征等手法，探求作者的深意的难度加大，但无须置疑，各种文学体裁都离不开语言："语言要通过符号（字音和字形）间接引起对事物的观念。这个分别黑格尔在他的《美学》里也经常提到。这个分别就是使文学作为语言艺术具有独特地位的首要原因。"[①] 语言文字是文学作品思想感情的直接外现，也是文学欣赏的唯一桥梁，语言文字对鉴赏主体具有客观的制约性，因此，要理解古人的作品，"披文以入情"仍然是文学鉴赏的最基础的工作和最基本的途径之一。刘勰的论断是大体符合实际的。

（二）只有"披文以入情"，才能欣赏并深入研究富有"异彩"之作家

优秀的文学作品必然有其独特的艺术感染力，有不同于一般作品的"异彩"，只有"披文以入情"，才能有"深识鉴奥"（《文心雕龙·知音》）的能力，发现作品"异彩"之所在。

《知音》篇云："然而俗监之迷者，深废浅售，此庄周所以笑《折扬》，宋玉所以伤《白雪》也。昔屈平有言：'文质疏内，众不知余之异采。'见异唯知音耳。扬雄自称：'心好沉博绝丽之文。'其不事浮浅，亦可知矣。"

在刘勰看来，有"异彩"的作家主要是屈原和扬雄，鉴赏者必须才学兼备，并通过"披文以入情"，才能独具慧眼、善识"异彩"，洞察作者为文之用心的喜悦。刘勰对屈原、宋玉善于驾驭语言、文采斐然而具有强烈艺术感染力的作品极加赞美推崇，在《文心雕龙》不同的篇目中多次称赞，《文心雕龙·时序》："屈平联藻于日月，宋玉交彩于风云。"《文心雕龙·辨骚》："而屈宋逸步，莫之能追。故其叙情怨，则郁伊而易感；述离

---

① 朱光潜：《谈美书简》，人民教育出版社、当代世界出版社2003年版，第72页。

居,则怆怏而难怀;论山水,则循声而得貌;言节侯,则披文而见时。"《文心雕龙·辨骚》篇:"赞曰:不有屈原,岂见离骚。惊才风逸,壮志烟高。"屈原《九章》言:"文质疏内兮,众不知余之异采。""异采",屈原本指德行,刘勰借用来指文章,指作品殊异的文采,艺术上的独创之处。

扬雄是西汉著名的辞赋家,也是一个小学家,有文字学专著《训纂篇》和研究古代语言的重要著作《方言》。扬雄博学多才,被刘勰誉为"鸿采"(《文心雕龙·事类》),也是刘勰在《文心雕龙》中比较推崇的并富有"异彩"而难遇知音的作家之一,《文心雕龙·知音》篇云:"扬雄自称:'心好沉博绝丽之文。'其不事浮浅,亦可知矣。"扬雄的作品内容深广文辞绮丽,对于扬雄的作品,刘勰在《文心雕龙》中多次言及扬雄作品富有"异彩"之成因,并强调非得有识深鉴奥之能力,才能懂得扬雄作品之绝妙,摘举《文心雕龙》中有关提及扬雄作品深奥之论可见一斑。

在《文心雕龙·练字》篇中,引用曹植之言来赞美扬雄:"故陈思称:'扬马之作,趣幽旨深,读者非师传不能析其辞,非博学不能综其理。'"指出扬雄的作品只有学识渊博而又懂得识鉴的人才会成为作者的知音。

《文心雕龙·才略》:"子云属意,辞义最深,观其涯度幽远,搜选诡丽,而竭才以钻思,故能理赡而辞坚矣。"称赞扬雄的作品,命意谋篇、含义深刻,内容丰富而措辞稳当。

《事类》:"夫经典沉深,载籍浩瀚,实群言之奥区,而才思之神皋也。扬班以下,莫不取资,任力耕耨,纵意渔猎,操刀能割,必裂膏腴。"在典故的运用方面,赞美扬雄、班固善于汲取经书的精华,其作品才文采纷呈。

《事类》:"及扬雄《百官箴》,颇酌于《诗》《书》。"扬雄作《百官箴》,肯定扬雄作此文征引故实,善于择善而取,较多采用《诗经》《尚书》中的词句。

《书记》:"子云之《答刘歆》,志气盘桓,各含殊采;并杼轴乎尺素,抑扬乎寸心。"书信类文体,如扬雄写给刘歆的《答刘歆书》,郁结的感情写得曲折回荡，文笔殊采，苦心构词，抑扬起伏地在尺素上抒写了自己内心的波澜。意明言尽，淋漓尽致，文采辉煌而又从容不迫，可谓书信体中的杰作。

《时序》："子云锐思于千首，子政雠校于六艺，亦已美矣。"赞美扬雄读赋千首才文思敏捷，妙笔生花。

《诠赋》："子云《甘泉》，构深玮之风。"扬雄《甘泉赋》风格深广瑰奇，赞扬雄为辞赋之英杰。

《体性》："子云沈寂，故志隐而味思深。"在谈到风格与作家情性之关系时说，刘勰把扬雄也作为一个典型的例子，言扬雄性情沉静，辞赋含义隐蓄而又意味深长，来说明文章外在的情调与作家内在的气质是相符合的。

《铭箴》："至扬雄稽古，始范《虞箴》，作《卿尹》《州牧》二十五篇。"说明扬雄稽考古代典章，创作《卿尹》《州牧》二十五篇箴文，对箴这种文体能够继续有生命力的作用。

《杂文》："扬雄覃思文阁，业深综述，碎文琐语，肇为《连珠》，其辞虽小而明润矣。"言扬雄在天禄阁沉思钻研，博采众长，用碎文琐语，构筑珠明玉润的连珠体，称赞扬雄对连珠体的首创之功。

《杂文》："扬雄《解嘲》，杂以谐谑，回环自释，颇亦为工。"在论及对问这种文体时，对扬雄行文夹杂着诙谐的戏谑，又替自己反复辩解之工巧特征加以赞赏，扬雄《解嘲》是对问文体优秀之作。

《封禅》："及扬雄《剧秦》，班固《典引》，事非镌石，而体因纪禅。观《剧秦》为文，影写长卿，诡言遁词，故兼包神怪；然骨制靡密，辞贯圆通，自称极思，无遗力矣。"扬雄的《剧秦美新》一文，见于《文选》，批评秦代的暴政，赞美王莽的新朝，刘勰称赞为结构细密，文辞畅达圆通，真可谓"极思"之美文。

扬雄是位饱学鸿儒，聪敏好学，学识渊博，在《文心雕龙》一书中，对于扬雄这样富有"异彩"的作家，刘勰有四十余处论及，多次称赞扬雄的博学多才、理赡辞坚，充分肯定了其对各种文体的奠定以及在中国文学史上的地位，而研读这样一位思虑精苦的作家的作品，只有"披文以入情"，识见深奥，才能使作品的文意显而易见，读者才能够领会其深刻意蕴。

刘勰用了几个比喻来形容洞察作者为文之用心的喜悦。"夫唯深识鉴奥，必欢然内怿，譬春台之熙众人，乐饵之止过客，盖闻兰为国香，服媚弥芬。"（《知音》）文学创作需要才识学力，鉴赏者至少得具备相当的才情学识，方能琴瑟相和，成为知音，如《知音》篇所言"书亦国华，玩绎方美；知音君子，其垂意焉"。

综上所论，鉴赏者除了具备相当的才情学识之外，也很有必要通过"披文入情"这种具体的途径来鉴赏富有"异彩"深奥难鉴的文学作品，挖掘其深刻的思想性和独特的艺术表现形式，防止"深废浅售"（《知音》），以尽可能避免为文者的憾恨。

第三节　鉴赏修辞的方法"六观"

为了解决鉴赏纷杂、"文情难鉴"等问题，刘勰提出"将阅文情，先标六观"（《文心雕龙·知音》）的观点，"文情"指文辞和情意。"六观"说是刘勰"鉴赏修辞"的核心，是"披文以入情""沿波讨源"的具体方法，"六观"说的提出，使读者在从事文学鉴赏与批评时有门径可循，避免了简单主观的评论，是较为客观而公正的分析研究作品的方法。

"六观"是从六个方面去观察欣赏作品的六个视角："一观位体，二观置辞，三观通变，四观奇正，五观事义，六观宫商。斯术既行，则优劣见矣。"（《文心雕龙·知音》）"六观"说主要是指艺术形式方面的要求，把这六个方面作为鉴赏文章优劣的视角，是从作品中了解作者的思想感情，正确理解作品的思想内容的一种鉴赏方法，正如刘勰所言："斯术既行，则优劣见矣。"（《文心雕龙·知音》）

文学鉴赏首先是通过艺术表现形式来进窥作品的内容，用什么样的艺术形式来表现作者的深情厚意,就显得尤其重要,"六观"正是刘勰提出的鉴赏文学作品艺术表现形式的六个方面。刘勰的"六观"说是属于艺术方面的考察,但并非刘勰不重视文学作品内容的充实,在刘勰看来,"情者文之经,辞者理之纬;经正而后纬成,理定而后辞畅:此立文之本源也"(《文心雕龙·情采》),文质兼备、"衔华佩实"(《徵圣》),是对文学作品的一个基本的要求,也是贯穿于刘勰《文心雕龙》的一个总的原则,但同时,文学作品的内容决定文学作品的形式,所以刘勰在《附会》篇中说"必以情志为神明,事义为骨髓,辞采为肌肤,宫商为声气"。而"六观"说正是在肯定这一前提下提出的。

刘勰在《文心雕龙·序志》中,对魏晋以来曹丕的《典论·论文》、曹植的《与杨德祖书》、应场的《文质论》、陆机的《文赋》、挚虞的《文章流别论》、李充的《翰林论》进行了批评,并指出他们都未能"振叶以寻根,观澜而索源"(《文心雕龙·序志》)。而"六观"说,正是刘勰在总结以上诸辈的得失后提出的"沿波探源"的具体方法。"六观"说是刘勰通过语言形式美的几个方面来谈文学鉴赏的,是刘勰在《文心雕龙》中总结的六个观察的角度。在刘勰看来,文学指具有一定文采的语言性符号。"六观"是将文学鉴赏这种似乎"只能意会、不能言传"的特殊的精神活动落到实处,使文学鉴赏不再是主观臆想虚无缥缈的空洞阐说;"六观"是刘勰提出的鉴赏作品优劣的具体的可操作的方法,也可以说是从广义修辞的角度来判定作者的语言运用和表情达意的效果。这是刘勰对文章鉴赏的又一大贡献。"良书盈箧,妙鉴乃订"(《知音·赞》),刘勰博览古籍,感慨优良的作品充满书箱,须高妙的识鉴才能评定,只有通过"六观"这种"独有此律"(《知音·赞》)的最基本的鉴赏方法,才能"不谬蹊径"(《知音·赞》)。

刘勰的"六观"说,是否全面地概括了文学鉴赏的方法,有待于进一步的论析和完善,但在当时,刘勰通过对前代文学作品的总结分析提出"六观",使读者在从事鉴赏活动时有门径可循,而不仅仅是一种感性朦胧的印象,无论是在当时还是今天,都是具有指导意义和参考价值的。

在《知音》篇中，刘勰对"六观"没有作进一步的阐释，如何更深入地理解"六观"的含义，一般来说后来的研究者大都不同程度地受到范文澜先生诠解的启发："一观位体，《体性》等篇论之。二观置辞，《丽辞》等篇论之。三观通变，《通变》等篇论之。四观奇正，《定势》等篇论之。五观事义，《事类》等篇论之。六观宫商，《声律》等篇论之。大较如此，其细条当参伍错综以求之。"① 我们认为范文澜先生的阐释是理解"六观"的行之有效的一种治学研究思路。应该把《文心雕龙》看成一个整体，从全书各篇的相关论述中来认识理解刘勰的"六观"说，从整部书中探求刘勰的"六观"说的鉴赏视角，下面分别加以阐释。

一 观位体

《文心雕龙》中，"位体"一词用了两次，第一次《熔裁》："情理设位，文采行乎其中"，"是以草创鸿笔，先标三准：履端于始，则设情以位体"。《熔裁》篇讲到，写好文章先定出三个准则，第一即"设情以位体"（《熔裁》），他所说的"设情以位体"也就是说在心怀某种思想感情的基础上考虑安排何种体裁来表情达意，使内容、体裁、相应的风格能够统一。第二次《知音》："一观位体"。我们认为"位体"的"体"是指体制，也即指文章的体裁，同时也包括对所采用体裁的风格的要求。"位体"，是指根据作者所要表达的思想感情、作品内容的要求确立体制，并且和风格保持一致。

"一观位体"，即从事文学鉴赏时首先要看作品的体裁、体制是否和文情相符。

刘勰在《文心雕龙》中非常重视一篇文章体裁的确立。《附会》篇言："夫才童学文，宜正体制。"强调学童学习为文之术，首先必须端正文章的体制。《通变》云："是以规略文统，宜宏大体。"《定势》："因情立体。"可见，在《文心雕龙》一书中，刘勰一贯主张为文第一要注重"因情立

---

① 范文澜：《文心雕龙注》（下），人民文学出版社1958年版，第717页。

体","设情以位体",在从事文学鉴赏时,自然首要的是要观"位体"。

《文心雕龙》文体论各篇,对于不同的文体,如何"位体",或者说根据内容确立体制的方法刘勰论述得非常清楚。如封禅文的要求,《封禅》:"构位之始,宜明大体,树骨于训典之区,选言于宏富之路;使意古而不晦于深,文今而不坠于浅。""封禅"这种文体的作用,是关系着一个朝代的典章制度,从布局构思开始,就要懂得总的体制,在含义、文辞方面都应该有具体的要求。《书记》:"随事立体,贵乎精要"。指出书记这种文体,随着内容确立体制,关键在于精练扼要。

其他篇目对如何设体都有具体的说明,如以下例子。

《诠赋》:"原夫登高之旨,盖睹物兴情。情以物兴,故义必明雅;物以情观,故词必巧丽。丽词雅义,符采相胜,如组织之品朱紫,画绘之著玄黄。文虽新而有质,色虽糅而有本,此立赋之大体也。"

《颂赞》:"原夫颂惟典懿,辞必清铄,敷写似赋,而不入华侈之区;敬慎如铭,而异乎规诫之域;揄扬以发藻,汪洋以树义,虽纤巧曲致,与情而变,其大体所底,如斯而已。"

对于赋、颂赞位体的标准讲得十分清楚。

《祝盟》:"夫盟之大体,必序危机,奖忠孝,共存亡,戮心力,祈幽灵以取鉴,指九天以为正,感激以立诚,切至以敷辞,此其所同也。然非辞之难,处辞为难。后之君子,宜存殷鉴。忠信可矣,无恃神焉。"指出盟的主要体制,要叙述危机,奖励忠孝,要把感发愤激之心,用恳切真挚之言辞表达出来,此乃盟誓之共同要求。

如果文章的内容风格不符合某种文体的要求,刘勰就会提出批评。如《诠赋》:"然逐末之俦,蔑弃其本,虽读千赋,愈惑体要。遂使繁华损枝,膏腴害骨,无贵风轨,莫益劝诫,此扬子所以追悔于雕虫,贻诮于雾縠者也。"对于司马相如等有些作家的赋过于追求辞采等形式而忽略了赋的大体要求和劝诫的基本条件提出了批评。

二 观置辞

"辞"在《文心雕龙》中使用的频率非常高,胡纬《文心雕龙字义通释》①"置辞"统计,共出现三百四十六句。大部分均作"文辞"解。"观置辞"之"辞",也是"文辞"的意思。如《情采》:"联辞结采。""观置辞"主要指文学作品如何使用文辞,即或繁或简、或骈偶或单句、或文或质等;"文附质""质待文"是置辞的准则。

"二观置辞"是刘勰重视对文学作品语言艺术重要性认识的表现之一,刘勰对"文辞"的要求在《文心雕龙》全书中均有体现,而在《丽辞》《章句》《指瑕》《熔裁》等比较篇中,要求文辞的运用,应该具有"志足而言文"(《征圣》)、"文丽而不淫"(《宗经》)、"衔华而佩实"(《征圣》)的特点。所以"六观"中,将"观置辞"作为鉴赏修辞的第二要义。

"言以文远,诚哉斯验"(《文心雕龙·情采·赞》),刘勰非常重视文辞对一篇文章的巨大作用。《情采》:"故情者文之经,辞者理之纬;经正而后纬成,理定而后辞畅:此立文之本源也",认为如果情志在文章中有如经线,那么辞藻在文章中有如纬线;所以,在《文心雕龙》全书中,刘勰对遣词用语恰当能够使文章生辉常常用大量的优秀作品反复加以陈述,在《辨骚》篇中言"文辞丽雅,为辞赋之宗",赞美《离骚》文辞华丽雅正,可称为辞赋家效法的楷模;《明诗》篇云:"造怀指事,不求纤密之巧,驱辞逐貌,惟取昭晰之能",建安作家摹景则不尚雕镂,遣怀则惟求诚恳,刘勰对其运用词语来描摹事物显著鲜明的特点予以高度评价。在进行文学鉴赏时,置辞是鉴赏修辞最直观的内容,刘勰对于置辞的要求很多,摘其要点予以说明。

针对齐梁时期的堆砌辞藻、用词诡异之弊,刘勰的"置辞"论非常重视文学作品遣词用语的精练,《风骨》:"故练于骨者,析辞必精",强调文

---

① 胡纬:《文心雕龙字义通释》,文德文化事业有限公司1997年版,第167页。

辞要简练精到。《熔裁》:"若术不素定,而委心逐辞,异端丛至,骈赘必多",反对不顾文章的实际需要而拼凑多余的文句;"是以联辞结采,将欲明理,采滥辞诡,则心理愈翳"(《情采》),组织文辞是为了抒情说理,文辞繁杂诡异将使情志难以显现。《熔裁》篇中提出的从事文学创作三个"准则"著名的"三准论",是把选取精练准确的文辞来表达一篇文章的主题作为为文的第三个准则,即"归余于终,则撮辞以举要"。古今中外的艺术大师,都很重视文学作品语言的精练准确性,而中国古典文学尤其重视语言的炼字、炼句的基本功。罗大经《鹤林玉露》:"作诗要健字撑拄,活字斡旋。……撑拄如屋之有柱,斡旋如车之有轴,文亦然。诗以字,文以句。"① 而早在齐梁时期刘勰的真知灼见可见一斑。

"辞约而意丰"也是刘勰"观置辞"的观点之一。"辞约而旨丰,事近而喻远"(《文心雕龙·宗经》),"物色虽繁,而析辞尚简"(《文心雕龙·物色》);并本着宗经征圣的一贯主张,称赞《尚书》"辞尚体要"(《徵圣》),批评陆机尽管富有才华而存在"缀辞尤繁"(《熔裁》)的缺点。

刘勰在用辞时主张"意"为主,"辞"为客,提倡"为情而造文",反对"为文而造情"(《文心雕龙·情采》),作为《文心雕龙》的总的原则,也适用于"置辞"论。《物色》:"辞以情发。"《附会》:"必以情志为神明,事义为骨髓,辞采为肌肤,宫商为声气。"《章表》:"恳恻者辞为心使,浮侈者情为文使。"都是相关的论述。

另外,骈俪是汉语语言艺术表达的一种很重要的方式,与"置辞"同样有关。刘勰在《丽辞》《章句》篇中主张"置辞"要骈俪自然,奇偶相间,"若辞失其朋,则羁旅而无友","理资配主,辞忌失朋"(《章句》);"夫心生文辞,运裁百虑,高下相须,自然成对"(《丽辞》);"至于诗人偶章,大夫联辞,奇偶适变,不劳经营"(《丽辞》),重视骈偶,又强调自然成对。

---

① 王大鹏、张宝坤:《中国历代诗话选》(二),岳麓书社 1985 年版,第 861 页。

其他修辞方式中的用辞也是观置辞的一个方面。《夸饰》："壮辞可得喻其真。"《比兴》："拟容取心，断辞必敢。"是对夸饰与比兴用辞的要求。

三 观通变

《知音》篇中没有论述"观通变"的具体方法，有必要在此稍加说明的是，通常研究"通变"着重探讨的是文学创作总的规律，认识文学的穷变通久，而本书重点则从鉴赏修辞的角度考察与分析；刘勰在"一观位体""二观置辞"的前提下，提出了"三观通变"的要求，即在观察了文章的体制及文辞运用的情况之后，再观"通变"，刘勰具体阐释了对体裁和文辞的使用要求及对"九代歌咏"的评述。在此，刘勰言"观通变"是指在体裁和文辞运用方面，看作家继承和推陈出新的情况，与《通变》篇所论及的主旨是一致的。如吴林伯言："战国名家公孙龙著《通变》，论辩事物的名实问题；刘勰作本篇，虽因旧题，但在剖析文学的修辞规律。"① 因此，对于刘勰观"通变"的理解，主要从《文心雕龙·通变》篇及相关的论述看"通变"的含义。

《文心雕龙·征圣》篇用"抑引随时，变通适会"总结经典创作的规则，重视通变，可见《通变》篇在《文心雕龙》中有很高的地位。范文澜先生高度评价了《通变》篇在《文心雕龙》全书的地位："读《文心》当知自然，贵通变二要义；虽谓为全书精神也可。"② 在文学创作与文学鉴赏中，刘勰对"通变"是极其重视的。

刘勰的"通变"观源于《周易》，《周易·系辞上》："一阖一辟谓之变，往来不穷谓之通。"③《周易·系辞下》："通其变，使民不倦，神而化之，使民宜之，《易》穷则变，变则通，通则久。"④ 尽管刘勰"通变"观

---

① 吴林伯：《文心雕龙义疏》，武汉大学出版社2002年版，第339页。
② 转引自牟世金《文心雕龙研究》，人民文学出版社1995年版，第388页。
③ 周振甫译注：《周易译注》，中华书局1991年版，第246页。
④ 同上书，第257页。

的基本理论来源于《周易》，但把它从文学发展中继承与革新的角度来阐述，尚属首次。以下主要从文学鉴赏的角度了解一下刘勰的"通变"观主要指的是什么。

首先，刘勰认为，作品的体裁和文辞的运用有"通"有"变"。

《通变》篇云："夫设文之体有常，变文之数无方，何以明其然耶？凡诗赋书记，名理相因，此有常之体也；文辞气力，通变则久，此无方之数也。"每一种文体的形成，都是有其渊源的。诗赋书记各种文体的名称和创作规格都是古今相承的，"名理相因"，古今皆然，乃创作中不变的通则，故称为"有常之体"，此乃"通"的情况。"文辞气力，通变则久，此无方之数也"（《通变》），"变文之数无方""文辞气力、通变则久"是指由于作家的气质禀性的差异，要使用不同的文辞，来表达各自的情志，文辞文情只有变通创新才能长久流传，如《风骨》篇所言："洞晓情变，曲昭文体，然后能孚甲新意，雕画奇辞。昭体，故意新而不乱，晓变，故辞奇而不黩。"刘勰的"通变"，即经常所说的文学上的继承和革新的问题，在文体的沿袭和文辞的运用上，既要懂得继承，又善于推陈出新。

其次，刘勰的"通变""适变"是以"会通"为前提的。

"名理有常，体必资于故实"（《通变》），体裁和创作规格要古今相承，必然要"资于故实"；"通变无方，数必酌于新声"（《通变》），"文辞气力"不断变化，有必要参考当代的新作。《议对》亦有："采故实于前代，观通变于当今。"可参证此观点。

刘勰是基于文学规律有"通"有"变"的事实，提出"会通""适变"的主张。如《通变》："赞曰：文律运周，日新其业。变则可久，通则不乏。"

刘勰言"通变""适变"以"会通"为基础，还要注意"凭情以会通，负气以适变"，要根据文情会通古今，凭着文气变化辞藻，作家性情不同，融汇古今文辞时也有所不同。如范文澜先生言："'凭情以会通，负气以适变。'二语，尤为通变之要本。盖必情真气盛，骨力峻茂，言人不厌其言，然后故实新声，皆为我所用；若情匮气失，效今固不可，拟古亦可憎也。"①

在《文心雕龙》其他篇目中，刘勰同样的观点阐述了会通与适变之关系。《物色》："古来辞人，异代接武，莫不参伍以相变，因革以为功，物色尽而情有余者，晓会通也。"（言会通）《熔裁》："刚柔以立本，变通以趋时。立本有体，意或偏长；趋时无方，辞或繁杂。"（言适变）

陆机《文赋》："收百世之阙文，采千载之遗韵，谢朝华于已披，启夕秀于未振。"② 黄侃称之为："此言通变也。"③ 黄侃《文心雕龙札记》对"通变"的解释，言简意赅，颇得《通变》篇中要领，值得我们仔细研究："彦和此篇，既以通变为旨，而章内乃历举古人转相因袭之文，可知通变之道，惟在师古，所谓变者，变世俗之文，非变古昔之法也。"④

再次，刘勰指出"矫讹翻浅，还宗经诰，斯斟酌乎质文之间，而櫽括乎雅俗之际，可与言通变矣"（《通变》）。在宗经的基础上强调通变，这是刘勰一贯的思想。刘勰在《宗经》篇中谈到，"本乎道，师乎圣，体乎经"是全书立论的总观点。的确，刘勰不可能超越宗经的宗旨来论变，他认为文辞之新变，要以古法体制不变为前提，即"参古定法"（《通变》）。这是刘勰的通变之道。

刘勰"通变"观的提出，是结合魏晋南北朝文学创作的实际而言的。在《通变》篇中，刘勰提出，"序志述时"的主旨古今不变，变化的是文辞的质直与繁缛。《通变》云："是以九代咏歌，志合文则。黄歌'断竹'，质之至也；唐歌在昔，则广于黄世；虞歌《卿云》，则文于唐时；夏歌'雕墙'，缛于虞代；商周篇什，丽于夏年。至于序志述时，其揆一也。"在写文章、运用文辞方面，"九代咏歌"在文辞上既前后承传，又有随着时代的变化而变化的情况，到了刘宋，出现"讹而新"的弊端，日趋

---

① 范文澜注：《文心雕龙注》下，人民文学出版社1958年版，第527页。
② 张少康：《文赋集释》，人民文学出版社2002年版，第36页。
③ 黄侃：《文心雕龙札记》，上海古籍出版社2000年版，第105页。
④ 同上书，第104页。

· 229 ·

乏味奇诡。刘勰认为,"从质及讹"(《通变》)的原因是"竞今疏古""近附而远疏"(《通变》),因此,对当时的文风极为不满,指出若仅仅"师范宋集"(《通变》),语言难有创新,应力图矫正这种倾向,以此挽救时弊。在质朴和富有文采之间斟酌,在典雅和新奇之间取舍,才可言会通和革新了。在《通变》篇中,刘勰举枚乘的《七发》、司马相如的《上林赋》、马融的《广成颂》、扬雄的《羽猎赋》、张衡的《西京赋》中的句子说明通变的具体方法,是在因袭中又有所改变,提出"参伍因革",才是"通变之数"。黄侃先生对"参伍因革,通变之数也"的诠释可谓确论,"彦和此言,非教人直录古作,盖谓古人之文,有能变者,有不能变者,有须因袭者,有不可因袭者,在人斟酌用之"。①

后世的诗话对"通变"的理解大体与刘勰同意。如皎然的《诗式》卷五:《复古通变体》"作者须知复古之道,反古曰复,不滞曰变。若惟复不变,则陷于相似之格,其状如驽骥同廄,非造父不能辨。能知复变之手,亦诗人之造父也"。②

总之,从刘勰的"通变"的含义可以看出,针对当时的文风浮浅、"讹新"之弊,刘勰认为,三观通变,即考察文学作品在文体、文辞的运用上,在继承和创新问题上看是否能够在通的基础上有变,是否在继承前代文学遗产的前提下有所创造,会通适变,这也是文学鉴赏的一大视角。

四 观奇正

奇正是一对矛盾对立的概念,"四观奇正"即从奇与正这两个角度去观察文辞的奇正关系是如何处理的。"观奇正"考察作品是如何掌握奇正的,一般来说,是以正为主,奇为从;以雅正的方法为主导方面,来驾驭追求新奇的写法。刘勰主张奇正二者的关系应为"执正以驭奇";而非

---

① 黄侃:《文心雕龙札记》,上海古籍出版社2000年版,第106页。
② 张伯伟:《全唐五代诗格彙考》,凤凰出版社2002年版,第331页。

"逐奇而失正"(《定势》)。

要准确理解刘勰观奇正的目的,有必要了解"奇""正"各指什么。

"奇"在《文心雕龙》作为专门用语,有不同的意义,有时用作褒义,有时用作贬义,要根据语境和具体论析的不同加以辨析。一般来说,用作褒义,有新奇、独特等义,奇即适应时代需要新变的奇,含有褒义,说明刘勰认为奇和正都是文学创作时语言的运用所具备的,"奇"用作褒义,举例如下。

《辨骚》:"自风雅寝声,莫或抽绪,奇文郁起,其《离骚》哉!"

《风骨》:"晓变,故辞奇而不黩。"

《辨骚》:"酌奇而不失其贞(正)。"

《辨骚》:"枚贾追风以入丽,马扬沿波而得奇。"

《诸子》:"列御寇之书,气伟而采奇。"

有时,"奇"作贬义,指怪诞反常。

《序志》:"辞人爱奇,言贵浮诡。"

《练字》:"若依义弃奇,则可练字矣。"

"正":刘勰把正看得很重要,认为合乎儒家思想的就是正。就是儒家的所谓正道,也指雅正的风格。如《诸子》:"弃邪而采正。"《情采》:"理正而后摛藻。"

《史传》:"若任情失正,文其殆哉!"

奇正:奇与正是对立的概念,奇正在《文心雕龙》中有两种含义。

第一种含义:是指新奇和雅正的风格,刘勰意图是将其新奇和典雅两种风格统一起来。风格分为奇正,受到了《孙子兵法》的影响。

如《辨骚》:"酌奇而不失其贞(正)。"

《定势》:"然渊乎文者,并总群势;奇正虽反,必兼解以俱通。"

《定势》:"执正以驭奇。"

第二种含义:奇是指文辞的诡奇,正是指雅正的特点:一般来说,奇和正对举时奇往往多具有贬义,是指怪诞反常的意思。"观奇正",是以正为主,奇为从。以雅正的方法为主导方面,来驾驭追求新奇的写法。如:"章表奏议,则准的乎典雅;赋颂歌诗,则羽仪乎清丽。"(《定势》)指文章措辞一定要得体雅正。

  刘勰主张文学鉴赏要观奇正，也是针对当时的不良文风而言的。南朝宋齐文人，文风不正，为文喜尚新奇，专在新奇之辞上下功夫，作者遂以颠倒文句为新奇，刘勰称之为"讹"。《通变》篇有："宋初讹而新。"何谓"讹"，《定势》解释为："自近代辞人，率好诡巧，原其为体，讹势所变，厌黩旧式，故穿凿取新，察其讹意，似难而实无他术也，反正而已。故文反正为乏，辞反正为奇。效奇之法，必颠倒文句，上字而抑下，中辞而出外，回互不常，则新色耳。"《定势》篇的解释"讹"，即取刻意新奇。齐梁文士这种多诡怪不适之文，刘勰称之为失正。如江淹的《别赋》："心折骨惊。"即为"骨折心惊"的颠倒，"类彦和之所谓颠倒文句者。句何以颠倒？以期其新奇也。又庾子山《梁东宫行两山铭》'草绿衫同，花红面似。'其句法本应作'衫同草绿，面似花红。'今亦颠之倒之者，使之新奇也。"①

  刘宋初的这种文风，抛弃了雅正的传统优点，败坏了作品的体制，刘勰称之为文弊。《定势》："旧练之才，则执正以驭奇；新学之锐，则逐奇而失正；势流不反，则文体遂弊。"提出"执正以驭奇"，反对"逐奇而失正"。《风骨》篇亦予以批评："而跨略旧规，驰骛新作，虽获巧意，危败亦多，岂空结奇字，纰缪而成经矣？"反对为了追求奇巧，用奇文怪字，连缀成篇以试图完成不朽的作品。

  刘勰提出的"三观通变""四观奇正"，需要在实际运用中将二者结合起来加以考量，关于这个问题，周振甫先生的解释通俗易明："通"是"参古定法"，"变"是"望今制奇"。参古是求正，望今是制奇，所以"通变"和"奇正"是互相结合的。这里，需要用文学史的观点，结合古今新旧来看。②纵观文学发展的变迁与《文心雕龙》的修辞学理论，文章鉴赏修辞也确有必要把"通变"与"奇正"结合起来加以综合参照。

---

① 转引自詹锳《文心雕龙义证》，上海古籍出版社1989年版，第1138页。
② 周振甫：《文心雕龙今译》，中华书局1986年版，第477页。

五　观事义

"事"在《文心雕龙》中作为专门术语，主要指文章用的典故、事例等。《文心雕龙·事类》篇云："事类者，盖文章之外，据事以类义，援古以证今也。""事义"，指文章的事类和义理。"五观事义"，主要是了解作品的用事和义理是否切合，其相关论述见于《文心雕龙·事类》。

两汉时期，使事用典已经成为文章常用的修辞方式。南北朝时期，用事成风，文士竞相堆砌典故，钟嵘《诗品序》论及南朝刘宋时候的文坛流弊，予以批评："故大明、泰始中，文章殆同书抄。"① 刘勰认为，用事是自古以来的重要的修辞手段，被历代文士所看重，但堆砌典故，是为文之忌。《熔裁》："举正于中，则酌事以取类。"把事类作为为文的第二个步骤，即用典和事例要和表达的思想感情切合相类，说明刘勰是非常重视事类的。刘勰在《文心雕龙·事类》篇中主要说明自己的用典之道。

刘勰在《事类》篇中总结了用事的基本原则，对事类的运用方法提出了具体的要求，主张用典应贵约、得要。如《事类》云："是以综学在博，取事贵约，校练务精，捃理须核，众美辐辏，表里发挥。"

同时，刘勰在《事类》篇中强调用事宜审，避免"引事为谬"和"改事失真"（《事类》）。

另外，刘勰主张用事贵在自然，"用人若己，古来无懵"（《事类·赞》）；"凡用旧合机，不啻自其口出"（《事类》），要求采用的旧事合适得当，相当于出自作家自己之口。

文章用典，功能颇多，有助于抒情论事，有助于丰富文章的内涵与委婉地表达旨意，以上关于"事类"的原则和要求，也是我们鉴赏文学作品强调用事应该注意的几个视角。

除了《事类》篇，在《文心雕龙》的其他篇目中，也非常重视事类的作用。其《附会》篇云："夫才童学文，宜正体制：必以情志为神明，事

---

① 周振甫：《诗品译注》，中华书局1998年版，第24页。

义为骨髓，辞采为肌肤，宫商为声气；然后品藻玄黄，摛振金玉，献可替否，以裁厥中：斯缀思之恒数也。"称童子学文，思想情志、语言辞采、声调韵律都有各自重要的功能，而事义的运用也举足轻重，是文章的骨髓精华，强调了事义的作用。

《熔裁》："是以草创鸿笔，先标三准：履端于始，则设情以位体；举正于中，则酌事以取类；归余于终，则撮辞以举要。"设置情理是为文的第一个准则，事义是从事写作的第二个步骤，"酌事以取类"，根据事类而斟酌取材，即用典和事例要和表达的思想感情切合相类，同样强调事义在创作中的重要地位。

《文心雕龙》关于"事义"的具体论述，本书在《事类》篇已加以详细地阐释，在此不再赘述。

六 观宫商

《文心雕龙·附会》篇称"宫商为声气"，"宫商"指"五音"宫商角徵羽，中的"宫商"，"观宫商"，即观察诗文声律的运用情况，了解作品的音律是否和谐。"六观宫商"，是指观察文章声律是否和谐等，也就是说是对于汉语语音修辞特点的探讨，其主要观点见于《文心雕龙·声律》篇。刘勰在《声律》篇中，创造和借用了描绘声律的新术语，如"和""内听""外听""飞""沉"等，对不同作家诗文用韵的情况作了说明，可以说，刘勰的《声律》篇，对语言的音乐美——声律美作了较为详细的论述。提倡"音以律文"，使作品语言形式具有"声转于吻，玲玲如振玉；辞靡于耳，累累如贯珠"之美妙的效果，起到"声得盐梅"的作用。所以，刘勰把观察诗文语言形式的声韵美也作为披文入情的"六观"之一。对此，本书在论及修辞方式"声律"时已作了详尽的分析。

葛洪：《抱朴子·尚博》言："援琴者至众，而夔、襄专知音之难。"[①]知音难，知文亦难。在《知音》篇赞中，刘勰对从"六观"的角度鉴赏文

[①] 杨明照校笺：《抱朴子外编校笺》（下），中华书局1997年版，第111页。

章的重要性作了进一步的说明。《知音》篇:"赞曰:洪锺万钧,夔旷所定,良书盈箧,妙鉴乃订。流郑淫人,无或失听。独有此律,不谬蹊径。"万钧重的洪钟,是由虞舜时乐官夔和春秋晋之乐师师旷调音定准,优秀的书册装满箱子,是由高明的评论家鉴识校订,郑声流荡惑人,无须受其影响混淆视听。对于文章来说,只有运用"六观"的方法鉴赏,才能识别优秀的作品而成为知音。

结合当时的文学创作实际,从"六观"鉴别文情,即从修辞的角度鉴赏文学作品,使文学鉴赏从主观的爱憎成为对作品的客观剖析,不失为考察作品的妙方,对于探索具有我国民族特点的诗文鉴赏理论和方法提供了极好的借鉴。刘勰的《知音》篇对鉴赏修辞的贡献是巨大的,"抓住说写方与赏析方的交叉处,可以说是问题的关键,也是修辞学从沉溺于社会功用中独立出来,真正形成以语言运用为本位的理论体系的至关重要的一步。刘勰的赏析修辞论的理论贡献也于此可见"。[①]

《文心雕龙》全书用精美的骈文写成,骈文讲究对偶,注重辞藻华丽、典故的妙用以及声韵的和谐悦耳,是把汉字、汉语之美发展到极致的一种文体,刘勰的文学鉴赏理论,也包含着自己丰富的创作实践的经验。同时,刘勰系统总结了前代文学鉴赏的经验,对南朝齐代之前的诗文的优劣进行了广泛的评点,并针对刘宋以来讹滥的文风,提出了系统的文学鉴赏的理论,通过"披文以入情"的途径和"六观"的视角,以反对主观的和片面的文学欣赏和文学批评,对刘知几的《史通·识鉴篇》、章学诚的《文史通义·知难篇》及后世诸多的诗话、词话都有不同程度的影响。

结　语

本书是对《文心雕龙》的修辞学内容进行研究。《文心雕龙》被誉为奠定了中国古代修辞理论基础的一部巨著,日本学者岛村抱月称赞刘勰为

[①] 陈光磊、王俊衡:《中国修辞学通史》,吉林教育出版社1998年版,第479页。

中国修辞学的祖师。《文心雕龙》的修辞学理论针对南朝齐梁以来过于雕章琢句、形式华丽的浮靡文风，结合历代文学的创作规律，系统地论述了文章修辞的相关问题，具有较强的实践性与鲜明的时代特征。对于建构符合汉语实际、具有民族特色的汉语修辞学，具有重要的价值。《文心雕龙》修辞学的内容属于专门学术史的研究范畴。本书对待中国修辞学史上这笔丰厚而宝贵的修辞理论遗产，本着"对待遗产，要先学习，还原弄懂"的精神，运用历史唯物主义的观点，采取实事求是的态度，尽可能对《文心雕龙》的修辞学内容进行发掘、阐释与分析论述。

本书所做的基础工作，是对《文心雕龙》的修辞学内容从修辞学思想、字句篇章修辞论、七种专章论述的修辞方式、鉴赏修辞等几个方面进行了整理与论析，对《文心雕龙》有关语言的重要性的论述以及全书论作家作品的优劣与修辞有关的内容进行了全面的梳理，用数据库的方式先行整理了全部材料，细读文本，并在此基础上提取材料，归纳、总结，尽可能还原并阐释《文心雕龙》的修辞学内容。

一 对《文心雕龙》修辞学理论研究的总体认知与结论

本书在对《文心雕龙》的修辞学内容进行阐释时，首先用辩证唯物主义的方法论来评论刘勰的修辞理论，在研究中根据所整理的语料注重《文心雕龙》全书修辞学思想、修辞手法之间及其他修辞学内容之间的彼此的联系。运用归纳法全面总结《文心雕龙》的修辞学内容，在阐释修辞学的内容涉及有关专门术语时，统计出在《文心雕龙》中出现的次数，运用训诂学文字学的理论知识加以考证诠解，以期接近刘勰《文心雕龙》的原意。在研究《文心雕龙》的修辞学内容时，根据研究阐释的需要运用分析、综合、具体、抽象、说明史论结合等方法加以论析；并注意吸收相关学科的研究成果。

通过细致分析与深入研究，初步得出以下结论。

第一，《文心雕龙》的语言论是有长久生命力的。语言是文化、思想的载体，是文学艺术的第一要素，文学是特殊的语言建构，王宁先生主编的《训诂学》引清人戴震《与是仲明论学书》中说:"经之至者,道也;所以明道者,其词也;所以成词者,字也。由字以通其词,由词以通其道。"并阐释说:"这段话中所谓'字'就是指语言中的词;所谓'词',则指用以表达思想的语言。"① 王宁先生指出了语言在表达思想中的重要作用。刘勰在《文心雕龙》中,对语言是极为重视的,《神思》:"物沿耳目,而辞令管其枢机。"《练字》篇:"心既托声于言,言亦寄形于字。"《书记》:"辞者,舌端之文,通己于人。子产有辞,诸侯所赖,不可已也。"刘勰《文心雕龙》反复强调语言的重要性,并在阅读大量作品的基础上以及对前人成果继承的基础上,对纷繁复杂的语言现象加以归纳和分析,来揭示中国古代文言文书面语言的修辞的客观规律。刘勰对语言运用的重视与 20 世纪以来流行的"文学语言论""语言中心论"等思潮不谋而合,也足见刘勰的识见是经得起时间的检验,是从汉语文章自身的特点出发的。

第二,《文心雕龙》确立的修辞学原则和提出的修辞方式,为中国古代修辞学奠定了理论基础。在《文心雕龙》中,刘勰反复论及的"文"与"质""情"与"采""华"与"实"的关系就是文章的内容和形式的关系问题,至今也被修辞学家普遍认为是修辞学的主要任务。《文心雕龙》对字句篇章修辞的理论进行探讨,从篇章与字句修辞之间的密切联系提出篇章修辞的要求,至今仍是篇章修辞很重要的理论来源。而《文心雕龙》中《丽辞》《事类》等修辞方式,相当于现代修辞学中的对偶、引用等修辞方式。通过客观地描述刘勰《文心雕龙》在修辞理论上的特色和贡献,总结刘勰的修辞学理论在齐梁时期对前代修辞理论的继承与在此基础上的创新,以及现代修辞学对其修辞理论和修辞手法的借鉴和阐发,对于古代汉语与现代汉语的修辞及修辞学研究具有参考价值和意义。

第三,通过对《文心雕龙·知音》及相关篇目的研究,我们得出的结论是,鉴赏修辞是鉴赏中国古代文学作品尤其是南朝齐梁之前文章的切实

---

① 王宁主编:《训诂学》,高等教育出版社 2004 年版,第 132 页。

可行的方法。为了解决鉴赏纷杂、"文情难鉴"等问题,刘勰提出"将阅文情,先标六观"的观点;"六观"说是刘勰"鉴赏修辞"理论的核心,是"披文以入情""沿波讨源"的具体方法。从修辞的角度去欣赏文学作品,是汉语文学作品独特的视角,是探索语言和文学研究结合的行之有效的途径。

第四,汉语修辞学的研究只有尊重汉字汉语的实际,重视中国文化特有的形态,才能取得辉煌的成果。汉语本身具有易于修辞的特点。而任何一种外来的理论体系,很难完全适应汉语语言的实际。注重修辞是汉民族语言特点集中表现的一个方面。《文心雕龙》有专篇论《练字》,"练字"的修辞手法与人们对字形的美观的追求、字义的准确认识以及对前代用字的反省有必然的联系;而刘勰"声律"说的提出,与人们注意到汉语声调对表情达意的作用,沈约等人对汉语的平仄的认识以及提出"四声八病"是分不开的,《文心雕龙》有《声律》篇专门探讨汉语的语音修辞;《章句》篇中有论押韵,并从字、句、章、篇的关系入手,对汉语自身辞章理论加以总结。《文心雕龙》修辞学的杰出成就,基于刘勰对汉字汉语特点的深刻把握。

第五,中国优秀的传统文化在继承的基础上才能创新发展。《文心雕龙》体大思精,刘勰不同于中国古代一般文论的感悟式的表述,而是表现出很强的分析能力和综合能力,所揭示的修辞学理论是基于对前代修辞学理论的分析与总结,但同时加以丰富与完善发展,提出了一些新的见解与范畴,在中国古代文论史与修辞学史上有重要的价值。

第六,经典研究的阐发需要多学科的知识积淀与理论修养。经典往往具有涉及多学科的特点,《文心雕龙》的研究亦如此。本书的研究得到的启迪是,经典的研究除了作出符合原意的阐释之外,还需要有文学史、文体学、写作、文学批评、哲学、美学等学科的理论素养,同时还需要较为严密的逻辑思维能力,这样才能使研究深入系统,并具有一定的高度。

二 《文心雕龙》的修辞学成就有待于进一步深入研究

《文心雕龙》是中国最早的组织严密、内容丰富、颇有创见、体大思精的文论巨著,也是中国古代修辞学的奠基之作。限于篇幅和时间,本书所关注论及的问题,并非《文心雕龙》修辞学的全部,仅就修辞方式而言,尚有叠字、讳饰等内容,未能涉及。比如叠字:《物色》篇所举的一些例子是用叠字的方法状物摹声,可见刘勰已经认识叠字能够加强语言的形象性、增添声音美的修辞效果。《物色》篇云:"故'灼灼'状桃花之鲜,'依依'尽杨柳之貌,'杲杲'为出日之容,'瀌瀌'拟雨雪之状,'喈喈'逐黄鸟之声,'喓喓'学草虫之韵。'皎日''嘒星',一言穷理;'参差''沃若',两字连形:并以少总多,情貌无遗矣。"陈望道先生《修辞学发凡》在说明叠字的修辞方式可用副词和形容词时,曾引用《物色》篇此段加以证明。又如讳饰格指的是把不愿明说的内容用委婉的形式表达出来,《谐讔》"叔仪乞粮于鲁人,歌佩玉而呼庚癸"。"庚癸"指粮食和水,周振甫先生认为是"讳饰格"[①],吴国申叔仪向鲁人借粮,咏佩玉之歌且用"庚癸"二字代指粮食和水,也实属讳饰格。

另外,《文心雕龙》对词语修辞也有所涉猎,如《指瑕》篇,举曹植用词不当,指出选词应该用最需要、最恰当的说法,"而《武帝诔》云'尊灵永蛰',《明帝颂》云'圣体浮轻',浮轻有似于蝴蝶,永蛰颇疑于昆虫,施之尊极,岂其当乎?"(《指瑕》)。曹植曾为其父曹操作《武帝诔》:"幽闼一启,尊灵永蛰。"又写给其侄魏明帝曹睿《冬至献袜颂》:"翱翔万域,圣体浮轻。"刘勰认为用颇似形容蝴蝶的"浮轻"一词和有点像写昆虫的"永蛰"来指尊贵的帝王,太不恰当了。这种在用词上选择最恰当的词语来获得最佳的表达效果的追求,一些修辞学家称为"同义形式选择"。

析字(《文心雕龙》称之为离合)是汉字独有的修辞手法,指的是把

---

① 周振甫:《文心雕龙今译》,中华书局 1986 年版,第 131 页。

一个合体字按照其构成部件拆开来说，或者把一个合体字拆成几个独立的部分才能理解。《文心雕龙·明诗》："离合之发，则萌于图谶。"纬书《孝经右契》里用卯金刀以射刘字，离而为卯金刀，合而为刘，字禾子为季，离而为字禾子，合而为季，即字季，刘秀字季。所以，刘勰认为拆字是从图谶中来的。范文澜先生《文心雕龙注》"明诗"篇对此征引了一些文献资料如任昉《文章缘起》等进行了补充说明。因为析字可使行文委婉含蓄，表达不便直说的事情，后世诗歌、小说中也有用析字手法的，如"长风挂席势难回，海动山倾古月摧"。（李白《永王东巡歌》），"胡"字拆为古月，古月摧，指的是胡人安禄山叛军被摧毁。"凡鸟偏从末世来，都知爱慕此生材。一从二令三人木，哭向金陵事更哀。"（《红楼梦》）凡鸟两个字合并为"凤"，即指王熙凤，"二令"即"冷"，暗指贾琏对王熙凤的态度冷漠，"人木"，即"休"字，一般认为是指贾琏对王熙凤的态度开始听从，后来冷漠，最后将其休弃。

回文也是汉语特有的修辞技巧，基于汉字单音与独体以及多义兼容的的特征，顺读倒读也都能成句成章。《文心雕龙·明诗》提及回文的修辞手法："回文所兴，则道原为始。"刘勰认为，回文诗是道原开始创作的。道原为何人，已不可考证。《晋书·列女传》认为回文诗最早的是晋窦滔妻作的《回文璇玑图》诗。后代文人精雕细琢、废寝忘食，有回文诗词数首，如宋王安石《梦长》"梦长随永漏，吟苦杂疏钟。动盖荷风尽，沾裳菊露浓"皆属此类，由此可见，古人把汉字汉语修辞的艺术运用到炉火纯青的地步，刘勰在当时已经注意到汉语修辞的这些特点，其文字文学修养可见一斑。足见《文心雕龙》的修辞手法还有进一步探索和深入研究的必要。

中国古代文学批评与文学创作重视文体，这是汉语文章的特点所致。《文心雕龙》的文体学自成体系，成为中国古代文体学研究的经典模式，在中国古代修辞学史上，也是非常系统的文体修辞论。《文心雕龙》文体论提出的文体修辞的准则，奠定了中国古代文体论的理论基础。《文心雕龙》中的文体论二十篇，全面地考察了各种文体的写作法则，其论文叙笔的总的原则是"原始以表末，释名以章义，选文以定篇，敷理以举统"。（《序志》探讨了各种文体的源流，解释了各个文体的名称，选取了各种文体的优秀篇章，陈述了各体的写作纲领与修辞原则。《文心雕龙》的文体论的修辞原则来源于对各体文章写作实际的总结，同时也注重对不同文体的语言特点与风格加以归纳。如言及箴这种文体："箴者，针也，所以攻疾防患，喻针石也。……夫箴诵于官……名目虽异，而警戒实同。箴全御过，故文资确切。"（《铭箴》）箴的特点是讽诵官府得失的，要达到防范过失的要求，文辞的修辞要准确。碑"夫属碑之体，资乎史才，其序则传，其文则铭。标序盛德，必见清风之华；昭纪鸿懿，必见峻伟之烈：此碑之制也"（《诔碑》），言碑文的写作，需要具备良史之才，要注重叙述盛德与高风亮节，从而达到昭示对象美行懿德与卓越功绩的修辞效果，这是碑文的修辞准则。刘勰同时也对不同文体的语言特点与风格加以归纳："章表奏议，则准的乎典雅；赋颂歌诗，则羽仪乎清丽；符檄书移，则楷式于明断……此循体而成势，随变而立功者也。"（《定势》）在此，刘勰把相近的文体加以归类，指出不同的体裁语言风格的具体要求，即文体不同，其语体风格也随之变化，从而揭示了文体修辞的特征。而《体性》篇："若总其归途，则数穷八体：一曰典雅，二曰远奥，三曰精约，四曰显附，五曰繁缛，六曰壮丽，七曰新奇，八曰轻靡。"又通过对历代文学作品特点的总结，超越前人并比较系统地概括了文学语言的八种艺术风貌，陈望道《修辞学发凡》关于文体辞体论述的主要观点是对《体性》篇的八体的承袭。本书仅在论述相关问题时有所涉猎，也有待于另行研究。

《文心雕龙》广泛地讨论了修辞领域的问题，展示了丰富的修辞学理论，表明汉语修辞学逐渐走向成熟，在中国古代修辞学史上具有较高的地位。但受到齐梁时代风潮的影响，作为骈文杰作，《文心雕龙》原文的释读难点也很多，有必要在以后的研究中进一步考释与总结相关的文学批评术语与修辞学的理论。

三 《文心雕龙》在中国修辞学史上的地位

《文心雕龙》蕴含了丰富的修辞学宝藏,"议论确凿"(胡应麟《诗薮·内编》),"笼罩群言"(章学诚《文史通义·诗话》)。是魏晋南北朝修辞学理论的集大成者,刘勰对汉字、汉语独有的特征及现象进行了全方位的把握与分析,奠定了中国古代修辞学的理论基础。

首先,在《文心雕龙》之前,如前所述,尚未有系统的修辞学理论,刘勰继承了先秦两汉以来的修辞原则与修辞思想,建立了汉语修辞学的基本理论体系。《文心雕龙》是魏晋南北朝文学自觉时期集古代修辞研究与修辞批评之大成的著作,《文心雕龙》对前代修辞学领域提及的所有问题进行了细致深入的分析论证,并加以综合分析与完善,甚至提出了一些新的重要的见解与概念范畴,逻辑严密,分析精当,表明中国古代的汉语修辞学走向成熟。比如关于学习经书的相关问题,陆机的《文赋》谈学习经书有"漱六艺之芳润"之句,而刘勰在《文心雕龙》中对"宗经"的修辞学思想进行了系统的构建,详细地分析了经书各自写作上的优长,在文体及文术方面如何宗经,"宗经"成为贯穿《文心雕龙》全书重要的修辞学思想。

肇始于《论语》的"文质彬彬,然后君子",尽管并非专指修辞,但已有深刻的修辞学意蕴,东汉王充的《论衡》把"文质论"的见解从偏重于指人的"文质"运用到文章的写作,陆机《文赋》"理扶质以立干,文垂条以结繁"开始探讨内容与形式之关系,刘勰"文质论"的修辞学思想正是在此基础上丰富并加以发展。

夸张是有意对客观事物的某些特征加以夸大或者缩小,以强调和突出其特征和本质的修辞方式。王充《论衡》有"艺增""儒增""语增",所举的夸张的实例可以肯定,但王充认为,夸张属于"华文饰词","失其实诚","离本失实",不应该提倡,不过,王充在《论衡·艺增》中又客观说明了夸张的作用,刘勰对此加以继承,称夸张之言为"壮辞",并且说,"壮辞可以喻其真"肯定夸张能突出事物的真实,加强文辞的感染力。

比兴原本是儒家诗论中的重要内容,《文心雕龙·比兴》篇的比兴说,是对《诗序》及汉人比兴说加以完善并进一步探讨总结的。刘勰关于语音修辞的理论是在总结《诗经》《楚辞》声韵特点的基础上对陆机《文赋》等声律理论加以继承完善发展的。其文体修辞论,有着目录学影响的痕迹,同时也是在曹丕《典论·论文》、陆机《文赋》、挚虞《文章流别论》对文体分类与辨析之后的思索与论述。

由此可知,《文心雕龙》的修辞学理论是对先秦至南朝齐梁时期修辞学理论的系统总结与全面阐述。

其次,《文心雕龙》的修辞理论对后世产生了深远的影响。如唐代刘知己的《史通·叙事》对《尚书》与《春秋》的评价表达了与刘勰相同的宗经思想:"子夏曰'《书》之论事也,昭昭然若日月之代明。'扬雄有云:'说事者莫辨乎《书》,说理者莫辨乎《春秋》。'然则意指深奥,诰训成义,微显阐幽,婉而成章,虽殊途异辙,亦各有差焉。"[1] 赞美《尚书》《春秋》写作修辞艺术。唐令狐德棻、岑文本等人修撰的《周书》提出作文要汲取六经之精华与《文心雕龙》"宗经"的修辞学思想存在渊源关系,《周书·王褒庾信列传》中:"原夫文章之作,本乎情性。……考其殿最,定其区域,摭六经百氏之英华,探屈、宋、卿、云之秘奥。其调也尚远,其旨也在深,其理也贵当,其辞也欲巧。"[2] 明代文坛也非常重视刘勰"宗经"的修辞理论,明代宋濂、朱荃宰、屠隆都重视《文心雕龙》强调学习经书写作艺术的修辞思想。

《文心雕龙》一书体现的刘勰贵含蓄的修辞原则与审美思想,在后世不同程度地加以接受。《文心雕龙·隐秀》强调作品的深刻丰富的内涵是用委婉曲折的艺术语言表达出来的,用"隐"表示"复意",言外之意。唐代司空图《诗品》言及"含蓄":"不著一字,尽得风流,语不涉己,若不堪忧。是有真宰,与之浮沉。如渌满酒,花时返秋。悠悠空尘,忽忽

---

[1] (唐)刘知几:《史通》,上海世纪出版集团、上海古籍出版社2008年版,第119页。
[2] (唐)令狐德棻、岑文本:《周书》,中华书局1971年版,第744页。

海沤。浅深聚散，万取一收。"① 不着一字于纸上，风流蕴藉已尽得，不必极言其悲苦，读者已不胜忧愁……"言有尽而意无穷"，与《文心雕龙》之"隐"的修辞手法出于一旨，即强调文辞之外的重复旨趣，含蓄不露，耐人寻味。宋姜夔《白石道人诗说》："语贵含蓄，东坡云'言有尽而意无穷者，天下之至言也'。山谷犹谨于此。……若句中无余字，篇中无长语，非善之善者也，句中有余味，篇中有余意，善之善者也。"② 姜夔的文学作品，空灵含蓄，其诗论重视"文外之重旨"，并用苏东坡与黄庭坚的观点加以佐证，说明好的诗歌一定是语言隽永、曲折，意蕴深刻。明代陆时雍《诗镜总论》："诗不患无言，而患言之尽。"③ 吞吐委婉，欲露还藏，情深意远但要含蓄表达。可见，《文心雕龙》"隐"的理论对于后世委婉修辞格与"含蓄"的美学范畴的深远影响。

《文心雕龙·事类》："是以综学在博，取事贵约，校练务精，捃理须核，众美辐辏，表里发挥。"提出用典要简要精练，抓住核心问题，取事要符合表情达意的要求。王昌龄《诗格》谈"诗有六式"："用事五。谓如己意而与事合。"④ 指化用典故要切合题旨，且能够自然而巧妙地表达作者的意图。可以看出与刘勰在用典切合题意方面有明显的继承关系。宋叶梦得《石林诗话》论及用典"诗人用事，不可牵强，必至于不得不用而后用之，则事词为一，莫见其安排斗凑之迹"。⑤ 叶梦得认为用典应该自然妥帖，如"水中著盐"。与刘勰《事类》"凡用旧合机，不啻自其口出"一脉相承。

初唐诗人上官仪的诗歌以属对工切著称，其《笔札华梁》论对属："凡为文章，皆须对属。诚以事不孤立，必有配匹而成……'一二三四'，数之类也；'东西南北'，方之类也；'青赤玄黄'，色之类也；'风云霜露'，气之类也；'鸟兽草木'，物之类也；'耳目手足'，形之类也；'道

---

① 郭绍虞：《诗品集解》，人民文学出版社1963年版，第21页。
② （清）何文焕：《历代诗话》，中华书局1981年版，第681页。
③ 丁福保辑：《历代诗话续编》，中华书局1983年版，第1413页。
④ 张伯伟：《全唐五代诗格汇考》，凤凰出版社2002年版，第187页。
⑤ （清）何文焕：《历代诗话》，中华书局1981年版，第413页。

德仁义',行之类也;'唐虞夏商',世之类也;'王侯公卿',位之类也。及于偶语重言,双声叠韵,事类甚众,不可备叙。"① 可以看出,其细致具体的对偶理论甚至声韵之说,明显受了刘勰"丽辞"及"声律"说之影响。

《文心雕龙》"文质论"的修辞学思想对唐代文人影响很大。唐魏徵《隋书·文学传》:"江左宫商发越,贵于清绮,河朔词义贞刚,重乎气质。气质则理胜其词,清绮则文过其意。理深者便于时用,文华者宜于咏歌。此南北词人得失之大较也。若能掇彼清音,简兹累句,合其两长,则文质彬彬,尽善尽美矣。"② 初唐文人既要对南朝过于追求声律辞藻的绮靡文风予以纠正,又要用南朝文学的声辞之美融合北方文学重质的清新刚健表现唐王朝的开国气象,其对于"文质彬彬"的文学理想的追求与刘勰主张"文质兼备"的修辞学理论具有一致性。另外,《文心雕龙》的"文体论"的修辞原则与文体辨析对明代吴讷的《文章辨体》与徐师曾的《文体明辨》论述文章写作与修辞有一定的借鉴。

总之,《文心雕龙》修辞学理论对后世修辞论及各体文章的修辞有举足轻重的地位和作用。

最后,《文心雕龙》五十篇,字字精美,篇篇工致,其本身就是汉语修辞学的范例与杰作,可以提供丰富的修辞研究资料。《文心雕龙》一书用骈文写成,刘勰有着高度的理论素养与深厚的文学底蕴,文笔精练,语言典雅,辞藻华丽,用典丰赡,声韵和谐,抑扬顿挫,刘勰在《文心雕龙》中总结的事类、丽辞、比喻、夸饰等种种修辞手法,在全书俯拾皆是,明代杨慎在《文心雕龙·章表》"天子垂珠以听,诸侯鸣玉以朝"两句后眉批"骈俪语,却极工致语"。③ 充分肯定刘勰对偶句的成就。在《文心雕龙》中,精美的言对比比皆是。如《情采》:"夫铅黛所以饰容,而盼倩生于淑姿;文采所以饰言,而辩丽本于情性。故情者文之经,辞者理之

---

① 张伯伟:《全唐五代诗格汇考》,凤凰出版社2002年版,第65页。
② (唐)魏徵:《隋书》,中华书局1971年版,第1730页。
③ 黄霖:《文心雕龙汇评》,上海古籍出版社2005年版,第79页。

纬；经正而后纬成，理定而后辞畅。"在言及情与采的关系时，行文对偶工整，文辞简约。事对如《史传》："牝鸡无晨，武王首誓；妇无与国，齐桓著盟；宣后乱秦，吕氏危汉：岂唯政事难假，亦名号宜慎矣。"连用周武王、齐桓公、吕后等典故，说明妇人不得参与国政，其事对巧妙，与表达的义理极为吻合。

　　用典是骈文的重要特征与修辞方式，刘勰提出了自己的用典主张，又有创作实践为之示范，大量的用典起到了语言委婉典雅、言简意赅的作用。如《文心雕龙·宗经》："韦编三绝，固哲人之骊渊也。""韦编三绝"引用《史记·儒林传序》"孔子晚而好易，读之韦编三绝，故为之传"。说明孔子读《周易》前后互推、端尾悉见之用心，以至于装订竹简的熟皮绳子断了多次。"哲人之骊渊"事见《庄子·列御寇》："河上有家贫恃纬萧而食者，其子没于渊，得千金之珠。其父谓其子曰：取石来锻之，夫千金之珠，必在九重之渊，而骊龙颔下。"用此典故言《周易》是圣人探索奥理的宝库，说明《周易》作为儒家经典的重要价值。《文心雕龙·原道》"若迺河图孕乎八卦，《洛书》韫乎九畴"。《周易·系辞上》："河出图，洛出书，圣人则之。"此乃河图与《洛书》所本。《尚书·洪范》："天迺锡禹《洪范》九畴，初一曰五行，次二曰敬用五事，次三曰农用八政，次四曰协用五纪，次五曰建用皇极，次六曰乂用三德，次七曰明用稽疑，次八曰念用庶徵，次九曰飨用五福，威用六极。"《论衡·正说》："禹之时得《洛书》，书从洛水中出，《洪范》九章是也。"这是《洪范》九畴之说来历。刘勰引用典籍中河出图、洛出书的例子，说明儒家经典是"神理"的体现。《明诗》："人禀七情，应物斯感，感物吟志，莫非自然。"《礼记·礼运》"喜、怒、哀、惧、爱、恶、欲，七者弗学而能"。此乃刘勰"七情"所本，《礼记·乐记》："凡音之起，由人心生也。人心之动，物使之然也。感于物而动，故形于声。"又"夫民有血气心知之性，而无哀乐喜怒之常，应感起物而动，然后心术形焉"。刘勰言人之七情，受外物所感，则自然要吟咏情志，抒发心中之思，化用了《礼记》"感物而动"的理论。在《文心雕龙》中，用典切中题旨、巧妙恰当、典故与文意水乳交融，文章语言雅正含蓄，成功地实践了自己在《事类》篇中的用典理论。

运用比喻的方法阐明观点，是中国古代文学批评的特点，《文心雕龙》也往往采用比喻的修辞手法揭示其各类文章之隐微。《风骨》"夫翚翟备色，而翾翥百步，肌丰而力沈也；鹰隼乏采，而翰飞戾天，骨劲而气猛也。文章才力，有似于此。若风骨乏采，则鸷集翰林；采乏风骨，则雉窜文囿；唯藻耀而高翔，固文笔之鸣凤也"。"风骨"原来是品评人物的用语，如王羲之被称为"风骨清举"（《世说新语·赏誉》注引《晋安帝纪》），晋宋以来，借用到绘画与书法领域的评论中，南朝时见之于文学批评术语，《文心雕龙》专列《风骨》篇加以论析，在此，刘勰以鸟为喻，说明风、骨各自的特征以及风骨与文采之关系，辞采富丽，比喻贴切，其中"夫翚翟备色，而翾翥百步，肌丰而力沈也"句，钟惺眉批"比喻之远，使人会心甚远"。① 《养气》："若夫器分有限，智用无涯，或惭凫企鹤，沥辞镌思，于是精气内销，有似尾闾之波，神志外伤，同乎牛山之木，恒惕之盛疾，亦可推矣。"《养气》篇强调养气的重要，连用比喻说明神伤气衰的危害。在其他篇目中比喻很多，如《体性》"文苑波诡"；《序志》"轻采毛发，深极骨髓"；《熔裁》"骈拇枝指，由侈于性；附赘悬疣，实侈于形。一意两出，义之骈枝也；同辞重句，文之疣赘也"；等等，这些比喻确实达到了"切至"的要求，且新颖而富有联想力。

"文质论"的修辞学思想贯穿于《文心雕龙》全书，在其创作实践同样是华实相扶，情采兼备，几乎每一篇都达到了文质彬彬的艺术境界。如《物色》："是以四序纷回，而入兴贵闲；物色虽繁，而析辞尚简；使味飘飘而轻举，情晔晔而更新。古来辞人，异代接武，莫不参伍以相变，因革以为功，物色尽而情有余者，晓会通也。若乃山林皋壤，实文思之奥府，略语则阙，详说则繁。然则屈平所以能洞监《风》《骚》之情者，抑亦江山之助乎？"此段论及如何写好文章中的风景描写，语言精美，符采炳耀。纪昀在"是以四序纷回，而入兴贵闲；物色虽繁，而析辞尚简"眉批"四

---

① 黄霖：《文心雕龙汇评》，上海古籍出版社2005年版，第101页。

语尤精"。在这几句后"然则屈平所以能洞监《风》《骚》之情者，抑亦江山之助乎？"云："拖此一尾，烟波不尽。"①足见对刘勰见解及艺术语言的高度赞赏。《原道》："文之为德也大矣，与天地并生者何哉？夫玄黄色杂，方圆体分，日月叠璧，以垂丽天之象；山川焕绮，以铺理地之形：此盖道之文也。仰观吐曜，俯察含章，高卑定位，故两仪既生矣。惟人参之，性灵所钟，是谓三才。为五行之秀，实天地之心，心生而言立，言立而文明，自然之道也。傍及万品，动植皆文：龙凤以藻绘呈瑞，虎豹以炳蔚凝姿；云霞雕色，有逾画工之妙；草木贲华，无待锦匠之奇。夫岂外饰，盖自然耳。至于林籁结响，调如竽瑟；泉石激韵，和若球锽；故形立则章成矣，声发则文生矣。夫以无识之物，郁然有采，有心之器，其无文欤！"刘勰用形象生动的诗化语言说明万物之文皆道之文，并且从文的本源出发，说明"人文"的产生具有必然性，对偶工整，声韵和谐，用典巧妙，辞藻华丽，实为文质兼备、妙笔生花之作。

由此可知，《文心雕龙》不仅提出了一系列修辞学理论，同样也诉诸实践，全书语言富赡华美，风格雅丽，实践了他的理论主张。《文心雕龙》构建的汉语修辞学体系，本身就是熔铸了各种修辞技巧撰写而成的，是文学作品语言艺术的典范之作。

《文心雕龙》是南朝齐梁时代的论著，本书着重挖掘了这部著作中的精华，阐发其中具有开创性的修辞学内容，《文心雕龙》总结了前代零星的修辞材料与吉光片羽的见解，加以系统而全面的论述，代表了魏晋南北朝修辞学理论的最高成就。刘勰之后，中国古代文学与修辞学理论还有漫长的发展历程。如《文心雕龙》《丽辞》篇，把对偶划分为言对、事对、正对、反对，非常精到，但相对于后世的对偶理论，比较概括简略，唐代上官仪的《笔札华梁》、日本遍照金刚《文镜秘府论》总结对偶的方法就更加细致具体。《文心雕龙》论述"隐秀"的修辞手法，但后世强调的"味外之味""韵外之致"等修辞理论，刘勰的时代是不可能提出的，刘勰

---

① 黄霖：《文心雕龙汇评》，上海古籍出版社2005年版，第151页。

《比兴》篇论及了"比"的概念及运用原则，南宋陈骙《文则》把比喻分为十种类型：直喻、隐喻、类喻、对喻、诘喻、博喻、简喻、详喻、引喻、虚喻，其比刘勰的比喻理论分析详尽；刘勰《事类》篇把用典分为"举人事"与"引成辞"两种，明代高琦《文章一贯》罗列了用典的十一种类型：正用、历用、列用、衍用、反用、活用、设用、借用、假用、藏用、暗用，尽管分类标准不一样，但还是进一步深化了。所以，刘勰修辞学理论的成就是魏晋南北朝修辞学的高峰，但不是汉语修辞学理论的终结。

总之，《文心雕龙》在中国文论史与修辞学史上有着里程碑式的地位，《文心雕龙》是在对前代民族文化相关理论继承与发展的基础上，建立了"体大虑周"的文学批评与修辞学的理论体系。修辞学是语言和文学的桥梁，本书通过研究，说明《文心雕龙》的语言论以及对语言运用的重视，总结《文心雕龙》的修辞学成就，以期对逐步建立符合中国文学实际的修辞学理论，客观准确地构建具有民族特色的中国修辞学与中国古代文论的话语体系，并为中国优秀的传统文化走向世界贡献微薄之力。

参考文献

一 语言学参考文献

常棣、蔡镜浩：《文言修辞概要》，北京出版社1988年版。

陈光磊：《修辞论稿》，北京语言文化大学出版社2001年版。

陈光磊、王俊衡：《中国修辞学通史》，吉林教育出版社1998年版。

陈汝东：《当代汉语修辞学》，北京大学出版社2004年版。

陈望道：《修辞学发凡》，上海教育出版社2001年版。

池昌海：《先秦儒家修辞要论》，中华书局2012年版。

高守纲：《古汉语词义通论》，语文出版社1994年版。

何九盈：《中国古代语言学史》，广东教育出版社1995年版。

何九盈：《中国现代语言学史》，广东教育出版社1995年版。

何九盈：《汉字文化学》，辽宁人民出版社2000年版。

黄侃述、黄焯编：《文字声韵训诂笔记》，上海古籍出版社1983年版。

黄民裕：《辞格汇编》，云南人民出版社1984年版。

季绍德：《古汉语修辞学》，吉林文史出版社1986年版。

蒋绍愚：《古汉语词汇纲要》，北京大学出版社1989年版。

姜宗伦：《古典文学辞格概要》，云南人民出版社1984年版。

李国英：《小篆形声字研究》，北京师范大学出版社1996年版。

李索：《古代汉语修辞学》，天津人民出版社2000年版。

李维琦：《修辞学》，湖南人民出版社1986年版。

李运富、林定川：《二十世纪汉语修辞学研究综观》，香港新世纪出版社 1992 年版。

李忠初：《汉语语法修辞概论》，岳麓书社 1994 年版。

刘焕辉：《修辞学纲要》，百花洲文艺出版社 1997 年版。

吕叔湘、王海棻：《马氏文通读本》，上海教育出版社 2000 年版。

陆宗达：《陆宗达语言学论文集》，北京师范大学出版社 1983 年版。

陆宗达：《训诂简论》，北京出版社 2002 年版。

骆小所：《现代修辞学》，云南人民出版社 1994 年版。

启功：《汉语现象论丛》，中华书局 1997 年版。

启功：《启功先生论语言文字》，北京师范大学民俗典籍文字中心 2004 年版。

沈谦：《修辞学》，台湾国立空中大学 1995 年版。

沈谦：《文心雕龙与现代修辞学》，台湾文史哲出版社 1992 年版。

石云孙：《词语的选择》，安徽教育出版社 1985 年版。

谭永祥：《汉语修辞美学》，北京语言学院出版社 1992 年版。

王宁主编：《训诂学》，高等教育出版社 2004 年版。

王宁：《训诂学原理》，中国国际广播出版社 1996 年版。

王宁：《汉字构形学导论》，商务印书馆 2015 年版。

王希杰：《汉语修辞学》，商务印书馆 2004 年版。

王占福：《古代汉语修辞学》，河北教育出版社 2001 年版。

王凤阳：《古辞辨》，吉林文史出版社 1993 年版。

吴士文：《修辞格论析》，上海教育出版社 1986 年版。

吴曾祺：《涵芬楼文谈》，商务印书馆 1911 年版。

谭全基：《古汉语修辞学论文集》，商务印书馆国际有限公司 2008 年版。

杨树达：《中国修辞学》，上海古籍出版社 1983 年版。

杨伯峻：《古汉语虚词》，中华书局 1981 年版。

姚殿芳、潘兆明：《实用汉语修辞学》，北京大学出版社 2001 年版。

姚亚平：《当代中国修辞学》，广东教育出版社 1996 年版。
易蒲、李金苓：《汉语修辞学史纲》，吉林教育出版社 1990 年版。
袁晖：《二十世纪的汉语修辞学》，书海出版社 2000 年版。
袁晖、宗廷虎：《汉语修辞学史》，安徽教育出版社 1990 年版。
张弓：《现代汉语修辞学》，河北教育出版社 1993 年版。
张怀一：《修辞概要》，中国青年出版社 1953 年版。
张联荣：《古汉语词义论》，北京大学出版社 2000 年版。
张文治：《古书修辞例》，中华书局 1996 年版。
章衣萍：《修辞学讲话》，上海天马书店印行民国 23 年版。
赵诚：《甲骨文与商代文化》，辽宁人民出版社 2000 年版。
赵克勤：《古汉语词汇问题》，河南人民出版社 1980 年版。
赵克勤：《汉语修辞学简论》，商务印书馆 1983 年版。
赵振铎：《训诂学纲要》，巴蜀书社 2003 年版。
郑奠、谭全基：《古汉语修辞学资料汇编》，商务印书馆 1980 年版。
郑子瑜：《中国修辞学史稿》，上海教育出版社 1984 年版。
郑子瑜：《郑子瑜修辞学论文集》，中华书局香港分局 1988 年版。
周振甫：《中国修辞学史》，商务印书馆 2004 年版。
宗守云：《修辞学的多视角研究》，中国社会科学出版社 2005 年版。
宗廷虎：《宗廷虎修辞论集》，吉林教育出版社 2003 年版。
宗廷虎：《中国现代修辞学史》，浙江教育出版社 1990 年版。
宗廷虎：《20 世纪中国修辞学》（上、下），中国人民大学出版社 2008 年版。

二　主要参考论文集

《修辞学论文集》第一集，福建人民出版社 1983 年版。
《修辞学研究》第八集，南海出版社 1998 年版。
《修辞学论文集》第三集，福建人民出版社 1985 年版。
《汉语现象问题讨论论文集》，文物出版社 1996 年版。

《汉语修辞和汉文化论集》，河海大学出版社 1996 年版。

《文心雕龙国际学术研讨会论文集》，台北文史哲出版社 2000 年版。

《文心雕龙学刊》第一辑，齐鲁书社 1983 年版。

《文心雕龙学刊》第二辑，齐鲁书社 1984 年版。

《文心雕龙学刊》第三辑，齐鲁书社 1986 年版。

《文心雕龙学刊》第五辑，齐鲁书社 1986 年版。

《文心雕龙学刊》第六辑，齐鲁书社 1992 年版。

《文心雕龙研究》第一辑，北京大学出版社 1995 年版。

《文心雕龙研究》第二辑，北京大学出版社 1996 年版。

《文心雕龙研究》第五辑，河北大学出版社 2002 年版。

《文心雕龙研究》第七辑，河北大学出版社 2007 年版。

三 《文心雕龙》和文学批评及其他参考文献

（汉）许慎：《说文解字》，中华书局 1963 年版。

（汉）班固：《汉书》，中华书局 1962 年版。

（汉）司马迁：《史记》，中华书局 1959 年版。

（南朝宋）范晔：《后汉书》，中华书局 1965 年版。

（晋）陈寿：《三国志》，中华书局 1959 年版。

（唐）房玄龄：《晋书》，中华书局 1974 年版。

（南朝梁）沈约：《宋书》，中华书局 1974 年版。

（南朝梁）萧统编：《文选》，中华书局 1986 年版。

（南朝梁）萧子显：《南齐书》，中华书局 1972 年版。

（唐）姚思廉：《梁书》，中华书局 1973 年版。

（唐）魏征：《隋书》，中华书局 1971 年版。

（唐）刘知己：《史通》，上海世纪出版集团、上海古籍出版社 2008 年版。

（唐）欧阳询：《艺文类聚》，上海古籍出版社 1982 年版。

（唐）李延寿：《南史》，中华书局 1975 年版。

（清）段玉裁：《说文解字注》，上海古籍出版社 1981 年版。

（清）阮元：《十三经注疏》，中华书局 1980 年版。

（清）何文焕辑：《历代诗话》，中华书局 1981 年版。

（清）俞樾：《古书疑义举例五种》，中华书局 1956 年版。

（清）章学诚：《文史通义》，中华书局 1985 年版。

《诸子集成》：上海书店 1986 年版。

曹道衡：《中古文学史论文集》，中华书局 1986 年版。

曹顺庆：《文心同雕集》，成都出版社 1990 年版。

陈奂：《诗毛氏传疏》，商务印书馆 1934 年版。

陈兆秀：《文心雕龙术语探析》，台湾文史哲出版社 1986 年版。

陈庆元：《沈约集校笺》，浙江古籍出版社 1995 年版。

褚斌杰：《中国古代文体概论》，北京大学出版社 1990 年版。

丁福保辑：《历代诗话续编》，中华书局 1983 年版。

杜黎均：《文心雕龙文学理论研究和译释》，北京出版社 1981 年版。

范文澜：《文心雕龙注》（上、下），人民文学出版社 1958 年版。

冯春田：《〈文心雕龙〉语词通释》，明天出版社 1990 年版。

冯春田：《文心雕龙释义》，山东教育出版社 1986 年版。

冯春田：《文心雕龙阐释》，齐鲁书社 2000 年版。

郭晋熙：《文心雕龙》，岳麓书社 2004 年版。

郭绍虞：《语文通论》，商务印书局香港印刷厂 1978 年版。

郭锡良：《汉字古音手册》，北京大学出版社 1986 年版。

耿素丽、黄伶选编：《民国期刊资料分类汇编·文心雕龙学》，国家图书馆出版社 2010 年版。

［日］户田浩晓著：《文心雕龙研究》，曹旭译，上海古籍出版社 1992 年版。

胡纬：《文心雕龙字义通释》，文德文化事业有限公司 1997 年版。

黄春贵：《文心雕龙创作论》，台湾文史哲出版社 1980 年版。

黄侃：《文心雕龙札记》，上海古籍出版社 2000 年版。

黄霖：《文心雕龙汇评》，上海古籍出版社 2005 年版。

黄叔琳注、纪昀评：《文心雕龙》，中华书局 1989 年版。

黄叔琳注：《文心雕龙》，上海商务印书馆 1931 年版。

黄亦真：《文心雕龙比喻技巧研究》，学海出版社 1991 年版。

贾锦福：《文心雕龙辞典》，济南出版社 1993 年版。

蒋凡、郁沅：《中国古代文论教程》，中国书籍出版社 1994 年版。

蒋祖怡：《文心雕龙论丛》，上海古籍出版社 1985 年版。

寇效信：《文心雕龙美学范畴研究》，陕西人民出版社 1997 年版。

孔繁：《魏晋玄学》，辽宁教育出版社 1991 年版。

李庆甲：《文心识偶集》，上海古籍出版社 1989 年版。

李荣启：《文学语言学》，人民出版社 2005 年版。

李兆洛：《骈体文钞》，中华书局 1936 年版。

李学勤：《毛诗正义》，北京大学出版社 1999 年版。

李曰刚：《文心雕龙斠诠》，台湾国立编译馆中华丛书编审委员会 1982 年版。

刘麟生：《中国骈文史》，商务印书馆 1998 年版。

刘明今：《中国古代文学理论体系方法论》，复旦大学出版社 2000 年版。

刘师培：《中国中古文学史讲义》，上海古籍出版社 2000 年版。

刘师培：《刘师培中古文学论集》，中国社会科学出版社 1997 年版。

刘永济：《文心雕龙校释》，中华书局 2007 年版。

陆侃如、牟世金：《刘勰论创作》，安徽人民出版社 1982 年版。

陆侃如、牟世金：《文心雕龙译注》，齐鲁书社 1982 年版。

逯钦立辑校：《先秦汉魏晋南北朝诗》，中华书局 1983 年版。

吕德申：《钟嵘诗品校释》，北京大学出版社 1986 年版。

吕思勉：《文字学四种》，上海教育出版社 1985 年版。

罗根泽：《中国文学批评史》，人民文学出版社 1957 年版。

罗宗强：《读文心雕龙手记》，生活·读书·新知三联书店 2007 年版。
敏泽：《中国文学理论批评史》，吉林教育出版社 1991 年版。
缪俊杰：《文心雕龙美学》，文化艺术出版社 1987 年版。
牟世金：《台湾文心雕龙研究鸟瞰》，山东大学出版社 1985 年版。
牟世金：《文心雕龙研究》，人民文学出版社 1995 年版。
穆克宏：《文心雕龙研究》，福建教育出版社 1991 年版。
莫道才：《骈文通论》，广西教育出版社 1994 年版。
钱大昕：《十驾斋养新录》，江苏古籍出版社 2000 年版。
钱钟书：《管锥编》，中华书局 1986 年版。
邱世友：《文心雕龙探原》，岳麓书社 2007 年版。
饶芃子主编：《文心雕龙研究荟萃》，上海书店 1992 年版。
任继愈：《老子新译》，上海古籍出版社 1985 年版。
石家宜：《〈文心雕龙〉系统观》，江苏古籍出版社 2001 年版。
涂光社：《刘勰及其文心雕龙》，春风文艺出版社 1999 年版。
王达津：《古代文学理论研究论文集》，南开大学出版社 1985 年版。
王更生：《文心雕龙新论》，台湾文史哲出版社 1991 年版。
王利器校笺：《文心雕龙校证》，上海古籍出版社 1980 年版。
王先谦：《荀子集解》，中华书局 1988 年版。
王一川：《文学理论讲演录》，广西师范大学出版社 2004 年版。
王元化：《文心雕龙创作论》，上海古籍出版社 1984 年版。
王元化：《读文心雕龙》，新星出版社 2007 年版。
王元化选编：《日本研究〈文心雕龙〉论文集》，齐鲁书社 1983 年版。
王运熙：《文心雕龙探索》，上海古籍出版社 1986 年版。
王运熙：《文心雕龙探索》增补本，上海古籍出版社 2005 年版。
王运熙：《中古文论要义十讲》，复旦大学出版社 2004 年版。
王运熙、顾易生：《中国文学批评史》，上海古籍出版社 1985 年版。
王运熙、杨明：《魏晋南北朝文学批评史》，上海古籍出版社 1989 年版。
王瑶：《中古文学史论》，北京大学出版社 1998 年版。

吴林伯：《文心雕龙字义疏证》，武汉大学出版社1994年版。

吴林伯：《文心雕龙义疏》，武汉大学出版社2002年版。

吴承学：《中国古代文体学研究》，人民出版社2011年版。

徐震堮：《世说新语校笺》，中华书局1984年版。

杨明照：《增订文心雕龙校注》（上、下），中华书局2000年版。

杨明照：《文心雕龙综览》，上海书店出版社1995年版。

杨明：《刘勰评传》，南京大学出版社2001年版。

杨明：《文心雕龙精读》，复旦大学出版社2007年版。

詹锳：《刘勰与文心雕龙》，中华书局1980年版。

詹锳：《文心雕龙义证》（上、中、下），上海古籍出版社1989年版。

詹锳：《文心雕龙的风格学》人民文学出版社1982年版。

詹福瑞：《汉魏六朝文学论集》，河北大学出版社2001年版。

袁行霈主编：《中华文明史》，北京大学出版社2006年版。

张长青、张会恩：《文心雕龙诠释》，湖南人民出版社1982年版。

张怀瑾：《文赋译注》，北京出版社1984年版。

张少康：《文心雕龙新探》，齐鲁书社1987年版。

张少康：《文赋集释》，人民文学出版社2002年版。

张少康、刘三富：《中国文学理论批评发展史》，北京大学出版社1995年版。

张少康、汪春泓等编：《文心雕龙研究史》，北京大学出版社2001年版。

张少康编：《文心雕龙研究》，湖北教育出版社2002年版。

张少康：《刘勰及其〈文心雕龙〉研究》，北京大学出版社2010年版。

张少康：《文心与书画乐论》，北京大学出版社2006年版。

张灯：《文心雕龙新注新译》，贵州教育出版社2003年版。

张文勋：《刘勰的文学史论》，人民文学出版社1984年版。

张严：《文心雕龙文术论诠》，台湾商务印书馆1973年版。

张志公：《汉语辞章学论集》，人民教育出版社1996年版。

章太炎：《国学概论》，中华书局2009年版。

章太炎：《国故论衡》，上海古籍出版社2003年版。

赵幼文校注：《曹植集校注》，人民文学出版社1984年版。

钟子翱、黄安祯：《刘勰论写作之道》，长征出版社1984年版。

周绍恒：《文心雕龙散论及其他》，学苑出版社2000年版。

周振甫：《诗品译注》，中华书局1998年版。

周振甫：《文心雕龙注释》，人民文学出版社1981年版。

周振甫：《文心雕龙今译》，中华书局1986年版。

周振甫等编：《文心雕龙辞典》，中华书局1996年版。

朱东润：《中国文学批评史大纲》，上海古籍出版社1983年版。

朱迎平：《文心雕龙索引》，上海古籍出版社1987年版。

祖保全：《文心雕龙解说》安徽教育出版社1993年版。

宗福邦、陈世铙、萧海波主编：《故训汇纂》，商务印书馆2003年版。

后　　记

　　这本小书是在博士学位论文的基础上，参考了论文开题、送审、答辩期间多位专家学者的意见、结合近几年《文心雕龙》的教学与进一步研究思考整理而成的。其中诸多章节承蒙《民俗典籍文字研究》《人文杂志》《陕西师范大学学报》《宁夏社会科学》《宁夏大学学报》等垂青发表，本书修改时又稍作润色。

　　论文选题"《文心雕龙》的修辞学研究"凝聚了导师王宁先生倡导的对待文化遗产"学习、还原、弄懂"的一贯精神，是先生对汉语文言文书面语言在研究方法上的一种长久的思考，是在学科分工日趋细化的情况下基于汉语的实际进行学术研究的一种探索，也是文学和语言结合途径的一种尝试。从论文的选题到框架的确立，从材料的取舍到具体字词的斟酌，王宁先生都精心指导、反复修改，论文的每一章、每一节都渗透着先生心血；只是我资质愚钝，朽木难雕，加之知识储备、学养不够，学术积累欠缺，常常不能很好地领悟先生的学术思想，更无法在有限的时间内完成先生赋予的重任，深感惭愧。

　　《文心雕龙》"体大思精""笼罩群言"，当代的《文心雕龙》研究已经成为一门显学。学界公认，黄侃先生把《文心雕龙》作为一门学科在北京大学讲授，标志着《文心雕龙》研究成为一门独立的学科——"龙学"，而黄侃先生《文心雕龙札记》一书开创的文字校勘、资料笺证和理论阐述三结合的现代研究方式，也被学界认为是现代《文心雕龙》研究的开山之作。作为章黄学派的重要传人，王宁先生非常重视《文心雕龙》的学习与研究，先生期望能够通过《文心雕龙》修辞学的研究，继承前辈学者研究国学的视角与方法，回归中国古代文学本质的研究与本体的研究，重视文学作品的语言运用与语言艺术，并且能够从中总结出符合汉字、汉语特点的中国古代文学的研究视角，这对于我来说是极有难度与挑战的期望，在研读《文心雕龙》过程中，我时常会因为一个字的含义、一句话的阐释、一个观点的解读，涉足于文学史、文学批评、修辞学、文字、音韵和训诂、语法等众多领域的学科，殚精竭虑，孜孜以求，步履艰难，有点走一步退三步的意味。由于自己的才疏学浅，愚钝迟缓，又厌卑近而骛高远，这种探索带来的压力与趋于追求完美的心理让我的文章修改以蜗牛的速度踽踽爬行，如刘勰所云"改章难于造篇"，蹉跎岁月，转瞬即逝。尤其是在工作岗位上，各种繁重的教学与科研任务常常使我的思考与书写中断，身心疲惫，碎片式的时间让我往往无可奈何地看着铺在书房桌子与地上的书籍落寞地排列着，如同獭祭鱼，内心充满了焦虑，只能利用各种休息的时间逐步推进。

　　我常常怀念读博的岁月，年近不惑，跨学科忝列于先生门下，先生恢廓大度，呵护鼓励有加，给我对专业领域的学习与钻研极大的信心。先生本着"尊重自己民族的创造"的坚定信念，常常对事业废寝忘食地追求和忘我地投入；在课堂上孜孜不倦地对知识的传授，使我受益匪浅；精辟的见解和睿智的治学思路，又常常使我茅塞顿开。先生对中国优秀的传统文化无比热爱，在先生的眼中，没有课时与教学工作量的概念，仅仅是对后学者更好地传承民族文化的期待与愿望，往往从早晨八点授课，到下午两点结束，一篇一篇读各类原典，有时用不同时期的典籍比对着读，从讲授《说文解字》，到《论语》《春秋》《左传》《孟子》《文选》……再到解读国学大师的学术思想，先生不知疲倦，我们从中领会了汉字、汉语的特点规律以及中国优秀传统文化的博大精深，为古人渊博的知识与精湛的语言艺术拍案叫绝。有时课堂容量太大，我会把上课的内容录下来，反复聆听，琢磨阅读古籍的方法。先生会从听课状态中敏锐地发现我们的进步与

后 记

成长，及时加以点拨。读书期间，不论先生工作有多么繁忙，总是会抽出时间给我诸篇讲解《文心雕龙》与黄侃先生的《文心雕龙札记》，正是先生的耳提面命与循循善诱，增强了我在专业领域深入耕耘的自信，我才逐渐明晰地认识到，中国古代文学作品应该如何解读，"小学"对于阅读古籍的重要性，也体会到了陆宗达先生所言："一切学术文学应以训诂为址基。此不仅对于先秦两汉之文，即唐诗宋词，亦必以训诂为主……"

也正因为登堂入室，聆听教诲，用心领悟，深入思考，才更加深刻地认识到我们后学之士需要经过怎样艰苦不懈地努力才能读懂前辈的学术著作，才能明白前辈的治学思路与研究方法，才有资格继承前辈的学术思想，也才能在此基础上奢谈国学。先生对学术的奉献和执着地精神激励我们精神领域的追求和学术上的探索是无须媚俗而又不应浮躁和随波逐流的。

我十分诚挚地感谢李国英、李运富、刘利、易敏、黄易青、王立军、朱小健、周晓文、齐元涛等老师在我求学期间的指导、鼓励和各方面的帮助，正是诸位老师的授业解惑，使我在"溯洄从之，道阻且长"的行进中避免了许许多多的艰难，也增添了学术上探索的勇气和克服困难的信心。还要衷心感谢中华书局赵诚编审、中国社会科学院的王海芬研究员、安徽大学的袁晖教授、北京大学的王一川教授、南昌大学刘焕辉教授、北京师范大学的王立军教授、北京语言大学的张博教授在论文评审及答辩中对我的肯定鼓励及提出的宝贵意见，这些中肯的建议字字珠玑，对我修改论文有极大的帮助。特别令我感动的是，王海芬研究员、赵诚先生为论文作了详细的批注，其真知灼见使论文的修改获益良多，赵诚先生甚至把一些珍藏多年的书籍赠予我，勉励我要不畏艰难，深入研究，至今是对我的鞭策。

我由衷地感谢我的同学李亚明兄、王东海，以及师妹卜师霞、李智、凌丽君、岳海燕，师弟陈晓强、石勇、孟琢等同门在学习与交流上提供的支持和帮助。

在这里，我还要衷心感谢中国社会科学出版社以及郭晓鸿先生及其他编辑老师为本书的出版给予的大力支持与所做的大量艰辛细致的工作，感谢宁夏大学多年的培养以及宁夏大学科技处为本书提供的"宁夏大学优秀学术著作出版基金"资助的经费，并由衷感谢宁夏大学人文学院领导和同事的支持与鼓励。

我发自内心地感谢我的家人，他们每天克服着难以想象的困难，无私地支持我的学业及工作，使我能够避开外界的纷繁和喧闹，静心读书教书而不致懈怠，使我能够投入更多的精力进步和提高。

最后，我要特别感谢母校北京师范大学这所具有百年辉煌、百年文化积淀的校园，这里是大师脱颖而出的灵秀之地，这里有着培养了一代又一代治学严谨、学风扎实者的课堂，正是这种百年传统文化的底蕴和良好的学术氛围坚定了我以继承和发扬民族文化为己任的信念。《论语》曾子曰："士不可以不弘毅，任重而道远，仁以为己任，不亦重乎，死而后已，不亦远乎？"从事中国传统文化研究的后学之士，也应该肩负起继承与弘扬中国优秀的传统文化的重任，百折不挠，死而后已，用我们有限的学术生命，为民族文化在世界文化的图景中独树一帜添砖加瓦，奉献微薄之力。

尽管本书写作中已尽其所能，积累多年又反复斟酌与修改，但鉴于才学之不足，学术思想及文章写作都与先生及前辈的期望距离甚远，其中存在许多的舛错与疏漏，在此，我诚挚地希望并期待着前辈、专家学者的批评和指正，并借此表示衷心地感谢。

梁祖萍谨记

2018 年 10 月 6 日